록우드 심령 회사 3

일러두기
· 각주는 모두 옮긴이 주입니다.
· '*'로 표시된 용어의 뜻은 용어 사전을 참고할 것.

록우드 심령 회사 3

LockWood
&Co.

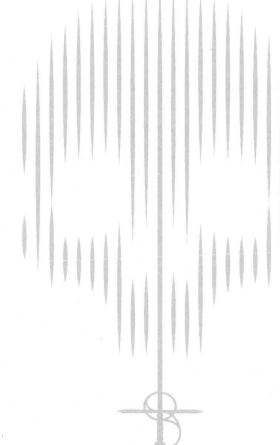

조나단 스트라우드 지음 ─ 강아름 옮김

텅 빈 소 년

달다

차례

I

라벤더 롯지

1

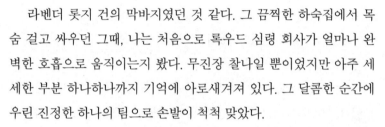

라벤더 롯지 건의 막바지였던 것 같다. 그 끔찍한 하숙집에서 목숨 걸고 싸우던 그때, 나는 처음으로 록우드 심령 회사가 얼마나 완벽한 호흡으로 움직이는지 봤다. 무진장 찰나일 뿐이었지만 아주 세세한 부분 하나하나까지 기억에 아로새겨져 있다. 그 달콤한 순간에 우린 진정한 하나의 팀으로 손발이 척척 맞았다.

그래, 아주 세세히 기억난다. 앤서니 록우드, 외투에 불이 붙어선 두 팔을 미친 듯 퍼덕이며 열린 창문으로 비틀비틀 뒷걸음질한다. 조지 커빈스, 한 손으로 사다리에 매달려 대롱거리는 모양새가 꼭 바람결에 흔들리는 거대 조롱박 같다. 그리고 나, 루시 칼라일은 멍들고 피투성이에다 거미줄을 뒤집어쓴 채 유령 촉수를 피해보겠다고 필사적으로 달리고 도약하고 구르고⋯.

맞다. 이 중 어떤 것도 그리 훌륭해 보이지 않는다는 거 안다. 그리고 솔직히 조지가 그렇게까지 꺅꺅거린 것도 좀 별로였다. 하지만 록우드 심령 회사가 그래서 대단한 거다. 우린 더없이 절망적인 상황을 만들고, 그걸 다시 우리에게 유리하게 바꾼다.

무슨 얘긴지 궁금한가? 설명하면 이렇다.

여섯 시간 전, 우리는 계단에 서서 초인종을 울리고 있었다. 을씨년스럽고 비바람에 흠뻑 젖은 11월 오후였다. 어둠이 내리면서 구름을 등진 화이트채플의 지붕들이 뾰족하고 검게 보였다. 빗방울이 외투에 자국을 남기고 레이피어* 검날에서 반짝였다. 시계가 막 4시를 가리켰다.

"다들 준비됐어?" 록우드가 물었다. "잊지 마. 몇 가지 묻고, 심령 흔적이 있는지만 주의해서 보는 거야. 살해 현장이나 시신 위치에 대한 단서가 나온대도 티를 내선 안 돼. 정중히 인사하고 나와 경찰을 부르도록 한다."

"알았어." 내가 말했다. 조지는 작업용 벨트를 고쳐 매는 데 정신이 팔려 고개만 끄덕였다.

"쓸데없는 계획이라니까!" 내 귀 뒤쪽 어딘가에서 목쉰 속삭임이 들렸다. "내가 그러잖아. 일단 칼로 쑤셔놓고 시작하라고! 너희한테 합리적인 선택지는 그뿐야."

나는 어깨에 멘 배낭을 팔꿈치로 찔렀다. "닥쳐."

"내 조언이 필요한 줄 알았는데!"

"네 임무는 망을 보는 거야. 멍청한 이론으로 정신 사납게 구는 게 아니라. 이제, 쉿."

우리는 계단에서 기다렸다. 라벤더 롯지 하숙은 폭이 좁은 삼 층짜리 주택 건물이었다. 런던 이스트 엔드의 이쪽 구역 대부분이 그렇듯 지치고 쪼들린 분위기를 풍겼다. 자갈 섞인 시멘트로 마감한 외벽에는 검댕이 떡져 있고 창문에선 얇은 커튼이 흐늘거렸다. 위층들은 컴컴했지만 복도엔 조명이 켜져 있고, 현관문 가운데의 깨진 유리창으로 노란색 '숙박 가능' 표지판이 보였다.

록우드는 눈을 찡그리고 유리창을 들여다봤다. 장갑 낀 손으로 눈 위를 가렸다. "음, 안에 누가 있는데. 복도 끝에 두 사람이 서 있어."

록우드는 다시 초인종을 눌렀다. 면도칼로 귀를 찢듯 흉한 벨소리가 났다. 현관 고리쇠를 잡고 문을 두드려도 봤다. 아무도 나와보지 않았다.

"그 사람들, 스케이트라도 신고 튀어나와 줘야 할 판인데." 조지가 말했다. "너흴 걱정시키거나 뭐 그러고 싶은 건 아닌데, 저기서 뭔가 허연 게 우리 쪽으로 살살 오고 있어."

정말이었다. 저 멀리 어슴푸레한 곳에서 파리한 형체가 보였다. 주택들의 그림자가 드리운 보도 위를 천천히 부유해 우릴 향해 왔다.

록우드가 확인하고 말고 할 것도 없다는 듯 어깨를 으쓱했다. "아, 어느 집 전선에 셔츠가 걸려 펄럭이는 걸 거야. 아직 일러. 고약한 것들이 벌써부터 나와 있을 리 없다고."

조지와 나는 서로를 힐끗 봤다. 낮이라고 해봐야 밤보다 크게 밝을 것도 없는 계절이어서 어두컴컴한 오후부터 죽은 자들이 나다니기 시작했다. 아닌 게 아니라 지하철에서 내려 걸어오는 길에도 화이트채플 하이 로드에서 음영자*를 본 터였다. 희미하게 뒤틀린 어둠이 배수로에 야물지 못하게 서서는, 서둘러 집으로 향하는 막차들이 일으킨 바람에 휘둘리고 흔들렸다. 그러니 고약한 것들은 벌써부터 나와 있었다. 그걸 록우드도 모르지 않았고.

"언제부터 펄럭이는 셔츠에 머리랑 삐삐 마른 다리가 붙어 있었대?" 조지가 물으며 안경을 벗어 물기를 닦은 뒤 다시 코에 얹었다. "루시, 네가 얘기 좀 해줘. 이 자식은 내 말을 절대 안 듣는다니까."

"그래. 어서, 록우드." 내가 말했다. "여기 밤새 서 있을 순 없어. 방심했다간 저 유령*한테 걸릴 거야."

록우드는 미소를 지었다. "안 걸려. 복도에 있는 우리 친구들은 문을 열 수밖에 없어. 문을 안 연다는 건 유죄를 인정한단 얘기거든. 이제 곧 저들이 문간에 나타날 테고, 우릴 안으로 들일 거야. 내 말 믿어. 걱정 안 해도 돼."

록우드가 희한한 게 그거였다. 그를 그냥 믿게 된다는 것. 이처럼 얼토당토않은 소리 할 때조차. 그는 꽤나 태평스레 서서 칼자루에 손을 얹고 있었다. 언제나 그렇듯 긴 외투와 몸에 붙는 검은색 정장을 말쑥하게 차려입었다. 검은 머리칼이 이마를 덮었다. 복도에서 새어 나오는 불빛이 갸름하고 파리한 얼굴에서 빛나고 검은 눈동자 속에서 반짝였다. 그가 나를 보며 싱긋 웃었다. 침착하고 태연해 보였다. 나는 록우드를 이렇게, 이날 밤의 모습으로 기억하고 싶다. 우리 앞에, 뒤에 공포를 두고도, 그 사이에 끼어 서서도 차분하고 두려움을 모르는 록우드로.

조지와 나 역시 그렇게까지 멋스럽진 못해도 나름 괜찮아 보였다. 검은 옷에 검은 신발 차림이었다. 조지는 셔츠를 바지에 넣어 입기까지 했다. 우리 셋 다 배낭과 육중한 가죽 더플백을 소지하고 있었다. 하나같이 낡고, 해지고, 엑토플라즘*에 탄 자국으로 얼룩덜룩했다.

우리가 심령 조사관인 걸 알고 구경하는 이들은 이 가방에 우리 업계의 전문 장비들, 그러니까 소금탄*과 라벤더*, 철가루, 은*제 봉인구*, 쇠사슬이 잔뜩 들었으리라 생각하겠지. 실제로도 그랬다. 하지만 내 배낭엔 해골 단지 또한 들어 있었으니, 우리가 그렇게까지 뻔한 사람들은 아니었던 거다.

우리는 기다렸다. 주택들 사이로 사나운 돌풍이 불었다. 머리 위 높은 곳에 걸린 줄에서 철*로 만든 항마구*가 흔들리며 마녀의 이빨처럼 딸깍거리고 달그락거렸다. 길 저편의 허연 형체가 스르르 다가

왔다. 나는 파카 지퍼를 올리고 슬금슬금 벽 쪽으로 붙었다.

"그래, 허깨비*가 오고 있어." 배낭 속 목소리가 내게만 들리게 속삭였다. "놈은 너흴 봤고 굶주려 있어. 그러니만큼 조지한테 눈독을 들이지 싶은데."

"록우드," 내가 입을 열었다. "우리 진짜 움직여야 해."

하지만 록우드는 이미 문에서 물러서고 있었다. "안 그래도 돼. 내가 뭐랬어? 여기 왔잖아."

유리창 너머에서 그림자들이 솟았다. 쇠사슬 빗장이 덜컹이더니 문이 활짝 열렸다.

거기 남자와 여자가 서 있었다.

그들은 아마도 살인자일 터였지만, 그래도 놀라게 하고 싶지 않았다. 우린 각자의 가장 빛나는 미소를 가동했다.

우리가 라벤더 롯지 하숙집 얘길 알게 된 건 두 주 전이었다. 화이트채플 지역 경찰이 인근에서 실종된 사람들―방문 판매원도 있었지만, 대부분이 근처 런던 부두에서 일하는 노동자였다―을 조사하고 있었다. 이 중 일부가 실종 직전까지 어느 후미진 하숙집―화이트채플 캐논 레인의 라벤더 롯지―에 묵었다는 사실이 눈길을 끌었다. 경찰이 방문했다. 하숙집 주인장인 에번스 부부와 얘기했고 부지까지 수색했다. 아무것도 나오지 않았다.

하지만 당연한 얘기로, 그 경찰들은 성인이었다. 과거를 볼 줄 몰랐다. 거기서 자행됐을지 모를 범죄의 심령 잔존물을 감지하지도 못했다. 그걸 도와줄 대행사*가 필요했다. 때마침 록우드 심령 회사가 이스트 엔드에서 활발히 일하고 있었고, 일명 '스피탈필즈의 꽥꽥이 유령' 사건의 해결로 그 지역에서 인기를 끌던 차였다. 우린 에번스 부부를 가볍게 한번 방문해 보는 데 동의했다.

그렇게 여기 우리가 있었다.

혐의가 혐의니만큼 나는 라벤더 롯지 주인장들이 꽤나 사악해 보이리라 생각했지만, 실은 전혀 아니었다. 굳이 닮은꼴을 찾아보자면 나뭇가지에 둥지를 틀고 앉은 늙은 부엉이 한 쌍 같았다. 둘 다 키가 작고 둥글둥글한 느낌에다 머리가 희끗했다. 부드럽고 멍하고 졸린 듯한 얼굴로 우릴 보며 커다란 안경 너머의 눈을 끔뻑였다. 옷들은 묵직하고 어딘가 모르게 구식이었다. 부부는 서로에게 바짝 붙어 출입구를 꽉 채웠다. 그들 너머로 장식 술이 달린 천장 조명과 우중충한 벽지가 보였다. 나머지는 몸에 가려 보이지 않았다.

"에번스 씨와 부인 되시죠?" 록우드가 살짝 고개를 숙였다. "안녕하세요. 록우드 심령 회사의 앤서니 록우드입니다. 아까 전화드렸죠. 여긴 제 동료 조사관 루시 칼라일과 조지 커빈스고요."

그들이 우릴 빤히 쳐다봤다. 아주 잠시, 다섯 사람의 운명이 돌이킬 수 없는 지점에 도달했음을 깨닫기라도 한 양 아무도 말이 없었다.

"무슨 일로 그러시는지?" 에번스가 몇 살쯤이었는지는 지금도 모르겠다. 누구든 서른 살 넘는 사람만 보면 내 시간 감각은 콘서티나* 마냥 짜부라지고 마니까. 하지만 그가 아기 침대보다 관 쪽에 더 근접해 있는 것만큼은 분명했다. 성긴 머리칼은 기름을 발라 뒤로 넘겼고, 눈가에는 그물망 같은 주름이 자글자글했다. 우릴 향해 눈을 끔뻑이는데 더없이 맹하고 무해해 보였다.

"전화로 말씀드렸다시피 예전 투숙객 얘길 좀 나누고 싶은데요. 벤턴 씨라고." 록우드가 말했다. "공식적인 실종자 수사의 일환이라

---

* 아코디언 모양의 손풍금.

고 생각하시면 됩니다. 좀 들어가도 될까요?"

"곧 있으면 어두워지는데." 에번스 부인이 말했다.

"아, 금방 끝납니다." 록우드가 최고의 미소를 발사했다. 내가 안도감 유발 미소를 보탰다. 조지는 거리를 미끄러져 오는 허연 형체에 정신이 팔려 그저 불안해 보이는 것 말고는 아무 도움이 안 됐다.

에번스가 고개를 끄덕였다. 천천히 뒤로 물러나 한쪽으로 비켜섰다. "네, 그럽시다. 하지만 최대한 빨리 끝내줘요. 시간이 늦었어. 얼마 안 있으면 '그들'이 나올 거요."

나이 많은 그의 눈에는 도로를 건너오는 허깨비가 안 보였다. 우리 또한 굳이 얘기하지 않았다. 그저 미소를 지으며 고개를 끄덕이고, 에번스 부인의 뒤를 따라 (볼썽사납게 서로를 밀치지 않는 선에서 최대한 신속히) 안으로 들어갔다. 에번스는 우리가 들어서도록 기다렸다가 부드럽게 문을 닫아 밤과 유령과 비를 차단했다.

* * *

에번스 부부가 기다란 복도를 지나 우릴 데려간 곳은 타일 붙인 벽난로에서 불꽃이 일렁이는 공용 휴게실이었다. 내부 장식은 평범했다. 크림색에 우둘투둘한 디자인의 벽지, 해진 갈색 카펫, 줄줄이 진열된 무늬 접시, 추접한 금테 액자 속 그림들이 눈에 들어왔다. 모나고 불편해 보이는 안락의자 몇 개가 흩어져 있고, 라디오와 음료 보관장, 조그만 TV가 비치돼 있었다. 뒷벽의 커다란 나무 찬장에 든 컵과 유리잔, 양념 병과 아침 식사 식기들, 그리고 밖에 놓인 접이식 의자와 플라스틱 상판이 달린 테이블 두 세트로 봐서 이 조촐한 곳은 투숙객들이 식사를 하고 함께 어울리는 공간인 모양이었다.

지금은 우리뿐이었지만.

우리는 가방을 내려놨다. 조지가 안경에 묻은 빗물을 한번 더 닦고, 록우드는 축축한 머리칼을 손으로 쓸었다. 에번스 부부는 방 가운데에 서서 우릴 마주 보고 있었다. 가까이서 본 그들은 더더욱 부엉이 같았다. 목이 앞으로 굽은 데다 어깨까지 구부정해서는 남자는 볼품없는 카디건을, 여자는 검은색 모직 원피스를 걸쳤다. 여전히 둘이 꼭 붙어 서 있었다. 이들이 연로한 건 사실이나, 저 묵직한 옷 아래 몸은 그렇게까지 쇠약하지 않을 것 같단 생각이 들었다.

노부부는 앉을 자리를 권하지 않았다. 대화가 짧게 끝나길 바라는 게 분명했다.

"벤슨, 이라고 했던가요?" 에번스가 물었다.

"벤턴이요." 록우드가 대답했다.

"최근에 여기 묵었어요." 내가 말했다. "삼 주 전에요. 그건 전화로 확인해 주신 내용이고요. 벤턴 씨는 이 부근에서 실종된 사람들 중 하나…."

"네, 네. 그 사람에 대해선 경찰에 얘기했어요. 그렇지만 숙박계를 보여드리죠. 원하신다면."

에번스는 잔잔하게 콧노래를 흥얼거리며 찬장으로 갔다. 그의 아내는 미동도 없이 서서 우릴 지켜봤다. 그가 숙박계를 가져와 펼친 다음 록우드에게 건넸다. "거기 그 사람 이름이 있을 거요."

"고맙습니다." 록우드가 기록을 들여다보는 척하는 사이, 나는 진짜 일을 했다. 집의 소리를 들었다. 조용했다. 심령적으로는 그랬다. 아무것도 감지되지 않았다. 그래, 바닥에 놓인 내 배낭에서 웅얼거리는 소리가 들리기는 했지만, 그건 그냥 없는 셈 치고.

"지금이야!" 해골이 속삭였다. "두 놈 다 죽이고 끝내라고!"

내가 신발 뒤꿈치로 배낭을 슬쩍 걷어차자 목소리가 잠잠해졌다.

"벤턴 씨에 대해 기억나는 게 있나요?" 벽난로 불빛 속에서 조지의 밀가루 같은 얼굴과 모랫빛 머리칼이 흐릿하게 빛났다. 볼록한 배가 스웨터를 뚫고 나올 기세였다. 그는 벨트를 추켜올리는 척하며 온도계 숫자를 슬쩍 확인했다. "아님 다른 실종자들에 대해서라도? 투숙객들과 대화를 많이 하는 편인가요?"

"그다지요." 에번스가 말했다. "당신은 어때요, 노라?"

에번스 부인의 머리칼은 누런 니코틴색이었다. 정수리로 갈수록 숱이 적어지는 머리칼을 부풀려 헬멧 모양으로 고정했다. 피부는 남편과 마찬가지로 쭈글쭈글했다. 그녀의 경우엔 주름이 양쪽 입꼬리에서 퍼져나가는 통에, 끈을 당겨 자루를 여미듯 주름을 당겨 입을 닫을 수도 있을 것 같았지만. "안 해요." 부인이 말했다. "그런다고 이상할 거 없죠. 우리 집엔 장기 투숙객이 거의 없으니까."

"우린 주로 장사꾼을 상대해요." 에번스가 덧붙였다. "외판원들 말예요. 늘 옮겨 다니죠."

침묵이 이어졌다. 방에서 라벤더 향이 진동했다. 달갑잖은 방문자*의 접근을 막는 라벤더들이 벽난로와 창가의 큼지막한 은잔에 다발째 꽂혀 있었다. 다른 방어구*들도 보였다. 나선형 철을 써서 꽃과 동물과 새 모양으로 만든 장식용 주택 방호물들이었다.

안전한 공간이었다. 여봐란듯이 그리 꾸민 것처럼 보일 정도였다.

"투숙 중인 사람이 있나요?" 내가 물었다.

"지금은 없어요."

"객실은 몇 갠데요?"

"여섯 개요. 2층에 네 개, 3층에 두 개가 있죠."

"두 분은 그중 어디서 주무시고요?"

17

"궁금한 것도 많군." 에번스가 말했다. "어리디어린 아가씨가. 우리 세대가 기억하는 옛날엔 애들이 그냥 애들이었소. 검을 차고 꼬치꼬치 캐묻는 심령 조사관이 아니라. 우린 1층에서 지내요. 부엌 뒤에 방이 있죠. 자, 이런 얘긴 경찰한테 다 한 것 같은데. 여러분이 온 이유를 잘 모르겠군요."

"곧 끝납니다." 록우드가 말했다. "벤턴 씨가 묵었던 방만 둘러보게 해주시면 얼른 마치고 갈게요."

그 순간 노부부가 어쩌나 미동조차 없던지. 휴게실 한복판에 솟아오른 묘비들인 줄 알았다. 찬장 옆에서 조지가 손가락으로 케첩병을 쓸었다. 병에는 얇게 먼지가 덮여 있었다.

"안타깝게도 그건 안 됩니다." 에번스가 말했다. "새 투숙객을 받을 준비가 끝난 방이라. 어지럽히고 싶지 않아요. 어차피 벤턴 씨ㅡ그리고 다른 투숙객들ㅡ의 흔적은 사라진 지 오래일 테고. 자…, 이제 그만 가주시죠."

에번스가 록우드에게 다가섰다. 구부정한 어깨에 걸친 카디건과 슬리퍼 차림으로 그러는데도 단호함이 느껴졌고, 갑작스레 힘자랑을 하는 듯 보이기도 했다.

록우드는 외투에 달린 주머니가 참 많기도 많았다. 어떤 주머니에는 무기와 자물쇠 따기 전용 전선이 들어 있었다. 어딘가에는ㅡ내가 확실히 아는데ㅡ비상용 티백을 보관하는 주머니까지 있었다. 또 다른 주머니에서 그가 조그만 플라스틱 카드를 꺼냈다. "영장입니다. DEPRAC* 지정 대행사로서 록우드 심령 회사가 중대 범죄나 출몰*에 연루됐을 가능성이 있는 장소 일체를 수색할 권한을 보장하고 있죠. 확인이 필요하면 런던 경찰청에 전화해 보세요. 몬타규 반스 경위가 기쁜 마음으로 설명해 드릴 겁니다."

"범죄?" 에번스가 입술을 깨물며 한발 물러섰다. "출몰?"

록우드가 늑대를 닮은 미소를 머금고 말했다. "말씀드렸다시피 우린 그저 위층을 둘러보고 싶을 뿐예요."

"여기에 초자연적 존재 같은 건 없어요." 에번스 부인이 얼굴을 찡그리며 말했다. "주위를 봐요. 방비들을 보라고."

남편이 그녀의 팔을 토닥였다. "괜찮아요, 노라. 이분들은 조사관이잖소. 우린 이분들에게 협조할 의무가 있어. 벤턴 씨는, 내 기억대로라면 2호실에 묵었습니다. 꼭대기 층에 있는. 계단을 쭉 올라가요. 두 층만 가면 됩니다. 찾기 쉬워요."

"고맙습니다." 록우드가 도구 가방을 집어 들었다.

"짐은 두고 가시지 않고?" 에번스가 제안했다. "계단이 좁아요. 길기도 하고."

우리는 그를 가만히 쳐다봤다. 이윽고 조지와 내가 어깨를 들썩여가며 배낭을 멨다.

"뭐, 그럼 천천히 둘러보세요." 에번스가 말했다.

위층엔 불이 켜져 있지 않았다. 계단통의 어중간한 어둠 속을 줄지어 올라가다, 나는 고개를 돌려 문 너머의 조그만 부부를 봤다. 휴게실 한가운데 꼭 붙어 선 두 사람이 벽난로 불빛에 루비색으로 깜빡였다. 고개를 한 방향으로 갸우뚱하니 기울인 채 우릴 지켜보는 그들의 안경은 불꽃이 반사돼 타오르는 네 개의 원이었다.

"어떤 것 같아?" 내 위에서 조지가 속삭였다.

록우드가 멈춰 서 있었다. 계단 중간에 설치된 육중한 방화문을 살펴보는 중이었다. 활짝 열린 문짝이 벽면에 고정돼 있었다. "범행 수법은 모르겠지만 저들은 유죄야. 의심의 여지없는 유죄."

조지가 고개를 끄덕였다. "케첩병 봤어? 여기서 아침 먹는 사람이 끊긴 지 한참 됐어."

"저 사람들도 분명 알 텐데. 다 끝났다는 걸." 다시 계단을 오르며 내가 말했다. "투숙객들이 이 위에서 일을 당했으면 우리가 감지하게 될 거니까. 우리 재능*을 저들도 알잖아. 우리가 진실을 알면 어떻게 나올 줄 알고 저러는 걸까?"

록우드의 대답은 제대로 못 들었다. 뒤쪽 계단에서 살며시 움직이는 발소리 때문이었다. 뒤로 돌았다가 언뜻 에번스의 흐릿한 얼굴을 봤다. 머리칼은 헝클어졌고, 노려보는 눈은 사나웠다. 그가 방화문에 손을 뻗더니 닫기 시작했다….

눈 깜짝할 새에 록우드가 레이피어를 빼 들고 아래로 몸을 날렸다. 외투 자락이 펄럭였다….

방화문이 쾅 닫히면서 아래층에서 올라오던 빛을 끊어버렸다. 록우드의 레이피어가 쩍 소리를 내며 나무에 박혔다.

어둠 속에 서 있는데 문의 빗장을 거는 소리가 들렸다. 이윽고 우리 포획자의 웃음소리가 문을 뚫고 들어왔다.

"에번스 씨," 록우드가 말했다. "이거 여시죠."

노인의 목소리는 문에 막혀 웅웅거렸지만 알아듣기엔 충분했다. "가라고 할 때 갔어야지! 맘껏 둘러들 봐. 내 집이다 생각하고! 자정 쯤엔 유령이 자네들을 찾아내겠지. 뭐가 남든 아침에 쓰레질하면 그 만이고."

그 뒤로 들리는 거라곤 슬리퍼가 계단을 저벅, 저벅, 저벅 내려가 사라지는 소리뿐이었다.

"훌륭해라." 배낭 속 목소리가 말했다. "저런 노인네한테까지 당하고. 대단해. 끝내주는 팀이야."

이번엔 놈에게 닥치라고 하지 않았다. 말은 맞는 말이었다.

2

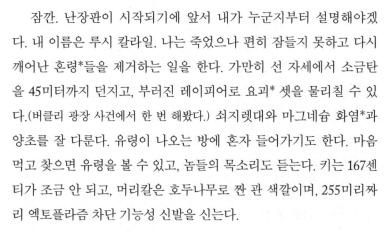

잠깐. 난장판이 시작되기에 앞서 내가 누군지부터 설명해야겠다. 내 이름은 루시 칼라일. 나는 죽었으나 편히 잠들지 못하고 다시 깨어난 혼령*들을 제거하는 일을 한다. 가만히 선 자세에서 소금탄을 45미터까지 던지고, 부러진 레이피어로 요괴* 셋을 물리칠 수 있다.(버클리 광장 사건에서 한 번 해봤다.) 쇠지렛대와 마그네슘 화염*과 양초를 잘 다룬다. 유령이 나오는 방에 혼자 들어가기도 한다. 마음먹고 찾으면 유령을 볼 수 있고, 놈들의 목소리도 듣는다. 키는 167센티가 조금 안 되고, 머리칼은 호두나무로 짠 관 색깔이며, 255미리짜리 엑토플라즘 차단 기능성 신발을 신는다.

자, 소개는 이 정도면 된 것 같고.

그리하여 나는 록우드, 조지와 함께 하숙집 2층 층계참에 서 있었다. 느닷없는 추위가 닥쳐왔다. 느닷없는 '소리들'이 들려왔다.

"방화문을 부수려 해봐야 헛일일 테지." 조지가 말했다.

"헛일이겠지…." 록우드의 목소리는 그가 시각*을 사용할 때면 으레 그렇듯 아련하고 넋이 나간 듯했다. 시각과 청각*, 촉각*은 3대 심령 재능으로 꼽힌다. 록우드는 우리 중 가장 예리한 눈을 가졌고, 나는 청각과 촉각이 뛰어나다. 조지는 셋 다 가능하다. 셋 다 가능한 대신 셋 다 그저 그렇다.

나는 옆 벽면의 전등 스위치에 손가락을 올렸지만 불을 켜진 않았다. 어둠은 심령 감각을 북돋는다. 공포는 당신의 재능을 예민하게 유지시킨다.

우리는 귀로 들었다. 눈으로 봤다.

"아직 아무것도 안 보여." 록우드가 마침내 입을 열었다. "루시?"

"목소리가 들려. 속닥이는 소리." 극도로 긴급한 상황에서 한 무리의 사람들이 너나 할 것 없이 말하는 소리 같았지만, 아직은 너무 희미해서 하나도 알아들을 수가 없었다.

"단지 속 네 친구는 뭐래?"

"내 친구 아니거든." 나는 배낭을 쿡 쑤셨다. "해골?"

"여기 유령들이 있어. 그것도 아주 많이. 그러니까… 이젠 인정하겠지? 기회가 있었을 때 그 영감탱이를 쑤셔야 했다는 걸! 내 말만 들었어도 이렇게 망하진 않았을 텐데. 그치?"

"망한 거 아니거든!" 내가 쏴붙였다. "그리고 어쨌거나 용의자를 무턱대고 쑤실 순 없는 거라고! 내가 계속 말하잖아! 아까는 그들이 유죄인지조차 몰랐고!"

록우드가 의미심장하게 헛기침했다. 이따금 나는 해골의 말을 다른 애들이 못 듣는다는 걸 까먹곤 했다.

"미안." 내가 말했다. "그냥 밉상짓 하는 중이야. 언제나처럼. 여기 유령이 엄청 많다면서."

조지 온도계의 야광 문자반이 어둠 속에서 깜빡였다. "온도 변화 알림이야." 그가 말했다. "계단 시작점보다 5도 낮아."

"그래. 저 방화문이 차단벽 역할을 하고 있어." 록우드의 펜형 손전등 빛줄기가 계단 아래쪽을 들쑤시더니 잿빛 방화문의 이랑진 표면을 잡아냈다. "봐, 철선들이 붙어 있어. 이 문 덕분에 우리 인자하신 노부부가 1층 거처에서 안전히 지내는 거야. 하지만 이 위층에 방을 빌린 사람들은 어둠 속에 도사린 뭔가의 희생양이 되고 말지…."

록우드는 손전등 빛줄기를 넓게 조정한 뒤 우리 주변을 천천히 비췄다. 우리는 비좁은 층계참 바로 아래 서 있었다. 층계참은 충분히 깔끔했지만 보라색 커튼과 낡은 크림색 카펫으로 허름히 꾸며져 있었다. 번호가 붙은 합판 문짝 몇 개가 어둠 속에서 희미하게 빛났다. 모서리들이 접힌 잡지책 몇 권이 추접한 책상에 쌓여 있고, 그 옆에서 계단이 다시 시작되며 3층으로 이어졌다. 초자연적으로 추웠고, 유령안개*가 일렁였다. 희미한 고리 같은 연녹색 안개가 카펫에서 올라와 우리 발목을 천천히 휘감았다. 손전등이 깜빡이기 시작했다. 배터리가 그새 다 닳아버린 듯, 당장이라도 불이 나가버릴 듯했다. 마음속 공포가 헤아릴 수 없이 깊어졌다. 나는 몸을 떨었다. 사악한 뭔가가 아주 가까이에 있었다.

록우드가 장갑을 고쳐 꼈다. 손전등 빛 속의 얼굴이 눈부시고, 검은 눈동자가 반짝였다. 늘 그렇지만 위기는 그와 잘 어울렸다. "좋아." 그가 나지막이 말했다. "잘 들어. 동요하지 말고, 이 위에 있는 게 뭐든 정리해 놓고 에번스를 처리할 방법을 찾을 거야. 조지, 여기다 쇠사슬로 방어진을 쳐. 루시, 해골이 더 해줄 얘기가 있는지 봐. 난 근처 방들을 확인할게."

록우드는 레이피어를 내들고 문을 밀어 연 뒤, 기다란 외투 자락을 휘날리며 안으로 사라졌다.

우리도 작업에 착수했다. 조지가 등을 꺼내 밝기를 낮췄다. 그 빛에 의지해 분주히 움직이며 카펫 가운데에 꽤 준수한 방어진을 만들어나가기 시작했다. 나는 배낭을 열고—낑낑거리며—크고 희미한 빛을 내는 유리 단지를 끄집어냈다. 단지 위쪽은 복잡한 구조의 플라스틱 뚜껑으로 밀봉돼 있고, 유리 안 녹색 액체에선 곁눈질하는 얼굴이 넘실거렸다. 그리고 여기서 말하는 곁눈질이 그리 근사한 곁눈질은 아니다. 최고 보안 등급 교도소의 철창 뒤에서나 보게 되는 종류에더 가까웠다. 얼굴은 단지 바닥에 고정된 해골의 유령—허깨비 혹은요괴—이었다. 사악하고, 꼴사납고, 따로 불리는 이름도 없었다.

나는 놈을 쏘아봤다. "이제 분별 있게 굴 거야?"

놈이 잇몸을 한껏 드러내며 고약하게 히죽거렸다. "나야 늘 분별있지! 뭘 알고 싶은데?"

"여기 뭐가 있는 거야?"

"혼령 군집*. 잠 못 들고 심기가 불편한 데다, 잠깐, 뭔가가 더 있는데…." 얼굴이 확 일그러졌다. "오오, 안 좋은데. 정말 안 좋아. 내가너라면, 루시, 창문을 찾아 뛰어내리겠어. 다리 두 짝쯤 부러지면 어때? 어쨌든 여기 있는 것보단 나아."

"왜? 뭘 찾았는데?"

"다른 개체. 뭔진 아직 모르겠어. 하지만 놈은 강하고 굶주리고,그리고…." 툭 불거진 눈이 나를 힐끔거렸다. "아니, 미안. 나도 다는감지 못 해. 이 극악무도한 단지에 갇힌 채로는. 자, 날 내보내 줘봐.그럼 얘기가 달라…."

나는 코웃음을 쳤다. "그럴 일 없거든요. 잘 알면서."

"하지만 나 역시 이 팀의 귀중한 일원이라고!"

"누가 그래? 우리가 죽겠다 싶으면 환호하느라 정신없는 주제에."

해골이 고무 같은 입술을 앙다물고 분노로 바들거렸다. "요샌 거의 안 그러잖아! 우리 사이는 달라졌어. 너도 알면서 그래!"

뭐, 그건 그랬다. 우리와 해골 사이가 달라지긴 했다. 몇 개월 전, 놈과 처음 대화하기 시작했을 때, 우린 의심과 짜증과 혐오의 시선으로 놈을 봤다. 하지만 시간이 지나고 놈을 제대로 알게 되면서는 거기다 진정한 경멸까지 보태게 됐다.

조지가 우리 경쟁업체에서 이 유령단지*를 훔친 건 오래전 일이었지만, 뚜껑에 달린 보호용 레버를 내가 실수로 돌리고서야 비로소 알게 됐다. 그 안에 갇힌 유령과 진짜 대화가 가능하단 걸. 처음에 놈은 마냥 적대적일 뿐이었다. 하지만 지루해선지, 아님 우정이 간절해선지, 차츰 초자연적 문제들에 도움을 주기 시작했다. 그게 유용할 때도 있었으나 그렇다고 놈을 덥석 믿을 순 없었다. 놈은 도덕관념이라 할 만한 게 아예 없고, 단지 속에서 굼실거리는 머리통이 나빠 봐야 얼마나 나쁘겠느냐는 생각 이상으로 못돼먹었다. 해골 녀석의 사악한 천성에 특히 시달리는 건 나였다. 놈과 실제로 대화하는 것도, 머릿속에서 메아리치는 놈의 신바람 난 목소리를 견뎌야 하는 것도 다 내 몫이기 때문이었다.

내가 유리를 톡톡 두드리자, 유령 얼굴이 놀랐다는 듯 눈을 찡그렸다. "아까 말한 강력한 영혼에 집중해. 출처*의 위치를 찾아줬으면 해. 그게 숨겨진 장소를 찾으라고." 그렇게 말하며 자리에서 일어났다. 조지가 나를 빙 둘러 방어진을 완성한 터였다. 잠시 뒤, 록우드가 층계참으로 나와 방어진 안의 우리와 합류했다.

록우드는 언제나처럼 차분하고 침착했다. "음, 소름 끼치더라."

"뭐가?"

"저 방 실내 장식. 연보라랑 녹색, 그리고 비위 상하는 노란색의 일종이라고밖에 말 못 할 걸로 해놨더라고. 셋이 진짜 하나도 안 어울려."

25

"그러니까 유령은 따로 없고?"

"아, 있어. 있긴 해. 소금*이랑 철로 가둬놨으니까 당분간은 안전해. 궁금하면 가서 보고 와. 난 보급품 좀 채우고 있을게."

조지와 나는 손전등을 꺼내 들었지만 켜지 않았다. 그럴 필요가 없었다. 우리가 들어간 곳은 누추하고 조그만 객실이었다. 싱글 침대와 비좁은 옷장이 있고, 조그만 창문은 검고 빗물로 얼룩져 있었다. 이 모두를 침대에 수평으로 떠 있는 다른빛*이 밝히고 있었는데, 빛살이 녹아 베개가 되고 이불이 되는 것 같았다. 그 빛 가운데에 줄무늬 잠옷을 입은 남자 유령이 있었다. 잠든 것처럼 등을 대고 똑바로 누웠고, 팔다리는 침대보에 닿을락 말락 했다. 콧수염은 소그맣고, 머리칼은 부스스했다. 두 눈은 감겨 있었다. 이빨 없는 입은 쩍 벌어졌고, 수염이 텁수룩한 턱은 지저분했다.

환영*한테서 찬 기운이 흘러나왔다. 록우드가 작업 벨트의 통에 든 소금과 철가루를 탈탈 털어 그린 이중 방어진이 침대를 두르고 있었다. 고동치는 아우라*가 쇠사슬과 너무 가까워질 때마다 소금 입자에 불이 붙으며 녹색 불똥이 튀었다.

"주인장들이 숙박료로 얼마를 받든," 조지가 말했다. "바가지야. 바가지."

우린 층계참으로 돌아갔다.

록우드가 다 채운 산탄통을 벨트에 달고 있었다. "보고 왔어?"

"응." 내가 대답했다. "경찰이 찾는 실종자 중 하나일까?"

"틀림없어. 문제는 저 사람을 죽인 게 뭐냐는 거지."

"해골 말이 여기에 강력한 영혼이 있대. 보통 놈이 아니라고."

"자정은 돼야 움직일 텐데. 글쎄, 그때까지 마냥 기다릴 순 없어. 놈을 찾아낼 수 있는지 보자."

우리는 옆 객실과 그 옆 화장실을 확인했다. 둘 다 깨끗했다. 하지만 네 번째 문을 열었을 땐 유령 둘이 나왔다. 남자 하나는 아까 봤던 방문자와 비슷하게 싱글 침대에 누워 있었는데, 모로 웅크린 채 한 팔을 베고 있다는 것만 달랐다. 그는 나이가 더 많고 다부진 체격에다 모랫빛 머리칼을 아주 짧게 깎았고 암청색 잠옷을 입었다. 눈을 뜨고 있었지만 아무것도 보고 있지 않았다. 그 가까이에─다른빛의 아우라가 맞닿을 정도로 가까이에─다른 남자가 서 있었다. 그는 잠옷 바지에 흰 티셔츠를 입었다. 구깃거리는 옷과 듬성듬성 난 수염, 엉망으로 뒤엉킨 길고 검은 머리칼이 자다가 막 일어난 사람 같았다. 그의 발을 통과해 건너편 카펫이 훤히 들여다보였다. 그는 극도의 공포에 휩싸인 눈으로 천장을 올려다보고 있었다.

"절명광*이 두 개야." 록우드가 말했다. "둘의 밝기가 많이 달라. 서로 다른 날짜에 각각 일을 당했단 뜻이지. 두 사람 다 잠든 와중에 살해됐어."

"둘 다 옷을 고이 챙겨 입고 자서 어찌나 다행인지." 조지가 말했다. "특히 저 털 많은 남자. 얼른 가두자. 공격적으론 안 보이지만 혹시 모르니까. 쇠사슬 챙겨 왔지, 루시?"

나는 대답하지 않았다. 유령의 한기가 고동치고, 그와 함께 감정의 메아리가 들이닥쳤다. 이 방에서 실종된 사람들이 느꼈던 외로움과 공포와 슬픔의 메아리였다. 그것에 나를 내맡겼다. 과거에서 찾아온 숨소리가 들렸다. 깊이 잠든 사람의 규칙적인 숨소리였다. 다음으로 스르르 미끄러지는 소리가 났다. 부드럽고 축축한 게 퍼덕거리는 소리였다. 땅에 떨어진 뱀장어가 바르작거리는 듯한.

곁눈질하니 천장에서 뭔가가 보였다.

그게 내게 손짓했다. 파리하고, 뼈가 없는 듯 흐물거리는 것이.

나는 얼른 고개를 돌렸지만 거기엔 아무것도 없었다.

"괜찮아, 루시?" 록우드와 조지가 곁에 와 있었다. 침대 너머의 수염 난 남자 유령이 가만히 천장을 봤다. 좀 전에 내 눈길이 머물렀던 바로 그 지점이었다.

"뭔가 있었어. 저 위에. 내뻗는 손 같은 거. 손 같은데 손은 아닌."

"음, 그럼 뭐였던 거 같은데?"

나는 혐오감에 몸서리쳤다. "모르겠어."

우리는 두 유령을 가두고 2층 마지막 객실을 확인했다. 죽은 투숙객 같은 건 따로 없어서 나름 기분 전환이 됐다. 그런 다음 꼭대기 층으로 가는 계단을 꼼꼼히 살폈다. 거기서 기름진 실 같은 유령안개가 내리퍼붓고, 둑에서 물이 넘치듯 쏟아졌다. 어둠을 탐색하는 손전등 빛줄기가 휘고 뒤틀려 보였다.

"그래, 그러니까 저기서 일이 벌어지고 있다 그거지." 록우드가 말했다. "가보자."

우리는 남은 장비들을 챙겼다. 유령단지 속 깊은 곳에서 기괴한 얼굴이 우릴 간절히 쳐다봤다. "날 놓고 갈 건 아니지. 그치? 니들이 끔찍하게 죽는 순간을 1열에서 감상하는 게 내 꿈인데."

"네, 네." 내가 말했다. "이 모두의 출처는 찾았어?"

"위층 어딘가에 있어. 하지만 그건 너도 이미 알잖아. 아냐?"

나는 단지를 배낭에 인정사정없이 쑤셔 넣고 서둘러 남자애들을 뒤따랐다. 그들은 계단을 반쯤 올라가 있었다.

"아침에 우릴 쓰레질하겠다던 에번스 말이 어딘가 불쾌해." 꼭대기 층계참이 가까워 오는데 조지가 속삭였다. "우리가 죽고 남는 것조차 얼마 없으리란 얘기 같았거든. 물론 과장이겠지만."

록우드가 고개를 저었다. "꼭 그렇지만도 않아. 유령한테 기운을 너무 뺏기면 시신이 종잇장처럼 바싹 마르기도 해. 빈 껍질마냥. 경찰이 실종자들의 유해를 못 찾은 것도 그래서일지 몰라. 에번스가 아래층 벽난로에서 태웠을 거야. 차곡차곡 개서 침대 밑 상자에 넣었든가. 옷장에 얌전히 걸어뒀을지도. 특이하고 여드름이 도톨도톨한 정장 컬렉션처럼. 지어낸 얘기가 아냐. 실제로 있는 일이라고."

"고맙다, 록우드." 잠시 말을 잃었던 조지가 대꾸했다. "아주 기분 좋아지는 얘길 해줘서."

"하지만 뭘 위해서?" 내가 물었다. "내 말은, 에번스 부부가 뭣 때문에?"

"희생자들의 돈이랑 소지품을 꿀꺽하는 걸지 모르지. 그 속을 누가 알겠어? 두 사람 다 딱 봐도 제대로 미친…."

록우드가 팔을 들었다. 우리는 가장 위쪽 계단에서 멈췄다. 층계참은 아래쪽 것과 비슷했다. 문이 세 개 나 있었는데, 모두 닫혀 있었다. 온도가 다시 떨어졌다. 카펫에서 유령안개가 끓는 우유처럼 부글거렸다. 죽은 자들의 속삭임이 귀를 괴롭혔다. 출몰의 중심이 근처에 있었다.

우리 모두가 천천히 움직였다. 엄청난 무게에 짓눌리는 사람들처럼. 사방을 주의 깊게 살폈지만 눈에 띄는 환영은 없었다.

"해골," 내가 말했다. "뭐가 보여?"

배낭에서 따분한 듯한 목소리가 들렸다. "엄청난 위험이 보이노라." 놈이 읊조렸다. "아주 가까이서 엄청난 위험이. '난 안 보이는데?' 그리 말하려고 했지? 솔직히 말해 너희들은 허접쓰레기야. 니들 무릎 위로 망령*이 기어 올라가 엉치뼈를 떨어뜨린대도 모르고 있을걸."

나는 배낭을 흔들었다. "이 더러운 해골바가지 놈아! 네가 말하는 그 위험이 어딨냐고!"

"전혀 모르겠어. 심령 간섭이 이만저만이 아니라. 미안."

나는 그대로 보고했다. 록우드가 한숨을 쉬었다. "일일이 들어가 보는 수밖에 없겠네. 자, 한 사람이 하나씩 맡으면 되겠다."

"난 이걸로 할게." 조지가 대담하게 왼쪽 문으로 전진했다. 연극 이라도 하듯 과장된 몸짓으로 문을 활짝 열었다. "아이고, 아쉬워라. 아무것도 없네."

"그건 누가 봐도 청소 도구함이잖아." 내가 말했다. "봐. 문 모양도 다르고 객실 번호도 안 붙어 있다고. 다시 골라라, 진짜."

조지가 고개를 가로저었다. "어림없거든요. 네 차례야."

나는 오른쪽 문을 골랐다. 숫자 1이 적힌 스티커가 붙어 있었다. 레이피어를 앞세우고 문을 밀어 열었다. 조그만 객실에 설치된 세면 대와 거울이 보였다. 그 앞에 희미하게 빛을 내는 남자가 서 있었다. 비쩍 마른 상체엔 옷을 걸치지 않았다. 턱은 면도 거품으로 희고, 손 에는 날카로운 면도칼을 들었다. 문이 열림과 동시에 그가 내게 몸을 돌리고 시력 없는 눈으로 쳐다봤다. 느닷없는 공포가 솟구쳤다. 나는 벨트를 더듬어 소금과 철가루를 찾아내선 바닥을 가로질러 뿌렸다. 그렇게 만든 장벽을 유령은 넘지 못했다. 뒤로 물러나선 우리에 갇힌 짐승처럼 이리저리 맴돌면서도 내게서 눈길을 거두지 않았다.

나는 얼음장처럼 차가운 이마를 훔쳤다. "자, 내 쪽도 끝났어."

록우드가 옷깃을 살짝 매만졌다. 마지막으로 남은 문을 가만히 봤 다. "그러니까… 내 차례인 거네. 그치, 이제?"

"넵." 내가 말했다. "그러고 보니 2호실이네. 에번스가 얘기한."

"그래…. 그러니까 유령 한둘쯤 있겠지 뭐…." 말은 그렇게 했 지 만, 그때의 록우드가 대단히 행복해 보이진 않았다. 그가 손에 쥔 레 이피어를 들어 올리고 어깨를 돌리며 심호흡했다. 다음 순간 느닷없이 환히 웃었다. 모든 게 괜찮아 보이게 만드는 특유의 싱긋거림이었다. "뭐," 그가 말했다. "무서워 봤자 얼마나 무섭겠어?"

록우드가 문을 밀어 열었다.

좋은 소식은 방에 있던 게 유령 한둘은 아니었단 거다. 전혀 아니었다. 나쁜 소식은 유령이 한둘이 아니라 셀 수 없이 많았단 거고. 온 방이 그들로 바글거렸다. 유령들이, 잠옷을 입은 남자들이 그득그득했다. 일부는 선명했고, 일부는 훨씬 희미했다. 수척하고, 부스스하고, 뺨이 홀쭉하고, 눈이 휑했다. 누군가는 이제 막 깊은 잠에서 깨어난 듯 보였다. 옷을 입다 죽은 이도 있었다. 그런 이들이 그 허름하고 볼품없는 공간에서 서로 겹쳐진 채 옷장과 수건걸이 사이에, 침대 틀과 세면대 사이에 잔뜩 들어 있었다. 누군가는 천장을 쳐다보고, 누군가는 머뭇머뭇 움직였다. 열린 문을 응시하며.

그들 모두가 희생자였다. 그렇다고 그들이 안전한 건 아니었다. 자기 운명에 대한 억울함이, 순전한 적개심의 위력이 고스란히 전해졌다. 찬 공기가 우릴 때렸다. 록우드의 외투 자락이 펄럭였다. 내 머리칼이 얼굴을 쓸었다.

"조심해!" 조지가 외쳤다. "우릴 눈치챘어! 차단벽을 세워야 돼. 놈들이…."

… 움직이기 전에. 조지가 하려던 말이었다. 하지만 너무 늦었다.

어떤 유령은 살아 있는 것에 끌린다. 우리의 온기를 감지하고 자기 걸로 만들려는 건지도 모른다. 이들은 고독한 죽음을 맞아 온기를 향한 갈망이 강력했다. 마치 조수처럼 빛을 발하는 형상들의 무리가 들이닥쳤다. 순식간에 문을 통과해 층계참으로 나왔다. 록우드는 철가루를 부으려던 산탄통을 내던지고 레이피어를 올려 들었다. 나도 검을 뽑은 상태였다. 우린 복잡한 문양을 그려 견고한 방어벽을 세우려 시도했다. 유령 몇이 물러났다. 나머지는 좌우로 날래게 움직여 레이피어가 닿지 않는 곳으로 피했다.

나는 록우드의 팔을 잡았다. "이러다 포위될 거야! 아래로! 얼른!"

록우드가 고개를 저었다. "아니. 아래엔 아무것도 없어! 게다가 놈들이 뒤따라오기라도 하면 우린 거기 갇히게 돼. 이 모두의 원인을 찾아야 해. 위로 계속 올라가야 한다고."

"하지만 여기가 꼭대기 층이잖아!"

"정말? 그럼 저건 뭔데?" 록우드가 가리켰다.

나는 눈길을 돌렸고, 저 높이 천장에 난 조그만 나무 다락문을 봤다.

"조지." 록우드가 차분히 말했다. "사다리 좀 줄래."

"뭔 사다리?" 조지는 소금탄을 던지느라 정신없었다. 소금탄이 벽에 맞고 터져 음영자들에게 쏟아지며 연녹색 불꽃을 튀겼다.

"사다리 달라고, 조지."

조지가 잔뜩 당황해서는 머리 위로 두 손을 흔들었다. "어디서? 내 바지 속에서?"

"네가 열었던 도구함에 있잖아, 멍청아! 얼른!"

"아, 그래. 그랬지." 조지가 조그만 문으로 몸을 날렸다.

유령들이 좁혀 들어왔다. 그들의 속삭임은 어느새 포효가 돼 있었다. 내 옆에서 조끼와 조깅 바지를 입은 남자의 윤곽이 보였다. 그게 내 쪽으로 일렁거렸다. 나는 레이피어를 대각선으로 그어 놈을 두 동강 냈다. 토막들이 바닥을 구르더니 한데 모여 다시 형체를 갖췄다. 그 너머에 록우드가 기다란 쇠사슬을 빼 들고 서 있었다. 그걸 질질 끌고 돌아 층계참 가운데에 대강의 방어진을 만들었다.

이내 조지가 돌아왔다. 사다리를 들고 있었다. 포개진 다리를 빼면 길어지는 형태의 사다리였다. 그는 폴짝 뛰어 방어진 가운데로,

록우드와 내 옆으로 들어왔다. 아무 말 없이 사다리를 늘여 그 끝을 다락문 가장자리에 걸치고 세워 균형을 잡았다.

우리를 둘러싼 충계참 전체에 기괴한 빛이 넘쳐났다. 형상들이 흰 팔을 벌린 채 스르르 다가왔다. 엑토플라즘이 쇠사슬 장벽을 때리고 쉭쉭거렸다.

우리는 사다리를 올랐다. 록우드가 가장 먼저, 다음이 조지, 그리고 나였다. 록우드가 출입구에 도달했다. 문을 힘껏 밀었다. 검은 띠 같은 틈새가 벌어지고, 종이부채가 펴지듯 서서히 넓어졌다. 먼지가 솔솔 날렸다.

그냥 내 느낌이 그랬나? 아님 사다리 아래 모여든 유령들이 정말로 소리를 뚝 그친 건가? 아무튼 귓가의 속삭임이 멈췄다. 놈들이 멍한 눈으로 우릴 지켜봤다.

록우드가 한 번 더 힘줘 밀었다. 요란한 소리와 함께 문이 경첩 반대편으로 넘어갔다. 이제 거기에 구멍이 있었다. 쩍 벌린 입처럼 검었다. 구멍에서 싸늘한 공기가 쏟아졌다.

여기가 뿌리였다. 이 집을 둘러싼 공포의 뿌리. 우리가 찾는 원인이 여기 있을 터였다. 우린 망설이지 않았다. 서둘러 올라갔고, 줄줄이 어둠에 삼켜졌다.

3

추웠다. 그게 첫인상이었다.

칠흑같이 어둡기도 했다. 다락 밑 유령들의 다른빛이 출입구에서 희미한 기둥처럼 솟으며 우리의 파리한 얼굴을 밝혔다. 그걸 빼면 아무것도 안 보였다.

그리고 다른 뭔가가 있었다. 가까이에, 사방에. 그것의 존재가 우릴 압박했다. 어둠 속에서 머리 위를 맴돌았다. 그 힘에 눌려 숨쉬기가 힘들고, 움직이기가 힘들었다. 깊은 물속에 난데없이 쭈그리고 앉아 끔찍한 수압에 짓뭉개지는 것만 같았다….

가장 먼저 이겨낸 건 록우드였다. 그가 바스락거리며 가방에 손을 뻗어 등을 꺼냈다. 전원을 켜고 밝기를 조절했다. 부드럽고 따뜻한 빛이 부풀며 우리가 있는 곳을 비췄다.

다락이었다. 휑뎅그렁한 공간으로 바닥이 넓고, 경사가 급한 지붕은 처마 밑이 컴컴했다. 다락 양옆은 오래된 박공벽이었는데, 한쪽에는 굴뚝이 내장돼 있고, 반대쪽에는 기다랗고 폭이 좁은 창문이 하나 나 있었다. 머리 위 높은 곳의 그림자 속에 거대한 대들보가 길게 뻗어 지붕 무게를 지탱했다.

한쪽 구석에 망가진 차茶 궤짝 몇 개가 놓여 있었다. 그걸 빼면 방은 휑했다. 아무것도 없었다.

아니, 아예 없진 않았다. 서까래 사이에 거미줄이 마치 해먹처럼 걸려 있었다. 두툼하고 잿빛에다 묵직한 것이 꼭 아라비아 시장가의 천장에 걸린 휘장들 같았다. 지붕 선이 바닥과 만나는 경계에 더미로 쌓이고 모퉁이들에도 그득그득 들어앉아 황량한 방의 가장자리가 흐릿해 보였다. 대들보에 주렁주렁 걸린 거미줄 가닥들이 우리가 움직이며 생긴 미세한 기류에 움찔거렸다.

거미줄 곳곳에서 서리가 반짝였다. 우리가 내쉬는 숨결이 씁쓸한 입김으로 변했다.

우리는 잔뜩 굳어 자리에서 일어났다. 거미에 얽힌 유명한, 그리고 별난 사실이 하나 있다. 놈들은 심령 소란이 발생하는 장소에 끌린다. 눈에 안 보이고 정체 모를 존재들이 깃들어 힘을 키운 '오래된 출처'를 좋아한다. 비정상적인 거미 군집은 막강하고 오랜 출몰의 확실한 징후이며, 놈들이 만드는 거미줄은 결정적인 증거다. 생각해 보면 라벤더 롯지의 객실에서 거미줄을 본 기억은 없었지만, 그건 아마도 에번스 부인이 먼지떨이로 실력을 발휘한 결과였을 거다.

하지만 다락은 상황이 달랐다.

우리는 남은 장비를 한데 모았다. 허둥지둥 사다리를 오르느라 조지는 자기 가방을 아래에 두고 왔고, 록우드와 나는 쇠사슬을 비롯해 소금과 철의 대부분을 써버렸다. 다행히도 록우드는 우리에게 없어선 안 될 은제 봉인구가 든 가방을 챙긴 터였고, 우리 각자의 벨트에 꽂힌 마그네슘 화염도 온전한 상태였다. 아, 그리고 우리에겐 아직 유령단지도 있었다. 놈이 도움이 되기나 할진 알 수 없었지만. 나는 열린 다락문 옆에 놈을 아무렇게나 내려놨다. 단지 속 얼굴은 희미해져 있었고, 플라스마*는 어둡고 싸늘했다.

"여기 올라와선 안 됐어….." 놈이 속삭였다. "나조차 불안하다고. 이미 죽은 몸인데도."

나는 얼굴 가까이서 대롱거리는 거미줄 몇 가닥을 레이피어로 잘 랐다. "우리한테 무슨 선택의 여지가 있었던 것처럼 말하네. 뭐든 보이면 얘기해."

록우드가 창가로 갔다. 창문은 그의 키만큼이나 길쭉했다. 그는 지저분한 유리를 동그랗게 닦고 얇은 막 같은 얼음을 쓸었다. "거리가 내려다보여. 저 아래 항마등*도 보이고. 좋아. 여기 어딘가에 틀림없이 출처가 있어. 우리 모두가 느낄 정도야. 조심히 움직여. 끝을 보자고."

수색이 시작됐다. 우린 고산지대의 산악인처럼 움직였다. 느리고 고통스럽고 힘들었다. 무시무시한 심령의 무게가 사방에서 내리눌렀다.

다락문 옆에 최근에 찍힌 손자국이 있었다. 날림으로 수색한 경찰의 흔적일 터였다. 그걸 빼면 사람의 발길이 끊긴 지 몇 해는 된 듯했다. 바닥 곳곳에 널빤지들이 조악하게 덧대져 있고, 그 모두를 두껍게 덮은 먼지를 록우드가 가리켰다. 거기 희미하게 남은 소용돌이와 물결무늬가 눈에 띄었다. 뭔지 모를 움직임들이 공기를 가르며 먼지를 날려 생긴 모양들 같았으나 발자국은 전혀 없었다.

레이피어로 모퉁이들을 쑤시는 조지의 검날에 거미줄이 감겨 나왔다.

나는 다락 한가운데 서서 귀를 기울였다.

꽁꽁 얼게 차가운 서까래 너머, 거미줄 너머에서 바람이 지붕을 휘감고 울부짖었다. 빗줄기가 지붕널을 후려갈겼다. 경사진 지붕을 타고 내려 창문을 두들겼다. 건물의 뼈대가 전율했다.

그러나 그 내부는 고요했다. 다락 밑 유령들의 속삭임이 더는 들리지 않았다.

소리도, 환영도, 유령안개조차도 없었다.

악랄한 추위뿐이었다.

우리는 다락 중심부에서 다시 모였다. 나는 꼬질꼬질한 몰골로 신경이 곤두선 채 벌벌 떨었다. 록우드는 파리하고 짜증이 나 있었다. 조지는 레이피어에 들러붙은 거미줄 뭉텅이를 떼어내려고 신발 밑창에다 검날을 비벼댔다.

"어떤 것 같아?" 록우드가 물었다. "어디에 있는지 도무지 모르겠어. 무슨 의견이라도?"

조지가 손을 들었다. "있어. 배고파. 뭘 좀 먹어야겠어."

나는 그를 보며 눈을 끔뻑였다. "지금 이 상황에 먹을 게 생각난다고?"

"나고말고. 죽음의 공포는 내 식욕을 자극하거든."

록우드가 씩 웃었다. "그렇다니 안됐네. 샌드위치가 없어서. 네 건 가방에 들었잖아. 가방은 저 밑에 유령들과 있고."

"알아. 루시 걸 얻어먹을까 했지."

그 말에 나는 눈을 흡떴다. 눈알을 위로 굴렸다가 그대로 굳었다.

"루시?" 뭔가가 잘못됐다는 걸 가장 먼저 눈치채는 건 늘 록우드였다.

나는 잠시 뜸을 들이다 대답했다. "지금 저거 내 그림자야?" 천천히 말했다. "아님 들보에 뭐가 있는 거야?"

머리 바로 위쪽 대들보였다. 거기서 거미줄이 치렁치렁 늘어져 처마 그림자와 합체했다. 그 위로 보이는 기이한 검은 얼룩은 대들보의 일부일 수도, 거기 놓인 뭔가의 일부일 수도 있었다. 밑에서는 정말

분간이 잘 안 됐다. 얼룩 한쪽에서 삐져나온, 어찌 보면 머리칼 같기도 한 뭔가를 빼면.

우린 침묵 속에서 올려다봤다.

"조지, 사다리." 록우드가 말했다.

조지가 사다리를 가지러 가서 출입구로 끌어 올렸다. "그 친구들이 밑에 그대로 있는데." 그가 보고했다. "쇠사슬 부근에 그냥 서 있어. 뭔가를 기다리기라도 하는 양."

우리는 사다리를 대들보에 대고 세웠다.

"내가 충고 하나 할까?" 단지 속에서 유령이 들썩였다. "지금 상황에서 할 수 있는 최악의 선택이 거길 올라가서 보는 거야. 그러지 말고 마그네슘 화염이나 하나 던지고 튀어."

나는 록우드에게 그렇게 전했다. 그가 고개를 가로저었다. "저게 출처라면 봉인해야 해. 우리 중 누군가는 올라가야 한다고. 네가 하면 어때, 조지? 아까 고른 게 청소 도구함이었고 하니."

사실 조지는 얼굴에 드러나는 감정들을 쥐어짜 봐야 푸딩 그릇 하나 겨우 채울 사람이다. 그런 녀석도 지금 이 상황이 좋아 죽겠는 건 아니라는 게 눈에 보였다.

"아님 내가 해?" 록우드가 말했다.

"아니, 아니…. 괜찮아. 망을 줘, 그럼."

모든 출몰의 중심에는 출처가 있다. 특정한 심령 현상이 매여 있는 사물 혹은 장소 말이다. 출처를 무력화하면—예를 들어 은제 사슬망* 따위의 봉인구로 덮거나 하면—초자연적 힘을 봉할 수 있다. 그리하여 조지가 플라스틱 상자에 고이 접힌 망을 챙겨 사다리를 오르기 시작했다. 록우드와 나는 밑에서 대기했다.

조지의 발아래서 사다리가 휘청이고 경련했다.

"나중에 딴소리하지 마. 난 분명히 경고했어." 유령단지 속 해골이 말했다.

조지는 등불이 비치는 범위를 벗어나 그늘진 대들보에 접근했다. 나는 벨트에서 검을 뜯었다. 록우드가 검을 들어 올렸다. 우리의 눈이 마주쳤다.

"그래, 일이 벌어질 거면," 록우드가 중얼거렸다. "그럴 가능성이 가장 높은 때가….."

대들보에서 희고 번들거리는 촉수들이 터져 나왔다. 멀겋고 단조로운 형태에 끝이 뭉툭했다. 놈들이 맹렬한 속도로 똬리를 풀었다. 몇은 사다리 위의 조지를 노리고, 또 다른 몇은 밑에 있는 록우드와 나를 덮쳐왔다.

"지금이라고. 이런." 록우드가 말했다.

촉수들이 위에서 내리쳤다. 우린 흩어졌다. 록우드는 창 쪽으로, 나는 다락문 쪽으로 몸을 던졌다. 저 높은 곳에선 조지가 황급히 상체를 젖히다 사슬망을 떨어트리고 몸의 균형을 잃었다. 사다리가 뒤로 넘어갔다. 그러다 지붕 경사면에 사다리 끝이 끼고, 그 통에 발이 미끄러진 조지가 가장 위쪽 디딤대를 두 손으로 잡고 대롱대롱 매달렸다.

덩굴손 같은 촉수가 내 옆 바닥에 털썩 떨어지더니 마룻널과 한 몸이 돼 덤벼들었다. 촉수는 엑토플라즘 덩어리였다. 죽고 싶지 않으면 맨살에 닿는 일만큼은 막아야 했다. 나는 필사적으로 뛰어 비키려다 발을 헛디디며 검을 떨어트렸다.

그냥 떨어트리고 만 게 아니었다. 레이피어는 뻥 뚫린 출입구로 사라져 다락 밑 유령들 틈으로 떨어졌다.

높은 곳 상황도 크게 나을 바 없었다. 조지는 사다리 디딤대에서 한 손을 뜯어내 벨트의 마그네슘 화염을 뽑고는 굼실거리는 촉수들을 향해 던졌다. 화염탄은 완전히 빗나가 지붕을 때리며 눈부신 빛으로 폭발했고, 허옇고 뜨겁게 불타는 소금과 철이 폭포수처럼 쏟아지며 록우드의 옷에 불이 붙었다.

우리가 가끔 좀 그렇다. 이래저래 일이 꼬인다.

"오, 시작이 좋은데!" 유령단지 속 얼굴이 눈에 띄게 신바람을 냈다. 내가 근처의 촉수를 피해 이리저리 폴짝폴짝 뛰고 달리는 꼴을 보며 까르르 웃었다. "그러니까 이젠 서로한테 불을 놓기로 한 거야? 참신하기도 하지! 다음엔 또 무슨 신기한 구경을 시켜주려나?"

머리 위, 대들보와 지붕 서까래에서 엑토플라즘 촉수들이 계속 터져 나왔다. 결절 같은 머리가 아기 고사리처럼 쏙쏙 올라왔다. 이윽고 앞 못 보는 백골색 채찍이 돼선 다락을 휩쓸었다. 방 저편에서는 록우드가 손에서 레이피어를 놓쳤다. 창문으로 비틀비틀 뒷걸음하는 그의 옷에 은색 불꽃들이 수북하고, 그는 고개를 한껏 뒤로 젖혀 열기를 피했다.

"물!" 록우드가 소리쳤다. "물 있는 사람?"

"나!" 나는 빛나는 촉수 밑으로 몸을 숙이고 가방에 손을 넣었다. 플라스틱 물통을 찾으면서 외쳤다. "그리고 난 검이 필요해!"

다락에 돌풍이 휘몰아쳤다. 비정상적으로 셌다. 록우드 뒤 창문이 확 열리며 유리가 박살 났다. 비가 세차게 들이치고 폭풍우가 울부짖었다. 지금 서 있는 위치에서 두 걸음, 어쩜 세 걸음, 그 정도만 더 가도 록우드는 끔찍스레 추락해 저 아래 땅바닥에 처박힐 것이다.

"물, 루시!"

"조지, 네 검!"

조지가 듣고는 이해했다. 그는 허공에 매달린 채 광적으로 몸부림

쳐 또 다른 촉수의 눈먼 공격을 피했다. 벨트에 걸린 레이피어가 그의 움직임에 맞춰 반짝거렸다. 그가 손을 뻗어 검을 뜯어냈다.

나는 마구잡이로 휘몰아치는 플라스마 가닥을 뛰어넘어 뒤로 돌며 손에 든 물통을 록우드에게 던졌다.

조지는 조지대로 내게 레이피어를 던졌다.

이 장면을 보라. 검과 물통이 허공을 헤치고 나아간다. 쌍둥이 같은 궤적으로 쌍둥이처럼 움직인다. 촉수들의 소용돌이를 뚫고 아름다운 포물선을 그리며 록우드와 내게 향한다. 록우드가 손을 내밀었다. 나도 손을 내밀었다.

손발이 척척 맞는 달콤한 순간이 있었다던 내 말 기억하는가? 우리가 진정한 팀으로 똘똘 뭉쳤다던?

그래, 뭐. 이때가 그때는 아니다.

레이피어가 획 지나갔다. 어마어마한 차이로 날 비켜갔다. 그러고도 바닥을 한참이나 내달렸다.

내가 던진 물통은 록우드의 이마 한가운데를 때렸고, 그가 창 너머로 쓰러졌다.

잠시 정적이 흘렀다.

"죽었어?" 해골 목소리가 들렸다. "오예! 아, 아니네. 덧문을 붙들었구나. 아쉽게 됐군. 그래도 이렇게 재미있는 구경은 정말이지 처음이야. 이 삼총사의 무능함은 진짜 놀랄 노 자라니까."

나는 촉수들을 피해 광란의 춤을 추며 록우드의 상태를 확인하려 기를 썼다. 다행히도 해골 말이 맞았다. 록우드는 아찔한 높이의 허공에 매달려 있었다. 사선으로 뻣뻣이 누워 다 망가진 덧문을 붙들고 있었다. 사방에서 울부짖는 바람이 그의 길고 갸름한 얼굴을 머리칼로 덮고, 덧문에서 그를 뜯어내 11월의 밤으로 끌고 가려 안달했다.

기쁘게도 바람은 그의 불붙은 외투 또한 가만두지 않았다. 외투의 은빛 불꽃들이 사그라졌다. 죽어가기 시작했다.

죽어가기는 우리 모두 마찬가지였다. 당장이라도 그리될 수 있었다.

조지의 레이피어는 고작 몇 미터 떨어져 있을 뿐이라지만 차라리 에든버러*가 더 가깝게 느껴졌다. 검 주변에서 유령 촉수들이 얕은 바다의 말미잘처럼 일렁이고 소용돌이쳤다.

"잡을 수 있어!" 조지가 외쳤다. "멋지게 공중제비를 돌든 뭐든 좀 해봐!"

"하려면 네가 해야지! 네 잘못이잖아! 어쩜 넌 뭘 제대로 던지는 적이 없냐?"

"그러는 넌! 물통도 꼭 계집애처럼 던져놓고!"

"나 계집애 맞거든. 그리고 내가 록우드의 불을 꺼줬잖아. 아냐?"

음, 말은 맞는 말이었다. 창문 너머에서 우리 대장이 힘겹게 몸을 당기고 있었다. 낯빛이 푸르뎅뎅하고 외투에선 모락모락 김이 났다. 물통에 맞은 이마 한가운데에 벌건 자국이 동그랗게 남았다. 그가 내게 딱히 고마워하는 것 같진 않았다.

유독 길고 은빛이 강하게 도는 촉수가 자꾸만 거리를 좁혀왔다. 나는 뒷걸음질하며 출입구 쪽으로 밀려갔다. 등에 닿는 거미줄 뭉치들이 줄에 널어놓은 빨래만큼이나 컸다.

"더 빨리, 루시!" 단지 속 해골이었다. "구멍이 바로 뒤야!"

"좀 도와주지 그래?" 팔을 스치는 촉수에 헉 소리가 절로 났다. 얼얼한 냉기가 외투천을 뚫고 들어왔다.

"내가?" 해골의 텅 빈 눈이 놀라움으로 동그래졌다. "나더러 '더러

---

* 스코틀랜드의 수도.

운 해골바가지 놈'이라지 않았어? 네 입으로? 그런 내가 뭘 해줄 수 있을까?"

"조언! 사악한 계략! 뭐든!"

"놈은 변형자*야. 더 강한 게 필요하다고. 화염탄 말고. 그걸론 불이나 붙일 뿐이잖아. 그것도 니들 몸뚱이에다. 일단 은으로 놈들을 밀어내. 그런 다음 검을 집으면 되지."

"은은 가진 게 없는데." 가방엔 은제 봉인구가 잔뜩 들었지만, 그건 지금 록우드 근처, 그러니까 다락 반대편에 있었다.

"네가 늘 걸고 다니는 그 멍청한 목걸이는 어때? 뭘로 만든 거지?"

오, 그렇다. 여름에 록우드가 준 목걸이. 은목걸이였다. 은은 유령 물질을 태운다. 모든 유령이 싫어한다. 엑토플라즘 촉수로 현현*하는 강력한 변형자조차 그렇다. 지금껏 써본 중에 가장 강력한 무기라고까진 못해도 나름의 역할은 해줄 거였다.

나는 경사진 지붕에 등을 대고 쪼그려 앉아 목덜미에 두 손을 얹고 목걸이의 걸쇠를 풀었다. 손을 앞으로 가져와 보니 기름진 거미줄 덩어리가 주렁주렁했다. 나는 목걸이를 움켜잡고 손을 빙빙 돌렸다. 목걸이 끝이 가장 근처의 촉수에 닿았다. 플라스마가 불탔다. 촉수가 위로 솟구치더니 후퇴했다. 다른 촉수들도 인접한 은의 존재를 감지하고 움찔하며 물러났다. 처음으로 내 주변에 안전 공간이 확보됐다. 나는 자리에서 일어나 뒤쪽 서까래에 몸을 기댔다.

서까래 나무에 손이 닿는 순간 느닷없는 감정의 파도가 들이쳤다. 내 감정은 아니었다. 사방에서 내게로 몰려드는 감정이었다. 다락의 뼈대에서, 나무와 석판과 그것들을 고정하는 못에서 흘러나왔다. 촉수를 퍼덕이는 유령 자체에서 흘러나왔다. 외로움과 억울함이 역하게 뒤섞여 엎치락뒤치락하는, 거기에 차갑고 거센 분노가 더해진 극도로 불쾌한 감정이었다. 그 강력함에 관자놀이가 지끈거림을 느끼며 나는 방을 둘러봤다.

여기서 뭔가 끔찍한 일이, 끔찍하게 부당한 일이 벌어졌다. 그 폭력적 행위에서 나온 기운이 복수심에 불타는 영혼을 움직였다. 나는 놈의 소리 없는 촉수가 스르르 바닥을 통과해 아래층 객실에서 잠든 불쌍한 하숙인들을 노리는 장면을 상상했다….

"루시!" 머릿속이 맑아졌다. 록우드의 목소리였다. 그는 어느새 창가를 벗어나 검을 집어 든 뒤였다. 한 손으로 허공을 가르며 복잡한 문양을 그어 근처의 촉수들을 절단했다. 놈들이 거품 방울처럼 터지며 무지갯빛 진주 같은 플라스마를 흩뿌렸다. 숯처럼 바삭하게 타버린 외투 차림으로도, 이마에 벌건 동그라미가 선명한 채로도 록우드는 록우드였다. 유령들의 빛 속에서 더욱 파리하기만 한 그의 얼굴이 다락 건너편의 내게 미소를 지었다. "루시," 그가 외쳤다. "이제 끝내야지."

"화가 났어!" 가차 없이 달려드는 은빛 촉수를 피해 몸을 수그리며 내가 꺽꺽거렸다. "좀 전에 유령이랑 통했어! 놈은 뭔가에 화가 났어!"

"대단도 하여라!" 저 위에서 조지가 버르적대는 촉수를 피해 무릎을 들며 말했다. "정말 굉장한 민감성*이야, 루스. 그 재능이 내게도 있으면 좋으련만."

"그래, 네 통찰치고 좀 뻔하긴 하다." 록우드가 자기 가방으로 몸을 숙였다. "봉인구는 내가 챙길게. 그사이 넌 조지를 좀 구해주고 싶을지도 모르겠는데…."

"너 편한 시간에 해." 조지가 말했다. "급한 거 아냐." 그는 위태위

태해 보였다. 여전히 한 손으로 매달려 있고, 손가락이 자꾸만 미끄러졌다.

나는 목걸이를 빙빙 돌리며 촉수들 사이를 깡충거렸다. 놈들이 후다닥 비키는 게 느껴졌다. 나는 바닥의 레이피어를 낚아채고 쭉 미끄러져 가선 온몸으로 사다리 밑을 때리고 앞으로 밀었다. 조지가 디딤대를 놓치는 순간, 그의 아래에다 사다리를 댔다.

조지가 떨어졌다. 사다리 가운데에 철퍼덕, 꾀죄죄한 석탄 자루처럼 내려앉았다. 사다리가 휘더니 쩍 하는 소리가 들렸다. 뭐, 그래도 조지의 목이 부러진 것보단 나았다. 녀석은 꽤나 짜증 나는 유령이 됐을 테니까.

잠시 뒤, 조지는 소방관이 출동용 미끄럼봉을 내려오듯 사다리를 타고 내려왔다.

나는 조지에게 레이피어를 던졌다. "위에 뭐가 있어?"

"죽은 사람. 화나고 죽은 사람. 그냥 그렇게만 알면 돼." 조지는 잠시 멈춰 안경만 고쳐 쓴 뒤 튀어나가 촉수들을 공격했다.

방 건너의 록우드가 가방에서 뭔가를 꺼내 들고 있었다. "루시, 이걸 던져줄게! 올라가서 받을 준비해!" 그가 팔을 뒤로 젖히려다 후다닥 옆으로 피했다. 그를 후려치려던 촉수가 간발의 차로 얼굴을 비켜 갔다. 레이피어가 획획 움직이고, 촉수는 사라졌다. "여기!" 그가 외쳤다. "간다."

록우드는 물론, 잘 던질 거였다. 나는 벌써 사다리를 올라가는 중이었다. 작고 네모난 물체가 소용돌이치며 곧장 날아올라 가운데 들보를 넘었다. 그러고는 하강해 내 손에 내려앉았다. 군더더기 없이 깔끔한 착지였다. 가까이에선 조지가 내 뒤를 지키며 레이피어를 휘둘러 촉수들을 조각냈다. 나는 사다리 꼭대기, 사다리가 대들보와 맞닿아 있는 지점에 도달했다.

거기 출처가 있었다.

아주 오랜 세월이 지났는데도 자기만의 비밀스러운 공간에 놀라우리만치 단정히 누워 있었다. 그것과 들보를 한 몸으로 만든 거미줄 탓에 뼈의 윤곽이 흐릿하고, 한편으론 부드러운 잿빛 수의를 덮어쓴 듯 보이기도 했다. 옛 시절 옷―트위드 정장과 한쪽으로 비스듬히 기울어 있는 갈색 구두 한 켤레―의 잔해가, 먼지 가득한 눈구멍 부근에 불룩 솟은 뼈들이 보였다. 정체 모를 검은 가닥―머리칼일까? 아님 엉겨 붙은 거미줄?―들이 대들보 언저리에서 물처럼 흘러내렸다. 어쩌다 이랬을까? 여기 일부러 올라온 걸까, 아님 (보다 가능성이 높게는) 살인자의 신중한 손으로 유기된 걸까? 둘 중 어느 쪽이든 지금은 걱정할 때가 아니었다. 죽은 자의 분노가 내 머릿속을 방망이질했다. 저 밑에선 등불의 일렁이는 빛 속에서 록우드와 조지가 촉수들과 싸우고 있었다.

이때는 선라이즈 물산이 은제 사슬망을 쓰기 좋게 플라스틱 상자에 담아 공급하던 시기였다. 나는 뚜껑을 열고 접힌 망을 꺼냈다. 손에 들고 늘어트리자 굽기 전의 파이 반죽처럼, 반짝이는 별들의 허물처럼 얇고 치렁치렁하게 퍼졌다.

은은 출처를 무력화한다. 나는 망을 펄럭여 대들보를, 뼈와 거미줄을 덮었다. 침대를 정리하는 객실 청소부처럼 차분하고 태연하게.

사슬망이 내려앉았다. 별안간 머릿속 분노가 사라졌다. 그 빈자리에 구멍 하나가, 메아리치는 고요가 남았다. 촉수들이 얼어붙었다. 잠시 뒤, 놈들은 산꼭대기에서 내려온 안개처럼 모습을 감췄다. 순식간에 사라지고 없었다.

변형자가 사라진 다락이 어찌나 커 보이던지. 우린 있던 자리에서 그대로 멈췄다. 나는 사다리에 털썩 주저앉고, 록우드와 조지는 서까래에 몸을 기댔다. 지치고 말없는 그들의 레이피어에서 모락모락 김이 났다.

록우드의 외투 한쪽에서 연기가 피어올랐다. 코에는 은빛 재가 묻어 있었다. 내 재킷은 플라스마가 닿은 곳이 불탔다. 머리칼은 거미줄 범벅이었다. 조지는 못인지 뭔지에 바지 엉덩이가 찢어지고 말았다.

다들 엉망진창이었다. 날밤을 꼬박 샜다. 엑토플라즘과 소금, 공포의 냄새를 풍겼다. 우린 서로를 바라보고 씩 웃었다.

이윽고 소리 내 웃기 시작했다.

다락문 근처 바닥, 녹색 유리 감옥에서 유령 얼굴이 심술궂고 못마땅한 표정으로 쳐다봤다. "와, 그렇게 난장을 치고도 즐거운가 봐? 왜 아니겠어! 록우드 심령 회사랑 아주 약간이나마 엮여 있다는 게 창피할 정도야. 너희 셋은 정말 형편없다고."

하지만 바로 그게 문제였다. 우린 형편없지 '않았단' 것. 우린 훌륭했다. 최고였다.

그리고 그걸 온전히 깨달았을 땐 이미 늦었다.

2

화이트채플의 밤들

하숙집 살인!

화이트채플 라벤더 롯지의 무시무시한 비밀

정원 헛간 밑 구덩이에서 복수의 시신 발견

이스트 런던 당국은 어제 화이트채플 캐논 레인의 라벤더 롯지를 봉쇄했다. 부지에서 유해 다수가 발견된 뒤 내려진 조치다. 업주 허버트 에번스(72)와 아내 노라 에번스(70)는 살인과 강도, 위험 출몰 미신고 혐의로 체포됐다. 건물 다락의 강력한 방문자는 파괴됐다.

지난 십 년간 해당 업소의 투숙객 다수가 유령접촉*으로 사망한 것으로 알려졌다. 에번스 부부는 뒤뜰에 숨겨진 과일 저장고에 시신을 유기했다. 경찰은 이들이 희생자로부터 편취한 시계와 귀금속, 소지품 등도 발견했다.

사건 해결의 결정적 계기는 앤서니 록우드 대표가 이끄는 록우드 심령 회사의 조사였다. 록우드 대표는 "기록에 따르면, 라벤더 롯지의 전 소유주가 삼십여 년 전에 불가사의하게 종적을 감췄다"고 말한다. "다락에서 미라화한 상태로 발견된 시신이 전 소유주일 것으로 추정하고 있습니다. 그의 분노한 영혼이 하숙집을 활보하며 잠든 투숙객들을 살해한 겁니다. 에번스 부부는 이를 이용해 개인적인 이득을 챙겼죠."

유령을 진압한 후 조사관들은 창문을 깨고 나와 배수관을 타고 탈출해야 했으며, 하숙집 부엌에서 노부부와 대면했다. "에번스 씨는 고기 칼을 능숙히 다뤘습니다." 록우드 대표는 말한다. "에번스 부인은 꼬챙이를 들고 덤볐고요. 그래서 빗자루로 머리를 때려 제압했습니다. 그 순간엔 난감했지만 무탈하게 살아남아 기쁩니다."

"그게 다야." 록우드가 역겹다는 듯 말했다. 신문을 내려놓고 안락의자에 몸을 기댔다. "우리가 얼마나 고생을 했는데, 〈타임스〉가 쓴 건 그게 전부야. 변형자보다 부엌 난투극 얘기가 더 많다고. 정작 중요한 내용은 다 무시하고 말야. 안 그래?"

"난 그 '무탈하게' 부분이 불쾌해." 조지가 말했다. "하숙집 할망구가 나한테 제대로 한 방 먹였잖아. 여기 이 끔찍하고 벌건 혹 보이지?"

나는 그를 힐끗 올려다봤다. "난 네 코가 원래 그리 생긴 줄 알았는데."

"아니. 여기, 내 이마에. 이 멍 말야."

록우드가 무감각하게 웅얼거렸다. "그래, 끔찍하다. 여기서 진짜 짜증스러운 건, 우리 기사가 고작 7면에 실렸단 거야. 아무도 신경 안 쓸 곳에. 첼시 대출몰이 또다시 신문을 도배하고 있어. 우리가 뭘 하든 죄다 덮이고 말지."

늦은 오전이었고, 라벤더 롯지 사건이 있은 지 이틀 뒤였다. 우리는 포틀랜드 로에 있는 집 서재에 늘어져 휴식을 취해보려는 중이었다. 창밖에서 강풍이 불었다. 포틀랜드 로 자체가 액체로 돼 있는 것만 같았다. 가로수가 휘고, 빗방울이 창유리를 때렸다. 집 안은 따뜻했다. 난방장치를 최대로 가동하는 중이었다.

조지는 쭈글쭈글한 다림질감 한 무더기를 옆에 놓고 소파에 퍼져 앉아 있었다. 운동복 바지 차림으로 다리를 쩍 벌리고 만화책을 읽었다. "언론이 그 사건의 실체를 더 자세히 보도하지 않는다니 유감이야." 그가 말했다. "하숙집의 변형자가 자기만의 유령 군집을 만들었다는 게 얼마나 매력적인데. 난제*가 그런 식으로 확산된다고 보는 시각도 있어. 막강한 방문자가 무참한 죽음을 야기하고, 그게 이차적 출몰로 이어진다고. 그걸 더 자세히 연구해 볼 수 있으면 좋을 텐데."

사건의 공포가 한차례 가시고 나면 조지는 늘 그랬다. 궁금해했다. 왜 그리고 어떻게 일이 벌어진 건지 알고 싶어 했다. 내 경우엔 매번의 모험에서 경험하는 감정적 충격들을 쉽사리 떨치지 못했다.

"유령접촉을 당한 투숙객들이 너무 안됐어." 내가 말했다. 나는 소파 밑 바닥에 책상다리를 하고 앉아 있었다. 공식적으로는 우편물을 분류하는 중이었다. 비공식적으론 내내 꾸벅꾸벅 졸고 있었다. 전날 밤에 관망자* 건을 처리하느라 새벽 3시까지 깨어 있었다. "그들의 슬픔이 느껴졌어." 내가 말을 이었다. "그 변형자조차도…. 맞아, 섬뜩했지. 하지만 슬프기도 했어. 놈의 고통이 느껴졌어. 조금만 더 시간을 들여서 소통을 시도했다면…."

"놈이 널 죽여놨겠지." 의자 깊숙이 몸을 묻은 록우드가 내게 눈길을 던졌다. "네 재능은 놀라워, 루스. 하지만 네가 소통해도 되는 유령은 저 해골뿐야. 놈은 단지에 갇혀 있으니까…. 솔직히 말해 그조차도 안전하단 확신은 안 들지만."

"아, 저 해골은 괜찮아." 내가 말했다. "어젯밤 관망자 건도 도와줬는걸. 놈이 출처 위치를 바로잡아 준 덕분에 잘 파낼 수 있었지. 어제 우린 첼시랑 꽤나 가까운 데 있었는데. 너흰 어땠어? 그 사이렌 소리 들은 사람 있어?"

록우드가 고개를 끄덕였다. "세 명이 더 죽었어. DEPRAC는 갈피를 못 잡고. 언제나처럼. 거리를 한두 개 봉쇄하는 중이었던 것 같아."

"그보다 훨씬 심각해." 조지가 말했다. "이번 창궐은 킹스 로드를 따라 2.5제곱킬로는 족히 되는 지역에 걸쳐 발생하고 있어. 밤마다 출몰하는 유령이 늘고, 놈들이 이렇게까지 한곳에 집중되는 것도 처음 있는 일인데 아무도 이유를 몰라." 그가 안경을 고쳐 썼다. "이상하단 말야. 최근까지도 첼시는 꽤 조용했거든. 모든 게 평화로웠지. 그런데 하루아침에 출몰에 발동이 걸렸어. 전염병이라도 퍼지는 것처럼. 여기서 궁금한 건, 유령한테 어떻게 발동을 걸어? 죽은 자들을 어떻게 감염시키지?"

이 질문에 답 같은 건 없었고, 하나쯤 제시해 볼 생각도 내겐 없었다. 록우드는 끙 소리만 낼 뿐이었다. 그는 요괴를 쫓아 자정 넘어서까지 해크니 습지를 헤매고 다닌 터였고, 조지의 고찰에 맞장구를 쳐 줄 기분이 아니었다. "내가 신경 쓰이는 건," 그가 말했다. "첼시 사태가 우리 몫의 관심까지 독차지한다는 것뿐야. 거기 킵스네 팀이 투입된 거 알아? 그 인간이 오늘 1면에 실렸어. 웬 멍청한 소릴 인용하네 어쩌네 하면서. 무려 1면에! 우리가 있었어야 할 자리에! 우리도 그처럼 대규모의 뭔가에 뛰어들어야 해. 반스 경위랑 얘길 해볼까 봐. 우리 도움이 필요한지 어쩐지 보게. 문제는 우리가 이미 몹시도 무리하고 있는 상태라⋯."

그래. 그랬다…. 앞서 얘기했던 대로, 11월이었다. 훗날 난제 역사상 가장 치명적인 시기로 손꼽힐 '검은 겨울'이 막 시작되고 있었다. 오십 년 넘게 영국을 괴롭힌 출몰 대유행 사태는 이제 차원이 다른 수준으로 격화했고, 첼시의 무시무시한 창궐은 빙산의 일각에 불과했다. 심령 조사 대행사들은 하나같이 한계에 도달해 있었다. 록우드 심령 회사도 예외는 아니었다. '무리' 정도의 말론 다 표현이 안 됐다.

우리 셋은 런던 포틀랜드 로의 삼 층짜리 주택에서 우리끼리 지냈다. 여기가 우리 대행사의 본부인 셈이었다. 집은 록우드의 소유였다. 한때는 그의 부모님 거였고. 그분들이 수집한 동양 항마구와 퇴마구들이 아직도 방 벽마다 줄줄이 걸려 있었다. 록우드는 지하실을 개조해 책상이 있는 사무실과 장비실, 레이피어 연습실을 만들었다. 지하실 뒤쪽의 강화유리문으로 나가면 조그만 잔디밭과 사과나무로 구색을 갖춘 정원이 나왔는데, 여름이면 우리가 가끔씩 나른히 앉아 쉬곤 하는 곳이었다. 2, 3층은 개인 방들이었다. 1층에는 부엌과 서재, 그리고 록우드가 고객과 면담을 진행하는 응접실이 있었다. 우리가 대부분의 시간을 보내는 곳도 여기였다.

하지만 지난 몇 달 동안은 그럴 시간이 없어도 너무 없었다. 이는 우리가 거둔 성공의 결과기도 했다. 7월에 맡았던 켄잘 그린 묘지 건은 조사관들과 암시장 폭력배 일당 사이에 벌어진 일명 '묘지의 전투'로 막을 내렸다. 이와 더불어 우리가 햄프스테드에서 만났던 무시무시한 쥐떼유령이 언론의 집중 조명을 받았고, 이 관심은 암시장 두목 격이었던 줄리어스 윙크맨의 재판 기간 내내 계속됐다. 록우드와 조지와 나는 그에게 불리한 증언을 했고, 9월 중순에 윙크맨이 중형을 선고받고 원즈워스 교도소에 수감되기까지 두 달여 동안 우리 회사는 언론의 공짜 홍보 효과를 톡톡히 봤다. 이 기간에 우리 전화는 쉴 새 없이 울렸다.

사실 부유한 고객 대다수는 폼 나는 장비와 더 대단한 명성을 앞세운 대형 대행사들을 여전히 선호했다. 우리 의뢰는 대체로 화이트 채플처럼 보다 가난한 동네에서 들어왔고, 고객들이 주는 보수도 두둑한 편은 아니었다. 하지만 일은 일이었고, 록우드는 들어오는 일을 거절하길 꺼렸다. 이는 출장 없는 저녁이 많지 않단 뜻이기도 했다.

"조지, 오늘 밤에도 일정이 있어?" 록우드가 불쑥 물었다. 아까부터 일에 찌든 팔을 내내 얼굴에 얹고 있어서, 나는 그가 자는 줄 알았다. "제발 아니라고 해줘."

조지는 아무 말 없이 세 손가락을 들어 보였다.

"셋?" 록우드가 길고 허탈한 신음을 뱉었다. "구체적으로 뭔데?"

"화이트채플 넬슨가의 베일 쓴 여자, 귀신이 나오는 아파트, 공중화장실 뒤의 음영자. 언제나처럼 매력이 철철 넘치는 사건들이지."

"이번에도 따로 나가야겠네." 록우드가 말했다. "베일 쓴 여자는 내가 찜."

조지가 끙 소리를 냈다. "그럼 난 음영자 찜."

"뭐?" 내가 고개를 번쩍 들었다. 찜하기 원칙은 중요도 면에서 비스킷 규칙에 버금갔고, 절대로 거스를 수 없었다. "그럼 내가 아파트네? 끝내준다. 장담하는데, 엘리베이터가 고장 나고 어쩌고 할걸."

"너 정도면 계단 몇 층쯤 거뜬히 올라가." 록우드가 중얼거렸다.

"아파트가 21층이면? 꼭대기에 생골령*이 떡하니 있는데, 내가 너무 숨이 차서 제대로 대처를 못 하면? 잠깐, 엘리베이터가 작동은 하는데 거기 유령이 숨어 있음 어떡해? 세브라이트 대행사의 그 여자애가 어찌 됐는지 기억하지? 카나리 워프의 귀신 들린 엘리베이터에 갇혔던? 그 애 신발밖에 못 찾았잖아!"

"그만 떠들어." 록우드가 말했다. "넌 지금 피곤한 것뿐야. 우리 모두가 그래. 별일 없으리란 거 알잖아."

우리 셋은 다시 축 늘어졌다. 나는 소파 쿠션에 머리를 기댔다. 서재 창문을 흐르는 빗줄기들이 꼭 혈관 같았다.

그래, 그다지 혈관 같진 않구나. 난 피곤할 뿐이었다. 록우드 말대로. 록우드…. 나는 이제 반쯤 감긴 눈으로 그를 내 속눈썹 사이에 바짝 끼우고 봤다. 느슨하게 교차해 의자 옆에 걸친 기다란 다리, 맨발, 구겨진 셔츠 위로 드러날 듯 말 듯한 몸의 늘씬한 윤곽. 그의 얼굴 대부분이 팔에 덮였지만 턱선과 표정이 풍부한, 그리고 지금은 느긋하니 살짝 벌어진 입술은 보였다. 흰 소매에 검은 머리칼이 부드럽게 드리워져 있었다.

그는 어쩜 저렇게 보일 수 있을까. 다섯 시간밖에 못 자고 의자에 쓰러지듯 웅크린 와중에도? 나는 옷을 입다 만 듯한 차림새엔 당최 호감이 안 갔다. 조지가 그러고 있으면 문자 그대로 유해 물질 경고 표시가 녀석을 따라다니는 것처럼 느꼈다. 하지만 록우드는 그마저도 완벽히 소화했다. 서재 안은 기분 좋게 따뜻했다. 내 속눈썹이 좀 더 내려앉았다. 나는 목에 건 은목걸이에 손을 올렸다. 손가락 사이에 줄을 넣고 천천히 돌렸다….

"새 조사관이 필요해." 록우드가 말했다.

내가 눈을 번쩍 떴다. 뒤에선 조지가 만화책을 내려놓는 소리가 들렸다. "뭐?"

"다른 요원*이 필요하다고. 우릴 지원할 조사관이 있어야 해. 안 그래? 그럼 매번 현장에 따로 안 나가도 돼."

"라벤더 롯지 건은 같이했잖아." 내가 말했다.

"그야 어쩌다 한 번이지." 록우드가 팔을 치우고 얼굴의 머리칼을 쓸어 올렸다. "요즘은 도통 못 그러잖아. 아무튼 주변 상태를 좀 봐. 지금 우린 수습 불가야. 안 그래?"

조지가 하품했다. "무슨 근거로?" 그러면서 참으로 박력 넘치게 기지개를 켜다 다림질감 무더기를 쳐 내 머리 위로 무너트렸다. 배양 접시에서 결의에 차 넘실대는 거대 아메바처럼 조지의 팬티가 굼실굼실 내 코로 내려왔다.

"그런 근거로." 내가 질색하며 몸을 터는데, 록우드가 말했다. "너희 중 하나는 다림질을 끝냈어야 했어. 하지만 그럴 시간이 없었지."

"그러는 네가 했어도 됐지, 물론." 조지가 말했다.

"나? 난 심지어 너희보다 바쁜걸."

요즘은 늘 이런 식이었다. 우린 밤에 너무도 고되게 일하는 나머지 낮에 움직일 여력이 없었다. 그래서 안 해도 별 탈 없는 일들, 그러니까 정리정돈이나 빨래 같은 집안일을 더는 하지 않았다. 포틀랜드로 35번지 전체가 고통받았다. 부엌은 안에서 소금탄이라도 터진 듯한 몰골이었다. 극도로 불쾌한 환경이 낯설지 않을 단지 속 해골조차 우리 생활환경을 두고는 악담을 퍼부었다.

"조사관이 더 있으면," 록우드가 말했다. "교대로 일 처리를 할 수 있어. 매일 밤 한 명이 집에서 쉬고 낮 시간에 허드렛일을 하는 거야. 어제오늘 생각해서 하는 얘기가 아냐. 이것 말곤 답이 없지 싶어."

조지와 나는 말이 없었다. 나는 새 동료가 생긴다는 게 그리 마음에 들지 않았다. 사실, 간이 철렁하는 것 같기도 했다. 업무가 과한 건 분명했지만, 그래도 난 우리가 일하는 방식이 좋았다. 라벤더 롯지에서 그랬던 것처럼 우린 필요할 때 서로를 든든히 받쳐주고 임무를 끝내 완수했다.

"진심이야?" 내가 마침내 입을 열었다. "잠은 어디서 재우고?"

"바닥에선 안 돼." 조지가 말했다. "병에 걸리고 말걸."

"음, 내 다락방을 같이 쓰진 않을 거야."

"잠까지 여기서 잘 필요는 없지, 바보들아." 록우드가 으르렁거렸다. "도대체 언제부터 합숙 생활이 입사 조건이 된 건데? 아침에 출근하면 되는 거야. 세상 사람 99프로가 하듯이."

"정식 요원까진 필요 없을 수도 있잖아." 내가 제안했다. "보조 정도로 충분할지도. 우리 대신 정리를 맡아줄 사람 말야. 다른 중요한 일들은 우리가 잘하고 있으니까."

"나도 루시 말에 동의해." 조지가 만화책으로 돌아갔다. "지금 체계로도 이미 훌륭해. 굳이 어지럽힐 거 없지."

"글쎄, 생각 좀 해볼게." 록우드가 말했다.

그렇지만 록우드는 물론 그 문제를 생각해 볼 겨를조차 없이 바빴고, 그래서 아무 변화도 일어나지 않을 공산이 컸다. 나는 그러는 편이 나름 좋았다. 내가 입사한 지 일 년 반째였다. 그래, 우린 과로 상태였다. 그래, 우리 집은 쓰레기장 저리 가라였다. 그래, 우린 거의 매일 밤 목숨을 걸었다. 하지만 나는 무척 행복했다.

왜냐고? 이유는 세 가지였다. 동료들, 내 새로운 자기 인식, 그리고 열린 문.

런던의 대행사를 통틀어서도 록우드 심령 회사는 독특했다. 가장 작은 규모(전체 조사관 수: 세 명)도 그렇지만, 그 소유자 겸 책임자가 어린 조사관 '자신'이라는 점도 특이했다. 다른 대행사들은 어린 요원 수백 명을 고용해 운영됐다. 그럴 수밖에 없었다. 아이들만이 유령을 감지할 수 있으니까. 하지만 이 회사들의 지배권을 장악하고 있는 건

길 건너에 멀찍이 떨어져 소리나 지를 뿐 흉가엔 얼씬도 안 하려는 어른들이었다. 반면 록우드는 회사의 책임자면서 유령과 직접 맞서 싸웠고—그의 검술은 그야말로 최고였다—그런 그의 곁에서 일하는 건 행운이었다. 그것도 아주 여러 면에서 행운이었다. 그는 독립적일 뿐 아니라 의욕을 자극하는 동료였고, 흔들림 없이 냉정한 동시에 무모할 정도로 대담할 수 있는 사람이었다. 그에게 서린 불가사의한 기운마저 그의 매력을 더할 뿐이었다.

록우드는 자신의 감정이나 욕망, 스스로를 움직이는 힘이 뭔지 좀처럼 얘기하지 않았고, 포틀랜드 로에서 지낸 첫해에 난 그의 과거에 대해 알아낸 게 거의 없었다. 행방을 알 수 없는 그의 부모님은 수수께끼였다. 사방에 걸린 게 그분들의 소장품인데도 불구하고. 록우드가 어떻게 그 집과 함께 대행사를 차리기에 충분한 돈을 갖게 됐는지 역시 전혀 몰랐다. 처음엔 그게 그리 문제 되지 않았다. 비밀들은 록우드가 펄럭이는 외투 자락처럼 그를 따라다녔고, 그것들이 나까지 스치고 가는 게 느껴질 만큼 가까이 있다는 사실이 근사했다.

그러니까 난 록우드의 가까이에 있으면 행복했다. 조지는—굳이 말하자면—시간이 지나면서 정을 붙이게 된 경우인데, 꾀죄죄하고 신랄하며 비누칠에 건성이기로 런던 전역에 이름을 떨치는 녀석이었다. 하지만 그는 또한 지식에 진심이었고, 무한한 호기심을 가졌으며, 깊은 통찰로 우리 모두의 목숨을 구하는 뛰어난 연구자였다. 게다가—그리고 결정적으로—자기 친구들에겐 억척스레 의리를 지켰다. 그 친구가 바로 록우드와 나였고.

그런 친구 사이였기에, 그렇게 서로를 믿었기에 우린 각자가 가장 중요히 여기는 문제들을 자유롭게 탐험할 수 있었다. 조지는 난제의 원인을 행복하게 연구했다. 록우드는 회사의 명성을 꾸준히 쌓아갔다. 나? 포틀랜드 로에 도착하기 전의 나는 죽은 자의 목소리를 듣고 (때로는) 그들과 소통하는 내 능력을 잘 몰랐고, 불편하게 여기기까지 했다. 하지만 록우드 심령 회사는 내 심령 재능을 나만의 속도로 탐구하고, 어떻게 활용할지 알아갈 기회를 만들어줬다. 동료들이 주는 기쁨에 이어 나의 이 새로운 자기 인식이, 폭우가 쏟아지던 그 11월의 음산한 아침조차 그토록 만족스럽던 두 번째 이유였다.

세 번째 이유? 글쎄. 록우드에게서 느껴지는 궁극의 괴리감이 난 점점 힘들어지고 있었다. 함께하는 경험과 서로 간 신뢰에서 우리 셋 다 많은 걸 얻고 있는 건 분명했지만, 시간이 흐를수록 록우드를 둘러싼 미스터리들이 날 무겁게 짓눌렀다. 이 문제의 상징과도 같은 게 바로 집 2층에 있는 방이었다. 그는 그 방에 대한 어떤 얘기도 거부했고, 우리가 거기 들어가는 것 또한 금지했다. 열릴 줄 모르는 이 이상한 방을 두고 나는 여러 이론을 만들었으나, 그게 그의 과거—그리고 아마도 사라진 부모님의 운명—와 관련이 있는 것만은 확실해 보였다. 2층 방의 비밀은 눈에 안 보이는 장애물처럼 우리 사이를 자꾸만 가로막았고, 우리를 계속 갈라놨다. 그리고 나는 언젠가 그 방의 진실을 알게 되리란, 아니 그라는 사람을 알게 되리란 희망을 결국 단념했다.

그러던 어느 여름날, 록우드가 뜻밖에도 마음을 고쳐먹었다. 거리낌 없이 조지와 나를 층계참으로 데려가 금지된 문을 열고 약간의 진실을 보여줬다.

그리고 어떻게 됐게? 난 내가 틀렸다는 걸 알게 됐다.

거긴 애초에 그의 부모님 방이 아니었다.

누나 방이었다.

그의 누나, 제시카 록우드. 그녀는 육 년 전 거기서 죽었다.

5

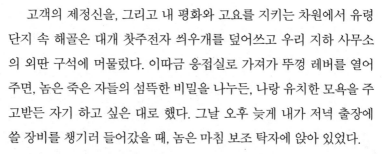

고객의 제정신을, 그리고 내 평화와 고요를 지키는 차원에서 유령 단지 속 해골은 대개 찻주전자 씌우개를 덮어쓰고 우리 지하 사무소의 외딴 구석에 머물렀다. 이따금 응접실로 가져가 뚜껑 레버를 열어주면, 놈은 죽은 자들의 섬뜩한 비밀을 나누든, 나랑 유치한 모욕을 주고받든 자기 하고 싶은 대로 했다. 그날 오후 늦게 내가 저녁 출장에 쓸 장비를 챙기러 들어갔을 때, 놈은 마침 보조 탁자에 앉아 있었다.

우리는 앞서 정한 대로 각자 움직였다. 조지는 음영자를 찾아 화이트채플 공중화장실로 출발하고 없었다. 록우드는 베일 쓴 여자 건의 출장을 준비하고 있었다. 내 건은 취소됐다. 아파트에 갈 채비를 하는데 의뢰인이 전화를 해왔다. 몸이 좋지 않으니 방문을 연기하자고 했다. 신속한 판단이 필요한 순간이란 얘기였다. 집에 남아 다림질을 할지, 록우드랑 함께 갈지. 내가 뭘 선택했는지는 당신도 짐작하겠지.

나는 레이피어를 챙겼다. 전날 밤 내던진 자리에 그대로 있었다. 소파 옆 여기저기에 처박힌 소금탄도 몇 개 주웠다. 문으로 가려는데 그림자 속에서 목쉰 소리가 들렸다. "루시! 루시…"

"또 뭐?" 저녁으로 접어들며 은유리* 너머에서 어둑한 반점들이 소용돌이치고 있었다. 바닥에 붙은 망그러진 두개골이 안 보일 정도였다. 반점들이 엉겨 만든 사악한 얼굴이 어둠 속에서 녹색으로 은은히 빛났다.

"출장?" 유령이 싹싹하게 말했다. "나도 같이 가."

"아니, 됐어. 넌 여기 있어."

"오, 옛말에 죽은 해골 소원도 들어준다잖아. 혼자 심심할 거란 말야."

"그럼 사라져. 빙빙 돌아. 속을 까뒤집어. 가만히 경치를 즐겨. 뭐든 유령들이 하는 걸 해. 혼자 노는 방법들이 분명 있을 거야." 나는 몸을 돌렸다.

"경치를 즐겨? 이 돼지우리에서?" 단지 속 얼굴이 빙글빙글 돌고, 놈의 코끝이 유리 안쪽을 쓸었다. "내가 전에 있던 영안실들도 여기보단 쾌적했어. 이 쓰레기장 좀 안 봐도 되면 소원이 없겠다."

나는 문고리에 손을 얹은 채 멈췄다. "그거라면 내가 도와줄 수 있는데. 널 구덩이에 묻어버리면 네 모든 문제가 한 방에 해결이야."

진짜 그럴 생각은 아니었다. 우리가 만난—그리고 지난 수십 년 사이 다른 모두가 만난—방문자를 통틀어, 이 해골은 진정한 소통이 가능한 유일한 유령이었다. 다른 유령들은 신음하고, 두드리고, 단편적이며 일관된 소리들을 뱉었다. 그리고 나처럼 심령 청각을 단련한 조사관은 그걸 감지할 수 있었다. 하지만 제대로 된 대화를 지속하는 이 해골의 능력은 차원이 달라도 한참 달랐다. 놈은 3급령*이었고 아주 희귀했다. 어마어마한 깐족거림에도 불구하고 우리가 놈을 쓰레기통에 처박지 않는 것도 그래서였다.

유령이 코웃음을 쳤다. "묻으려면 땅을 파야 하고, 땅을 파려면 힘이 필요하지. 그럴 힘은 너희 누구한테도 없고. 어디 보자…. 보나마나 오늘 밤에도 화이트채플이겠지. 그 컴컴한 거리들…. 구불구불한 골목들…. 날 데려가! 네겐 동반자가 필요해."

"넵." 내가 말했다. "그래서 록우드랑 가려고." 사실 난 서둘러야 했다. 복도에서 그가 외투를 걸치는 소리가 났다.

"아하…. 그래? 아, 알겠어. 그럼 난 빠져줘야겠네."

"옳지. 좋아." 내가 멈칫했다. "무슨 뜻이야?"

"아냐, 아냐." 사악한 눈이 내게 윙크했다. "꼽사리 끼고 싶지 않아 그래."

"무슨 소린지 모르겠네. 우린 지금 출장 가는 거라고."

"당연히 그러시겠지. 참으로 완벽한 핑계야. 서둘러. 얼른 가서 옷부터 갈아입는 게 좋겠어."

"루시, 가야 해!" 복도의 록우드였다.

"지금 가!" 내가 외쳤다. "옷 안 갈아입을 거거든." 내가 해골을 향해 으르렁거렸다. "이게 내 작업복이라고."

"굳이 꼭 그래야만 할까." 얼굴이 날 평가하듯 뜯어봤다. "네 꼴 좀 보라고. 레깅스에 티셔츠, 꼬질꼬질 낡은 치마에 좀먹은 스웨터…. 노망난 선원이랑 노숙자 사이에서 태어난 잡종쯤이랄까. 그따위 걸로 어떻게 예뻐 보이겠어? 그 꼴로 나가면 누군들 너한테 눈길이나 주겠냐고!"

"내가 예뻐 보이고 싶다고 누가 그래?" 내가 꽥 소리를 질렀다. "난 조사관이야! 할 일이 있는! 그리고 그딴 헛소리나 해댈 거면…." 나는 종종거리며 탁자로 가 찻주전자 씌우개를 집어 들었다.

"우우, 내가 아픈 곳을 찔렀나?" 유령이 씩 웃었다. "그랬구나! 이 얼마나 끝내주…." 안타깝게도 뒷부분은 안 들렸다. 나는 뚜껑의 레버를 돌린 뒤 단지에 씌우개를 덮고 쿵쿵거리며 방을 나갔다.

록우드는 복도에서 기다리고 있었다. 흠잡을 데 없는 모습으로 서서 물었다. "루스, 괜찮아? 해골이 괴롭혔어?"

"놈 따위가 괴롭혀 봤자지." 나는 머리칼을 쓸어 넘기고 붉어진 볼에 바람을 넣었다 뺀 뒤, 그에게 천연덕스레 웃어 보였다. "가볼까?"

통행금지*가 시작되면 일반 택시가 운행을 멈추는 대신, 소수의 야간 택시들이 훌륭한 방비를 갖춘 야간 정류소들을 거점 삼아 영업을 계속했다. 이용객 대부분은 직업상 밤에 외출해야 하는 조사관과 DEPRAC 직원들이었다. 이 택시들—생김새는 검은색 주간 택시와 같았지만 흰색으로 도장돼 있었다—은 생명력이 질겨 보이는 중년의 대머리 남자들이 모는 경우가 많았다. 뚱하니 잘 웃지도 않고 효율을 중시하는 이들은 록우드의 말에 따르면 대부분이 전과자였고, 이 위험하고 비사교적인 일을 맡는 대가로 조기 출소한 사람들이었다. 야간 택시 운전사들은 철제 장신구를 여럿 착용했고 아주 고속으로 차를 몰았다.

가장 가까운 야간 택시 정류소는 베이커 스트리트에 있었고 지하철역에서 그리 멀지 않았다. 제이크가 모는 택시는 전에도 타본 적 있었다. 지하 차고지를 나와 마릴본 로드 동쪽으로 달리며 속도를 높이자 은귀걸이가 그의 목에서 격렬히 흔들렸다.

록우드는 좌석에 길게 몸을 뻗으며 날 보고 싱긋 웃었다. 출장길에 나선 그는 이제 훨씬 느긋했고 아침의 피로도 오간 데 없었다.

반면 나는 해골과 했던 얘기 때문에 아직도 마음이 싱숭생숭했다. "그래서," 사무적인 목소리로 말했다. "우리 방문자는 뭔데? 가정집에 나타난 거야?"

록우드가 고개를 끄덕였다. "응. 위층 방에서 환영이 목격됐어. 의뢰인은 피터스 부인이야. 부인의 어린 아들 둘이 베일을 쓴, 어딘가 불길한 여자를 봤대. 검은 옷을 입었고, 언뜻 보기엔 침실 창유리에 새겨져 있는 것 같다나."

"이런. 꼬마들은 괜찮고?"

"거의. 처음엔 경기를 일으키게 놀랐나 봐. 한 명은 아직까지도 진정제를 엄청 먹고 있고…. 뭐, 좀 있으면 우리 눈으로도 직접 보게 되겠지." 록우드는 황량한 보도를, 격자무늬로 뻗어 있는 텅 빈 거리를 내다봤다.

운전사가 어깨 너머로 얘기했다. "오늘 밤은 잠잠한 것 같죠, 록우드 씨. 하지만 아녜요. 내 택시를 잡다니 운이 좋았습니다. 정류소에 남은 유일한 택시였거든요."

"무슨 일로요, 제이크?"

"첼시 사태 때문이죠. 진압하려고 총공세를 퍼붓는 중이거든요. DEPRAC가 온 동네 조사관들을 불러들이고 있어요. 택시 여럿한테 대기 명령을 내렸고요."

록우드가 인상을 썼다. "조사관들은 어디 소속인데요?"

"아, 있잖아요. 주요 대행사들이죠, 뭐. 피츠랑 로트웰요."

"그렇군요."

"텐디도요. 앳킨스와 암스트롱, 탬워스, 그림블, 스테인스, 멜링캠프랑 번처치까지. 다른 데도 몇 있었는데 이름을 까먹었어요."

록우드가 모터자전거 부릉 소리에 버금가는 콧방귀를 뀌었다. "번처치? 거긴 주요 대행사가 아닌데요. 직원도 열 명뿐이고. 그중 여덟은 아무짝에도 쓸모가 없는데."

"그야 내가 이러쿵저러쿵할 문제는 아니고요, 록우드 씨. 에어컨으로 라벤더 바람 좀 넣어드릴까요? 새 차거든요. 신기능 좀 추가해봤는데."

"아뇨, 괜찮습니다." 록우드가 코로 깊게 숨을 들이마셨다. "방어구라면 루시랑 나한테도 좀 있어서요. 물론 우리가 '주요' 대행사 소속은 아니지만. 나름 안전하다고 느낄 정도는 돼요."

그러고서 록우드는 입을 다물었으나 그의 짜증스런 기운이 택시를 가득 채웠다. 그는 창밖을 응시하며 손가락으로 무릎을 톡톡 두드렸다. 뒷좌석의 그림자 속에서 나는 드문드문 스쳐가며 그의 뺨 위를 내달리는 가로등 불빛을 보고 있었다. 그 빛에 드러나는 입술의 곡선과 검고 조급한 눈을 봤다. 록우드가 화내는 이유를 나는 알았다. 그는 자기 회사가 런던에서 가장 위대한 대행사로 손꼽히길 원했다. 그의 안에서 야망이 활활 타올랐다. 난제의 판도를 바꿔보려는 야망이.

나는 그 야망의 이유 또한 이해했다.

당연히 이해했다. 그걸 이해하게 된 건 그 여름날, 록우드가 층계참 방문을 열고 조지와 나를 안으로 이끈 그날부터였다.

* * *

"내 누나야." 록우드는 말했다. "여긴 누나 방이야. 너희 눈에도 보일지 모르겠는데, 누나가 죽은 곳이기도 해. 일단 방문은 닫을게. 너희만 괜찮다면."

록우드는 그렇게 했다. 층계참에서 조그만 쐐기 모양으로 들어오던 햇빛이 덫처럼 우릴 조여들었다. 문 안쪽에 덧댄 철선들이 은은하게 달각거리며 우릴 일상적인 모든 것들로부터 갈라놨다.

조지도 나도 말이 없었다. 할 수 있는 거라곤 똑바로 서 있는 것뿐이었다. 우린 서로를 꼭 붙들고 버텼다. 심령의 기운이 해일처럼 밀려와 감각을 때리고 부서졌다. 내 귓가에서 뭔가가 아우성쳤다.

나는 고개를 저어 머릿속을 비우고 억지로 눈을 떴다.

맞은편 창문을 암막 커튼이 가리고 있었다. 그 언저리로 여름 오후의 흰 빛살이 보였다. 그걸 빼면 방 안 어디에도 빛은 없었다.

'자연스러운' 빛은 없었단 얘기다.

그럼에도 어떤 광휘―물처럼 연하고 달빛 같은 은색이었다―가 방을 채우고 있었다.

심지어 나도 감지할 수 있었다. 절명광을 보는 데 젬병인 나조차. 나는 절명광이 있다고 록우드가 얘길 해줘야 그런 줄 아는 사람이다. 하지만 이번엔 달랐다. 방 가운데에 침대가 있었다. 싱글 침대였고, 머리판이 오른쪽 벽에 붙게 배치돼 있었다. 침대 다리와 틀은 흰색인지 크림색인지로 칠했고, 맨살을 드러낸 매트리스를 창백한 장식용 침대보가 덮고 있어 침대 전체가 검은 하늘의 구름 한 점처럼 어스름 속에 떠 있는 것 같기도 했다. 침대 위에 뭔가 다른 게 겹쳐지듯 놓여 있었다. 엉성한 타원형, 달걀 모양의 광채였다. 사람만 한 빛이 희고 밝고 차갑게 반짝였다. 광원이 없고―중심이 휑했다―나는 제대로 못 보는 빛이었다. 거기서 시선을 떼야지만 시야 언저리에서 확 타오르며 도드라지는 식으로 보일 뿐이었다. 태양을 정면으로 보고 나면 눈앞을 떠다니는 그 점들을 닮았다.

이 희미한 타원형 자국에서 심령 기운이 쏟아져 나왔다. 강력하고 꾸준했다. 문에 저렇게 철선을 덧대놓은 것도 당연했다. 벽면이 은제 항마구로 밝게 빛나는 것도, 천장에 은제 모빌들이 빽빽한 것도 당연했다. 아까 문이 닫히며 생긴 미풍에 모빌들이 들썩였다. 은은한 선율로 딸랑거렸다. 멀리서 들려오는 어린아이들의 웃음소리 같았다.

"누나 이름은 제시카였어." 록우드가 말하곤 우릴 지나쳐갔다. 주머니에서 선글라스를 꺼내 들고 있었다. 강렬한 영혼의 빛으로부터 눈을 보호하는 용도로 갖고 다니는 거였다. 그가 선글라스를 꼈다. "누난 나보다 여섯 살 많았어. 열다섯 살 때 일을 당했지. 바로 여기서."

록우드는 어둠 속에 우리와 서서 죽은 지 오래인 누나의 존재를 밝히는 게, 그녀의 절명광이 우리 앞을 맴돌고, 그 사건이 남긴 심령의 여파가 우리의 감각들을 두들겨대는 게 더없이 평범한 일이라는 양 말했다. 그는 이제 침대로 다가가고 있었다. 타원형 빛을 건들지 않게 조심하며 침대보를 당기자 그 아래 매트리스가 나왔다. 가운데쯤에 널찍하고 거뭇하게 벌어진 상처 같은 부분이 있었다. 매트리스 표면을 태우기라도 한 듯 보였다. 이를 테면 산성 물질 같은 걸로.

나는 그걸 가만히 봤다. 아니, 산성 물질이 아니었다. 누가 봐도 그건 엑토플라즘에 탄 자국이었다.

정신을 차리고 보니, 내가 조지의 팔을 아까보다도 세게 쥐어짜고 있었다.

"나 땜에 아픈 거 아니지, 조지. 그치?" 내가 물었다.

"아까부터 아팠어."

"그렇구나." 나는 조지의 팔을 놓지 않았다.

"난 고작 아홉 살이었어." 록우드가 말했다. "오래전 얘기지. 케케묵은 과거랄까. 하지만 너희에게 꼭 보여줘야 할 것 같았어. 어쨌든 너희도 이 집에 살고 있으니까."

나는 애써 입을 열었다. "그래서, 제시카라고."

"응."

"누나?"

"응."

"어찌 된 일인데?"

록우드는 침대보를 펄럭여 매트리스를 덮고 끝자락을 머리판과 매트리스 사이에 단정히 밀어 넣었다. "유령접촉을 당했어."

"유령? 무슨 유령?"

"항아리에서 나온 유령." 신중을 기해 감정을 배제한 목소리였다. 선글라스는 그의 눈을 보호하는 동시에 아주 성공적으로 감추기도 했다. 어떤 표정인지 읽기 힘들었다. "내 부모님 물건들 알지…." 록우드가 말을 계속했다. "아래층 벽의 원시 귀신잡이니 뭐니 하는 것들…. 부모님은 연구자였어. 다른 나라들의 초자연적 전통을 연구했지. 그분들이 수집한 것 대부분이 쓰레기였어. 의식에 쓰는 머리 장식 같은 것들 말야. 하지만 개중엔 초자연적 힘이 정말로 깃든 물건도 있었던 거지. 항아리였어. 인도네시아 어딘가에서 왔다고 했던 것 같아. 그날 누나는 상자를 정리하던 중이었대. 항아리를 꺼냈고… 실수로 떨어트렸어. 항아리가 깨지며 유령이 나왔고. 누나를 죽였지."

"록우드…. 어쩜 좋아…."

"그래, 뭐, 케케묵은 과거야. 아주 오래전 얘기."

록우드의 얘기에 온 정신이 쏠렸다. 그의 말과 귀기 어린 영혼의 빛에. 하지만 그 와중에도 옷장과 서랍장 두 개가 눈에 들어왔다. 여기저기서 상자와 차 궤짝도 보였는데, 대부분이 벽 쪽에 쌓여 있고, 이따금 서너 개가 포개진 것도 있었다. 상자들 위에 놓인 수십 개의 꽃병과 잼 단지에 말린 라벤더 다발이 꽂혀 있었다. 방에서 라벤더의 달달하고도 떫은 향이 진동했다. 우리 집의 보통 냄새(그중에서도 특히 조지의 침실 바로 앞에 있다는 이유로 층계참에서 나는 냄새)와는 너무도 달라서 비현실적인 느낌만 깊어질 뿐이었다.

나는 다시 고개를 저었다. 누나. 록우드에게 누나가 있었다. 그녀가 바로 여기서 죽었다.

"유령은 어떻게 됐어?" 조지가 물었다. 목소리가 어렴풋했다.

"처리됐어." 록우드가 창가로 건너가 암막 커튼을 걷었다. 햇빛이 쑤시듯 밀고 들어왔다. 일순간 눈이 움찔했다. 앞이 다시 보이기 시작했을 때, 방은 환히 밝아져 있었다. 침대 위 빛은 더 이상 없고, 감각을 괴롭히는 심령 기운도 미묘하게 꺾여 있었다. 하지만 그 존재는 여전히 느껴졌고, 귓속에서 들리는 희미한 삐걱거림도 그대로였다.

방은 한때 산뜻한 파란색이었다. 풍선이 사선으로 떠가는 벽지 무늬는 아이들 방에서 많이 보는 거였다. 메모판엔 사자와 기린, 말 사진이 꽂혀 있고, 침대의 나무 머리판 곳곳에 낡은 동물 스티커가 마구잡이로 붙어 있었다. 천장에는 노란 야광별이 흩어져 있었다. 하지만 정작 눈길을 끄는 건 따로 있었다. 오른쪽 벽에 수직으로 길게 팬 홈 두 개였다. 벽지와 그 아래 회반죽까지 곧장 가르고 들어가 있었다. 레이피어 자국이었다. 특히 한 지점은 벽돌 두께만큼이나 깊이 베여 있었다.

록우드는 창가에 조용히 서서 옆집의 밋밋한 벽을 내다봤다. 창틀에 놓인 화분들에서 마른 라벤더 씨앗 몇 개가 떨어져 있었다. 그는 창틀에 한 손을 대고 손가락으로 씨앗들을 쓸어 담았다.

내 가슴속에서 발작적인 뭔가가 쌓이고 있었다. 나는 울고 싶었다. 주체 못 하게 웃고 싶었다. 록우드에게 호통치고 싶었다….

그 대신 조용히 물었다. "누나는 어떤 사람이었어?"

"아…. 설명하기 힘든데. 내 누나였잖아. 내가 많이 따랐지, 물론. 언제 사진을 찾아 보여줄게. 여기 서랍장 어딘가에 한 장쯤 있을 거야. 누나 물건은 죄다 거기 넣어두거든. 날 잡아 정리하긴 해야 할 텐데, 늘 할 일이 넘쳐서 말야…" 록우드는 창틀에 기댔다. 빛을 등지고 서서 손바닥의 라벤더 씨앗을 천천히 밀어 굴렸다. "누나는 키가 컸어. 머리칼은 검었고 야무진 사람이었어. 그랬던 것 같아. 한두 번쯤 널 곁눈으로 봤다가, 루스, 거의 네가…. 근데 너 진짜 누나랑 하나도 안 비슷해. 누난 성격이 온화했어. 아주 친절했고."

"오케이. 이제 진짜 제대로 아프거든, 루시." 조지가 말했다.

"미안." 내가 조지의 팔을 비틀던 손을 풀었다.

"내 실수야." 록우드가 말했다. "말이 잘못 나왔어. 내가 하려던 얘긴…."

"괜찮아." 내가 말했다. "애초에 누나에 대해 물으면 안 되는 거였어…. 이 문젤 거론하는 것 자체가 힘들겠지. 우린 다 이해해. 더는 아무것도 안 물을게."

"그러니까, 그 항아리…." 조지가 말했다. "그 얘기 좀 해봐. 항아리가 유령을 어떻게 가둬놓고 있었단 거야? 도자기만으론 불가능했을 텐데. 모종의 철선이라든가 은이라든가, 그런 게 있었겠지. 아님 뭔가 다른 기법이라도 쓴 건가. 아야!" 내가 조지에게 발길질한 터였다. "뭣 땜에?"

"좀 닥치라고."

조지가 안경 너머의 눈을 끔뻑였다. "왜? 흥미로운데."

"지금 록우드의 누나 얘기 중이잖아! 빌어먹을 항아리가 아니라!"

조지가 엄지로 록우드를 가리켰다. "녀석이 그러잖아. 다 케케묵은 과거라고."

"그래. 하지만 딱 봐도 거짓말인걸. 여길 좀 봐! 이 방을 보라고.

안에 뭐가 있는지랑! 이 모든 게 몹시도 현재 진행형이라고."

"그래. 하지만 우릴 여기 데려온 건 녀석이야, 루스. 녀석은 얘길 하고 싶은 거라고. 거기엔 항아리도 포함이고."

"제발 좀! 지금 이건 네가 하는 그 멍청한 실험이 아냐, 조지. 록우 드의 가족이 얽힌 얘기라고. 저 애 심정이 어떨지 네가 알기나 해?"

"너보단 잘 알거든! 무엇보다도 이거 하난 젠장맞게 확실히 알겠 어. 록우드가 이 일을 우리랑 논하고 싶어 한다는 거. 오랜 세월 감정 의 변비를 겪은 끝에 우리와 나누며 해소할 준비…."

"그럴지도 모르지. 하지만 록우드는 전적으로 불안정하고 과민하 기도 해. 그러니까 혹시라도…."

"저기요, 나 아직 여기 있거든요." 록우드가 말했다. "밖에 나가고 그런 거 아니라고." 침묵이 흘렀다. 조지와 나는 말을 끊고 그를 쳐다 봤다. "그리고 사실," 록우드가 말을 이었다. "너희 둘 다 옳아. 난 얘 기하고 싶어. 조지 말대로. 하지만 그러기가 정말 쉽지 않다고도 느 껴. 그러니까 루시 말도 옳지." 그가 한숨을 쉬었다. "맞아, 조지. 항 아리 안쪽에 철선이 둘러져 있었어. 그게 깨진 거고. 됐지? 오늘은 이 정도로 마무리하면 어떨까 하는데."

"록우드," 내가 말했다. 그러고는 침대를 봤다. "마지막으로 하나 만. 혹시 누나가…?"

"아니."

"절대…?"

"아냐."

"하지만 절명광이…."

"누난 안 돌아와." 록우드는 창틀 화분에 라벤더 씨앗을 붓곤 길 고 가는 손을 닦았다. "처음엔, 있지, 차라리 누나가 돌아왔으면 싶기도 했어. 집에 있는 날이면 누나 방에 올라왔지. 창가에 서 있는 모습을 볼 수 있을까 해서. 한참을 기다렸어. 절명광을 들여다보며. 누나의 형상이 보일까, 목소리가 들릴까 기대하면서…." 그는 날 보며 구슬피 웃었다. "하지만 그런 일은 끝내 없었어."

록우드는 침대를 힐끗 봤다. 그의 눈은 여전히 검디검은 안경 뒤에 갇혀 있었다. "처음엔 그랬단 얘기야. 건강치 못한 일이었지. 여기서 맨날 그러고 있는 게. 그리고 나중에 절명광에 대해, 그것이 동반하는 것들에 대해 경험치가 쌓이면서는 누나의 귀환이 간절한 만큼이나 두려워지기 시작했어. 누나가 어떤 모습으로 나타날까 생각하면 견디질 못하겠더라고. 그래서 여기 자주 들락거리길 멈췄어. 라벤더도 놨지…. 놀랄 일을 막는 차원에서."

"철이 더 강력할 텐데." 조지가 말했다. 그는 늘 이런 식이었다. 안경잡이 조지의 뚝심으로 다른 누구보다도 빨리 문제의 핵심을 찔렀다. "방에서 철이 안 보이는 것 같아서. 문의 철선을 빼면."

나는 록우드를 쳐다봤다. 그의 어깨가 경직돼 있었고, 잠시 나는 그가 화를 내려는 건 아닐까 생각했다. "네 말이 맞아. 물론이야." 그가 말했다. "하지만 그럼 너무 보통 방문자 취급을 하는 것 같아서. 누난 아니거든, 조지. 그렇게 취급할 순 없어. 내 누나잖아. 설령 누나가 돌아온다 해도 철을 쓰진 못할 것 같아."

우리 둘 다 말이 없었다.

"재미있는 건, 누나가 라벤더 향을 좋아했다는 거야." 록우드가 한결 가벼운 목소리로 말했다. "집 옆으로 돌아가면 덤불 있는 거 알지? 쓰레기통 근처에. 내가 어렸을 때, 누난 날 데리고 거기 앉아서 우리 머리칼에 엮을 라벤더 장식을 만들곤 했어."

나는 꽃병들과 거기에 깃털처럼 꽂혀 자주색으로 시든 꽃송이들을 봤다. 그러니까 이건 방어구였지만, 동시에 환영의 인사기도 했다.

"뭐, 라벤더도 괜찮아." 조지가 말했다. "플로 본스의 신뢰가 엄청나잖아."

"쉰내가 엄청난 거 아니고?" 내가 말했다.

우리 모두가 소리 내 웃었지만, 그 방에 웃음은 안 어울렸다. 이상하게 눈물도 안 어울렸다. 분노도 다른 어떤 감정도 아닌 엄숙함만이 어울렸다. 그곳은 부재의 공간이었다. 거기 우리와 함께 있는 뭔가는 이미 사라지고 없었다. 그건 마치 누군가가 한때 우렁찬 소리로 기쁨의 함성을 질렀던 계곡에 들어서는 것과 같았다. 그 함성의 메아리는 산등성이 사이에서 울려 퍼지고 오랜 시간 계속됐다. 하지만 이젠 사라졌고, 그 자리에 당신이 섰지만 더는 전과 같지 않은 것이다.

우린 그 방에 다시 가지 않았다. 거긴 사적인 공간이었고, 조지와 나는 얼쩡대지 않았다. 엄청났던 최초의 고백 뒤 록우드는 누나 얘기를 다시 꺼내지도, 약속했던 사진을 찾아 보여주지도 않았다. 부모님을 입에 올리는 일 역시 거의 없었다. 그분들의 유언장 내용에 따라 포틀랜드 로 35번지를 물려받게 됐단 얘길 얼핏 흘리긴 했지만. 그러니까―어딘가에서 무슨 일로든―그분들 또한 세상을 떠난 것이리라. 하지만 록우드의 부모님과 제시카는 어둠 속에 머물렀고, 그 고요한 방을 맴도는 질문들도 상당 부분이 그대로 남았다.

나는 그 사실에 휘둘리는 대신, 내가 알게 된 것들에 만족하려 애썼다. 확실히 록우드와 더 가까워진 기분이었다. 그의 과거를 안다는 건 내게 특권이었다. 온기와 특별함을 느끼게 했다. 그와 함께 택시 뒷좌석에 앉아 런던의 밤을 뚫고 달리는 이런 순간들에. 누가 알겠는가. 어느 밤엔가, 이렇게 단둘이 일하다 문득 그가 속을 터놓고 더 많은 얘길 해줄지….

택시가 급제동하면서 우리 몸이 와락 앞으로 쏠렸다. 저 앞 거리에 움직이는 형상들이 가득했다.

운전사가 욕을 뱉었다. "미안합니다, 록우드 씨. 길이 막혔어요. 사방이 조사관이네요."

"괜찮습니다." 록우드는 이미 차 문으로 손을 뻗고 있었다. "그렇잖아도 이러고 싶던 차였으니까." 내가 뭐라 반응하기도 전에, 그리고 택시가 아직 제대로 서지도 않았는데, 그는 이미 차에서 내려 도로를 반쯤 가로지르고 있었다.

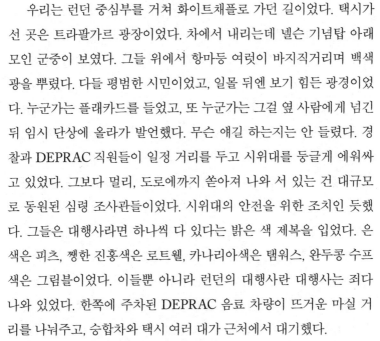

6

우리는 런던 중심부를 거쳐 화이트채플로 가던 길이었다. 택시가
선 곳은 트라팔가르 광장이었다. 차에서 내리는데 넬슨 기념탑 아래
모인 군중이 보였다. 그들 위에서 항마등 여럿이 바지직거리며 백색
광을 뿌렸다. 다들 평범한 시민이었고, 일몰 뒤엔 보기 힘든 광경이었
다. 누군가는 플래카드를 들었고, 또 누군가는 그걸 옆 사람에게 넘긴
뒤 임시 단상에 올라가 발언했다. 무슨 얘길 하는지는 안 들렸다. 경
찰과 DEPRAC 직원들이 일정 거리를 두고 시위대를 둥글게 에워싸
고 있었다. 그보다 멀리, 도로에까지 쏟아져 나와 서 있는 건 대규모
로 동원된 심령 조사관들이었다. 시위대의 안전을 위한 조치인 듯했
다. 그들은 대행사라면 하나씩 다 있다는 밝은 색 제복을 입었다. 은
색은 피츠, 쩽한 진홍색은 로트웰, 카나리아색은 탬워스, 완두콩 수프
색은 그림블이었다. 이들뿐 아니라 런던의 대행사란 대행사는 죄다
나와 있었다. 한쪽에 주차된 DEPRAC 음료 차량이 뜨거운 마실 거
리를 나눠주고, 승합차와 택시 여러 대가 근처에서 대기했다.

록우드가 광장을 곧장 가로질렀다. 나는 서둘러 뒤따랐다.

심령 조사관 무리를 집합적으로 칭하는 명사가 있다면 모르긴 몰라도 '가식'이나 '허세'쯤 되지 않을까 싶다. 요원들은 제복 색깔별로 나뉘어 서서 꼴 보기 싫은 경쟁자를 힐끔거리며 큰 소리로 떠들고 시끌벅적하게 웃어 젖혔다. 나이 어린 조사관들—예닐곱 살쯤 먹은 꼬마들—은 차를 마시며 서로에게 얄궂은 얼굴을 만들어 보였다. 그보다 나이가 있는 조사관들은 여기저기 으스대고 다니면서 감독관 코밑에서 모욕적인 몸짓들을 주고받았고, 감독관들은 이를 보고도 못 본 척했다. 다들 가슴팍에 힘이 잔뜩 들어가 있고 조명 아래서 검들이 번뜩였다. 공기 중에 우월감과 적개심이 감돌았다.

이들 무리를 지나고 나니 침울하게 상황을 지켜보고 선 낯익은 형상이 나왔다. 여느 때와 같이 몬타규 반스 경위는 구겨진 트렌치코트와 그저 그런 정장, 짙은 갈색 스웨이드 중산모 차림이었다. 여느 때와 달리 이날은 주황색 수프가 모락모락 김을 뿜는 폴리스티렌 컵을 들고 있었고. 세파에 찌들고 산전수전 다 겪은 얼굴엔 희끗한 콧수염을 길렀는데, 크기와 길이가 죽은 햄스터만 했다. 반스 경위는 심령현상조사예방국(일명 DEPRAC. 대행사들의 활동을 감시하는 정부 기관으로, 유사시에는 공익을 위해 조사관들을 차출해 쓰기도 했다.)에서 일했다. 품위나 상냥함으로는 좋은 점수를 주기 힘들었으나 상황 판단이 빠르고 일 처리가 효율적이었으며, 그나마 부패하지 않은 인물로 보였다. 그렇다고 그가 우리랑 함께하길 즐긴단 얘긴 아니었다.

경위 옆 조그만 남자는 피츠 대행사의 고급 제복을 휘황찬란하게 차려입었다. 그의 부츠가 빛나고, 다리에 딱 들러붙는 바지가 번쩍였다. 옆구리의 보석 박힌 줄엔 값비싼 레이피어가 고정돼 흔들거렸다. 은색 재킷은 호랑이 가죽처럼 부드럽고, 새끼 염소 가죽으로 만든 고급 장갑과도 완벽히 어울렸다. 모두가 호화로웠다. 장엄하기까지 했다. 하지만 안타깝게도 그걸 걸친 몸뚱이는 퀼 킵스의 거였고, 그래서 전체적으론 역병 걸린 쥐가 캐비어 사발을 핥는 꼴을 지켜보는 기분이었다. 맞다. 세련된 구석이 솔직히 없진 않았으나, 정작 눈여겨보게 되는 건 그런 게 아니었다.

킵스는 붉은 머리에 깡마른 데다 한심할 정도로 자기만족적이었다. 우리가 이런 얘기를 그에게 대놓고 하기 일쑤라는 사실과 아마도 관련이 있겠지만, 아무튼 그는 갖가지 이유로 록우드 심령 회사를 전부터 싫어했다. 피츠 대행사 런던 지부의 팀장으로서, 그리고 최연소 성인 감독관의 한 명으로서 그는 DEPRAC에 주기적으로 파견돼 반스와 일했다. 사실 이날도 다가가며 보니 서류철의 뭔가를 경위에게 읽어주고 있었다.

"… 지난밤 첼시 봉쇄 구역에서 목격된 1급령*이 마흔여덟입니다." 킵스가 말했다. "이 보고들을 사실로 가정할 때 2급령*은 열일곱이고요. 밀집도가 심각한 수준인데요."

"지금까지 사망자 수는?" 반스가 물었다.

"여덟 명입니다. 부랑자 셋을 포함해서요. 전과 마찬가지로 민감한 자*들이 위험한 방출물을 보고하고 있지만, 발원지가 불분명한 상태입니다."

"좋아. 시위가 끝나면 우린 첼시로 간다. 작전 지역 네 곳에 조사관들을 배치해. 민감한 자들도 팀으로 조직해서 지원, 오, 맙소사." 반스가 그제야 우릴 알아차렸다. "잠깐만, 킵스."

"좋은 저녁입니다, 경위님." 록우드가 함박웃음을 지어 보였다. "안녕하세요, 킵스."

"쟤네는 지원팀 목록에 없죠? 아닙니까?" 킵스가 말했다. "제가 쫓아버릴까요?"

반스가 고개를 가로젓고는 수프를 한 모금 마셨다. "록우드, 칼라일 양…. 귀한 발걸음을 다 해주시고. 이렇게 기쁜 일이 있나?"

기쁘다는 사람 말투가 꼭 어머니 장례식에서 추모사를 하는 아들 같은 걸로 봐서 반스 경위의 '기쁨'은 상대를 봐가며 달라지는 게 분명했다. 그가 우릴 싫어하는 것까진 아니었다. 그러기엔 우리한테 너무 자주 도움을 받았다. 하지만 때론 가벼운 짜증의 뒤끝이 더 긴 법이다.

"그냥 지나가는 길예요." 록우드가 말했다. "인사나 할까 했죠. 꽤나 많이 모아놓고 계시네요. 런던 대행사들이 거의 다 와 있는 모양인데." 그가 더욱 활짝 웃었다. "우리 부르는 걸 깜빡하셨나 보다."

반스는 우릴 물끄러미 봤다. 컵에서 나오는 김이 중국 대나무 숲의 안개처럼 콧수염을 휘감았다. 그가 수프를 한 모금 더 마셨다. "아닌데."

"괜찮은 수프네요. 그쵸?" 잠시의 정적 뒤 록우드가 물었다. "무슨 수프예요?"

"토마토." 반스가 자기 컵 안을 뚫어져라 봤다. "왜? 뭐가 문젠데? 자네 수준엔 안 맞나?"

"아뇨. 아주 훌륭해 보여요…. 특히 경위님 콧수염에 붙은 건더기가요. DEPRAC가 첼시 작전 전반에서 록우드 심령 회사를 배제한 이유를 여쭤도 될까요? 이번 사태가 정말 그렇게 심각하다면 우리 회사의 지원이 필요하지 않을까요?"

"아닐 것 같은데." 반스는 기념탑 아래 모인 군중을 노려봤다. "이번 사태가 국가적 위기일진 몰라도, 우리가 '그렇게까지' 절박하진 않아. 주위를 봐. 재능 있는 친구들이 한가득이야. 질적으로 뛰어난 조사관들 말일세."

나는 주변을 둘러봤다. 근처에 서 있는 몇은 나도 아는 녀석들, 동네에서 이름깨나 날리는 조사관들이었다. 그렇지 않은 아이들도 있었다. 겨자색 재킷을 입은 파리한 여자애들 무리가 계단 아래 서서 어마어마하게 뚱뚱한 남자의 지시를 받고 있었다. 덜렁거리는 턱살과 출렁거리는 뱃살, 여봐란듯이 힘을 빡 준 엉덩짝을 보아하니 아담 번처치, 저 별 볼일 없는 대행사의 대표였다.

록우드가 눈살을 찌푸렸다. "양적으로 뛰어난 건 확실하네요. 질적으론 별로지만." 그러고는 몸을 기울이며 나지막이 말했다. "번처치라고요? 이거 왜 이러세요, 정말."

반스는 플라스틱 숟가락으로 수프를 저었다. "자네 재능을 부정하는 게 아냐, 록우드 선생. 아닌 게 아니라, 자네의 그 진주 같은 치아가 암흑뿐인 골목에서 우리 앞길을 밝혀줄 수도 있었겠지. 하지만 자네 회사는 직원이 몇 명이더라? 아직도 세 명? 그렇지. 게다가 그중 하나는 조지 커빈스고. 자네와 칼라일 양의 능력엔 의심의 여지가 없다지만, 고작 조사관 세 명 더하는 걸론 결론 달라질 게 없어." 그는 컵에 대고 숟가락을 톡톡 턴 뒤 킵스에게 건넸다. "이번 첼시 건은 어마어마해." 경위가 말했다. "대규모 지역에서 발생하고 있지. 음영자, 요괴, 망령, 관망자. 출몰하는 놈들은 점점 느는데 이렇다 할 원인이 없어. 건물 수백 채를 감시하고 주민 전체를 대피시키는 중인데… 여론이 좋지 않아. 오늘 밤 시위도 그래서고. 이 상황을 정리할 인력이 아주 많이 필요해. 명령대로 움직일 자들로. 미안하지만 이 두 가지면 자네들을 작전에서 배제할 훌륭한 이유가 되는 듯한데." 경위는 단호히 수프를 마시다 욕했다. "앗, 뜨거!"

"대신 후후 불어드려요, 킵스." 반스의 얘길 듣는 동안 록우드의 표정은 한층 더 어두워졌다. 그가 고개를 돌렸다. "그럼, 좋은 저녁 되세요, 경위님. 상황이 어려워지면 전화주시고요."

우리는 택시로 돌아가기 시작했다.

"록우드! 잠깐!"

퀼 킵스였다. 그가 서류철을 겨드랑이에 끼고 성큼성큼 뒤따라 왔다.

"무슨 일이시죠?" 록우드가 주머니 깊숙이 손을 꽂은 채 차분히 물었다.

"삐지러 온 거 아냐." 킵스가 말했다. "맘만 먹으면 얼마든지 그럴 수 있지만. 충고 하나 하려고. 더 정확히는 루시한테. 제아무리 일리 있는 얘긴들 네 녀석은 귓등으로도 안 들을 거 아니까."

"그쪽 충고는 필요 없는데요." 내가 말했다.

킵스가 씩 웃었다. "아, 필요할걸. 들어봐, 너희가 모르는 얘기야. 첼시에서 이상한 일들이 벌어지고 있어. 이렇게 많은 방문자는 나도 정말 처음 봐. 각양각색의 놈들이 떼거지로 몰려 있어. 게다가 위험하기까지 하고. 뭔가가 놈들을 각성시키기라도 한 것처럼. 내 팀이 사흘 밤 동안 킹스 로드 뒤편 도로를 담당했거든. 첫 이틀 동안은 잠잠했어. 사흘째 밤에 어둠 속에서 생골령이 튀어나와선 캣 고드윈이랑 네드 쇼가 당할 뻔했다니까. 생골령이 나왔다고! 정말 느닷없이! 이러는 이유를 반스는 짐작조차 못 해. 그 누구도 못 해."

록우드가 어깨를 으쓱했다. "난 돕겠다고 했어요. 그 제안은 거절당했고."

킵스가 짧게 깎은 머리칼을 손으로 쓸었다. "당연한 얘기지. 너희 회사가 변변찮으니까. 오늘 밤엔 무슨 일을 하지? 시시하고 한심한 건이겠지. 그럴 거야."

"평범한 시민들을 공포에 떨게 하는 유령이에요." 록우드가 말했다. "그게 한심한가요? 내 생각은 다른데."

킵스가 고개를 끄덕였다. "그래, 맞아. 하지만 중요한 일을 하고 싶으면 '진짜' 대행사의 일원이 돼야지. 너희 둘 다 피츠에 오면 제대로 된 일을 어렵지 않게 찾을 수 있을 거야. 실제로 루시는 언제든 내 팀에 들어올 수 있고. 전에 그렇게 제안했거든."

나는 킵스를 빤히 내려다봤다. "네, 그리고 내 대답도 들었죠."

"뭐, 네가 선택할 문제니까." 킵스가 말했다. "하지만 그쯤에서 손을 떼고, 자존심 좀 굽히고 제도 속으로 들어오는 게 좋아. 그게 아니면 시간만 버리는 꼴이라고." 그는 내게 고개를 까딱해 보인 뒤 자리를 떴다.

"망할 놈의 인간." 록우드가 말했다. "그냥 말도 안 되는 소리 하는 거야. 늘 그렇듯이."

그렇다곤 하지만 록우드는 택시에서 별말이 없었고, 베일 쓴 유령과 만날 약속을 위해 화이트채플 넬슨 스트리트 6번지로 가는 새로운 경로의 안내는 결국 내 몫이 됐다.

넬슨 6번지는 좁은 길가의 연립주택이었다. 의뢰인 피터스 부인은 내내 밖을 내다보며 우릴 기다린 모양이었다. 내가 노크하기도 전에 문이 활짝 열렸다. 부인은 초조해 보이는 젊은 여성이었는데, 불안과 걱정이 많아 머리칼이 일찍 세어버린 듯했다. 머리와 어깨에 두꺼운 숄을 덮어쓰고, 장갑 낀 두 손으론 커다란 나무 십자가를 붙들고 있었다.

"있어요?" 피터스 부인이 속삭였다. "위에 있어요?"

"우리가 어떻게 알겠어요?" 내가 말했다. "아직 집에 들어가지도 않았는데."

"길에서요!" 그녀가 낮은 목소리를 내질렀다. "길에서 보인다던데!"

록우드도 나도 밖에서 창문을 확인할 생각은 못 해봤다. 우린 보도에서 뒷걸음질해 인적 없는 도로로 나간 뒤, 목을 길게 빼고 2층에 난 창문 두 개를 살폈다. 현관문 위의 창엔 불이 들어와 있었다. 타일이 붙은 걸로 봐서 화장실인 듯했다. 다른 창은 불이 밝혀져 있지도, 두 집 아래의 가로등이 발하는 눈부신 빛을 (다른 유리창과 달리) 반사하지도 않았다. 창문이 아니라 그냥 칙칙하고 검은 공간일 뿐이었다. 그리고 그 안에 있는 건, 정말 잘 안 보였지만, 여자의 윤곽이었다. 마치 그녀가 창문 바로 앞에서 바깥 거리를 등지고 서 있는 것 같았다. 검은 드레스와 긴 흑발이 보였다.

록우드와 나는 현관으로 돌아갔다. 내가 목을 가다듬었다. "네, 위에 있어요."

"걱정하실 거 없어요." 피터스 부인을 지나 비좁은 복도로 들어서면서 록우드가 말했다. 그는 부인에게 50프로짜리 미소를 발사했다. 마음이 든든해지는 미소였다. "우리가 올라가서 보겠습니다."

의뢰인이 우는 소릴 했다. "내 꿈자리가 왜 그리 뒤숭숭한지 이해하겠죠, 록우드 씨?" 그녀가 말했다. "이젠 이해하겠죠. 그죠?" 부인의 눈동자가 겁에 질린 달 같았다. 그녀는 록우드 뒤에 딱 붙어 안절부절못하면서 십자가가 가면이라도 되는 양 자기 얼굴 앞에 쳐들고 있었다. 그러다 돌아서는 록우드의 코를 십자가 끝으로 쑤실 뻔했다.

"피터스 부인," 록우드가 부드럽게 십자가를 아래로 밀며 말했다. "우릴 위해 해주실 일이 있어요. 아주 중요한 일입니다."

"뭔데요?"

"얼른 부엌으로 가서 주전자에 물을 올려주시겠어요? 그래 줄 수 있겠습니까?"

"그럼요. 네, 네, 할 수 있을 것 같아요."

"훌륭합니다. 시간 있을 때 차를 두 잔 만들어주시면 정말 좋겠어요. 위층으로 갖고 올라오진 마세요. 일을 마치는 대로 우리가 내려와 마실게요. 장담하는데 차가 식기 전에 돌아올 겁니다."

또 한 번의 미소와 함께 부인의 팔을 힘주어 잡아준 뒤, 록우드는 나를 따라 좁은 계단을 올라왔다. 도구 가방들이 쿵쿵 벽을 때렸다.

딱히 층계참이라 부를 만한 공간은 없었다. 가장 위쪽 계단이 길게 확장되는 형태에 가까웠다. 거기 난 문은 세 개였다. 하나는 화장실, 하나는 뒷방, 마지막 하나는 집 정면에서 보이는 침실이었다. 이 문에 두꺼운 쇠못이 오십 개쯤 박혀 있고, 거기에 다시 쇠사슬과 라벤더 타래가 주렁주렁 걸려 있었다. 문의 나무 자체가 안 보일 정도였다.

"으음, 문제의 방이 어딘지 안 봐도 알겠는걸." 내가 중얼거렸다.

"부인이 정말 빈틈없이 막아두긴 했네." 록우드가 동의했다. "오, 사랑스러워라. 이젠 찬송가 가수까지 하잖아. 벌써 짐작했겠지만."

아래층에서 문이 닫히고 부엌을 쏘다니는 발소리가 나더니, 느닷없이 높고 불안정한 음정으로 벌벌 떨며 부르는 노래가 시작된 터였다.

"저게 무슨 도움이 된다고." 내가 작업 벨트를 확인하고 레이피어를 고정하는 줄을 풀며 말했다. "십자가도 그렇고. 철이랑 은이 아니면 아무 의미 없는데."

록우드는 가방에서 가느다란 쇠사슬을 꺼내 한쪽 팔에 고리처럼 감았다. 내게 하도 바짝 붙어 서 있어서 움직일 때마다 몸이 스쳤다. "그래도 마음에 위안을 주잖아. 아냐? 내 부모님이 가져온 물건들도 반은 그래. 서재에 있는 뼈랑 공작새 깃털 탬버린 알지? 발리산 퇴마구는 또 어떻고. 거기도 철이랑 은은 전혀 안 들어가 있거든…. 좋아, 준비됐어?"

나는 그에게 미소를 지었다. 저 문 너머에 귀신이 있었다. 그것과 마주하기 직전이었다. 그럼에도 내 가슴속에선 심장이 노래했다. 이 집에 록우드와 나란히 서 있을 수 있어서. 이 세상 속 원래 내 자리에 있을 수 있어서.

"물론." 내가 말했다. "이따 마실 근사하고 따뜻한 차가 벌써부터 기대되는걸."

나는 눈을 감고 여섯까지 세며 빛에서 어둠으로의 전환에 대비했다. 그런 다음 문을 열고 안으로 들어갔다.

못의 장벽 너머 공기는 살을 엘 듯 차가웠다. 누군가가 냉동실 문이라도 활짝 열어뒀나 싶었다. 록우드가 등 뒤의 문을 닫으며 어둠에 삼켜지는 게 꼭 잉크에 잠기는 것만 같았다. 천장 조명이 꺼져 있어서만은 아니었다. 그것만으론 이렇게 어두울 수 없었다. 창문에서 바깥 거리의 빛이 전혀 안 들어왔다.

그런데 창문엔 커튼이 없었다. 창유리가 그대로 드러나 있었다.

뭔가가 창을 막고 서 있었다. 빛이 못 들어오게 가리고 있었다.

그 차디차고 잉크 같은 어둠 속 저 멀리서 누군가가 흐느꼈다. 섬뜩했다. 쓸쓸하지만 영혼을 잃어버린 소리치고 달콤했다. 소리가 기묘하게 메아리쳤다. 우리가 광활하고 휑한 공간에 있기라도 한 것 같았다.

"록우드," 내가 속삭였다. "아직 거기 있어?"

익숙하게 쿡 찌르는 손길이 느껴졌다. "네 옆에 딱 붙어 있지. 추워라! 장갑을 낄 걸 그랬어."

"우는 소리가 들려."

"창문에 여자가 있어. 창유리 속에. 너도 보여?"

"아니."

"저 갈퀴진 손이 안 보인다고?"

"아니! 뭐, 굳이 묘사하진 말아줄래…."

"내가 상상력이라곤 없는 사람이라 다행이야. 안 그랬음 오늘 밤에 악몽에 시달릴걸. 여자는 레이스가 달린 잿빛 가운을 입었어. 누더기 같은 베일인지 뭔지로 얼굴을 가렸고. 한 손에 편지 같은 걸 들었는데, 거뭇한 얼룩이 있어. 정확히는 모르겠어. 혈흔인지, 눈물인지. 길고 쪼글쪼글한 손으로 편지를 가슴에 꼭 붙이고…. 저기, 내가 지금 쇠사슬을 푸는 중이거든. 우리가 할 수 있는 최선은 창문을 깨는 거야. 깬 다음에 소각장에서 태워야지…." 록우드의 목소리는 차분했지만, 쇠사슬이 달그락거리는 소리는 조급했다.

"록우드, 잠깐만." 얼굴을 에는 공기 속에 앞이 안 보이는 채로 서서 나는 마음을 가라앉혔다. 더 깊은 것들을 향해 귀와 마음을 열었다. 흐느낌이 살짝 약해졌다. 그 틈에서 속삭임, 아주 미세한 날숨소리가 들렸다….

"안전히…."

"뭘?" 내가 물었다. "뭘 안전히?"

"루시." 록우드가 말했다. "지금 내가 보고 있는 게 너한텐 안 보이잖아. 저것과 얘기해선 안 돼. 안 좋다고." 팔꿈치 근처에서 쟁그랑거리는 소리가 좀 더 나더니, 그가 앞으로 나서는 게 느껴졌다. 속삭임이 뚝 끊겼다가 다시 시작되고 또 끊겼다.

"쇠사슬 치워." 내가 쏴붙였다. "안 들리잖아."

"안전히, 아, 안전…." 유령이 말했다.

"루시…."

"조용."

"안전히 됐어."

"어디에 뒀는데?" 내가 물었다. "어디에?"

"저기." 고개를 돌려서 보려는데 내 심령 시야가 확 걷혔다. 곁눈질하니 창문의 윤곽이 보였다. 그리고 창유리 안에서, 겹겹의 어둠 속에서 머리칼이 길고 어깨가 굽은 형상이 구부렁한 팔을 머리 위로 쳐들고 있었다. 광란의 춤 혹은 의식의 한중간에 붙들린 사람처럼. 형상의 손가락은 기괴하도록 길었는데, 방을 가로질러 날 쑤시려는 듯했다. 내가 비명을 질렀다. 옆에서 록우드가 펄쩍 뛰어나가며 검을 내질러 올려 베는 게 느껴졌다. 여자의 손가락이 깨지며 검은 빛줄기로 가닥가닥 갈리더니 프리즘이라도 통과한 양 흩어졌다. 비명이 귀를 채웠다. 그러곤 유리 깨지듯 갈라졌다. 서서히 줄어 정적이 됐다.

방에서 심령압이 빠지며 고막이 이완했다. 빛이 실내를 채웠다. 넬슨 로드에서 들어오는 파리한 분홍색 가로등 불빛이 전부였지만, 구석구석 들이치는 그 빛에 은은하고 거친 질감의 입체적 공간이 모습을 드러냈다. 그 얼마나 조그맣던지. 소리가 울리는 거대한 공간과는 거리가 멀어도 한참 멀었다. 아동용 이층 침대와 의자들이, 그리고 내 뒤론 검은색 옷장이 있는 평범한 방일 뿐이었다. 층계참에서 빨려 들어오는 따뜻한 공기가 방문 밑을 통과하며 발목을 어루만졌다. 록우드는 내 앞에, 레이피어를 내든 채 서 있었다. 쇠사슬이 깨진 유리창 너머까지 길게 늘어져 있었다. 맞은편 주택에서 불빛이 반짝였다. 창틀에서 삐죽빼죽하게 솟은 유리가 마치 이빨 같았다.

록우드가 돌아섰다. 날 살피며 거친 숨을 내쉬었다. 헝클어진 흑발이 늘어져 한쪽 눈을 덮었다. "괜찮아?"

"당연하지." 나는 옷장을 쳐다보고 있었다. "안 괜찮을 게 뭐 있어?"

"여자가 널 공격하고 있었다고, 루시. 베일이 들렸을 때 그 여자 얼굴을 네가 못 봐서 그래."

"아니, 아니. 별일 아니었어. 내게 위치를 알려주던 것뿐야."

"무슨 위치?"

"몰라. 생각을 못 하겠잖아. 입 좀 닥쳐."

나는 그에게 비키라고 손짓하고 옷장으로 갔다. 옷장은 큼지막하고 또 오래돼서 나무 색이 어찌나 어두운지 검은색에 가까웠다. 장식은 흔적처럼만 남았고, 오랜 사용으로 여기저기 긁혀 있었다. 나는 빽빽한 문을 당겨 열었다. 안에는 아이들 옷과 함께 옷장용 흰색 좀약들이 걸려 있었다. 나는 그것들을 가만히 노려보다 한쪽으로 밀었다. 안쪽 바닥은 한 장짜리 나무판으로 돼 있었다. 밖에서 보이는 옷장 바닥보다 30센티는 족히 높은 듯했다. 나는 벨트에서 주머니칼을 빼 들었다.

록우드가 긴가민가하며 내 어깨 옆을 얼쩡거렸다. "루스…."

"자기가 뭔가를 숨긴 위치를 알려주는 거였어." 내가 중얼거렸다. "그리고 내 생각엔…. 그렇지!"

뒤쪽에 난 틈새로 칼을 밀어 넣는 전략이 유효했다. 손을 비틀자 나무판이 위로 들렸다. 각도를 바꿔가며 이리저리 움직여 봐야 했고, 그 와중에 옷들을 반은 끄집어내야 했지만, 나무판은 결국 뜯겨 나왔다. 나는 칼을 치우고 펜형 손전등을 꺼냈다.

"여기 있잖아." 내가 말했다. "보이지?"

구멍 안에 보관돼 있는 건 먼지투성이의 접힌 종이로, 밀랍으로 봉해져 있었다. 검은 얼룩들이 보였다. 눈물 아님 혈흔일 것들이.

"내게 알려주고 있었어." 내가 다시 말했다. "걱정할 필요 없었다고."

록우드가 고개를 끄덕였지만 여전히 미심쩍은 표정이었다. 그는 나를 유심히 들여다봤다. "그랬을 수도…." 그러더니 느닷없이 씩 웃었다. "그보다 좋은 건 차가 아직 따뜻하리란 거지. 피터스 부인한테 비스킷도 있는지 모르겠네."

행복이 차올랐다. 내 직감이 옳았다. 난 고작 몇 초 만에 유령과 교감하고 의도를 이해했다. 그래, 록우드는 환영을 보지만, 난 그 너머를 볼 수 있었다. 숨겨진 것들을 알아낼 수 있었다. 록우드가 방문을 열어줬다. 나는 그를 보며 싱긋 웃고 그의 팔을 꽉 쥐었다. 계단으로 나가는데 피터스 부인의 가녀린 목소리가 들렸다. 그녀는 아직도 부엌에서 노래하고 있었다.

7

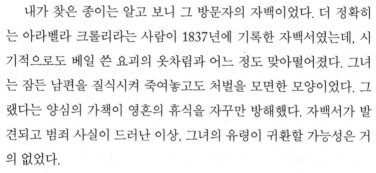

내가 찾은 종이는 알고 보니 그 방문자의 자백이었다. 더 정확히는 아라벨라 크롤리라는 사람이 1837년에 기록한 자백서였는데, 시기적으로도 베일 쓴 요괴의 옷차림과 어느 정도 맞아떨어졌다. 그녀는 잠든 남편을 질식시켜 죽여놓고도 처벌을 모면한 모양이었다. 그랬다는 양심의 가책이 영혼의 휴식을 자꾸만 방해했다. 자백서가 발견되고 범죄 사실이 드러난 이상, 그녀의 유령이 귀환할 가능성은 거의 없었다.

아무튼 내 해석은 그랬다. 그렇지만 록우드는 철저했다. 다음 날 아침에 창유리 파편을 클러켄월 소각장으로 가져가 태우고, 피터스 부인을 설득해 옷장을 부쉈다. 나로선 좀 짜증스럽게도, 방문자가 안전히 제압되지 않은 상황에서 교감을 시도하지 말라는 주문 또한 반복했다. 물론 그가 그렇게까지 조심하는 이유를 모르는 바 아니었다. 그에겐 누나의 죽음이란 어둠이 짙게 드리워져 있었으니까. 그렇대도 그가 위험을 실제보다 부풀린단 생각을 떨칠 수 없었다. 그가 불안해하는 문제쯤 내 재능으로 피해갈 수 있으리란 자신감이 날로 강해졌다.

그 뒤 며칠 동안 록우드 심령 회사에는 새 의뢰들이 잇따라 밀려들었다. 록우드와 조지, 나는 각개 전투를 계속했다.

그러면서 문제가 발생했다. 일단 일정이 빡빡하다는 건 사전 조사에 투자할 시간이 거의 없단 얘기였고, 조사를 생략하면 늘 위험한 일이 생겼다. 어느 밤엔가 록우드는 올드 스트리트 근처 교회에서 유령접촉을 당할 뻔했다. 제단 옆에다 허깨비 한 놈을 몰아넣긴 했는데, 뒤에서 살금살금 다가오는 한 놈이 더 있단 걸 몰랐다. 교회의 역사를 미리 읽었더라면 거기 출몰하는 유령이 살해당한 쌍둥이라는 걸 알았을 터였다.

피로도 문제였다. 조지는 화이트채플 수문 근처에서 관망자를 못 보고 지나갔다가 기습당했고, 운하로 다이빙해 가까스로 탈출했다. 나는 어느 빵집에서 잠복근무를 하다 깜빡 잠이 들어, 오븐에서 나오는 숯 검댕 유령을 완전히 놓쳤다. 느닷없이 풍기는 구운 고기 냄새에 정신을 차리니 놈의 검게 그을린 손가락이 코앞에 와 있었고, 속삭이는 해골은 좋아 죽는 중이었다. 단지 속에서 내내 지켜보고 있었으면서 놈은 아무 경고도 해주지 않았다.

이처럼 우리가 아찔하게 목숨을 건진 순간들이 록우드를 괴롭혔다. 그는 그 근본적 원인을 우리의 인력난과 과로에서 찾았다. 그가 옳다는 데는 의심의 여지가 없었지만, 그래도 난 단독 출장이 주는 자유에 더 마음이 동했다. 유령과 적절한 심령 교감을 하게 될 날을 기다렸다. 그리고 얼마 지나지 않아 정말로 그 기회가 왔다.

그날 나는 화이트채플 버뮤다 코트 21호(남쪽 동)에 사는 가족과 약속이 돼 있었다. 이게 그 아파트 건, 그러니까 찜하기 원칙으로 내가 떠맡게 된 사건이었다. 의뢰인이 아픈 바람에 출장이 두 번이나 연기됐고, 세 번째도 자칫하면 무산될 뻔했다. 고향의 가족을 만나러 가려고 예매해 둔 기차표 때문이었다. 런던에 오고 일 년 반 동안 난 어머니도 언니들도 안 보고 살았다. 고향에 간다고 하니 마음이 복잡했지만 록우드에게서 이미 일주일의 휴가를 받은 뒤였고, 빡센 계단 오르기가 포함된 사건 때문에 그 계획을 바꿀 생각은 없었다.

나는 고향으로 떠나기 전날 밤에 의뢰인의 아파트를 방문하기로 했다. 록우드와 조지는 다른 사건들로 바빴고, 그래서 해골을 대신 데려갔다. 놈은 같이 다니기에 불쾌하고 고약했다. 굳이 장점을 찾으라고 하면, 놈의 지껄임이 적막감의 접근을 막는 데 도움이 된다는 것 정도였다.

버뮤다 코트는 세계대전 후에 지어진 대규모 콘크리트 단지였다. 잔디밭에 네 개 동이 배치돼 있고, 각 건물의 외벽을 빙 둘러 옥외 계단과 통로들이 나 있었다. 통로는 악천후를 막아주는 역할을 했지만, 아파트의 문과 창문에 영구적인 그림자를 드리운다는 문제가 있었다. 콘크리트 표면은 거칠고 추했으며 빗자국으로 검었다.

예상했던 대로 엘리베이터는 고장이었다. 21호까지 다섯 층만 올라가면 됐지만, 난 그나마도 숨넘어가는 상태로 도착했다. 배낭에 든 웬 놈의 단지 무게 때문에 죽을 맛이었다.

날이 거의 저물었다. 나는 헐떡이며 초인종을 눌렀다.

"이런, 저질 체력이네." 귓가에서 해골이 속삭였다.

"닥쳐. 상태 좋거든."

"천식 걸린 나무늘보처럼 쌕쌕거리는데 뭘. 살을 좀 빼면 도움이 될 거야. 록우드가 늘 걸고넘어지는 네 엉덩이 군살도 그렇고."

"뭐? 걔는 그런 소리…."

그때 의뢰인들이 문을 열었다.

어머니는 수척하고 머리가 희끗했다. 아버지는 덩치가 크고 과묵하며 승모근이 두드러져 보였다. 어린아이도 셋 있었는데, 전부 여섯 살 미만이었다. 다섯 식구가 비좁은 복도에 방 다섯 개가 딸린 아파트에 살았다. 최근까지는 식구가 한 명 더 있었다. 꼬마들의 할아버지였다. 하지만 지금은 고인이 됐다.

살짝 놀랍게도 가족은 날 응접실로 안내하지 않았다. 그처럼 불편한 대화는 대개가 응접실에서 하기 마련인데. 그 대신 그들은 날 데리고 복도 끝 조그만 부엌으로 갔다. 온 가족이 꾸역꾸역 들어섰다. 그 통에 스토브까지 밀려들어 가 꼼짝 못 하게 된 나는 사연을 듣는 동안 엉덩이로 점화 버튼을 두 번이나 누르고 말았다.

아이들의 어머니는 불편을 사과했다. 집에 응접실이 있긴 하지만, 날이 저문 뒤에는 아무도 안 들어간단 얘기였다. 왜냐고? 거기 할아버지의 유령이 있으니까. 그가 세상을 떠난 뒤 아이들은 매일 밤 그를 목격했다. 생전에 가장 좋아했던 의자에 앉은 모습이었다. 거기서 뭘 하느냐고? 아무것도. 그냥 앉아 있을 뿐이었다. 그럼, 살아 있을 땐 어땠는데? 바로 그 의자에 앉아 대부분의 시간을 보냈다. 지병의 치료를 거부하고 날로 쇠약해졌다. 마지막에는 피골이 상접했다. 어찌나 가볍고 종잇장처럼 말랐는지 한 조각 바람에도 날아가고 말 것 같았다.

그가 귀환한 이유를 가족은 아는가? 아니. 그가 뭘 원하는지 짚이는 건 있고? 아니. 그럼 생전의 그는 어떤 사람이었나? 그 질문에 가족은 자꾸만 대답을 얼버무렸다. 그들의 침묵이 많은 걸 말해줬다. 까다로운 사람이었다고, 아이들의 아버지가 말했다. 돈에 인색했다는 것이다. 돈밖에 모르고 욕심이 많았다고, 어머니가 덧붙였다. 가족을 악마에게라도 팔아넘겼을 거라고 했다. 대가로 현금을 챙길 수만 있으면. 슬픈 얘기지만 사실이었다. 가족은 할아버지가 세상을 떠나기뻤다.

하지만 물론 그는 아직 떠난 게 아니었다. 아니, 떠났다 한들 지금은 다시 돌아와 있었다.

가족이 차를 대접했고, 나는 하나뿐이지만 환한 부엌 조명 아래서서 차를 마셨다. 그러는 나를 아이들이 고양이 못지않게 동그랗고 푸른 눈으로 올려다봤다. 드디어 내가 찻잔을 개수대에 내려놓자 집단적 한숨이 이어졌다. 이제 때가 된 것이다. 그들이 날 응접실로 안내했다. 나는 낡은 카펫으로 발을 내디딘 후 등 뒤로 문을 닫았다.

응접실은 사각형이었다. 그리 크지 않았고, 가운데엔 전기 벽난로가 있었다. 아이들이 손을 넣지 못하게 벽난로를 빙 둘러 금속 가림망을 설치해 뒀다. 나는 전등을 켜지 않았다. 넓은 창문으로 단지 뒤쪽의 잡초 무성한 공터가 내다보였다. 다른 동들에 불이 켜져 있고, 아래쪽 오솔길에선 낡은 네온 가로등—평범한 사람들이 밤에 외출하던 시절의 잔재—도 하나 보였다. 그 빛이 나를 둘러싼 것들에 형체를 부여했다.

가구들은 이삼십 년 전쯤 유행하던 종류였다. 딱딱하고 등받이가 높은 의자들은 팔걸이가 바깥쪽으로 돌출되고 가느다란 나무 다리가 달린 모양이었다. 낮은 사각 소파와 보조 탁자들이 있고, 한쪽 구석엔 밋밋한 유리장이 서 있었다. 벽난로 앞엔 털이 긴 양탄자를 깔아뒀다. 무엇 하나 서로 어울리는 게 없었다. 방의 다른 쪽 구석에 쌓여 있는 아이들 게임 상자에서 가족이 날 위해 방을 치워보려 했다는 느낌을 받았다.

실내는 쌀쌀했지만, 유령이 몰고 오는 쌀쌀함은 아니었다. 아직은 아니었다. 나는 벨트의 온도계를 확인했다. 12도였다. 귀를 기울여 봐도 먼 곳의 잡음 같은 소리뿐이었다. 나는 창문 밑 소파로 배낭을 가져가 바닥에 조용히 내려놨다.

배낭에서 끄집어내며 보니 단지가 더없이 희미한 녹색으로 빛나고 있었다. 얼굴이 천천히 회전하고, 플라스마 속에서 눈이 번뜩였다.

"집구석이 좁아터졌잖아." 목소리가 속삭였다. "유령들이 들어갈 공간도 없겠다."

내 손이 단지 뚜껑의 보호용 레버 위를 맴돌았다. 그걸 돌리면 소통은 그 길로 끝이었다. "뭔가 도움 될 말을 할 게 아니면…."

"오, 나 지금 트집 잡는 거 아냐. 여기가 '니들' 집보단 백만 배 깔끔한데 뭘. 아무렴 그렇고말고."

"가족 말로는 여기가 출몰 장소라는데."

"맞는 말이야. 여기서 누군가가 죽었어. 공기가 죽음에 찌들어 있잖아."

"뭐든 감지되는 게 있으면 얘기해 줘." 나는 보조 탁자에 단지를 놨다.

그런 다음 몸을 돌려 등받이가 높은 안락의자를 마주 봤다.

이게 문제의 의자란 걸 난 이미 알고 있었다. 응접실의 명당을 차지하고 있다는 점에서, 구석에 놓인 TV와 벽난로 모두에 가장 가까운 위치를 점령하고 있다는 점에서 짐작이 가능했다. 다른 의자들은 그렇게까지 편리하게 배치돼 있지 않았다. 게다가 안락의자 뒤 그림자 진 벽에 기대선 지팡이가 보이기도 했다. 의자 옆 조그만 보조 탁자에는 머그컵을 뒀던 자리마다 둥근 자국들이 남았다. 의자 자체는 어딘가 오싹한 꽃무늬로 장식돼 있었다. 팔걸이는 천이 허옇게 닳았고 끝부분에 가죽을 덧대 수선했다. 등받이 중간에도 추접하게 해진 자국이 있었다. 좌석 쿠션의 스펀지는 하도 오래 눌려서 납작했다.

누군가가 지금도 앉아 있는 듯 보일 정도였다.

내가 할 일은 정해져 있었다. 대행사 지침은 명확했다. 쇠사슬을 꺼내든가, 그게 불가능하면 적정량의 철가루를 써서 의자 주변을 꼼꼼히 둘러야 했다. 라벤더 십자가들을 설치해 2차 방어벽을 세우고, 현현 지점으로 예상되는 곳과는 안전한 거리를 유지해야 했다. 조지라면 이 모두를 빠짐없이 수행했을 것이다. 녀석보다 무신경한 록우드조차 잽싸게 뚝딱 방어진을 쳤을 테고.

나는 그 어떤 조치도 하지 않았다. 레이피어 고정줄을 풀고, 아무때나 장비를 쓸 수 있게 가방을 열어두는 것까지만 했다. 그런 다음 주황색과 분홍색이 감도는 어둠 속 소파에 등을 대고 앉아 발목을 꼬고 기다렸다.

나는 내 재능을 시험해 보고 싶었다.

"장난이 심하구먼." 머릿속에서 해골이 말했다. "록우드는 네가 이러는 거 알아?"

나는 대꾸하지 않았다. 몇 마디 더 지껄인 뒤 유령은 입을 닫았다. 문 너머에서 웅얼거리는 소리가 들렸다. 아이들을 조용히 시키는 소리와 함께 그릇이 쟁그랑거렸다. 저녁 식사를 준비하는 소리가 났다. 방에 토스트 냄새가 퍼졌다. 의뢰인 가족이 무척 가까이에 있었다. 이론상 나는 아무 방어 조치를 취하지 않음으로써 그들까지 위험에 빠트리고 있었다. 『피츠 지침서』*는 이 점을 아주 분명히 했다. DEPRAC 규정 또한 적절한 보호책 없이 유령과 대면하는 상황을 명시적으로 금지했다. 그들의 눈에 나는 범죄를 저지르는 중이었다.

창밖에서 밤이 깊어갔다. 의뢰인들은 저녁을 먹었다. 아이들이 방으로 인도됐다. 변기 물이 내려갔다. 개수대에서 누군가가 설거지를 하고 있었다. 나는 어둠 속에 조용히 앉아 쇼가 시작되길 기다렸다.

그리고 그렇게 됐다.

천천히, 알아채기도 힘들게 느릿느릿 악한 기운이 침범해 들어오기 시작했다. 내 숨결의 변화가 귀로 들렸다. 들숨이 빨라지고 있었다. 짧아지고 있었다. 팔에 소름이 쫙 돋으며 불안해졌다. 마음속에서 의심이 솟았다. 시름과 함께 강렬한 자기혐오도 고개를 들었다. 나는 껌을 꺼내 꾸준히 질겅거리며 권태*와 소름 끼치는 공포*에 맞서 늘 하는 대로 마음을 다잡았다. 온도가 떨어졌다. 온도계가 10도, 이윽고 9도를 가리켰다. 빛의 질감도 변했다. 네온 가로등 불빛이 끈끈한 당밀을 고생스레 헤치고 오기라도 하는 양 한층 탁해졌다.

"뭔가가 온다." 해골이 말했다.

나는 껌을 씹으며 기다렸다. 텅 빈 안락의자를 주시했다.

정확히 9시 46분(시계를 확인했다.)에 의자는 더 이상 비어 있지 않았다. 의자 가운데서 희미한 윤곽이 보이기 시작했다. 무척이나 약하고, 잘못 지워 뭉개진 연필화처럼 가운데 부분이 이지러지고 얼룩졌다. 그래도 정체를 알아볼 순 있었다. 안락의자에 앉은 건 쪼그라든 노인의 형상이었다. 그는 낡아빠진 좌석 스펀지의 윤곽에 딱 맞았다. 머리의 테두리 또한 등받이의 추접하게 해진 부분에 정확히 놓였다. 그 끔찍한 꽃무늬가 훤히 들여다보이도록 아직은 투명했으나 계속해서 형체를 갖춰갔다. 몹시 조그맣고 쭈글쭈글한 대머리 남자의 모습이었다. 귀 뒤로 기다란 흰머리 몇 가닥이 늘어져 있긴 했지만. 한때는 뚱뚱하고 얼굴도 너부데데하지 않았을까 싶었다. 이제 노인의 뺨은 푹 꺼지고, 피부는 탄력 없이 늘어져 있었다. 팔다리 또한 쇠약할 대로 쇠약했다. 소매와 바지통이 무섭도록 납작했다. 주름지고 헐렁한 바지에 덮인 무릎 가운데에 뼈만 앙상한 손이 오그라든 채 놓여 있었다. 다른 손은 팔걸이 끝에 마치 거미처럼 웅크렸다.

노인은 고약한 존재였다. 그건 확실했다. 그의 모든 게 불쾌하고 악의적이었다. 검은 구슬처럼 번들거리는 눈이 나를 뚫어져라 보고, 얇은 입술엔 더없이 어렴풋한 미소가 서려 있었다. 내 모든 본능이 말했다. 방어하라고. 레이피어를 뽑으라고. 소금탄이든 철가루든 꺼내라고. 저 존재를 내게서 떨어트릴 뭐든 좀 하라고. 하지만 유령은 꼼짝하지 않았고, 나 역시 마찬가지였다. 우린 두꺼운 양탄자, 그리고 산 자와 죽은 자를 가르는 심연을 사이에 두고 앉아 서로를 빤히 응시했다.

나는 무릎 위에 두 손을 포갰다. 목을 가다듬었다. "자," 마침내 입을 열었다. "원하는 게 뭐예요?"

소리도, 대답도 없었다. 형상은 그저 앉아 있었고, 어둠 속에서 두 눈이 빛났다.

보조 탁자 위 해골도 침묵하며 모습을 감추고 있었다. 유리 너머를 부유하는 더없이 흐릿한 녹색 안개만이 거기서 지켜보는 놈의 존재를 말해줬다.

방어진이라는 보호막이 없으니 환영의 냉기가 그대로 살갗을 찢고 들어왔다. 벨트의 온도계 숫자는 7까지 내려가 있었다. 안락의자 부근은 더 추울 터였다. 하지만 추위의 '정도'는 크게 중요치 않았다. 중요한 건 추위의 '유형', 그러니까 그 근원이 무엇인가였다. 유령냉기는 맹렬하고 건조한 추위다. 뼈에서 삶과 기운을 쪽쪽 빨아가는 게 느껴진다. 나는 견뎠다. 꼼짝하지 않으며 노인만 응시했다.

"목적하는 게 있으면," 내가 말했다. "내게 얘기하는 게 나아요."

그저 계속될 뿐인 침묵과 어둠 속 별빛처럼 반짝이는 눈동자.

별로 놀랍진 않았다. 노인의 유령은 3급령이 아니었다. 2급령조차 아닐지 몰랐다. 즉, 말을 못 하고 명확한 의사 전달도 불가능했다.

그렇다곤 해도….

"나 말곤 아무도 안 들어줄 거예요. 기회가 있을 때 잡는 게 좋아요."

나는 마음을 열고 감각들을 비우기로 했다. 뭔가 새로운 게 감지되는지 보기 위해서였다. 라벤더 롯지의 변형자 때 그랬듯 뒤죽박죽 된 감정의 메아리라도 있기만 하면 감을 잡기에 충분할지 몰랐다….

의자에서 서걱서걱 천을 긁는 소리, 손톱 끝으로 옷감을 만지작거리고 당기는 양 툭, 툭, 툭 하는 소리가 났다. 얕은 숨소리, 사람이 숨죽여 중얼거리는 소리가 들렸다. 살갗이 스멀스멀했다. 의자에서 미소 짓는 환영에게서 눈을 뗄 수가 없었다. 소리들이 다시 들렸다. 뭔가에 가로막힌 듯 웅웅거렸지만 아주 가까웠다.

"그건가요?" 내가 물었다. "나한테 얘기한 거예요?"

구석에서 굉음이 울렸다. 나는 기겁해 벌떡 일어나며 허둥지둥 레이피어를 찾았다. 유령은 사라지고 없었다. 의자가 비어 있었다. 꺼진 좌석, 해진 천. 모든 게 전과 똑같았다. 지팡이만 빼면. 지팡이가 넘어지며 벽난로를 때리고 큰 소리를 낸 거였다.

나는 시계를 확인했다. 화들짝 놀라 한 번 더 확인했다. 10시 20분? 이상했다. 시계에 따르면 환영은 삼십 분 넘게 자리를 지켰다. 내가 느끼기론 일 분도 안 되는 것 같았는데….

"알아냈어?" 해골 목소리가 나를 깨웠다. 단지 속 얼굴이 다시 나타나 의기양양하게 콧구멍을 벌렁거리고 있었다. "당연히 못 알아냈겠지. 난 알아냈어. 알지만 말 안 해주지롱."

"넌 도대체 뭐가 문제야?" 내가 말했다. "유치하기 짝이 없잖아. 그래, 물론 나도 알아냈어."

나는 자리에서 일어나 문가로 가서 불을 켰다. 단지에서 흘러나오

는 앙칼진 이의 제기는 무시했다. 방의 사악한 기운은 사라졌다. 천
장 조명 아래서 은은한 주황색과 갈색의 구식 가구들은 추레함을 더
는 숨기지 못했다. 나는 차곡차곡 쌓인 게임 상자들을 바라봤다. 스
크래블과 모노폴리, 그리고 버저를 안 울리고 플라스틱 뼈와 엑토플
라즘 조각을 제거해야 하는 로트웰 대행사의 고스트 헌터도 있었다.
다 망가진 상자, 중고 게임들. 현금이 별로 없는 평범한 가족의 집.

그는 까다로운 사람이었다. 돈에 인색한….

나는 안락의자로 걸어갔다.

"전혀 모르겠구나. 그치?" 유령이 외쳤다. "저기 있지, 날 여기서
꺼내주면 기쁜 맘으로 털어놔 줄게. 얼른, 루시. 이렇게 좋은 거래는
옳다구나 잡아야지."

"나한테 예쁜 척 속눈썹 펄럭일 생각은 마. 뻥한 눈구멍엔 가당치
도 않으니까."

나는 의자 옆에서 몸을 숙이고 가까운 쪽 팔걸이를 조사했다. 끝
부분에 덧댄 조각은 인조 가죽의 일종처럼 보였는데, 그보다 더 가짜
같기도 힘들었다. 의자의 원래 천에다 대강 꿰매 붙였지만 군데군데
실밥이 풀리고, 한쪽 모서리는 썩은 샌드위치 가장자리마냥 말려 올
라가 있었다. 나는 혹시나 해서 가죽 모서리를 밀고, 그 밑에 손가락
을 넣어 들어 올렸다. 의자용 발포 고무 충전재가 한 겹 있고 쉽게 떨
어졌다. 그리고 똘똘 말린 채 그 아래 공간에 꽉 껴 있는 지폐 뭉치가
보였다.

나는 어깨 너머로 해골을 보며 씩 웃었다. "미안. 오늘 너한테 거
래는 없을 것 같다."

유령 얼굴이 우거지상을 하더니 약이 오르는 양 플라스마를 폭발
시키고 사라졌다. "그건," 목소리가 여운처럼 남아 말했다. "운 좋게

얻어걸린 거고."

나는 휴가를 받아 북부로, 내가 태어난 동네로 돌아갔다. 어머니를 보고 언니들을 봤다. 그들과 함께 며칠을 보냈다. 세상 편한 고향 방문이라곤 할 수 없었다. 내 가족은 런던에서 살기는커녕 평생 집 밖으로 50킬로 이상 나가본 적도 없었다. 그들은 내 옷과 반짝이는 레이피어를 곁눈질했고, 내 억양의 작디작은 변화에도 눈살을 찌푸렸다. 난 런던의 냄새와 분위기를 달고 다녔다. 어차피 못 알아듣는다고 단정해 버리곤 애초부터 그들에게 아무 의미도 없는 장소와 사람들 얘길 했다. 나는 나대로 그들이 굼뜨고, 소심하게 공포에 사로잡혀 산다고 생각했다. 그들은 화창한 날에조차 마지못해 외출했고 저녁이면 불가에 웅크렸다. 내가 점점 인내심을 잃고 짜증을 부리는데도 좀처럼 반발하지 않았다. 순한 양처럼 체념하는 그들의 모습에 난 비명을 지르고 싶었다. 이게 무슨 삶이란 말인가. 어둠 속에 멍청히 앉아 있는 게. 죽음을 겁내며 사는 게. 밖으로 나가 정면으로 들이받는 게 차라리 나았다.

나는 계획보다 하루 일찍 집을 떠났다. 런던으로 돌아가고 싶어 좀이 쑤셨다.

이른 아침에 출발하는 기차였다. 난 창가 쪽 자리에 앉아 마치 태피스트리처럼 스쳐가는 창밖 풍경을 봤다. 들판과 숲, 숨겨진 마을들의 첨탑, 어촌과 탄광촌의 드높은 굴뚝과 항마등. 어디로 눈을 돌리든 영국에 드리운 난제의 존재가 느껴졌다. 십자로에, 황량하고 인적 없는 장소에 새로 만들어진 묘지들, 도시 변두리의 화장터들, 시장 광장의 통금 종들. 그 모든 것들 위로 내 얼굴이 흐릿하게 겹쳐선 보였다 안 보였다 했다. 처음 런던 땅을 밟던 때의 그 아이가 보였다. 이제는 요원이 된, 유령과 대화하는 소녀가 보였다. 단순한 대화를 넘어 그들의 욕망을 이해하는 소녀가.

구두쇠 유령과의 만남이 모든 걸 바꿔놨다. 일을 마치고 화이트채플을 거슬러 돌아가는데 기분이 이상했다. 어깨에 멘 배낭엔 장비들이 그대로 들어 있고, 손도 안 댄 화염탄과 산탄통이 벨트에서 쟁그랑거렸다. 아무것도 쓸 필요가 없었다. 나는 무기도, 더하게는 방어구도 없이 방문자를 처리했다. 소금도, 라벤더도, 눈곱만큼의 철도 안 썼다. 조사관 생활에서 몇 번이나 될 것 같은가? 이렇게 깔끔한 방법으로 작업에 성공하는 일이?

안락의자의 노인은 고약한 사람이었고, 유령이 돼서도 사악한 기운을 뿜었다. 그럼에도 그의 귀환엔 일관된 목적이 있었다. 보상하고 싶은, 숨겨진 돈의 존재를 상속인에게 알리고 싶은 욕망이 있었다. 내 차분한 심문 덕분에 노인은 목적을 달성할 기회를 얻었다. 늘 하던 대로 덮어놓고 그를 날려버렸으면 그런 결과는 있을 수 없었다. 하지만 난 재능을 자유롭게 펼쳤고, 결국 해냈다.

내 접근법은 위험했지만 이점 또한 컸고, 창밖을 내다보고 있으려니 눈앞에 새로운 작업 방식이 펼쳐지기 시작했다.

속삭이는 해골이 예외적인 경우라는 사실엔 변함이 없었다. 놈은 완벽한 의사소통이 가능한 3급령이었으니까. 하지만 보다 평범한 방문자의 경우에도 지금과는 다른 방법으로 산 자들과의 간극을 메우는 게 가능하단 믿음이 내 마음속에서 싹트고 있었다.

이 예감은 두 가지 생각에 기초했다. 유령들의 귀환에는 대체로 목적이 있다는 것. 그리고 우리가 그 목적을 차분히 알아내고자 하면 유령들도 어느 정도까지는 우리 목숨을 붙여두고 자신의 목적을 찾아내게 하리란 것. 첫 번째 생각에는 논란의 여지가 없었다. 이는 마리사 피츠와 톰 로트웰이 유령 사냥의 길을 개척하던 오십 년 전부터 받아들여진 사실이었다. 하지만 두 번째 생각은 정통 견해를 정면으로 거슬렀다. 현대의 모든 대행사는 유령의 '제압'을 제1원칙으로 삼았다. 제압을 해야 출처를 찾아 파괴할 수 있고, 그래야 유령도 제거되니까. 유령들이 이 절차를 분하게 여기고 어떻게든 막으려 든다는 게 사람들의 일반적인 생각이었다. 분노한 유령은 단숨에 인명을 살상할 수 있기에 조사관들은 속전속결을 선호했다.

무기가 필요한 순간들이 확실히 있긴 했다. 라벤더 롯지 다락방의 그 끔찍한 놈을 두고 이것저것 따져볼 수 있었을까? 불가능했을 것이다. 하지만 다른 유령들—그 하숙집에 바글거리던 슬픈 음영자들, 피터스네 창문 속 베일 쓴 요괴—은 교감이 절실했다.

그리고 내가 그 교감을 제공할 수 있었다. 완벽하게는 아니더라도.

내게 필요한 건 좀 더 실험할 수 있게 록우드의 허락을 구하는 일이었다. 그는 반대할 테지만—당연한 일이었다. 자기 누나가 겪은 일도 있고 하니—마음을 돌리게 만들어볼 수도 있을 것 같았다. 그렇게 생각하니 기분이 좋아졌다. 어머니를 방문하고 커져가던 슬픔이 쪼그라들다 잊혔다. 집에 도착하는 대로 두 사람과 이 문제에 대해 얘기해 볼 작정이었다.

런던에 도착한 나는 택시 운전사에게 포틀랜드 로 길모퉁이의 아리프네 가게에 세워달라고 한 뒤, 아이스드 번* 세트를 샀다. 11시가 넘은 시각이었다. 록우드와 조지가 간단히 끼니를 때우려 하고 있을 터였다. 나는 하루 일찍 돌아왔다. 녀석들은 그런 줄 모르고 있으니

---

* 당의를 입힌 빵.

까, 내가 짠 하고 나타나면 정말 깜짝 놀라겠지 싶었다.

하지만 놀란 사람은 오히려 나였다. 집에 들어갔다가 어안이 벙벙해서는 열쇠를 쥔 채 그대로 얼었다. 복도가 말끔했다. 외투 걸이가 정리돼 있었다. 화분에는 레이피어와 우산, 지팡이가 크기순으로 꽂혀 있었다. 열쇠 탁자 위 크리스털 해골등조차 때 빼고 광을 내 반짝거렸다.

믿기지 않았다. 녀석들이 정말로 해냈다. 청소를 했다! 날 기다리며 청소를 했다.

나는 가방을 살며시 내려놓고 살금살금 부엌으로 갔다.

소리를 듣자 하니 두 사람은 지하실에 있었고, 기분이 무척 좋았다. 깔깔거리는 소리가 부엌까지 들릴 정도였다. 미소가 절로 나왔다. 완벽했다. 아리프네 번에도 반응이 좋을 것이다.

나는 서두르지 않았다. 차를 좀 끓이고, 우리가 가진 것 중 두 번째로 멋진 접시(가장 멋진 접시는 안 보였다.)에 록우드가 좋아하는—그렇지만 극도로 절제하는—아몬드 번이 제일 위에 오게 빵을 담은 뒤, 모든 걸 접시에 깔끔히 올렸다.

발로 문을 열고 엉덩이로 밀어 통과해선 사뿐사뿐 철제 계단을 내려갔다.

가슴속에서 행복이 꽃을 피웠다. 이거면 됐다. 포틀랜드 로가 내 집이었다. 내 진짜 가족이 여기 있었다.

나는 사무실로 들어가는 아치형 출입구를 슬그머니 통과해 멈춰 섰다. 여전히 미소 띤 얼굴로. 거기 그들이 있었다. 록우드와 조지가, 내 책상 양옆에서 사이좋게 몸을 숙이고 있었다. 배꼽을 잡고 웃고 있었다.

그들 가운데에, 내 의자에 날씬하고 피부색이 어두운 여자애가 앉아 있었다.

그녀는 검은 머리칼을 어깨까지 길게 늘어뜨렸고, 동그란 얼굴이 예뻤다. 검푸른 피나포어* 속에 근사한 흰색 상의를 받쳐 입었다. 몹시도 신선한 데다 상큼하고 빛이 나서 그날 아침에 누군가가 플라스틱 상자에서 막 꺼내놓은 것처럼도 보였다. 등을 곧게 편 자세는 우아했고, 조지와 록우드가 그처럼 바싹 붙어 있는데도 불편한 기색이 별로 없었다. 불편은커녕 미소를 짓고 살짝 소리 내 웃기까지 했다. 하지만 대체적으로는 두 녀석이 웃는 소리를 듣는 쪽이었다.

책상에 놓인 찻잔 셋과 우리가 가진 것 중 가장 멋진 접시, 먹고 남은 아몬드 번 몇 개가 눈에 들어왔다.

나는 쟁반을 든 채 가만히 서서 세 사람을 보고 있었다.

나를 가장 먼저 발견한 건 여자애였다. "안녕." 무슨 일로 왔느냐고 묻는 느낌이 은근히 들었다.

조지가 고개를 번쩍 들었다. 얼빠진 싱글거림이 대번에 시들며 어정쩡한 무표정이 됐다. 록우드의 미소가 굳었다. 그는 이상하게 펄쩍, 그러니까 옆걸음과 뒷걸음의 중간쯤 되게 뛰어 비켜났다가 서둘러 내게 다가왔다. "루시, 안녕. 이게 웬일이야. 반가워. 일찍 왔구나! 여행은 어땠어? 날씨는 괜찮았고?"

나는 록우드를 빤히 봤다.

"그러니까…." 록우드가 말했다. "잘 다녀왔다고? 아, 번을 더 사왔어? 이렇게 고마울 수가."

"여자애가 있네." 내가 말했다. "내 의자에 여자애가 앉아 있어."

"아, 걱정 마! 새 책상이 도착할 때까지만 쓰는 거야." 록우드가 가

---

* 앞치마처럼 가슴바대를 어깨끈으로 연결한 치마.

볍게 웃었다. "내일이면 될 거야. 늦어도 수요일. 걱정할 거 전혀 없어…. 네가 이렇게 일찍 올지 몰랐거든. 그렇잖아."

"새 책상?"

"응. 홀리가 쓸 거." 록우드가 목을 가다듬고 머리칼을 쓸어 넘겼다. "이런 이런, 내가 무례를 범했네? 소개를 해야지! 홀리, 여긴 루시 칼라일. '완벽' 그 자체의 조사관이지. 너도 많이 들어서 알겠지만. 그리고 루시," 그가 더없이 활짝 웃어 보였다. "홀리 먼로랑 인사해. 우리의 새 비서야."

3

피 묻은 발자국

8

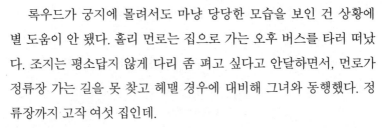

록우드가 궁지에 몰려서도 마냥 당당한 모습을 보인 건 상황에
별 도움이 안 됐다. 홀리 먼로는 집으로 가는 오후 버스를 타러 떠났
다. 조지는 평소답지 않게 다리 좀 펴고 싶다고 안달하면서, 먼로가
정류장 가는 길을 못 찾고 헤맬 경우에 대비해 그녀와 동행했다. 정
류장까지 고작 여섯 집인데.

"이게 다 무슨 일이야?" 내가 따져 물었다. "겨우 사흘 자리를 비
웠을 뿐인데!"

록우드는 자기 책상 위 종이들을 열심히 살피는 중이었다. 그러고
보니 종이들이 집게로 죄다 깔끔히 구분돼 있고, 밝은 색 꼬리표도
붙어 있었다. 그는 나를 올려다보지 않았다. "네가 좋아할 줄 알았어.
업무 보조를 뽑자고 제안한 건 너였잖아. 정식 조사관 대신."

나는 그를 빤히 봤다. 기가 찼다. "그러니까 저 여자애를 뽑는 게
내 생각이었다고? 아, 좀!"

"내가 그랬잖아. 우린 도움이 필요하다고. 도와줄 사람을 찾을 거
라고."

"그랬구나. 그래서 내가 동네를 떠나길 기다렸다 해치운 거구나."

"절대 아니거든! 우연이 겹친 것뿐야. 너도 없는데 누굴 뽑을 생각은 당연히 아니었지. 기껏해야 면접이나 몇 건 잡아볼 수 있겠다 했던 거고. 하필이면 그런 생각을 해볼 짬이 나기도 했어. 지난 며칠은 아주 잠잠했거든." 록우드의 눈이 얼른 위를 향했다. 그가 매력적인 미소를 시도했다. "다 너 때문이었지, 루스. 너 없이 새 사건에 착수할 순 없었거든. 우리 팀에서 넌 정말 없어선 안 될 사람이니까."

"아, 됐고. 그런 중에 쟤가 하늘에서 뚝 떨어졌구나. 그래?"

"글쎄, 그 얘기가 또 재미있지. 구인 광고를 낼 필요조차 없었어. 어쩌다 로트웰 조사관 몇이랑 마주쳤는데 홀리 얘길 하더라고. 로트웰에서 지난주에 내보냈다면서. 그래서 내가 보자고 했지. 근데 우리한테 완전 제격인 것 같아서…."

"그래서 벌써 '홀리'라고 이름을 부르나 보네." 내가 그의 말을 가로챘다. "내가 입사하곤 몇 달을 '칼라일 양'으로 불렸던 것 같은데."

록우드는 지금껏 자기 목한테 얘기하는 거나 다름없었다. 이제 드디어 내 눈을 똑바로 봤다. "뭐, 그야 네 덕분이지. 난 올해 격식에 좀 덜 얽매이게 됐거든. 홀리가 적응할 수 있게 도우려는 것뿐야."

나는 고개를 끄덕였다. "그래 보이더라. 너랑 조지가 적응을 조금만 더 도왔다가는 개 귀걸이에 코를 꿰고 말겠던데." 한 가지 생각이 머리를 스쳤다. "해골로 시험했어?"

"뭐?"

"여자애한테 해골을 보여줬느냐고. 있잖아, 내 면접 때 했던 거. 내게 평가시켰던 다른 물건들은 또 어떻고? 그때 내가 얼마나 힘들었는데."

록우드가 조심스레 숨을 들이마셨다. 길고 긴장한 손가락으로 책상을 톡톡 두드렸다. "솔직히, 안 했어. 하지만 중요한 건, 홀리가 일

선에서 뛸 조사관은 아니란 거지. 안 그래? 행정 업무를 담당할 조수로 뽑은 거야. 우리 본부를 관리하는 게 주 임무고. 면접 때 몇 가지 묻긴 했어. 당연히 그랬지. 하지만 홀리가 이력서를 보여줬고 그걸로 충분했어."

"정말? 이력서가 굉장했나 보네."

"아주 봐줄 만했지."

"그래서 그 애가 뭘 할 수 있는데?"

"음, 로트웰에서 오래 일했더라고. 직책도 꽤 높았어. 스티브 로트웰의 부관 밑에 있었던 것 같아, 아무래도. 그러니 개인 조수로서 자격은 충분해. 심령 재능도 있어. 우리 정도는 아니겠지, 분명. 하지만 필요하면, 물론 위급한 경우에만, 우릴 보조해 현장 일을 할 수도 있을 거야. 게다가 홀리는 중요한 사람들도 많이 아는 듯해. 그게 우리한테 도움이 될 수도 있고."그는 목을 가다듬고 낡은 가죽 의자에 몸을 묻었다. 평소와 달리 먼지가 뭉게뭉게 피어오르지 않았다. "대체적으론 루스, 홀리를 고용한 게 우리로선 큰 행운이라고 생각해."

"그 애가 네 의자를 청소했잖아."

"누가 들으면 나쁜 일이라도 한 줄 알겠다. 맞아. 홀리의 주된 역할이 정리정돈이야. 그렇잖아도 월요일에 출근하자마자 소매를 걷어붙이고 앞치마를 두르더니 집안일을 왕창 해치우더라고. 조지랑 난 보고도 못 믿겠더라니까."록우드는 나와 눈을 맞추며 뭐가 문제냐는 양 두 손을 들어 올렸다. "음, 좋지 않아? 우리 목록에서 따분한 일거리 하나가 사라지는 건데. 게다가 홀리가 근사한 진공청소기도 새로 가져왔어! 넌 옛날 걸 다락방까지 끌고 다니느라 늘 낑낑거렸잖아."

"뭐? 걔가 내 방까지 들어간 건 아니지?"

"아무튼," 록우드가 또다시 책상이랑 친한 척했다. 서류 더미 가장 위에 놓인 종이로 얼른 손을 뻗었다. "미안한데, 난 이만 이걸 읽는 게 좋겠어. 좀 전에 새 DEPRAC 규정이 배달됐거든. 중요 사안이야. 신속히 답변해야 하고. 홀리는 내가 답변서를 5시까지 우체통에 넣었으면 해서⋯." 그가 날 똑바로 봤다. 눈은 진지하고 차분했다. "다소 갑작스럽다는 거 알아, 루시. 하지만 시도는 해봐야지. 홀리는 우릴 도우러 왔어. 넌 조사관이고, 그 앤 조수야. 우리가 요청하는 일을 하고, 우리 삶을 더 편하게 만들어줄 거야. 다 잘될 거라고."

나는 깊은숨을 들이마셨다. "그래야겠지." 어쨌든 우리에게 도움이 필요한 건 사실이었다. 정말로 삶이 더 편해질 수도 있을 것이다. 그렇대도⋯.

"고마워, 루시." 그때 록우드가 '진짜' 미소를 지었다. 그 갑작스럽고 따뜻한 광휘 앞에서 내 불안은 못돼먹고 팬스러운 적개심처럼 보였다. "날 믿어." 그가 말했다. "괜찮을 거야. 너랑 홀리는 금세 친해질 테니까."

확실히 얼마 지나지 않아 우리 새 비서는 자신의 존재 이유를 제대로 증명했다. 그녀의 모든 통계를 줄줄 꿰고 있는 듯한 록우드에 따르면, 홀리 먼로는 열여덟 살이었지만 노골적인 자신감과 효율만 놓고 보면 훨씬 나이든 사람 같기도 했다. 그녀는 매일 아침 9시 30분 정각에 포틀랜드 로에 도착해 열쇠로 문을 열고 들어왔다. 한 시간쯤 뒤 우리가 축 늘어진 채로 아침을 먹으러 가보면, 그날 새벽 3시에 일을 마치고 돌아와 먹었던 간식의 잔해들은 뭐가 됐든 치워지고 없었다. 작업 벨트는 철제 계단 옆 제자리에 걸려 있었다. 쇠사슬엔 기름칠이 돼 있고, 가방에는 적정량의 소금과 철가루가 다시 채워져 있었다. 부엌은 티끌 한 점 없고, 식탁엔 아침이 차려져 있었으며, 식빵

꽂이에선 따끈한 토스트가 빛났다. 홀리 먼로가 가만히 자리를 지키고 있는 법은 없었다. 우리가 부엌에 들어서기 전에 늘 수완 좋게 몸을 빼내 아래층 사무실에 가 있었다. 그렇게 우리가 잠을 깨고 정신을 추스를 시간을 줬고, 조지의 하의 실종 패션을 목격할 수도 있다는 대단히 현실적인 문제를 영리하게 비켜갔다.

우린 그녀의 엄청난 능력을 첫날부터 경험했다. 그때 우린 밤새 힘든 걸 처리한 뒤였고, 상태가 말이 아니었다. 기침을 콜록거리고 몸을 긁적이며 어기적어기적 사무실로 가보니, 홀리 먼로가 록우드 책상 옆 갑옷의 먼지를 털고 있었다. 그녀에게선 생기와 윤기가 흘렀다. 부추 더미에 앉은 토끼조차 그처럼 발랄할 순 없을 거였다. 그녀가 뛰어나왔다. "좋은 아침. 다들 차가 준비돼 있어요."

쟁반에 컵이 세 개 놓여 있었는데 차의 종류가 다 달랐다. 하나는 우유가 든 갈색으로, 딱 내 취향이었다. 다른 하나는 진하고 티크색을 띠었으며, 록우드가 선호하는 스타일이었다. 마지막—조지의 차—은 강도와 농도 측면에서 무덤을 팔 때 나오는 축축한 흙을 연상시켰다. 그러니까, 완벽했단 얘기다. 우리는 차를 들었다.

홀리 먼로는 짧은 목록이 단정히 적힌 종이를 들고 있었다. "아침부터 정신없는걸. 지금까지 다섯 건의 새 의뢰가 있었어."

다섯! 조지가 끙 소리를 냈다. 나는 한숨을 쉬었다. 록우드는 빗질도 안 한 머리를 헝클었다. "그래. 그럼," 그가 말했다. "최악부터 들어보자."

우리 조수는 미소를 지으며 조개껍데기 같은 귀 뒤로 머리칼을 넘겼다. "그렇게까지 형편없진 않아. 베스널 그린에 재밌는 소리를 내는 방문자가 있어. 보도에 반쯤 묻힌 것 같은 뭔가가 로마 도로를 따라 엄청난 속도로 절뚝거리고 다닌대. 그림자 망토를 흩날리면서."

"고대 거리를 따라다닌다." 조지가 앓는 소리를 냈다. "또 다른 군 단병이야. 점점 늘어나네."

먼로가 고개를 끄덕였다. "다음으론 정육점 저장고에서 들리는 이상한 망치 소리가 있어. 디그웰 주택 밖에서 회전하는 노랗고 둥근 빛 네 개랑. 빅토리아 공원엔 거미줄투성이 여자 둘이 나타났대. 목 격자가 접근하니 사라졌고."

"광산의 똑똑이*랑," 내가 말했다. "차가운 아낙*이네. 불빛들은 괴화*일 테고."

침울한 정적이 흘렀다. "그걸로 주말은 끝이네." 조지가 말했다.

록우드가 기운 없이 차를 마셨다. "군단병은 괜찮아. 하지만 다른 놈들은 상당히 따분해. 위험한 것보다 더 짜증 난다고. 잘 쳐줘야 1급 령이 될까 말까인데, 제압엔 시간이랑 노력이 엄청 들겠지."

"맞아." 먼로가 밝게 말했다. "그래서 내가 전부 거절했어. 베스널 그린 군단병만 빼고. 그 건은 다음 주 화요일에 넣어뒀지."

우리는 그녀를 멍하니 봤다. "거절했다고?" 록우드가 물었다.

"물론이지. 지금 너흰 일이 너무 많아. 적절한 건을 위해 에너지를 아껴야지. 광산의 똑똑이야 저장고에 로즈메리를 걸면 되고, 괴화랑 차가운 아낙은 실외에 출몰하는 거니까 무사히 넘길 수 있어. 의뢰인 들은 걱정 마. 문제 처리 지침을 서면으로 만들어 보낼 거야. 자, 그럼 이제 차를 들면서 어젯밤 출장에 대해 얘기해 볼까?"

우린 얘기했고, 먼로는 자리에 앉아 사건 장부에 올릴 내용들을 기록했다. 우리가 여전히 어안이 벙벙한 상태로 앉아 있는 사이, 그 녀는 청구서를 작성해 부치러 갔다. 그런 다음 더 많은 전화를 받고, 예비 고객의 정보를 얻고, 면담 일정을 정하고, 저녁 출장을 몇 건 잡 았다. 그 모두를 아주 효율적이고 훌륭히 해냈다.

정말 어찌나 훌륭히 해내는지 우린 단 며칠 만에 일상이 훨씬 수월하다고 느꼈다. 그녀가 약속한 대로 정말 시시한 일들—일반인도 소금과 부적, 항마구로 해결할 수 있는 문제들—은 모조리 배제됐다. 록우드와 조지, 내겐 갑작스레 출장 없는 밤이 생겼고, 우린 대부분의 사건에서 다시 함께 일하게 됐다.

감격적인 변화였고, 나는 홀리 먼로에게 감사하려 최선을 다했다. 정말 그랬다. 감사할 게 무진장 많았다. 여러모로 그녀는 흠잡을 데 없었다.

홀리 먼로는 태도도 외모도 모범적이었다. 그녀는 자리에 앉을 때면 언제나 등을 꼿꼿이 세우고 아담한 어깨를 쫙 폈다. 눈망울이 커다란 얼굴에선 밝고 긍정적인 표정이 떠나지 않았다. 검은 머리칼은 완벽했다. 조그맣고 어여쁜 손의 깔끔한 손톱 밑엔 무덤때 한번 껴 있는 걸 못 봤다. 먼로는 옷도 잘 입었다. 피부는 커피색 대리석처럼 매끈하고 매력이 넘쳤다. 그녀의 무결함은 당신 스스로 매력이라 칭하는 당신의 흠집들을 뼈저리게 의식하게 만들었다. 가만히 생각해 보면 그녀의 모든 게 그런 효과를 냈다. 그 모든 매끈함과 깨끗함과 반짝임은 거울을 닮았다. 그리고 거울처럼 그녀는 당신의 결함을 되비쳤다.

나는 먼로에게 무척 깍듯했다. 그만큼 그녀도 내게 깍듯했고. 그녀는 깍듯이 구는 데 뛰어났다. 그에 못지않게 사무실 바닥을 쓸고 복도에 걸린 가면들의 먼지를 터는 데도 뛰어났고. 매일 밤 꼼꼼히 양치하고 귀 뒤를 씻는 사람일 게 분명했다. 우리 모두에겐 각자의 재능이 있고, 홀리 먼로의 재능은 그런 쪽이었다.

우리 관계는 깍듯하고 소소한 여러 번의 마주침으로 이뤄졌다. 먼로의 효율적인 동선과 내 나름의 일과가 우연히 겹치는 순간들이었다. 우리의 전형적인 대화는 이랬다.

H. 먼로 (달콤하게, 매력적으로 눈을 깜빡이며): 루시, 안녕. 귀찮게 해서 미안해. 열심히 일하는 중일 텐데.

나 (읽고 있던 〈본격 괴담〉에서 눈을 들며. 나는 새벽 4시까지 잠을 못 잤다.): 안녕, 홀리.

H. 먼로: 혹시나 해서 그러는데, 장비실 빨랫줄에 널어둔 옷들 걷어줄까? 지금 거길 정리하는 중이어서.

나 (미소를 지으며): 아니, 아니. 괜찮아. 내가 나중에 할게.

H. 먼로 (화사하게 웃으며): 그래. 근데 그쪽 벽에 설치할 선반을 주문했거든. 오늘 올 건데 배달부들이 루시 물건을 어지럽히는 게 싫어서 말야. 빨래는 내가 다 개서 줄 수 있는데. 너만 괜찮으면. 진짜 별일 아냐.

나: 마음 쓰지 마. (나도 다 큰 사람이거든. 내 속옷은 내가 갠다고.) 내가 나중에 할게.

H. 먼로: 좋아. 배달부들이 이십 분 내로 와. 참고로 말하면.

나 (까르르 웃으며): 아, 그렇구나…. 그럼 지금 하지 뭐.

H. 먼로: 정말 고마워.

나: 아니, 아냐. 내가 고맙지.

그러는 내내 록우드와 조지는 근처 어딘가에 있었다. 정원에서 즐겁게 어울려 노는 아이들을 지켜보며 파이프 담배를 피우는 아빠들처럼 인자한 미소를 지으면서. 보면 볼수록 정말 괜찮은 직원을 뽑았다며 서로 축하하는 게 눈에 보이다시피 했다.

물론 그녀는 정말로 괜찮을 거였다. 결국엔 그리될 거였다. 그럴 시간만 내가 좀 주면 될 일이었다.

이 공통의 시각을 함께 나누지 않는 유일한 개인은 단지 속 해골이었다. 먼로도 놈의 존재를 알았다. 종종 단지 주변을 청소해야 했으니까. 하지만 놈이 나와 대화할 수 있는 3급령이란 사실은 몰랐다. 해골은 먼로를 싫어했다. 매일 아침 그녀가 사무실에 도착하기만 하면 은유리 너머에서 몹시도 교묘한 눈 흡뜨기와 볼 풍선 불기가 시작됐다. 나는 놈이 먼로 뒤에서 살 떨리는 표정을 짓고 있다가, 그녀가 돌아보면 날 향해 활짝 웃으며 윙크하는 꼴을 몇 번인가 목격하기도 했다.

"무슨 짓이야?" 내가 으르렁거렸다. 늦은 아침이었고, 나는 책상 앞에 앉아 원기 회복용 뮤즐리를 먹고 있었다. "넌 정체를 들키면 안 돼. 잊었어? 규칙을 알 텐데. 현현은 최소한으로만. 무례한 표정 금지. 말은 절대 안 되고."

유령은 상처받은 듯했다. "내가 언제 말을 했다고 그래? 넌 이게 말하는 거야? 아님 이게?" 그러면서 놈이 기괴한 표정들을 죽죽 만들어 보였는데 뒤로 갈수록 가관이었다.

나는 숟가락을 든 손으로 눈을 가렸다. "그만 좀 할래? 방금 먹은 우유가 넘어오려고 하거든. 그 애 근처에서 바보짓 그만해. 장비실에 가둬버리기 전에." 나는 그릇에 든 뮤즐리를 단호히 쑤셔넣었다. "알아두라고, 해골. 홀리 먼로는 팀의 일원이고, 넌 그 애를 존중할 필요가 있어."

"네가 그 여잘 존중하듯, 그 뜻이야?" 눈을 희번덕거리는 얼굴이 날 보고 씩 웃었다. 놈의 송곳니 두 쌍이 마치 지퍼 이빨처럼 위아래 잇몸에서 번갈아 나왔다.

나는 한입 가득 뮤즐리를 물었다. "난 홀리랑 아무 문제없어."

"이보쇼, 거짓말 대마왕. 나도 소싯적에 거짓말깨나 해봤지만, 방금 그건 정말 최악이다. 넌 그 여잘 못 견뎌 해."

나는 뺨이 벌게지는 걸 느꼈다. 정신을 수습했다. "어, 그 정도까진 아니고. 물론 그 애가 너무 이래라저래라 하는 게 있긴 하지. 하지만…."

"이래라저래라는 개뿔. 내가 다 봤다고. 그 여자가 딴 데 보고 있을 때 네가 어떤지. 아주 그냥 눈에서 나오는 레이저로 그 여잘 뚫어 버릴 기세던데."

"아니거든! 넌 지금 정말 말도 안 되는 소릴 하는 거야. 언제나처럼." 나는 새침하게 아침 식사로 돌아갔지만, 뮤즐리는 이미 맛을 잃어버린 뒤였다. "넌 어떤데?" 내가 물었다. "그 애의 뭐가 그리 맘에 안 드는데?"

유령은 혐오감을 느끼는 듯했다. "그 여잔 날 싫어해. 내가 없어지길 바란다고."

"음, 그야 우리 모두가 그렇지 않나?"

"그 여자 기준에 유령들은 더러워. 그 여자가 아래층 영물들을 어쩌는지 봤지? 너희가 모아온 전리품들은 또 어떻고? 그중 반은 쓰레기통으로 직행했고 나머진 안전을 강화했어. 보관함에 철제 자물쇠를 새로 달아서…. 그 여잔 모든 걸 자기 맘대로 주무르려 들어. 누가 알겠어. 거기 A. J. 록우드 님도 포함돼 있을지. 그게 네 기분이 별로인 또 하나의 이유일지도 모르고, 어?" 놈이 날 사악하게 곁눈질했다.

"헛소리." 물론이었다. 해골이 말하는 모든 건 거짓이었다. 기본적으론 그랬다. 놈은 집에 분란을 일으킬 기회를 호시탐탐 노렸다. 나는 홀리랑 문제없었다. 정말이었다. 그녀가 팔등신 몸매를 가졌다 치자. 머리칼에선 윤기가 좔좔 흐르고 언제 봐도 앵두 같기만 한 입술을 가졌다 치자. 그런 게 다 나랑 무슨 상관인데? 난 아무렇지 않았다. 그녀도 절대 완벽하지 않았다. 아마도, 가령, 정말 공들여 조목조목 뜯어보면, 그녀 허벅지 둘레쯤에서 뭔가 흠 될 만한 게 나올 수도 있겠지. 하지만 난 그럴 필요가 없었다. 그런 건 중요치 않았다. 나는 조사관이었다. 내겐 다른 할 일들이 있었다.

잠시 뒤, 나는 사무실을 나왔다. 어차피 배도 별로 안 고팠다.

나는 레이피어 보관실로 가 에스메랄다를 상대로 몇 가지 동작을 연습하며 마음을 가라앉혔다. 거기 얼마 있지도 않았는데 우리의 새 조수가 아치형 출입구에서 고개를 빠끔히 내밀었다.

"안녕, 루시."

"안녕, 홀리." 나는 에스메랄다 주변을 빙빙 돌며 레이피어로 눈속임 동작을 계속했다. 발치에서 분필 가루가 뭉게뭉게 피어올랐다. 운동복 상의가 꽤 축축했다. 나는 시간을 재가며 십 분 동안 멈추지 않고 계속할 생각이었다. 이 또한 다른 것 못지않게 좋은 훈련이었다.

"어머, 정말 춥진 않겠다." 홀리 먼로가 말했다. 그녀는 언제나처럼 흰 셔츠 위에 피나포어 원피스를 입고 수 시간 전에 출근했을 때와 똑같이 구김 하나 없고 뽀송해 보였다. "난 내내 전화를 돌렸어. 로트웰 지인들이랑 얘길 했지. 그쪽에서 흥미로운 사건을 연결해 주더라고. 화이트채플 쪽 일이 아닌 걸로."

나는 뒤로 물러나며 얼굴에서 젖은 머리칼을 떼어냈다. "음?"

"나 땜에 멈추지 말고 계속하면서 들어. 의뢰인이 내일 아침에 들를 거야. 아주 급한 일이래."

"무슨 내용인지 들었어?"

"'생사가 걸린 문제'라는 것 같았어. 그 여자 집에 뭔가 고약한 게 있다고. 근데 10시 정각에 방문하겠대."

"그래." 나는 쇠사슬에 매달린 에스메랄다를 잡아 흔들림을 멈춘 뒤, 체중을 발가락에 싣고 주변을 다시 돌기 시작했다.

"루시도 올 거야?"

나는 에스메랄다의 해지고 낡은 보닛 양옆을 번갈아 가며 쿡쿡 찔렀다. "음, 거기 아님 내가 어디 가 있게? 난 여기 살거든."

"물론 그렇지. 난 그저 루시한테 10시가 좀 이를 수도 있겠다 싶어서."

"전혀. 그 시간에 난 늘 일어나 있는걸. 안 그래?"

"아, 그야 알지. 하지만 옷까지 차려입고 있는 건 아니잖아. 루시가 그 크고 늘어지고 낡은 회색 잠옷을 입고 나와 앉아 있으면 의뢰인이 싫어할지도 몰라." 홀리 먼로가 조그맣게 소리 내 웃었다.

"걱정 마, 홀리. 그럴 일 없어. 그럴 일 절대 없다고."

나는 에스메랄다에게 덤벼들어 목 가운데에 검을 꽂았다. 그 반동으로 에스메랄다가 홀쩍 몸을 틀며 내 손에서 레이피어를 낚아채 갔다. 난 자리에 서서 두 손을 내려트린 채 요동치는 지푸라기 인간을 보고 있었다.

"우우, 내가 유령이 아니라 참 다행인걸." 홀리 먼로가 말했다. 간드러지는 웃음소리와 함께 훅 퍼지는 향수 냄새. 그녀는 가고 없었다.

9

이튿날 아침 10시 정각에 의뢰인이 도착했다. 이름은 피오나 윈터가든. 키가 껑충하고 호리호리한 데다 다소 생기가 없어 보이는 오십 대 초반(내 추측) 여성이었다. 짧고 실용적으로 자른 머리칼이 비구름을 닮은 잿빛으로 희어지고 있었다. 그녀는 크림색 스웨터와 카디건 세트에 길고 검은 치마를 입고, 앙상한 콧잔등에 조그만 금테 안경을 걸쳤다. 소파 가장자리에 걸터앉아 무릎을 꼭 붙이고 그 위에 가녀린 두 손을 포갰다. 등을 꼿꼿이 세우고 앙상한 어깨를 뒤로 젖혔는데, 카디건 위로 도드라진 어깨뼈가 꼭 용 날개가 잘려나간 자리 같았다. 그녀가 풍만한 스타일이었다면 가슴을 한껏 내민 것처럼 보였겠지만, 실상은 그렇지 못해서 본격적으로 새침을 떨고 있는 듯 느껴졌다.

록우드 심령 회사의 직원들도 그녀 주변에 자리를 잡았다. 록우드는 늘 앉는 의자에 몸을 기댔다. 조지는 커피 테이블 오른쪽, 나는 왼쪽 자리에 앉았다. 우리의 새 팀원 홀리 먼로는 우리에게서 살짝 물러나 앉아 다리를 단정히 붙이고 무릎엔 공책과 펜을 올려놓고 있었다. 그녀가 이날 면담의 기록 담당이었다. 나도 일 년 반 전에 막 입사해선 그 비슷한 일을 했다. 하지만 난 록우드 뒤에 저렇게 딱 붙어 앉아 몸을 숙이고 그의 귀에 소곤거릴 생각, 혹은 대장 가까이에 있다는 사실에 힘입어 은근슬쩍 2인자처럼 행세할 생각 같은 건 한 번도 못 해봤다.

테이블에는 기본으로 준비되는 차 옆에 큼직큼직하게 잘린 당근케이크가 놓여 있었다. 내가 보기에 그건 조지란 사람을 모르고 저지른 실수였다. 회사의 새로운 예절 규정에 따르면, 우린 의뢰인이 먹지 않는 한 케이크에 먼저 손댈 수 없었다. 그리고 윈터가든은 당근케이크를 먹을 사람처럼은 안 보였고. 실제로 우리가 케이크를 권할 때도 그녀는 접시를 못 본 척했고, 차만 한 번 홀짝인 뒤 컵을 옆으로 치웠다.

벽난로에서 불이 홀쩍 뛰어 불똥을 튀기면서 우리 의뢰인의 옆얼굴에 각지고 붉은 그늘이 졌다. "급히 연락했는데 만나줘서 고마워요, 록우드 씨." 그녀가 말했다. "지금 너무 당혹스러워서 어째야 할지 모르겠거든요."

록우드가 편안한 미소를 지어 보였다. "우릴 고른 걸로 문제가 반은 해결된 거나 다름없어요. 록우드 심령 회사를 선택해 주셔서 고맙습니다. 다른 대안들도 얼마든지 많은 상황에서요."

"그렇죠. 다른 곳도 몇 군데 시도해 봤지만 당장은 새 고객을 안받는다고 해서요." 윈터가든이 말했다. "애석하게도 지금 첼시가 난장판이 됐고, 주요 대행사들 모두가 그쪽 일을 우선순위로 두는 모양이더라고요. 그래서 할 수 없이 평소보다 눈을 좀 낮추게 됐죠. 물론 록우드 씨의 회사도 꽤 유능하다는 거 알아요. 저렴하기도 하고요." 그녀가 안경테 너머로 록우드를 응시했다.

록우드의 미소가 약간 굳어 있었다. "어, 우린 고객 만족을 위해 최선을 다하니까요…. 무슨 문제로 그러는지 여쭤도 될까요?"

"초자연 현상에 시달리고 있어요."

"그러시겠죠. 어떻게요?"

윈터가든의 목소리가 낮게 가라앉았다. 턱 밑에 조그맣게 늘어져 덜렁거리는 살가죽이 파르르 떨렸다. "발자국이에요. 피투성이 발자국."

조지가 고개를 들었다. "음, 화가 많이 나셨나 보네요.*"

윈터가든이 눈을 깜빡였다. "아뇨. 내 말은, 피가 묻었다고요. 발자국에 피가."

"굉장한데요." 록우드가 몸을 앞으로 바짝 당겨 앉았다. "지금 살고 있는 집에 나타나는 겁니까?"

"유감스럽게도 그래요."

"발자국을 직접 본 적은 있고요?"

"절대 아니죠!" 기분이 상한 듯 들리기까지 하는 목소리였다. "문제를 처음 보고한 건 가장 나이 어린 직원들이었어요. 구두닦이, 주방 보조, 그런 애들요. 성인 중엔 아무도 본 사람이 없는데 어처구니없이 다들 말만으로 겁을 잔뜩 집어먹었죠. 난리가 났어요, 록우드 씨. 일을 관두고 난리가 났다고요! 그래서 난 무척 불쾌했고요. 내 말은, 그 사람들은 하인이잖아요. 하인들이랑 애들. 맘 내키는 대로 꽥꽥 발작이나 하라고 돈을 주는 게 아니란 말예요."

그녀는 우릴 둘러보며 눈을 부라렸다. 누구든 감히 대들어 보라는 양. 윈터가든과 눈을 맞추며 나는 그녀가 유머를 모르고 다소 지혜롭지 못한 사람이란 인상을 받았다. 그런 사람에겐 고지식한 명분과 우

---

* 피투성이를 뜻하는 'bloody'에는 '망할', '빌어먹을'의 뜻도 있다.

월의식만이 세상의 공포를 멀리에 묶어두는 방법이었다. 그녀의 눈을 잠깐 보는 걸로 난 어째선지 그냥 알게 됐다. 당연히 그녀는 꿈도 못 꿀 일이었다.

록우드는 상냥하고 달래는 듯한 얼굴을 장착하고 있었다. 화이트 채플의 주부들을 상대로 종종 쓰는 기술이었다. "전적으로 이해합니다." 그가 말했다. "사건 시작부터 차근차근 얘기하는 게 낫겠어요." 그는 듬직하게 그녀의 무릎이라도 토닥여 주려는 듯 손을 올렸다가 마음을 고쳐먹었다.

"그러죠." 윈터가든이 말했다. "난 런던 중심가의 하노버 스퀘어 54번지에 살아요. 내 아버지, 로즈 윈터가든 경이 육십 년 전에 매입한 곳이죠. 아버지는 금융인이었어요. 여러분도 그분 얘길 들을 일들이 있을 거예요. 아무튼 아버지가 돌아가시면서 외동딸인 내가 부지를 물려받아 여태껏 살았어요. 이십칠 년 동안요. 근데 록우드씨, 그간 유령 때문에 애를 먹은 적이 단 한 번도 없어요. 난 그러고 있을 시간조차 없는 사람이고요! 자선단체들과 여러 일을 하고, 중요 인사들이 많이 오는 행사를 기획하죠. 선라이즈 물산 회장과도 친구 사이인데! 내 집이 수상쩍은 일로 남들 입방아에 오르내리는 걸 난 못 봐요. 오늘 여기 오기로 한 것도 그래서고."

아무도 입을 열지 않았지만 마음이 슬슬 동하는 소리가 사방에서 들렸다. 하노버 스퀘어는 부자 동네였다. 그러니까 윈터가든이 자기 말대로 정말 부유하고 인맥도 두텁다면, 이 사건의 성공이 지금 록우드 심령 회사에 딱 필요한 날개를 달아줄 수도 있을 거였다. 특히 록우드가 새삼스레 정신이 번쩍 드는 듯했다.

"집을 좀 설명해 주시겠어요?" 록우드가 말했다.

"섭정시대 주택이에요. 하노버 광장 모퉁이에 있죠. 다섯 개 층으로 돼 있어요. 지하실엔 저장고와 부엌이 있고요. 1층엔 응접실들, 2층에는 내 개인 공간들이 있어요. 서재와 음악 감상실 등이죠. 3층엔 침실들이, 꼭대기 층엔 내 일꾼들 여럿—애써 남아준 사람들요!—이 쓰는 숙소가 있고요. 각 층을 나선형 계단이 연결해요. 마호가니와 느릅나무로 만든 유명 건축물이죠. 건축가 홉스와 크럿웰이 저택의 첫 소유주를 위해 설계했답니다."

나는 의자에서 꼼지락거렸다. 록우드의 미소는 옅어졌고, 조지는 간절한 눈빛으로 당근케이크를 보고 있었다. 또 시작이었다. 우리 의뢰인 상당수가 그렇듯 윈터가든도 지금 자기 목소리에 취해 있었다. 우린 한동안 이 상태로 붙들려 있게 될 터였다.

"그래요. 하노버 스퀘어에 그보다 아름다운 계단은 또 없을걸요." 윈터가든이 말을 계속했다. "더없이 우아하고 계단통도 아주 깊죠. 어렸을 때 아버지가 내 애완용 쥐를 손수건에 묶어 계단 꼭대기에서 떨어트린 적이 있어요. 마치 낙하산을 탄 듯이…."

"실례합니다만, 윈터가든 씨." 홀리 먼로가 공책에서 눈을 떼고 말했다. "좀 서둘러주셔야겠어요. 록우드 씨는 몹시 바쁜 분이고, 이 면담은 한 시간으로 예정돼 있어요. 여기선 사건과 '유관한' 역사적 사실만 논해야 합니다. 꼭 필요한 얘기만 나누기로 하시죠." 그러고는 해사하게 웃어 보였다. 어디서 스위치를 갖고 노는 꼬마라도 있는 양 미소가 딸깍, 켜지고 꺼졌다. 그런 뒤 그녀는 다시 공책으로 고개를 숙였다.

잠시 정적이 흘렀다. 록우드가 앉은 자리에서 몸을 돌려 자기 조수를 쳐다보고 있었다. 우리 모두가 쳐다보고 있었다. 조지는 입까지 떡 벌린 채였고, 보아하니 녀석이 아직까진 케이크를 안 먹었기에 안심이 됐다. "어, 네." 록우드가 말했다. "뭐, 이 얘기 저 얘기 해볼 필요가 있기도 하죠. 그 발자국요, 윈터가든 씨. 자세히 좀 들어보죠."

윈터가든은 뭔가를 생각하듯 홀리 먼로를 응시하고 있었다. 그러고는 입술을 맞다물었다. "안 그래도 그럴 참이었어요. 그리고 그 계단은 사건과 전적으로 유관해요. 피 묻은 발자국이 목격되는 게 거기거든요."

"아! 설명해 보세요."

"그 계단을 맨발로 오르는 자국이에요. 피로 범벅돼 있죠. 자정 지나서 나타나 몇 시간 동안 계속되다 동트기 전에 사라져요."

"계단 어디서 그러는데요?"

"지하실에서 시작해 3층까지 쭉 이어져요." 윈터가든이 얼굴을 찡그렸다. "더 높이까지 갈 수도 있고."

"그게 무슨 말씀이세요?"

"위로 올라갈수록 자국이 희미해지는 듯해서요. 지하실 근처에선 발 윤곽 전체가 보여요. 위로 갈수록 얼룩이 점점 작아지는 거죠. 마지막엔 발가락이랑 앞꿈치밖에 안 남는, 그런 거요."

"재미있네요." 내가 말했다. "까치발로 걷는 걸까요?"

"아님 달리거나." 조지가 의견을 냈다.

윈터가든이 어깨를 으쓱했다. 카디건에서 어깨뼈가 불거졌다. "난 아이들한테 들은 그대로 얘기할 뿐예요. 녀석들 얘기는 앞뒤가 안 맞고요. 여러분이 직접 확인하는 게 낫겠죠."

"그럴 겁니다." 록우드가 말했다. "그 발자국이 건물의 다른 곳에서도 발견되나요?"

"아뇨."

"계단 표면은 뭘로 돼 있습니까?"

"나무요."

"카펫이나 양탄자는요?"

"없어요."

록우드는 손가락을 마주 대고 톡톡거렸다. "이 출몰의 원인이 될 만한 게 있습니까? 저택에서 벌어진 참변이나 치정 범죄 같은?"

윈터가든이 발끈했다. 록우드가 벌떡 일어나 커피 테이블을 넘어가선 코를 후려쳤대도 그렇게까지 경악할 수 있을까 싶었다. "그럴 리가요! 내가 아는 한 내 집에서 폭력 사건이나 치정 범죄 같은 건 절대로 없었어요." 그녀는 어디 덤벼보라는 듯 빈약한 가슴을 내밀었다.

"그렇군요…." 록우드는 잠시 침묵하며 벽난로에서 꺼져가는 불을 건너다봤다. "윈터가든 씨, 어제 전화했을 때 이게 생사가 걸린 문제라고 하셨죠. 설명하신 발자국들이 골치 아픈 건 사실이지만, 그게 얘기의 전부일 리 없단 생각이 드는데요. 우리한테 털어놓지 않은 뭔가가 있나요?"

윈터가든의 얼굴이 싹 바뀌었다. 오만한 기세가 꺾였다. 피곤한 동시에 경계하는 기색이었다. "네. 일종의… 사고가 있었어요. 내 잘못이 아니란 걸 알아줘야 할 거예요. 그 발자국은 지금껏 문제가 된 적 없었어요. 일꾼들이 뭐라 떠들든 간에," 그녀가 고개를 가로저었다. "내 행동은 전적으로 옳았어요. 내 잘못이 아녜요."

"잠깐만요. 그러니까 발자국이 나타난 지 실은 꽤 됐군요?" 내가 물었다.

"아, 그럼요. 아주 오래됐죠." 윈터가든이 내게 눈을 부라렸다. 방어적으로 들리는 목소리였다. "내가 의무를 소홀히 했다곤 생각지 말아요, 아가씨! 애초에 발자국과 거기 동반되는 현상은 늘 흐릿하고 모호했어요. 무척 드물게 나타나기도 했고요. 사람을 해치거나 하지도 않았죠. 일꾼 몇이서 떠들어댈 뿐, 그 존재조차 모르는 사람이 많왔어요. 그러나 최근 몇 주 사이에 발자국을 목격했단 보고가 늘기 시작했어요. 결국엔," 그녀는 우리에게서 눈길을 돌렸다. "밤에 일어나는 일이었으니까, 난 야경대* 아이들 셋을 고용해 지켜보도록 했죠."

우리는 서로를 힐끗거렸다. 야경대 꼬마들도 재능 있는 아이들이다. 하지만 그 재능이 조사관만큼 강력하거나 민감하진 않다. 게다가 녀석들의 무장 상태는 우리의 반만큼도 안 된다.

"DEPRAC에 알릴 생각은 안 해보셨나요?" 홀리 먼로가 물었다.

"아무 문제가 없는 거나 마찬가지였다니까요!" 윈터가든이 소리쳤다. "이런 단계에서 조사관들을 불러들일 필요는 없다고 생각했어요." 그녀는 카디건이 어깨에 들러붙기라도 하는 양 천을 잡아 뜯었다. "온 런던이 출몰 때문에 난리잖아요! 괴화나 깜빡이* 같은 걸로 당국을 귀찮게 해선 안 되는 거라고요. 게다가 난 지켜야 할 명성이 있는 사람이에요. DEPRAC 직원들이 지저분한 장화 바람으로 집을 헤집고 다니는 것도 싫고."

록우드가 빤히 쳐다봤다. "그래서 무슨 일이 있었는데요?"

윈터가든은 작고 하얀 주먹으로 짜증스레 무릎을 두드렸다. 흥분이 가시진 않았지만 한번 더 억누르는 중이었다. "자, 하나만 묻죠. 내가 야경대 아이들을 뭐 하러 고용했겠어요? 통제 불가의 상황이 벌어질 리 없단 걸 확실히 하려는 거였어요. 그 애들에겐 계단을 관찰하고 환영의 습성을 파악하는 단순한 일을 맡겼죠. 그러고선 방에 가잤어요. 하인 여럿이 떠났지만 위층엔 남은 사람들도 몇 있었고요. 중요한 건 우리의 안전이었고…" 그녀가 말끝을 흐렸다.

"네." 록우드가 건조하게 말했다. "윈터가든 씨의 안전이 물론 가장 중요하죠. 계속하세요."

"첫 밤을 보낸 뒤—그게 사흘 전예요, 록우드 씨—아침을 먹고 있는데 아이들이 찾아와 보고를 하더군요. 지하실에서 대기하며 계단을 감시했다고 했어요. 지정이 지난 시점에 발자국이 나타나더래요. 아까 여러분한테 설명한 대로요. 나선형 계단을 따라 발자국이 하나씩하나씩 생겼어요. 누군가가 천천히 올라가기라도 하는 것처럼. 발자국이 나타나는 속도는 점점 빨라졌고요. 야경대원들이 뒤따랐지만 멀리 가진 못했어요. 난 이게 짜증스러운데, 아이들이 1층에 도착하곤 멈춰서 더는 안 올라갔거든요. 좀 물어봅시다! 도대체 왜 그런 거예요?"

"추적을 그만둔 이유를 설명하던가요?"

"방문자가 너무 빨리 움직였대요. 무섭기도 했고." 그녀가 도끼눈으로 우릴 둘러봤다. "무섭다니! 그걸로 먹고사는 사람들이!"

"아이들이 몇 살이나 됐던가요?" 내가 물었다.

윈터가든의 입술이 비틀렸다. "아홉 살이나 열 살쯤 아니었을까요. 내가 아이란 종족은 안 겪어봐서. 난 직설적으로 얘기했어요. 오늘 밤엔 보다 면밀히 살펴봐야 할 거라고. 아닌 게 아니라 아이들도 정말 그렇게 했더라고요. 다음 날 아침에 사색이 된 얼굴로 벌벌 떨며 와선 한다는 말이, 2층과 3층 사이 계단 중간까지 올라갔고 그 이상은 불가능했단 거예요. 무시무시한 공포심에 사로잡혔는데 그게 위로 올라갈수록 심해지더래요. 계단의 굽이 너머에서 뭔가가 자기들을 기다리고 있는 것만 같았다나. 아이들이 자그마치 셋이었어요. 잊지 마세요. 야경대원들이 흔들고 다니는 그 철막대기니 뭐니 하는 것도 다 있었고요. 그 애들의 말은 어설픈 변명처럼 들렸죠."

윈터가든이 말을 계속했다. "난 사흘째 밤에도 일을 해달라고 부탁했어요. 여자애 하나는 딱 잘라 거절하더군요. 그래서 급여를 지불

하고 짐을 싸서 돌려보냈고요. 하지만 다른 둘은 한 번 더 시도해 보겠다고 했죠. 여러분도 꼭 알아줘야 할 게, 그 발자국이 우리한테 실질적인 피해를 끼친 적이 단 한 번도 없었거든요. 잠시나마 꿈꿔본 적조차 없어요. 그런….”

그녀가 말을 뚝 멈추고 테이블로 손을 뻗었다. 앙상한 손이 당근 케이크 위를 맴돌다 방향을 틀어 컵을 집어 들었다.

“내 잘못이 아녜요.” 윈터가든이 말했다.

록우드는 그녀를 유심히 보고 있었다. “뭐가 본인 잘못이 아니란 겁니까, 윈터가든 씨?”

그녀가 눈을 감았다. “난 3층 침실에서 자요. 어제 아침엔 일찍 잠에서 깼죠. 하인들이 나와 있기도 전에요. 방을 나섰다가 층계참에 떨어진 감시봉을 봤어요. 난간 사이에 껴 있었는데, 끝부분이 계단통 쪽으로 튀어나가 있었죠. 아이들을 불렀지만 대답이 없었어요. 그래서 난간으로 갔고, 거기서….” 그녀가 떨리는 입술로 차를 한 모금 마셨다. “거기서….”

조지가 진심 어린 목소리로 혼잣말했다. “조만간 내게 케이크가 필요해질 것 같단 예감이 강하게 드는데.”

“야경대 아이가 보였어요. 3층이랑 꼭대기 층 사이 계단에 웅크리고 있더라고요. 벽에 등을 대고 무릎을 안은 채 몸을 앞뒤로 흔들고 있었어요. 말을 걸었지만 대답하지 않았죠. 다른 아이는 안 보였어요. 남자애였는데 이름은 몰라요. 그런데 가만 보니 여자애의 감시봉은 그 애 옆에 그대로 놓여 있더라고요. 그래서 문득 밑을 내려다보게 된 거예요.” 그녀는 충격의 순간을 다시 겪기라도 하듯 짧고 격한 숨을 쉬었다. “그 계단통이 어떤지는 말씀드렸죠. 4층에서 지하실까지 얼마나 아찔한 높이인지. 아이는 그 아래에 있었어요. 지하실 어

132

둠 속에 누워 있었죠. 추락해 죽어 있었어요."

방 안에 긴 정적이 흘렀다. 윈터가든이 면담 내내 기를 쓰고 붙들고 있던 우월감이란 허울이 삐딱하니 내려앉아 역겹게 펄럭였다. 뻣뻣한 문짝이 돌풍을 맞아 떨어지기라도 한 것처럼.

그런데도 그녀는 그 문짝을 잡고 늘어졌다. "그게 그 애들의 일이었다고요. 난 그 위험에 값을 지불했고."

록우드는 내내 꼼짝하지 않았다. 그의 눈이 번뜩였다. "값을 아주 잘 쳐줬길 바랍니다. 유령접촉이 있었나요?"

"아뇨."

"왜 떨어졌답니까?"

"모르겠어요."

"어디서 떨어졌는데요?"

앙상한 어깨가 으쓱했다. "그것도 몰라요."

"윈터가든 씨, 분명 다른 아이가 얘길…."

"그 앤 아무 말도 못 해요, 록우드 씨. 전혀 못 한다고요."

"왜죠?"

"정신이 나가버렸으니까!" 비명에 가까운 소리였다. 우리 모두가 움찔했다. 윈터가든이 고개를 숙였다. 팔을 뻣뻣이 펴고 무릎에 놓은 허연 손을 힘껏 맞잡고 있었다. "그 애는 정신을 놔버렸어요. 아무 말도 하지 않아요. 잠도 거의 안 자요. 부릅뜬 눈으로 허공만 봐요. 허공이 자길 공격이라도 할 것처럼. 아이는 지금 런던 북부 정신병원의 폐쇄 병동에 있어요. DEPRAC 소속 의사들이 보살피고 있죠. 외상 후 긴장성 분열증이라고 해요. 치료 전망은 그리 밝지 않고요."

"윈터가든 씨." 홀리 먼로가 까칠한 목소리로 말했다. "그 아이들은 쓰면 안 됐어요. 아주 큰 잘못을 하신 거예요. 대행사를 불렀어야 해요."

윈터가든의 두 뺨에 작고 둥글게 붉은 기가 서렸다. 분노로 폭발하려나 싶었지만, 이렇게 말할 뿐이었다. "그래서 지금 그러고 있잖아요."

"처음부터 그랬어야죠."

"이봐요, 내가 고의로 그런 것도 아니…."

조지가 결연히 일어섰다. "내 말이 맞았어. 이런 얘기 뒤엔 모두가 원기를 충전해야 해. 에너지가, 영양분이 필요하다고. 지금은 절대적으로 당근케이크가 필요한 순간이야. 아뇨. 부디요, 윈터가든 씨. 강력히 권합니다." 그는 케이크를 퍼서는 카드를 다루는 딜러처럼 의뢰인의 접시에 올렸다. "자, 다들 기분이 나아질 거예요." 다른 네 접시에도 눈 깜짝할 새에 케이크가 올라갔다. 록우드와 내가 접시를 들었다. 나는 홀리에게도 한 접시 권했다.

홀리가 완벽히 손질된 손을 들어 올렸다. "고맙지만 사양할게. 루시, 어서 들어. 난 괜찮아."

어련하실까. 나는 내 접시를 들고 의자에 확 기댔다.

야경대 꼬마들 얘기에 모두가 침울했다. 우린 나름의 방식으로 케이크를 먹었다. 창백한 얼굴의 의뢰인은 깔끔을 떨어가며 케이크 귀퉁이를 들쥐처럼 야금거렸다. 나는 반골 기질을 가진 바닷새처럼 홀라당 먹어치웠다. 록우드는 침묵하며 앉아 찡그린 얼굴로 벽난로의 불을 보고 있었다. 유령의 손에 누군가가 죽은 얘기는 늘 그를 무겁게 짓눌렀다.

조지는 녀석답지 않게 케이크를 앞에 두고도 서두르지 않았다. 우리 방문객의 뭔가가 그의 관심을 끌었다. 그는 윈터가든의 스웨터에 꽂힌 은제 장식을 물끄러미 쳐다보고 있었다. 카디건에 가려 보일락 말락 하는 물건이었다.

"브로치가 멋지네요, 윈터가든 씨." 조지가 말했다.

윈터가든이 아래를 봤다. "고마워요." 잘 들리지도 않는 목소리였다.

"하프 모양이네요. 그죠?"

"리라. 고대 그리스의 하프죠. 네."

"뭔가 의미가 있는 건가요? 전에도 본 적 있는 것 같아서요."

"오르페우스 협회의 상징이에요. 런던에 있는 클럽요. 내가 그쪽이랑 자선사업을 하거든요…."

윈터가든이 손가락에 묻은 케이크 부스러기를 털었다. "그럼, 록우드 씨, 어떻게 진행하고 싶으세요?"

"극도로 조심히요." 록우드가 정신을 차렸다. 웃음기 없이 진지한 얼굴이었다. "우리가 사건을 맡겠습니다. 물론이에요, 윈터가든 씨. 하지만 위험 부담이 큰 만큼 불필요한 모험을 하진 않을 겁니다. 오늘 저녁에 우리가 가면 집은 비어 있겠죠? 일꾼들과 함께 다른 곳에 가 계실 겁니까?"

"어차피 대부분이 그만뒀다니까요! 네. 여러분끼리 자유롭게 일할 수 있을 거예요."

"아주 좋습니다. 마지막으로 하나만 더 묻죠. 아까 피 묻은 발자국에 '동반되는 현상'이 있다고 하셨죠. 그게 뭔가요?"

윈터가든이 얼굴을 찡그렸다. 미간에 물결모양 주름이 졌다. 본인입으로 자세하게 들먹이긴 싫은 거였다. "기억이 잘 안 나요. 발자국에만 신경을 써서."

"시각적인 것만 얘기하는 게 아녜요." 내가 말했다. "야경대원들이 들은 게 있었나요? 이상한 걸 느꼈다거나?"

"엄청난 공포심이 있었죠. 앞서 말씀드렸다시피. 그리고 몹시 추웠던 것 같아요. 허공에서 뭔가가 움직인다고 보고한 여자애도 있었을걸요. 정체 모를 게 자길 스쳐 가는 느낌이었다고."

하나부터 열까지 뻔한 얘기들이었다. 거기서 알아낼 수 있는 건 거의 없었다. 록우드가 고개를 끄덕였다. "그렇군요."

"아, 한 아이는 달리는 형상 둘을 봤다고 했어요."

우리는 그녀를 물끄러미 쳐다봤다. "네?" 내가 말했다. "그 얘기를 왜 지금 하세요?"

"깜빡했어요. 야경대 아이가 했던 말예요. 그 남자애였던 것 같네요. 하도 횡설수설해서 그걸 진지하게 받아들여야 할지 어쩔지 모르겠더라고요."

"제 경험으로는요, 윈터가든 씨." 록우드가 말했다. "죽은 야경대원의 얘기는 늘 아주 진지하게 받아들여야 하는 게 맞아요. 그 애가 뭘 봤다던가요?"

그녀의 맞다문 입술이 가늘어졌다. "흐릿한 형상 둘요. 하나는 크고 하나는 작은. 아이 말에 따르면 형상들은 달리고 있었어요. 경주라도 하듯 연달아 계단을 올라갔다죠. 발자국대로 움직이면서. 큰 형상이 손을 내뻗고 있었다고 했어요. 작은 형상을 잡으려는 듯이. 작은 형상은…."

"도망치고 있었네." 내가 말을 마무리했다. "살려고 도망치고 있었어."

"일이 잘 풀린 것 같진 않은데. 둘 중 어느 쪽이든." 조지가 말했다. "내가 섣부르다고 해도 좋아." 그가 코에 걸린 안경을 밀어 올렸다. "하지만 감히 추측하건데, 둘 다 실패했어."

10

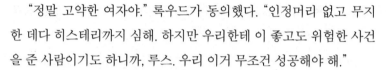

"정말 고약한 여자야." 록우드가 동의했다. "인정머리 없고 무지한 데다 히스테리까지 심해. 하지만 우리한테 이 좋고도 위험한 사건을 준 사람이기도 하니까, 루스. 우리 이거 무조건 성공해야 해."

나는 그를 보며 행복하게 웃었다. "내 말이."

우리는 하노버 광장 정원의 느릅나무 아래 서서 윈터가든의 집쪽을 보고 있었다. 컴컴하고 가느다란 파편 같은 54번지 건물은 광장 한쪽의 그늘진 곳에 서로 분간도 안 되게 똑같은 모양으로 늘어선 연립주택 사이에 충치처럼 껴 있었다. 원래는 얼마나 우아했을까. 색을 칠한 전면부와 말쑥한 검은색 출입문을 두른 기둥식 포르티코가. 하지만 최근의 폭풍우가 벽토로 치장한 현관에 어둑한 얼룩들을 남겼고, 보도와 포르티코 곳곳엔 나뭇가지들이 나뒹굴었다. 집은 조명을 죄다 꺼둔 상태였다. 그래서 어딘가 칙칙하고 쇠락한 느낌이 났다.

비는 아침에 그쳤지만, 땅에 떨어진 동전처럼 잔디밭 여기저기에 칙칙하게 고인 물이 청회색 하늘을 반사했다. 강풍이 불고 벌거벗은 나뭇가지들이 겨울철 벌거벗은 나뭇가지답게 구는 사이, 햇빛이 서서히 약해져 갔다. 나뭇가지가 쓱싹거리고 바스락거리는 소리가 꼭 종이로 된 거대한 손을 마주 비비는 소리 같았다. 사위가 뒤숭숭했다.

도로 맞은편에서 그 집이 우릴 기다렸다.

"버클리 광장이 생각나네." 내가 말했다. "그 건도 위험했었잖아. 어쩜 이것보다도 더. 난 레이피어가 부러지고, 조지는 네 머릴 날려버릴 뻔했었지. 그런데도 우린 잘 빠져나왔고."

나는 특히나 잘 빠져나왔다. 버클리 광장 건은 내가 가장 좋아하는 사건이었다. 이번 일은 그보다도 좋을지 몰랐다. 나는 낙관했고, 신바람이 나기까지 했다. 조지도 오는 길이었다. 내내 도서관에서 일한 터라 아직 도착하진 않았지만. 홀리 먼로는 포틀랜드 로의 집에 있었다. 종이 집겐지 뭔지로 깔끔이나 떨면서. 그러니까 당장은 록우드와 나뿐이었다.

그가 바람에 옷깃을 여몄다. "버클리 광장 건은 여름이었잖아. 덕분에 짧고 굵게 끝났지. 오늘 밤은 길고 힘들 거야. 이제 겨우 3시인데 난 벌써 배가 고프고." 그가 신발 앞부리로 도구 가방을 쑤셨다. "근데 있잖아, 홀리가 싸준 샌드위치 괜찮은 것 같지. 안 그래?"

"음," 내가 말했다. "맛있지."

"참 친절해. 샌드위치도 만들어주고."

"으음." 나는 얼굴의 미소를 더 크게 잡아 늘였다. "무진장 친절하지."

그렇다. 우리의 어여쁜 조수가 샌드위치를 만들어줬다. 도구 가방도 싸줬다. 나중에 내가 일일이 다시 확인하긴 했지만(목숨을 부지하는 기술에 있어 난 나밖에 안 믿는다.) 그녀의 탁월함을 인정할 수밖에 없었다. 하지만 이날 먼로가 해준 일 중 최고는—적어도 내 입장에선— 그냥 집에 남은 거였다. 오늘 밤은 우리 셋이서 보낼 터였다. 예전에 늘 그랬던 것처럼.

몇 안 되는 사람들이 광장을 걷고 있었다. 값비싼 외투로 봐서 이 동네 주민 같았다. 그들이 지나가며 우릴 힐끗 보다 레이피어와 어두운 색 복장, 경계하며 도사린 모습에서 우리 정체를 파악하곤 시선을 떨어트리며 걸음을 서둘렀다. 이게 조사관 인생의 재밌는 점이라고 록우드는 말했었다. 우리는 존경과 혐오를 한 몸에 받는 존재라나. 어둠이 내린 뒤 우린 질서와 온갖 좋은 것들을 대표했다. 사람들은 우릴 보면 좋아했다. 대낮의 우린 일상에 침입한 달갑잖은 존재였다. 우리 손으로 막아냈던 바로 그 혼돈의 상징이었다.

"훌륭한 새 식구야. 안 그래?" 록우드가 말했다.

"홀리? 음. 괜찮지."

"야무진 사람이야. 그런 것 같아. 늙고 고약한 윈터가든을 거침없이 나무랐잖아. 정말 당당하더라." 록우드는 외투를 젖히고 어깨띠에 줄줄이 달린 플라스틱 통들을 확인하는 중이었다. 그의 벨트에서 마그네슘 화염이 빛났다. "네가 처음에 좀 걱정했다는 거 알아, 루시…. 그러고서 두 주쯤 됐는데, 지금은 홀리랑 어때?"

나는 볼 풍선을 불고 고개 숙인 그를 가만히 봤다. 무슨 할 말이 있나? "괜찮아…." 일단 시작했다. "근데 가끔 좀 힘들 때가 있어. 이따금 느끼기에 그 애가 좀 너무…."

록우드가 불쑥 고개를 들었다. "잘됐네." 그가 말했다. "그리고 저기, 조지 온다."

조지가 왔다. 녀석의 땅딸막한 형상이 날래게 길을 건너고 있었다. 셔츠 자락은 바지 밖으로 나와 있고, 안경엔 뿌옇게 김이 서렸고, 헐렁한 바지 여기저기엔 물이 튀었다. 어깨엔 허름한 배낭이 걸려 있고, 뒤에선 레이피어가 잘린 꼬리처럼 요동쳤다. 그가 숨을 헐떡이며 철벅철벅 걸어와 섰다.

나는 그를 가만히 봤다. "너 머리에 거미줄 붙었어."

"이것도 다 업무의 일환이야. 뭘 좀 찾아냈어."

조지는 늘 뭔가를 찾아낸다. 그가 가진 최고의 자질 중 하나다.

"살인?"

조지의 눈에 예의 그 광휘가 어렸다. 다이아몬드처럼 찬란하고 강렬한 그 빛은 조사가 흥미로운 결실을 맺었음을 의미했다. "넵. 자기 아빠 집에서 폭력 사건은 절대로 없었다던 할망구의 주장이 틀린 거지. 살인도 보통 살인이 아니었어. 그야말로 유혈이 낭자했다고."

록우드가 싱긋 웃었다. "훌륭해. 나한테 열쇠가 있어. 네 장비는 루시한테 있고. 이 바람부터 피하고 그 섬뜩한 사연을 들어보자."

다른 쪽으론 어떨지 몰라도 피오나 윈터가든이 거짓말쟁이는 아니었다. 그녀의 집은 정말로 멋들어졌고, 방 하나하나가 그녀의 부와 지위를 보여주는 사치스러운 증거였다. 건물은 높고 폭이 좁았지만 광장 바깥쪽으로 상당히 길게 뻗어 있었다. 직사각형의 방들은 층고가 높고, 화려한 무늬의 석고 장식으로 호화로웠으며, 벽지엔 동양풍 꽃과 새 무늬가 새겨져 있었다. 두툼한 커튼이 창문을 가렸고, 벽면에는 진열장들이 기대서 있었다. 1층 어느 방엔 조그맣고 모호한 그림 수십 점이 군기가 바짝 들어 대기하는 군인들 못지않게 줄을 딱딱 맞춰 서 있었다. 우리는 끝내주는 서재도 발견했다. 거길 비롯해 방과 욕실, 복도, 모두가 호사스러운 분위기를 유지했다. 벽이 밋밋한 흰색으로 돌변하고, 조그만 직원 방 여섯 개가 처마 밑에 옹기종기 모인 꼭대기 층에 가서야 고급스러운 거죽이 벗겨지며 저택의 맨뼈와 힘줄이 드러났다.

그 모두를 통틀어 가장 신경이 쓰였던 건 계단통이었는데, 그 부분에 있어서도 우리 의뢰인은 진실을 말했다. 계단통은 놀랍도록 우아한 건축물이자 저택의 검은 심장이었다. 현관문을 들어섬과 거의 동시에 계단이 나타났다. 커다란 타원형으로 뻥 뚫린 공간이 집 가운데에 우뚝 솟아 있는 모양새였다. 타원형 공간의 오른쪽을 끼고 올라가는 계단은 벽면에 딱 붙어 시계 반대 방향으로 가파르게 굽으며 위층으로 이어졌다. 타원형 공간 왼쪽에선 가느다란 난간이 둥글게 올라와 계단통과 로비를 갈랐다. 난간 너머는 지하로 내려가는 계단이었다. 로비에, 혹은 각 층 층계참에 서서 고개를 들고 소용돌이 모양 계단을 눈으로 빙글빙글 따라 올라가면 마지막엔 꼭대기 층의 거대한 타원형 채광창이 나왔고, 반대로 고개를 숙이면 지하실 부엌 바닥에 깔린 검은색과 흰색 타일이 보였다.

무척이나 깨끗이 박박 문질러 닦은 듯 보이는 그 타일을 우리 누구도 좋아하지 않았다. 거기가 바로 야경대 남자애의 시신이 발견된 곳이었다.

저 높은 곳의 채광창을 빼면 층계참과 계단통에는 자연광이 전혀 들지 않았다. 그 결과 계단통은 안으로 숨어드는 듯한, 답답하고 조용하고 과거를 향하는 듯한, 바깥세상과는 접점이 거의 없는 듯한 공간처럼 느껴졌다. 아직 오후 한중간인데도 벽을 따라 일정한 간격으로 설치된 꽃 모양 촛대의 전기등들이 들어와 있었다. 거기서 차고 기름진 빛이 뿜어져 나왔다.

우리는 가장 먼저—아직 날이 다 저물지 않았지만—집을 전체적으로 한번 돌아봤다. 광택제 바른 바닥에서 울리는 우리 발소리를 들으며 침묵 속에서 체계적으로 샅샅이 훑었다. 판독값을 내고, 온도를 기록하고, 돌아가며 심령 감각을 활용했다. 극적인 뭔가를 얻어내기엔 시간이 너무 일렀지만, 만약을 대비해 확인해 둘 가치는 충분했다.

그런 뒤부터는 계단에 집중했다.

우리는 지하실 부엌 입구에서 작업을 시작해 천천히 위로 올라갔다. 계단과 난간 근처 층계참이 집의 다른 곳보다 춥다는 건 처음부터 확연했다. 온도차가 크진 않았지만, 일이 도 정도 낮은 상태가 꾸준히 유지됐다. 우리가 찾은 건 그게 다였다. 록우드는 아무것도 못 봤다. 나도 귀를 기울였지만 뭐가 됐든 사악한 소리는 없었다. 조지의 배가 꼬르륵거리는 소리는 빼고 본다면.

계단의 마지막 굽이, 그러니까 3층에서 솟은 계단이 채광창의 파리한 눈 아래 꼭대기 층으로 이어지는 곳에서 록우드가 바닥 굽도리널로 몸을 숙였다. 거기 손가락을 댔다 입술로 가져갔다. "소금이야. 청소를 하긴 했는데, 전에 여기다 소금을 뿌린 적이 있어."

"야경대 여자애가 그런 걸까?" 조지가 짜리몽땅한 연필로 기록했다. 그의 귀 뒤에 여분의 연필이 꽂혀 있었다. "최후의 방어 수단으로?"

"그럼 여자애가 발견된 게 여기겠네." 내가 말했다. 그래, 벽에 등을 대고 웅크린 모습으로 발견됐다고 했다. 말도 정신도 잃어버린 채…. 나는 그 밋밋한 회반죽벽을, 아무 특징도 없이 휑한 공간을 보며 여기서 벌어진 무시무시한 사건의 흔적을 찾았다. 소금을 빼면 아무것도 없었다. 아무 흔적도 없다는 게 어쩜 최악일 것도 같았다.

한 시간이 지났다. 채광창이 어둑해져 있었다. 다락 층계참에 마지막으로 남은 낮의 흔적이 끝내 쪼그라들어 어둠이 됐다. 계단의 굽이진 부분에서 잿빛이 부풀어 번졌다. 우린 다시 아래층으로 내려갔다.

끼니를 챙기고 조지의 얘길 들을 시간이었다. 우리 누구도 야경대 소년이 죽은 지하 부엌을 쓰고 싶지 않았다. 그 대신 1층의 그림 많은 방을 본부로 정하고 테이블과 의자들을 끌어온 뒤 물통과 비스킷, 샌드위치, 원기 회복용 감자칩 봉지를 꺼냈다. 가스등을 밝혀 테이블 양쪽에 하나씩 올렸다. 나는 콘센트를 찾고 전기주전자에 물을 채워 스위치를 켰다. 조지는 도서관에서 조사한 내용이 적힌 종이들을 꺼냈다. 우리는 차를 끓여 자리에 앉았다.

"언제 근사한 곳에 가서 이렇게 한번 해봐야겠어." 조지가 말했다. "내 말은, 우릴 죽이려 안달인 놈들이 없는 데로 소풍을 가자고. 꽤 재미있을 거야."

"하지만 가서 무슨 얘길 하게?" 록우드가 묻곤 차를 후루룩 마셨다. "생각해 보면, 난제가 없던 시절엔 아이들끼리 뭘 했을까? 대부분은 일할 필요조차 없었는데. 안 그래? 그, 뭐였더라. 학교, 뭐 그런 거? 인생이 정말 따분했겠어."

"안전하기도 했고." 내가 말했다. "그걸 잊음 안 되지."

"네가 이 집에 살았음 딱히 안전하지도 않았을걸." 조지가 음울하게 말했다. "네가 '꼬마 톰'으로 불리던 하인이었다면 말야." 그는 잠시 메모를 확인했다. 전투 계획을 평가하는 키 작고 둥글둥글한 장군처럼 몸을 숙이고 있더니 이윽고 비스킷을 한 입 베어 물었다. "살인 사건이 벌어진 건 1883년 여름이었어. 〈폴 몰 관보〉에 따르면, 당시 이 집의 소유주는 헨리 쿡이라는 사람이었고. 늙은 군인이자 상인으로, 인도에서 복무했었지. 무더운 7월 밤에 체포된 건 그의 아들 로버트 쿡이었는데, 하인으로 데리고 있던 토머스 웨버, 일명 '꼬마 톰'을 살해한 혐의였어. 그는 즉시 재판에 넘겨졌고 유죄판결을 받았지."

"어떻게 죽였는데?" 내가 물었다. "그리고 왜?"

"왜? 그건 나도 몰라. 자세한 건 많이 못 찾았어. 어떻게? 그건 알지. 자기 아버지 사냥칼로 찔렀어. 기사에 따르면, 어느 날 늦은 저녁에 부엌에서 다툼이 시작됐대. 꼬마 톰은 거기서 처음 공격을 당했고 심각하게 다쳤지. 그러고선 끔찍한 추격전이 벌어졌어. 그 몸서리쳐지는 장면을 목격한 이가 한둘이 아니었대. 손님들, 하인들, 다른 가족들이 다 보고 있었지. 그러다 결국 꼬마 톰이 치명상을 입은 거야. 사방이 피였어. 관보는 여길 '공포의 집'이라 부르더라. 또 시작이지! 런던엔 공포의 집이 많아도 너무 많아. 언제 날 잡아서 목록을 만들까 봐."

나는 위를 올려다봤다. 천장은 석고틀로 찍어낸 소용돌이무늬로 장식돼 있었는데, 빡빡하니 얼키설키 서린 모양새가 골수를 떠올리게 했다. "피 묻은 발자국 얘기랑 상당히 일치하네." 내가 말했다.

록우드가 고개를 끄덕였다. "야경대 꼬마가 윈터가든한테 보고한 내용과도 그렇고. 추격전은 지하실 부엌에서 시작해 나선형 계단을 올라가며 계속됐어. 불쌍한 꼬마 톰은 아마도 다락에서 더는 갈 곳이 없어 죽임을 당했을 거야."

"살인자는 어떻게 됐어?" 내가 물었다. "교수형?"

"아니. 베슬렘 정신병원으로 보내졌어. 그가 미쳤단 걸 알게 됐다는, 뭐 그런 사연이지. 아무튼 그는 입원하고 얼마 안 돼 죽었어. 병원 부지를 걷다 관리자에게서 도망쳐 도로로 뛰어들었다 장의사 마차에 깔렸지."

록우드가 얼굴을 찡그렸다. "거참 우울하네."

"뭘 이 정도로 새삼스레."

저 밖, 광장 너머에서 해가 빠르게 지고 있었다. 시커먼 구름이 그 둘레를 에워싸고 가뜩이나 죽어가는 빛을 끝장내려 기를 썼다. 어마어마한 새 떼가 느릅나무 위를 선회하며 연기가 살아 굼실거리듯 소용돌이쳤다. 우린 차를 마저 마셨다.

"잘했어, 조지…." 록우드는 레이피어를 꺼내 의자에 기대놓고 있었다. 외투 목깃을 세웠고, 얼굴 대부분이 어둠에 잠겼다. 기다란 손가락이 테이블을 톡톡 두드리며 생각의 리듬을 표시했다. "자," 그가 잠시 뜸을 들인 뒤 말했다. "일을 해야지. 하지만 이 건은 좀 다르게 처리할 거야. 두 사람 모두 주의 깊게 들어주면 좋겠어. 보고가 사실이라면 이번 출몰은 복잡해. 일단 계단을 오르는 피 묻은 발자국이 있어. 다음으로 자기들만의 추격전에 갇힌 불가사의한 형상 둘이 있지. 야경대 아이들을 괴롭힌 극심한 공포심이 있고, 뭔가—이 출몰의 전부 혹은 일부—가 아이들한테 끔찍한 짓을 했다는 정황이 있어. 목격자 하나는 죽었고, 다른 하나는 미쳐버렸으니까." 그는 감자칩 봉지를 우그러트려 주머니에 넣었다. "사건 자체가 상당히 혼란스럽고, 어느 것 하나 소홀히 취급할 수 없어."

"다른 시기에 죽은 두 환영이 하나의 출몰로 현현하는 게 확실히 드문 일이긴 하지." 조지가 말했다. "거기서 커다란 의문들이 생겨. 두 놈 다 활성 상태의 영혼들인가. 아님 둘 중 하나는 다른 하나가 겪은 사건의 시각적 메아리로 소환돼 나온 것뿐인가. 전에 그런 걸 본 적 있거든. 데트포드의 그 고약한 사건 말야. 선원이랑 버마왕뱀이 얽힌. 거기선…."

록우드가 손을 들었다. "그 얘긴 우리도 알아, 조지. 오늘 밤 일에 집중해."

나는 조바심이 나서 내내 꼼지락거리는 중이었다. "네 주장만큼 혼란스러운 상황이 아닐 수도 있어. 쿡의 사악한 혼령이 이 모두를 주도하는 거지. 그렇다면 놈의 출처를 찾아 파괴하면 돼."

"맞아." 록우드가 말했다. "하지만 오늘 밤엔 아냐. 오늘은 관찰만 할 거야. 따로 개입은 안 해. 이 유령들은 특정한 경로를 따라 움직여.

지하에서 나타나 쏜살같이 계단을 오르고 꼭대기 층 어딘가에서 사라지지. 그 모두가 아주 순식간에 일어나. 그래서 우린 이렇게 한다. 쇠사슬 방어진을 세 개 설치해. 조지가 지하, 루시가 2층, 내가 꼭대기 층을 맡아. 그리고 기다려. 무슨 일이 벌어지는지 보는 거야. 그런 다음에 기록을 비교할게. 아니, 토 달지 마." 내가 뭔가 캐물을 기세로 입을 벌린 터였다. "이건 이틀 밤 동안 진행되는 작전이야. 홀리가 그러는데 로트웰에선 보통 이렇게들 한대."

"오, 어련하실까." 내가 말했다.

대화가 잠시 끊겼다. "발자국은 어쩌고?" 조지가 물었다.

"발자국은 계속 나타날 테니까 나중에 조사하면 돼. 우리가 주시해야 할 건 날랜 영혼 둘이야. 우릴 그냥 지나쳐 갈 것 같긴 한데, 만에 하나 접근하면 무조건 무기를 사용해. 이해했어?"

조지가 고개를 끄덕였다.

"루시?"

"그래, 그래, 물론이야. 알았다고."

"하나 더. 누가 됐든, 무슨 이유로든, 자기가 맡은 방어진을 떠나선 안 돼. 그리고 루시, 심령 교감은 어떤 식으로든 시도 안 했음 좋겠어. 저번 주에 네가 베일 쓴 여자 유령이랑 대화한 문제를 고민해 봤어. 맞아, 얻어낸 게 있긴 했지. 하지만 난 그 상황이 싫었어. 여기서 상대하고 있는 게 뭔지 우린 모르잖아. 놈이 아이를 죽였다는 건 확실히 알고."

"무슨 얘긴지 물론 이해해." 내가 말했다. "그렇게 할게."

"그래. 해골 챙겨 왔지? 좋아. 놈이 어떤 통찰을 주는지 보자고. 위험은 놈이 감수하게 해. 네가 아니라. 자, 이제 움직이는 게 좋겠어. 우리 중 누구라도 뭐든 잡아내겠지."

록우드가 벌떡 일어나 레이피어로 손을 뻗었다. 소풍은 끝났다.

* * *

한 시간 뒤, 햇빛이 완전히 소멸할 때쯤 우린 방어진 설치를 마쳤다. 나는 쇠사슬에 둘러싸인 채 2층 층계참에 서서 계단통을 마주 보고 있었다. 방어진 안에 가방을 놓고 당장 쓸 수 있게 소금탄도 몇 개 빼놨다. 내가 자리 잡은 곳은 유령들이 빙글빙글 계단을 오르는 중에 지나친다는 난간에서 다섯 걸음가량 떨어진 위치였다.

나는 쇠사슬 두 개를 뱀처럼 배배 꽈서 만드는 이중 방어진을 선택했다. 어떤 유령이든 돌파하기가 쉽지 않을 터였다. 그렇다고는 해도 예의 그 야경대 여자애가 충격으로 미쳐버렸단 사실을 생각하면, 쇠사슬 뒤에 서 있는 게 충분한 보호책이 될지 어떨지 솔직히 의문이었다. 어쨌든 우리도 그날 그 애가 본 걸 보게 될 터였으니까. 각자의 위치로 흩어지던 순간 다른 애들의 얼굴에서 봤던 긴장된 표정으로, 난 그들 역시 나와 같은 의문을 갖고 있다고 짐작했다. 하지만 우리 누구도 그걸 입 밖에 내지 않았다. 생각이 너무 많아서는 조사관으로 출세하기 힘들다. 생각이 무진장 많고 조사관으로 출세 못 하는 조지가 그걸 증명하고.

나는 방어진 바로 밖에다 유령단지를 아무렇게나 던져둔 터였다. 단지는 시큰둥한 녹색 빛으로 반짝이고 있었으나 얼굴은 안 보였다. 하지만 유령은 거기 있었다.

해골이 고맙다는 듯 길게 휘파람을 불었다. "멋진 패대기야." 놈이 속삭였다. "이쯤이야 얼마든지 익숙해질 수 있지. 그건 그렇고… 록우드 말야. 좀 전에 그 자식이 널 나무라는 소리가 들리던데."

"나무란 거 아니거든." 나는 난간 너머 계단통을 내다봤다. 우리는 벽 조명을 끄는 대신 계단에 콧불*을 켜기로 했다. 계단 세 칸마다 조그만 양초가 하나씩 놓여 있었다. 길이는 제각각이었다. 불을 밝힌 양초들은 별도의 장치 없이 맨몸으로 서 있었다. 그래야 곁을 스치는 모든 것에 고스란히 반응할 수 있었다. 따뜻하고 둥근 빛들이 어둠 속에서 서로 맞물리고 겹쳤다. 커다란 거품 방울들이 순간에 갇혀 계단을 타고 소용돌이치는 것 같았다. 꽤 예뻤다. 예쁘면서 불길했다.

"그 자식 말대로 할 거야?" 해골이 물었다. "나라면 그 자식 말대로 안 해. 네가 사람 잡는 유령이랑 심령 교감을 하고 싶다는데, 안 될 게 뭐야? 그러니까, 밀어붙여!"

"너 지금 그건 너무 대놓고 함정이잖아. 그런 멍청한 짓 따위 난 안 해." 저 아래 지하실에서 어렴풋하고 붉은 기운이 도는 조지의 등불이 보였다. 나처럼 녀석도 빛이 거의 안 보이게 밝기를 낮춰뒀다. 스위치만 누르면 눈 깜짝할 새에 덮개가 열리며 빛이 최대로 쏟아질 것이다. 두 층 위 어딘가에 있는 록우드도 비슷하게 맞춰뒀을 테고. 나는 그가 저 위, 저 어둠 속에 경계 태세로 서서 지켜보는 모습을 상상했다. 가슴이 찌르르 저렸다. 기쁘면서 고통스러웠다. 저놈의 바보 같은 샌드위치에 체해버린 모양이었다. "자," 다시 단지를 보며 말했다. "내가 널 여기 괜히 데려온 게 아니겠지. 뭐가 느껴져? 뭐 좀 있어?"

"그 자식이 네 말을 더는 안 듣는 것 같아." 목소리는 끈질겼다. "홀리한테 정신이 팔린 거야…. 오, 아니라고 하진 마! 난 사악한 거지, 당장 코앞에서 무슨 일이 벌어지는지도 못 보는 건 아니니까."

"넌 코가 없거든." 나는 뒷걸음질해 방어진 쇠사슬을 넘었다. "계단 얘기나 해봐!"

"음…. 여기서 안 좋은 일들이 있었어."

"고마운데 그 얘긴 나도 할 수 있답니다."

"정말? 그럼 사방에 낭자한 피도 보이는 거야? 비명도 들리고?"

"아니."

"멍청이 같으니. 네 감각은 네가 자신하는 만큼 그리 대단치 않아. 가령 록우드 생각에 너무 빠지면 뒤에서 슬금슬금 뭔가가 다가오는 것도 모르잖아…. 지금처럼!"

마룻널이 끼이익 소리를 냈다. 나는 비명을 지르며 몸을 돌렸다. 내가 미처 반응하기도 전에 손전등이 딸깍 켜지고 눈에 익은 안경과 얼굴이 어둠을 가르고 나왔다. "조지!"

"괜찮아, 루스."

"뭐 하는 거야. 방어진에 있지 않고? 돌아가!"

그가 어깨를 으쓱했다. "뭐, 지금 당장 뭐가 나오는 것도 아니잖아. 안 그래? 몇 시간은 더 있어야 할지도 몰라. 껌 가진 거 있어?"

"없어! 네 위치로 돌아가. 이걸 록우드가 봤다간…."

"진정해. 당분간은 안전해. 껌 가진 게 있다고 했나?"

"아니. 응…. 어딘가에. 여기, 받아." 나는 껌이 든 통을 찾아 조지에게 건넸다. "그 아래는 괜찮아?"

"버티는 거지 뭐." 조지가 껌 포장지를 만지작거리는데 손이 벌벌 떨렸다. "바닥 타일에 냉기를 뿜는 웅덩이가 있어. 야경대 남자애가 떨어진 자리 말야. 입에선 점점 웃기는 맛이 나고. 독기*가 시작되는 거지." 그가 내 손에 껌 통을 쥐여주고 몸을 떨었다. "자, 이걸 가지고 있는 게 좋을 거야. 난 내려가 볼게."

"루시! 조지!" 계단통에서 록우드의 목소리가 메아리쳐 내려왔다. "다들 별일 없어?"

"응!"

"좋아. 위치 유지해! 기운이 바뀌기 시작하는 것 같아."

조지가 얼굴을 찡그리며 손을 흔들었다. 잠시 뒤 녀석은 계단을 달려 내려가는 통통한 그림자가 돼선 촛불들이 몸살하게 만들었다. 이내 빛 방울이 안정을 찾으며 평온한 소용돌이로 되돌아갔다. 나는 방어진에 책상다리를 하고 앉아 어둠을 주시하며 일이 벌어지길 기다렸다.

나는 깜짝 놀라 고개를 들었다. 눈에 안 보이는 곤충들, 작고 수없이 많은 것들이 종종대기라도 하는 양 살갗이 차고 메스껍게 스멀거렸다. 목이 저렸다. 상당한 시간이 흘렀다는 게 절실히 느껴졌다. 그 사이 내 마음은 해이해지고, 의식은 저 멀리 어딘가에 가 있었다. 그러다 정신이 번쩍 들었다. 몇 시지? 시계를 확인했다. 믿음직하고 든든한 야광 바늘이 12시 15분을 가리켰다. 자정이 지났다!

나는 목을 가다듬고, 기지개를 켜고, 주위를 둘러봤다. 저택은 조용했다. 계단에서 빛나는 촛불은 전과 다를 바 없었지만, 빛의 둥근 형체가 쪼그라든 것 같기도 했다. 눈에 안 보이는 압력에 눌리기라도 하는 듯이. 나는 유령단지를 살폈다. 더는 빛나지 않았고 와인처럼 거무스름한 광이 나면서 잠잠했다. 근데 유리 표면에서 반짝이는 저건 뭐지?

성에였다. 나는 쇠사슬 너머로 손을 뻗었다. 그리고 후다닥 뒤로 뺐다. 얼음물 욕조에 손이라도 넣은 듯했다.

나는 뻣뻣한 몸으로 자리에서 일어났다. 입에서 불쾌한 맛이 났다. 몹쓸 걸 삼키고 뒷맛을 떨치지 못하는 기분이었다. 껌을 찾아 포장지를 벗기고 신경질적으로 씹기 시작했다. 신경질적, 그랬다. 모든 게 가시 돋치고 날이 선 느낌이었다. 심령 신경이 자꾸만 곤두섰다.

실제 출몰은 아직 시작되지 않았지만, 출몰로 가는 그 과정이 사람을 정말 괴롭게 했다. 우리가 알고 있다는 게 문제였다. 어떤 사악한 사건, 그 집의 성격을 왜곡시킨 뭔가가 재현되는 현장으로 끌려가는 중이란 걸. 모든 게 뒤로 움직이고, 과거가 미래를 압도했다. 조지는 그걸 '시간 멀미'라 불렀다. 출몰로 가는 과정이 그토록 부자연스럽고 근본부터 '잘못된' 듯 느껴지는 것도 다 그 때문이라고 봤다.

"양초를 주시해." 귓가에서 해골 목소리가 들렸다. "촛불을 주시하라고."

아니나 다를까, 촛불들이 까딱거리며 미세한 공기 변화에 반응했다. 팔에 소름이 돋고 숨이 막혔다. 귀가 아팠다. 엘리베이터를 타고 너무 깊이, 너무 빨리 내려가는 것처럼. 나는 눈을 감고 귀를 기울였다. 어디선가 산 자가 고통에 차 내지르는 비명이 들렸다.

나는 눈을 떴다. "조지?"

어마어마한 쾅 소리. 나는 기겁해 펄쩍 뛰었다. 계단으로 메아리쳐 올라오던 소음을 어둠이 집어삼켰다. 아래서, 지하실에서 난 소리란 걸 나는 알았다. 촛불의 아우라는 잠잠해져 있었다. 시력 없는 눈동자의 홍채처럼 반짝였다.

"조지?"

답이 없었다. 나는 욕을 뱉으며 레이피어를 빼 들고 쇠사슬을 넘어 꽁꽁 얼게 추운 어둠으로 들어섰다. 난간으로 건너가 밑을 내려다봤다.

두 층 아래서 뭔가가 계단을 올라오고 있었다. 디딤널에 검은 얼룩들이 나타났다. 그 주인이 누군지는 안 보였으나 천천히 움직이며 가는 곳마다 얼룩을 남기고 지나는 곳마다 촛불을 꺼트렸다.

지하실은 컴컴했다. 조지의 조명에서 나오는 붉은 빛이 없단 얘기였다. 나는 난간을 부둥켜 잡고 최대한 멀리 고개를 빼….

지하실 계단에 마지막 남은 촛불이 꺼졌다. 로비 마룻널에 축축하고 어슴푸레한 빛이 나타났다. 지금 저 탁한 건 몸을 지탱하려 난간을 잡은 손인가…?

아니. '두' 손이다. 한 손, 그리고 그 앞에 한 손. 그리고 이제 앞의 손이, 다음으로 뒤의 손이 갑작스레 스르르 전진하고, 속도를 올리고, 계단을 따라 돌아서 내게 향했다.

"루시…." 단지 속 목소리였다. "냉큼 이리로 오겠어. 내가 너라면."

나는 여전히 난간에 들러붙어 있었다. 난간이 어찌나 차가운지 장갑을 끼고도 살이 아렸다. 움직일 생각을 하기가 보통 어려운 게 아니었다. 팔다리가 천근만근이고, 내 몸이 내 몸이 아닌 것 같았다.

계단을 질주하는 흐린 형체 둘이 어둠을 망토처럼 달고 올라왔다. 그들이 지나는 곳마다 정말 눈 깜짝할 새도 없이 초가 꺼졌다.

"홀리 같았으면 안전한 곳으로 후퇴할 정도의 분별은 있었을 텐데." 해골이 말했다.

뭔가가 따끔하게 속을 쑤셨다. 분노가 유령굴레*를 갈랐다. 나는 난간을 밀어버리고 층계참 건너로 몸을 날렸다. 쇠사슬에 걸려 방어진 가방 위로 고꾸라지는 순간, 두 형상이 쓱 지나갔다.

그들은 완전한 침묵 속에서 움직였고, 몸에선 파리한 다른빛이 가닥가닥 흘러나와 소용돌이쳤다. 앞서가는 형상은 너무도 작고 가녀린, 흐릿한 어린애 모양이었다. 몸통이 어찌나 가늘던지. 그 연약한 어깨는 또 어떻고! 아주 자세한 부분까진 안 보였다. 촛불처럼 하늘거리고, 그나마도 하체는 점점 가늘어지다 없어졌다. 형상은 푹 숙인 고

152

개를 필사적으로 주억거렸고, 조그만 손이 난간을 짚으며 뒤따랐다.

그리고 이제, 그 뒤의 어둠에서… 두 번째 형상이 빠져나왔다. 앞선 형상과 마찬가지로 빛이 났다. 같은 옷감으로 만들어지기라도 한 것 같았다. 하지만 놈은 더 큰, 훨씬 크고 건장한 성인의 형상으로, 주변을 아른거리는 다른빛 또한 더 어둑했다. 역시나 자세한 생김새는 감지되지 않았다. 한껏 내뻗은 거대한 팔과 앞뒤로 흔들리는 커다란 머리만 느껴질 뿐.

스쳐 지나간 아이의 형상이 위층 계단으로 후다닥 올라가고, 추격자가 간발의 차로 뒤따랐으며, 둘이 함께 3층을 향해 갔다. 머리 위에서 촛불들이 나갔다. 순식간이었다. 형상들 뒤를 냉기가 따라다녔다. 어떤 소리도 함께. 정체된 공기를 슙, 하고 옅게 빨아들이는 것 같은 소리였다. 그들은 사라졌다. 나는 기다렸다. 무릎을 꿇고 웅크려 이를 악물어 가며, 잇몸을 있는 대로 드러내며 버텼다. 냉각*이 계속됐고, 다음 순간 저택 높은 곳에서 무시무시한 최후의 비명이 들렸다. 내 눈앞으로 뭔가가 떨어졌다. 나는 부피감을 느꼈고, 난간 너머에서 휙 하고 공기가 밀리는 소리를 들었고, 바짝 긴장했고, 기다렸다…. 하지만 아래서 들리는 충돌음은 없었다.

나는 그제야 봤다. 쇠사슬 너머 마룻널에 널린 검고 축축한 흔적들을. 피투성이로 달리는 발이 엉망으로 남긴 자국들을.

나는 거기 그대로 있었다. 웅크린 채 발자국들을 응시하며. 일이 분쯤 뒤, 온도가 오르기 시작하면서 방어진으로 연기와 촛농 냄새가 솔솔 풍겨오고, 저 위에서 현현이 끝났다고 외치는 록우드의 차분한 목소리가 들렸다.

11

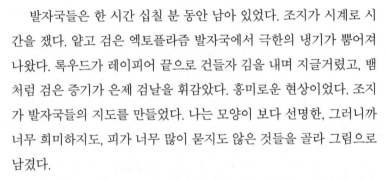

발자국들은 한 시간 십칠 분 동안 남아 있었다. 조지가 시계로 시간을 쟀다. 얇고 검은 엑토플라즘 발자국에서 극한의 냉기가 뿜어져 나왔다. 록우드가 레이피어 끝으로 건들자 김을 내며 지글거렸고, 뱀처럼 검은 증기가 은제 검날을 휘감았다. 흥미로운 현상이었다. 조지가 발자국들의 지도를 만들었다. 나는 모양이 보다 선명한, 그러니까 너무 희미하지도, 피가 너무 많이 묻지도 않은 것들을 골라 그림으로 남겼다.

"발이 작은걸." 록우드가 말했다. "어린애 발처럼 조그맣진 않아도 꽤나 가늘어. 꼬마 톰의 발자국일 거야. 로버트 쿡이 아니라."

"크기를 측정하긴 해야겠다, 진짜." 내가 말했다. "가까이 가고 싶진 않지만."

"좋은 지적이야, 루스." 록우드는 장갑을 끼고 가방에서 암청색 스카프를 꺼낸 터였다. 계단의 추위 앞에서 그가 할 수 있는 최대한의 양보였다. "비교해 볼 수 있겠어…. 우리 중에 누구 발이 가장 작지?"

"홀리." 조지가 고개를 들지도 않고 말했다. "당연하잖아."

나는 이를 악물고 대꾸했다. "홀리는 지금 여기 있지도 않은데."

록우드가 고개를 끄덕였다. "네 말이 맞아, 조지. 발이 정말 작긴 해. 그치? 저거랑 비슷한 크기일 거라 장담해. 내일 홀리의 발을 재봐야겠어."

"그럴게."

"그보다 중요한 건," 내가 쏘아붙였다. "이 모든 것의 출처가 어디 있느냐는 거지. 꼬마 톰이 어디서 죽었다고 봐야 할까?"

보통의 경우 출처를 찾기에 최적의 장소는 사망자의 숨이 끊어진 지점 근처지만, 바로 그 점에서 이번 현현은 호락호락하지 않았다. 우리의 감시조차 별 도움이 안 됐다. 하인은 지하실에서 처음 칼에 찔렸고, 출몰이 거기서 '시작'되는 것도 분명했다. 느닷없이 터져 나오는 흉포한 기운에 방어진 안 조지가 나동그라졌고, 조명등은 벽에 부딪혀 깨졌다. 나와 달리 그는 두 형상을 못 봤다. 꼭대기에서 기다리던 록우드는 스치듯 짧게 봤다. 다락에 도달한 형상들은─빠르게 움직이다─한 덩어리가 되는 듯했다. 다음 순간 귀청이 째질 듯한 비명이 이어졌고, 그걸로 끝이었다. 하지만 나는 뭔가가 허공을 가르며 추락하는 소릴 들었다.

"루시 추측대로," 조지가 말했다. "쿡이 톰을 민 거면, 지하실 바닥에 충돌했을 때 죽었을 거야."

"앞서 입은 자상으로 이미 숨을 거둔 게 아니라면 말이지." 내가 덧붙였다. "딱한 사람 같으니."

"그러니까 출처는 꼭대기 아님 지하에 있겠네." 록우드가 말했다. "내일 살펴보자. 그리고 그 '딱한 사람' 타령 좀 그만하지. 부탁할게, 루시. 살아생전 모습이 어땠든 톰의 유령은 이 위험천만한 출몰의 일부야. 야경대 꼬마들이 당한 일을 생각하라고."

"생각하고 있거든." 내가 말했다. "거기다 하나 더 생각 중인 건, 록우드, 아이를 뒤쫓는 끔찍한 괴물이야. 쿡의 유령 말야. 그 악마가 이 모두를 주도하는 거야. 우리가 처리해야 할 건 놈이라고."

록우드는 고개를 가로저었다. "사실 둘 중 어느 쪽이 진짜 문제인지 우린 몰라. 방문자는 누구든 조심해야 한다고. 유령이 우호적인지, 필요에 굶주렸는지, 아님 그저 누가 토닥토닥 해주길 바랄 뿐인지 난 관심 없어. 우린 놈들과 안전한 거리를 유지해야 해. 대형 대행사들 모두가 그 원칙을 고수한다고 홀리가 그랬어."

나는 화를 내려던 게 아니었다. 기본적으론 그의 말이 옳다는 걸 나도 알고 있었다. 하지만 그땐 감정이 격해진 상태였다. 기나긴 밤을 보낸 뒤였고, 포틀랜드 로에서의 며칠 또한 길었다. "남의 수발을 들던 아이의 유령이잖아. 죽음으로 내쫓기는 남자애라고!" 내가 큰소리로 쏴붙였다. "난 그 애가 지나가는 걸 봤어. 살려고 도망치는 걸 봤어. 내 말에 그렇게 어깨 으쓱거리지 마! 아이는 너무도 절박했어. 그 마음을 헤아려줘야지."

실수였다. 나는 대번에 알았다.

록우드의 눈에서 빛이 나갔다. 목소리가 싸늘했다. "루시, 난 놈들의 마음 따위 헤아리지 않아."

그러니까, 까놓고 얘기해서 록우드의 그 말은 일종의 대화 살인마였다. 말다툼은 거기서 끝났다. 왜냐하면, 우리 집 층계참의 닫힌 문처럼, 우리 대장이 과거에 겪은 일은 무시도 감당도 불가능하기 때문이었다. 그의 누나가 유령접촉으로 죽었다. 다른 사람도 아니고 누나가. 일단 그 얘기가 나오면 사실 더는 할 말이 없었다. 그래서 나는 순종적으로 입을 다물고 녀석들과 함께 시간을 보냈다. 마침내 새벽 1시 34분(조지가 시간을 확인했다.)경에 플라스마 발자국이 희미해지고, 은은하게 빛나고, 완전히 사라질 때까지. 그쯤에서 사라지다니, 발자국들은 옳은 판단을 했다. 우리도 얼른 그렇게 했고.

홀리 먼로가 샌드위치 장인에다 발까지 작다지만, 결국엔 책상 앞에서 일하는 사무직이란 사실이 그나마 내겐 위안이 됐다. 그녀는 레이피어를 휴대하지 않았다. 내가 하는 일도 하지 않았다. 밤에 밖으로 나가 목숨을 걸고 런던을 구하는 일 말이다. 그걸 깨달은 덕분에 집에 갔을 때 그녀가 내 방에 들어왔고, 느닷없고 기운찬 오지랖으로 내 옷을 죄다 정리했단 사실을 알고도 정신을 부여잡을 수 있었다.

다음 날 아침에 그 문제를 짚고 넘어갈(우리가 늘 그렇듯 차분하고 정중하게) 생각이었으나 깜빡하고 말았다. 자고 일어나 보니 다른 일들로 분위기가 어수선했다.

내가 부엌에 갔을 땐 록우드와 조지가 식탁을, 그게 어여쁜 새 조수라도 되는 양 둘러싸고 옹기종기 앉아 〈타임스〉를 읽고 있었다. 홀리 먼로는 체리빨강색 치마와 각 잡힌 흰색 블라우스를 발랄하고도 완벽하게 차려입고선 부엌문 뒤의 소금 통으로 뭔가를 하고 있었다. 우리가 거기다 엉망진창으로 처박아 놓는 가루 주머니와 산탄통을 대체하려 그녀가 갖다둔 거였다. 나는 안으로 들어서면서 그녀의 치마를 눈으로 훑었다. 그녀는 내 늘어지고 낡은 잠옷을 훑었다. 조지와 록우드는 눈길을 들지 않았고, 내가 와 있다는 것도 몰랐다.

"별일 없어?" 내가 물었다.

"밤사이 첼시에서 문제가 있었대." 먼로가 말했다. "조사관 하나가 죽었어. 루시도 아는 사람."

가슴이 철렁했다. "뭐? 누구?"

록우드가 고개를 들었다. "킵스네 팀원. 네드 쇼."

"이런."

"잘 아는 사람이야?" 먼로가 물었다.

록우드는 다시 신문을 내려다봤다. 우린 네드 쇼를 싫어할 만큼은 잘 알았다. 가운데로 몰린 눈과 곱슬곱슬 부스스한 더벅머리도. 그는 성격 자체가 공격적이고 남을 괴롭히기 좋아했다. 서로를 향한 적개심으로 우리와 주먹다짐까지 했었다. 켄잘 그린 '묘지의 전투'에선 록우드 곁에 서서 싸웠지만. "별로." 록우드가 말했다. "그렇대도…."

"이런 일을 당하면 끔찍하지." 홀리가 말했다. "나도 로트웰에서 겪어봤거든. 그것도 여러 번. 사무실에서 매일 보던 사람들이었는데."

"그래." 나는 이리저리 몸을 빼 주전자 앞으로 갔다. 홀리까지 있는 부엌은 너무 좁았다. 돌아다니기 힘들었다. "어떻게 죽었대?"

록우드가 신문을 치웠다. "몰라. 기사 마지막에 짧게 언급됐을 뿐이야. 신문사에도 소식이 이제 막 전해진 것 같아. 다른 언론사도 다 비슷비슷하고. 첼시 사태가 악화되면서 이런저런 충돌이 이어지고 있어. 강제로 집을 비워야 하는 문제에 사람들이 가만있지 않는 거지. 거리의 경찰들은 이제 산 사람들을 상대해야 해. 죽은 자들이 아니라. 모든 게 엉망진창이야."

"적어도 우리 일은 순조롭게 진행되고 있으니까." 홀리 먼로가 말했다. "어젯밤에 아주 잘했다면서, 루시. 반드시 파괴돼야 할 무시무시한 유령 같더라. 통밀 와플 먹을래?"

"토스트면 돼. 고마워." '우리' 일이라니. 나는 의자를 뒤로 당겼다. 의자 다리가 리놀륨 바닥을 긁었다.

"꼭 한번 먹어봐." 록우드가 말했다. "맛있거든. 좋아. 오늘 계획은 이래. 우리 목표는 점심을 먹고 다 함께 하노버 스퀘어로 돌아가서 일몰 전에 출처를 찾아내는 거야. 의뢰인이 안달하고 있어. 믿을 수 없겠지만, 루스, 윈터가든이 벌써부터 전화를 해대는 중이야. 어찌나 상큼한 자기 스타일대로 '요청'하는지. 우리가 지금껏 새로 알아낸 걸 개인적으로 알려달라고 하더라고. 난 그녀가 묵는 호텔에 잠시 들러 보고해야 해. 그사이 조지, 넌 신문기록물보관소로 가서 꼬마 톰 살인사건을 좀 더 파봐. 찾아보면 나올 게 있을 것 같긴 해?"

조지는 아까부터 생각하는 식탁보에 사인펜으로 뭔가를 끄적거리고 있었는데, 이런 이름들이 적힌 목록이었다. 〈메이페어 버글〉, 〈퀸스 매거진〉, 〈콘힐 매거진〉, 〈시사평론〉…. "응." 그가 말했다. "빅토리아 후기엔 잡지가 정말 많았어. 거기 범죄 실화처럼 선정적인 내용도 꽤 실렸고. 꼬마 톰 얘기가 어딘가엔 분명히 있을 것 같아. 주어진 시간 내에 찾기가 쉽진 않겠지만. 사건의 실체를 보다 정확히 파악하고 출처를 찾는 데 도움이 되겠지." 그가 사인펜을 던지듯 내려놨다. "좀 이따 출발할게."

"오늘 아침에 철이랑 소금이 엄청 들어올 거야." 홀리 먼로가 말했다. "배달이 제대로 되는지 보고, 작업 가방들은 이른 오후까지 준비해 둘게. 양초를 더 챙겨 가야지."

"훌륭해." 록우드가 말했다. "원한다면 홀리를 도와줘도 좋아, 루시."

"오, 루시는 안 그러고 싶을걸." 홀리가 말했다. "루시한텐 뭔가 더 중요한 일이 있을 테니까."

록우드가 와플을 씹었다. "아닐 것 같은데."

주전자에서 물이 끓었다.

"사실," 내가 명랑히 말했다. "일이 있긴 해. 아무래도 내가 기록물보관소에 가는 게 더 유용할 듯해. 조지를 도와서."

조지와 내가 낮 시간에 함께 외출하는 일은 별로 없었고(실제로 나는 그림자나 유령, 인공조명에 둘러싸여 있지 않은 그가 어떻게 생겼는지 까먹다시피 했다.), 내가 국립신문기록물보관소에서 그를 돕겠다고 자발적으로 나서는 일 또한 손으로 꼽기도 민망할 만큼 적었다. 내 결정에 놀랐을 조지는 그러나 아무 내색도 하지 않았다. 몇 분 뒤, 그는 내 곁에서 차분히 런던 거리를 걷고 있었다.

우리는 마릴본에서 리젠트 스트리트로 이어지겠다 싶은 길들을 골라 남쪽으로 걸었다. 첼시 봉쇄 구역은 2, 3킬로 정도 떨어져 있었지만 대규모 창궐의 여파가 고스란히 느껴졌다. 공기 중에 탄내가 섞여 있고, 도시는 평소보다 조용했다. 4시 반이면 문을 닫는 다른 상업 시설들처럼 마릴본 하이 스트리트의 카페와 식당도 점심때만 붐빌 뿐이었다. 오늘 매장들 내부는 대개가 잿빛에 휑하고, 쓸쓸해 보이는 웨이터들이 테이블에 일 없이 앉아 있었다. 보도엔 수거 안 된 쓰레기 봉지들이 놓여 있었다. 여기저기서 쓰레기가 바람에 나뒹굴었다. 우리는 노란색과 검은색으로 된 DEPRAC 통제선이 건물 입구를 막고, 창문에 유령가위표가 그려진 광경을 한 번 이상 목격했는데, 이는 출몰이 현재 진행 중이나 작업에 착수한 대행사가 아직 없다는 뜻이었다. 모두가 다른 곳에서 바빴다.

웜폴 스트리트의 추레한 영성주의 교회 건물 밖에서 실랑이가 벌어지고 있었다. 검은 옷을 입고 안에서 예배를 보던 광신도 집단* 교도들이 교회 계단에 라벤더를 뿌리려던 '지역보호연맹' 사람과 드잡이하는 중이었다. 머리가 희끗하고 점잖아 보이는 중년 남녀가 서로에게 고래고래 고함을 지르면서 멱살을 잡고 팔을 비틀었다. 조지와 내가 가까워 오자 서로에게서 떨어져 숨을 헐떡이며 가만히 서 있었다. 우리가 지나가자 다시 엉겨 붙어 싸우기 시작했다.

그들은 그냥 어른일 뿐이었다. 아무것도 모르기는 매한가지였다. 밤이 내리면 옥신각신하기를 멈추고 사이좋게 집으로 종종대며 돌아가 문에 빗장을 걸었다.

"이 도시는," 조지가 말했다. "난국으로 치닫고 있어. 그렇게 생각 안 해?"

처음 몇 블록을 걷는 동안 우린 서로 말이 없었다. 내가 그럴 기분이 아니었다. 하지만 바깥바람과 걷기 운동이 우울함을 일부나마 앗아갔다. 나는 뒤꿈치로 보도를 쿵쿵거렸다. "난 그게 뭔 소린지도 모르겠는데."

"다들 정신이 나가고 있단 얘기야. 정작 중요한 질문은 하는 사람이 없고."

우리는 길 양옆으로 중고 철제품과 은을 파는 상점들, 손금쟁이와 점쟁이 부스들이 몇 킬로는 족히 되게 늘어선 옥스퍼드 스트리트를 지그재그로 내려갔다. 옥스퍼드 서커스에서 길을 건너 리젠트 스트리트로 걷기 시작했다. 기록물보관소도 이제 금방이었다.

"네가 따라나선 이유를 알아." 조지가 불쑥 말했다. "내가 모른다곤 생각 마."

통밀 와플을 두고 음울한 생각을 하는 중이던 나는 예상치 못한 말에 속이 울렁거렸다. "거기 꼭 이유가 있어야 돼?"

"글쎄, 나랑 같이 있단 설렘이 널 여기 데려온 것 같진 않은데." 그가 나를 힐끗 쳐다봤다. "아냐?"

"난 너랑 있는 거 좋아해, 조지. 중독성이 엄청나다고."

"그건 인정. 하지만 아니, 정말 훤히 보이거든." 그가 말했다. "네가 무슨 생각을 하는지. 근데 조심 좀 해야 할 거야. 록우드가 못마땅해해."

우리는 리젠트 스트리트의 옷 가게들을 보호하는 '도랑'의 흐르는 물*을 나란히 건넜다. 리젠트 스트리트는 런던에서 가장 안전한 구역으로 꼽혔고, 이제 거리는 한층 더 붐볐다. "뭐, 그렇다니 유감이네." 내가 말했다. "하지만 록우드는 기분 나빠할 거 없다고 생각해. 자기가 잘못한 거잖아. 내가 원해서 이리된 거 아냐."

"뭐, 록우드도 이리될 줄은 몰랐지."

"모르긴 뭘 몰라. 록우드가 그 앨 고용했는데. 아냐?"

조지가 나를 빤히 쳐다봤다. 안경 너머 두 눈이 안 보였다. "난 네가 그 유령, 꼬마 톰한테 푹 빠진 얘길 하는 건데. 넌 무슨 얘길 하는 거야?"

"아, 그래. 그래, 그 얘기 하는 거야. 너랑 같이 온 게 그래서라고. 그 사연이 궁금해서."

"그렇군…." 우리는 침묵하며 몇 미터를 더 걸었다. 바로 앞에 로트웰 건물이 있었다. 엄청난 덩치가 플라스틱과 유리로 반짝였다. 출입구 위 기둥에 로트웰 대행사의 상징인 붉은 사자가 뒷발로 서 있었다. "그래서 너랑 홀리는 어떤데?" 조지가 물었다.

"난… 적응하는 중이야." 내가 말했다. "천천히. 너흰 좋아 죽는 모양이지만."

"음, 홀리는 우릴 더 효율적으로 만들어줘. 그건 분명 좋은 일이고. 그 애가 하는 모든 게 다 옳단 건 아냐. 저번엔 생각하는 식탁보를 없애려다 나한테 딱 걸렸다니까. 거기 적힌 낙서 때문에 우리 부엌이 꼭 누군가의 머릿속처럼 보인대. 뭐, 그렇긴 하지. 하지만 그래서 좋은 거잖아."

"그렇다니까. 내가 힘든 게 그거라고. 하라는 것도, 하지 말라는 것도 너무 많아. 게다가 그 앨 가만히 보고 있으면 뭐랄까…. 거기 딱 맞는 표현이 있었는데."

"있지." 조지가 신이 나서 말했다. "'화사하다'. 아님 '광이 난다'를 생각한 거야?"

"음, 아니…. 딱히 그런 건 아니고. 내가 생각했던 건 뭐랄까, 좀 더… '자기 관리가 과하다'에 가까워."

조지가 콧등의 안경을 밀어 올리고 나를 힐끗거렸다. "'머리빗'이 뭔지 정도는 아는 사람이긴 하지, 확실히."

"내 머리 보고 그러는 거야? 방금 그거 무슨 말인데?"

"전혀! 아무 말 아니거든. 절대 아니지. 아…." 조지가 어색한 발버둥을 뚝 그치곤 뭔가 더 심오한, 넋 빠지게 불편한 기색을 비쳤다. "고개 숙여, 루스…. 보지 마."

우리 바로 앞, 로트웰 건물 밖에 퀼 킵스가 서 있었다. 그의 측근인 캣 고드윈, 보비 버넌과 함께.

대낮의 킵스는 평소보다 가냘파 보였다. 언제나처럼 현란하게 차려입었지만, 얼굴은 잿빛에다 턱에는 붉은색 수염이 까칠하게 자라 있었다. 소매에 꽉 끼는 검은 띠를 두르고 겨드랑이엔 두꺼운 서류 뭉치를 꼈다. 그가 이미 우릴 봐버린 뒤였다. 젠장맞을 상황이었다. 기회만 됐다면 우린 길을 건너든 뭐든 했을 터였다.

우리는 그들에게 다가가 섰다. 버넌은 눈에 띄게 작고 말랐다. 누군가가 평균 크기의 조사관을 깎고 남은 부스러기를 모아 만든 것처럼 생겼다. 나처럼 '듣는 자'인 고드윈은 땅에 내린 서리처럼 차갑고 발밑처럼 딱딱했다. 그들이 우리에게 고개를 끄덕였다. 우리도 그들에게 고개를 끄덕였다. 정적이 흘렀다. 언제나처럼 서로에게 악담과 싸구려 논평들을 해대고 있는 것 같았다. 다만 이번엔 조용히. 시간을 아끼는 차원에서.

"네드 쇼 소식은 들었어요. 유감이에요." 내가 마침내 입을 열었다.

킵스가 나를 빤히 봤다. "그래? 넌 늘 녀석이 못마땅했잖아."

"네. 그래도요. 못마땅하다고 죽길 바라진 않죠."

킵스의 말쑥한 은색 재킷 아래서 좁은 어깨가 하늘 높은 줄 모르고 으쓱거렸다. "아니라고? 그럴 수도. 나야 모르지." 킵스는 우리랑 얘기할 때면 종종 까칠함을 주체 못 하는 사람처럼 보였다. 이날 그의 적개심은 무조건적이란 느낌도 개인적이란 느낌도 덜했지만, 그럼에도 훨씬 깊어 보였다.

나는 대답하지 않았다. 조지가 뭐라 말하려 입을 열었다가 마음을 고쳐먹었다. 캣 고드윈이 자기 시계를 확인하고 거리 아래쪽으로 눈길을 던졌다. 누군가를 기다리는 것처럼.

"어떻게 된 일이야?" 내가 마침내 입을 열었다.

"전형적인 DEPRAC식 실패였지." 보비 버넌이 말했다.

킵스가 창백한 손으로 뒷덜미를 문질렀다. 한숨을 쉬었다. "월폴 스트리트에 있는 건물이었어. 개방형 사무실이었지. 우린 여기저기 다니며 심령 판독을 하는 중이었어. 위층엔 텐디네 녀석들이 몇 있었고. 근데 그 빌어먹을 멍청이들이 요괴를 건드려선 중앙 계단을 따라 우리 층까지 몰고 내려온 거야. 요괴가 곧장 통과한 벽 너머에 쇼가 있었고, 우리가 어찌 손써 볼 겨를도 없이 놈이 쇼의 머리를 껴안아 버리더군."

캣 고드윈이 고개를 끄덕였다. "가망이 없었어."

"정말 안타깝게 됐다." 내가 말했다.

"그래, 뭐. 또 일어날 일이야." 킵스가 말했다. "우리한텐 아닐지 몰라도 다른 누군가에게." 그의 눈가는 늘 붉었다. 이날은 평소보다도 더 붉은 것 같았다. "우린 오늘 밤에도 긴급 동원이야. 반스는 우릴 데려다 춤추는 곰 떼거지처럼 굴려. 첼시 사태는 그냥 미쳤어. 아무 체계가 없어. 아니, 있다 한들 내 눈엔 안 보여."

"체계가 없을 수 없죠." 조지가 말했다. "'뭔가'가 그 동네 유령들을 깨우고 있어요. 일정한 패턴이 있을 거예요. 어디서 찾아야 할지 몰라서 그렇지."

캣 고드윈이 얼굴을 찡그렸다. "그래? DEPRAC에서 가장 뛰어나단 사람들도 아직껏 못 찾고 있단다, 커빈스."

"여기서 열린 회의에 갔다 나오는 길이야." 킵스가 말했다. "짐작조차 하는 사람이 없어. 가장 많이 나오는 의견이란 게, 대행사들이 특별 퍼레이드를 해서 아무 문제도 없다고 대중을 안심시키잔 거야. 도대체 말이 돼? 수천 명이 대피했고, 유령들이 난리를 치고, 런던에선 폭동이 일어나는데, 저들은 '거리 축제'를 계획하고 있다고. 세상이 미쳐 돌아가고 있어."

그는 퍼레이드를 제안한 게 우리라도 되는 양 눈을 부라리고는 과장된 몸짓으로 종이 뭉치를 내보였다. "아, 그리고 이거 보여? 지난 몇 주 동안 서로 다른 팀들이 올린 사건 보고서 전체를 복사한 거야. 환영, 깜빡이, 냉점, 없는 게 없어. 사건이 수백 갠데 아무리 봐도 패턴이 안 나와. 팀장 모두가 이걸 읽고 의견을 내야 해. 나한테 그럴 시간이 어디 있다고! 장례식에 가야 하는데." 넌더리가 난다는 듯 그가 종이 뭉치로 자기 주먹을 때렸다. "이건 쓰레기통에나 처박는 게 낫겠어."

우린 어색하게 서 있었다. 나는 할 말을 찾을 수 없었다.

"괜찮으면 나한테 줘도 돼요." 조지가 말했다. "나라면 재미있을 것 같은데."

"너한테 줘?" 킵스의 짧은 웃음소리에 장난기는 없었다. "내가 왜 그래야 하지? 넌 날 싫어하잖아."

조지가 코웃음을 쳤다. "뭐야, 내가 키스라도 날려줘야 하는 거예요? 내가 그쪽을 좋아하고 말고가 무슨 상관인데요? 여기서 사람들이 죽어나가고 있어요. 그 보고서로 내가 뭐든 해볼 수 있을지 모르죠. 모두에게 이익이 되는 방향으로. 직접 읽고 싶으면 그렇게 해요. 그게 아니면 이리 내든가. 멍청한 쓰레기통에 처박지만 말라고요." 그가 발을 쿵쿵 굴렀다. 얼굴을 붉히고 눈을 부라렸다.

킵스와 동료들이 조지에게 눈을 끔뻑거렸다. 살짝 당황한 모양이었다. 나도 좀 그랬다. 킵스가 나를 봤다. 다음 순간, 어깨를 으쓱하고는 종이 뭉치를 조지에게 던졌다. "얘기했다시피, 난 그게 필요 없어. 다른 할 일이 있거든. 거리 축제에서 얼굴을 볼지도 모르겠군. 록우드 심령 회사도 초대된다면. 그럴 리 없단 생각이 강하게 들지만." 그는 대충 손을 흔들어 보였고, 피츠 조사관 셋은 그렇게 군중 속으로 사라졌다.

국립신문기록물보관소 건물에 유령이 출몰한다면, 놈을 처리하는 건 아주 골치 아픈 일이 될 터였다. 여섯 개의 거대한 층마다 2.5미터 높이의 책장과 선반들이 벌집처럼 박혀 있는 데다, 건물 자체는 웬만한 공장보다 크고, 가장 오래됐다는 튜더시대 가옥보다 복잡하고 미로 같았다. 그에 더해 온갖 종류의 학자들이 발에 채도록 많았다. 그들은 어둑하고 우묵한 곳에 웅크리고 앉아 오랜 문서들을 응시하며 난제의 역사를 파악하려 애쓰고 있었다. 역사는 기록물보관소의 존재 이유였다. 그곳 공기에서 역사의 냄새를 맡고, 내 숨결에서 역사를 맛볼 수 있었다. 백 년 묵은 잡지를 삼십 분 정도 넘기다 보면, 그게 손가락 끝에도 녹아드는 게 느껴졌다.

조지는 그걸 좋아했다. 보관소에 빠삭했다. 그는 나를 5층의 정기 간행물실로 데려가 소장 목록을 보여줬다. 가죽으로 장정된 거대한 책들에 그 층의 장서들이 요약돼 있었다. 수십 년 내에 발생한 사건들은 색인이 있어 모든 잡지에 포함된 얘기들의 교차 검색이 가능했다. 하지만 옛 사건의 경우엔 자기가 원하는 정기간행물을 지정해 해당 날짜를 선택하고, 끝도 없이 나오는 누런 책장들을 직접 훑어가며 기록을 찾아야 했다.

조지가 적어 온 잡지 목록으로 무장한 나는 의기양양하게 뛰어들어 1883년 여름판 〈콘힐 매거진〉과 〈메이페어 뉴스〉를 찾아내선 중앙 아트리움 위에 자리 잡은 독서 테이블로 갔다. 잡지를 훑으면서 하노버 스퀘어의 끔찍한 사건이 언급된 부분이 있는지 살피기 시작했다.

이내 콧속에서 퀴퀴한 잉크 냄새가 났다. 조그맣게 인쇄된 글자를 들여다보느라 눈이 아팠다. 더 나쁘게는 언뜻언뜻 보이는 쓸데없고 자잘한 내용들 때문에 골이 쑤셨다. 빅토리아시대의 논란들, 잊힌 사교계 여인들, 수염도 자신감도 넘치는 남자들이 신앙과 제국을 주제로 쓴 글. 한 세기 넘게 지난 시점은커녕 잡지에 게재되던 당시에 조차 따분하기 그지없었을 얘기들이었다. 그야말로 케케묵은 과거였다. 조지는 어쩜 이런 게 좋을 수 있지?

케케묵은 과거…. 록우드도 그렇게 말했었다. 겨우 육 년 전에 죽은 누나 얘길 하면서. 그 일에 대해 생각할수록 록우드의 누나가 여전히 현재에 존재함을, 그렇게 그의 모든 행동에 영향을 끼치고 있음을 거듭 깨닫게 됐다. 전날 밤 그의 냉랭함이 떠올랐다. 어린 유령에게 감정을 이입하지 말라고 잘라 말했었다. 그리고 오늘 홀리 먼로는 아니나 다를까, 그를 편들었다. 묻지도 따지지도 말고 유령을 없애길 바랐다. 얼굴을 마주한 건 고작 오 분이었지만, 아침나절 내내 그녀는 사람 속을 긁었다.

나는 계속 읽고, 선반 사이를 다니며 조지의 목록에 있는 잡지들을 찾았다. 마음이 뒤숭숭했다. 소장 목록과 색인을 지나칠 때마다 그 사건을 떠올렸다. 육 년 전, 포틀랜드 로에서 있었던 사건을.

한번은 독서 테이블로 돌아오니 조지가 앉아 있었다. 잡지에 둘러싸여선 공책에 뭔가를 베껴 쓰고 있었다. "우리 유령에 대해 뭘 좀 알아낸 거야?" 내가 물었다.

"아니. 아직 뭐라 얘기할 단계는 아니고. 잠시 쉬는 거야. 다른 것 좀 확인하면서." 그가 하품을 하며 기지개를 켰다. "기억할지 모르겠는데, 윈터가든이 우릴 찾아왔을 때 조그만 은제 브로치를 달고 있었거든."

"오, 그래. 그렇잖아도 너한테 물어보려고 했었어. 예전 그거랑 똑같은…?"

"맞아. 고대 그리스의 하프 또는 리라. 페어팩스 고글에 찍힌 상징과 정확히 일치해. 퍼넬로프 피츠가 들고 있던 상자에 찍힌 것과도. 알지, 피츠 도서관에 들어갔다 훔쳐본."

나는 고개를 끄덕였다. 콤 케리 홀, 피츠 하우스의 검은 도서관…. 벌써 수개월 전의 일이 됐지만, 두 사건 모두에서 죽다 살아났기 때문에 기억하는 데 아무 문제가 없었다. 그 기이하고 조그만 하프는 떠올릴 때마다 혼란스러웠다. 그게 상징하는 게…. 윈터가든이 뭐랬더라? "오르페우스 클럽이랬나?" 내가 말했다.

"오르페우스 협회. 안 그래도 그걸 찾아보던 참이야." 조지는 안경을 고쳐 쓰며 자신의 거미 다리 같은 글씨체를 해독하려 애썼다. "디

브렛 영국 귀족 연감의 〈공식 등록된 영국 단체, 클럽 및 기타 기관〉에 '난제와 저승의 본질을 연구하는 저명인사들의 연구 협회'로 기록돼 있어. 우아한 거물들이 잡담이나 나누는 곳처럼 들리게 해놨지만, 그 이상의 뭔가라는 걸 우린 알지. 세인트 제임스에 등록된 주소지가 있어. 도무지 정체를 모르겠지만 언젠가 확인은 해봐야겠어." 내가 가장 나중에 쌓아올린 더미를 보며 그가 물었다. "넌 어쩌고 있어?"

"아직까진 별거 없어. 근데 색인에는 얼마나 최근 것까지 정리돼 있어? 지난 몇 년?"

"가능한 선에선 꽤 옛날 것까지 해뒀지. 맞아. 왜?"

"그냥."

얼마 뒤, 조지가 다른 어딘가에 가 있는 사이, 나는 성큼성큼 색인 선반으로 향했다.

원하는 걸 찾아냈다. 육 년 전 색인이었다. 그해의 잡지와 신문에 실린 기사 주제들의 목록이었다. 사건과 출몰, 인기거리, 인물 같은.

충동적으로 나는 L 항목을 폈다.

어차피 아무것도 없을 터였다. 뻔했다. 뭐가 잘못되거나 할 일은 전혀 없었다.

하지만 잉크 묻은 손가락으로 짚어 내려간 세로줄 끝에 이렇게 적혀 있었다.

록우드, J.

록우드의 누나 방에 들어갔을 때처럼 싸늘한 기분이 들었다. 그의 이름은 우리 지역 월간지인 〈마릴본 헤럴드〉에 언급된 걸로 보였다. 기사의 게재 날짜와 함께 제본판의 청구기호가 기록돼 있었다.

관련 문서의 위치를 찾는 건 순식간이었다. 나는 우묵하고 외딴 곳으로 가서 자리에 앉아 서류철을 무릎에 내려놓았다.

세인트 판크라스 검시소에서 제시카 록우드(15)의 사망 사실이 확인 됐다. 제시카 록우드는 심령 연구자였던 고(故) 실리아 록우드와 도 널드 록우드의 장녀다. 이 비극적 사건이 벌어진 목요일 밤, 제시카 록우드는 마릴본 자택에서 유령접촉을 당했다. 고인의 동생은 유령 의 공격을 막지 못했고, 고인은 병원 도착과 동시에 사망 판정을 받 았다. 장례 일정은 곧 발표될 예정이다. 유가족의 뜻에 따라 조화는 사절한다.

그게 전부였다. 그처럼 보잘것없는 언급이 다였다. 하지만 내가 꼼짝 못 하고 앉아 있게 만들기엔 충분했다. 생각할 거리가 많았고, 그중에서도 한 가지가 특히 그랬다. 내 기억으론 록우드가 누나에 대 해 얘기하던 때, 자긴 사건 현장에 없었다는 듯한 분위기를 은근히 풍겼었다.

하지만 이 기사는 그가 거기 있었단 분위기를 풍기고 있었다.

12

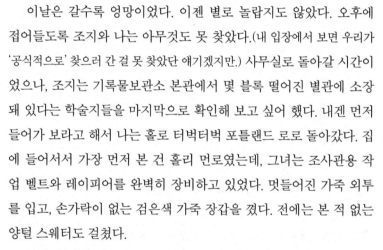

이날은 갈수록 엉망이었다. 이젠 별로 놀랍지도 않았다. 오후에 접어들도록 조지와 나는 아무것도 못 찾았다.(내 입장에서 보면 우리가 '공식적으로' 찾으러 간 걸 못 찾았단 얘기겠지만.) 사무실로 돌아갈 시간이었으나, 조지는 기록물보관소 본관에서 몇 블록 떨어진 별관에 소장돼 있다는 학술지들을 마지막으로 확인해 보고 싶어 했다. 내겐 먼저 들어가 보라고 해서 나는 홀로 터벅터벅 포틀랜드 로로 돌아갔다. 집에 들어서서 가장 먼저 본 건 홀리 먼로였는데, 그녀는 조사관용 작업 벨트와 레이피어를 완벽히 장비하고 있었다. 멋들어진 가죽 외투를 입고, 손가락이 없는 검은색 가죽 장갑을 꼈다. 전에는 본 적 없는 양털 스웨터도 걸쳤다.

가만히 쳐다보는 나를 그녀가 봤다. "스웨터? 알아. 안 예뻐 보인다는 거. 록우드가 옛날에 입던 거래. 세탁하다 줄어들었다고. 아직껏 록우드 냄새가 나긴 하지만."

응접실에서 록우드가 내다봤다. 양손에 도구 가방을 하나씩 들고 있었다. "오늘 밤엔 홀리도 같이 갈 거야." 그가 말했다. "조지는 어디 있어?"

"아직 조사 중이야. 근데⋯."

"조지는 못 기다려. 지금 같은 속도면 해가 지기까지 한두 시간밖에 없어. 조지는 저택에서 만나면 돼. 여기 네 가방이야, 루시. 출발해야 하니까 화장실을 가든 어쩌든 지금 해." 그는 사라졌다.

홀리와 나는 복도에서 마주 보고 서 있었다. 그녀는 특유의 희미한 미소를 머금고 있었는데, 그냥 기본값으로 늘 그러고 있어서 무슨 의미가 있는 건지 뭔지 알 수 없었다. 록우드가 옆방 어딘가를 뒤지는 소리가 들렸다. 이 사이로 음정 없는 휘파람을 불면서.

"화장실은 딱히 안 가도 되는데." 내가 말했다.

"그래." 우린 거기 서 있었다. 저 장갑은 어디서 난 거지? 내 개인 무기 보관함에 여분으로 넣어둔 것과 어쩐지 닮아 보였다. 검은 확실히 알아볼 수 있었다. 우리가 레이피어 보관실에서 검술을 연습할 때 쓰는 물건이었다.

나는 숨을 들이마셨다. "그래서 왜⋯."

"록우드가⋯."

우리는 동시에 말을 뱉었다. 그리고 둘 다 멈췄다. 나는 더없이 단호하게 뚝. 잠시 뒤 홀리가 말을 다시 시작했다. "록우드가 윈터가든 한테 시달리고 왔어. 그쪽에서 당장 결과를 내놓으라고 한대. 까다롭기 그지없는 여자야. 록우드 말이 오늘 오후엔 보는 눈이 최대한 많이 필요하대. 일몰 전에 출처를 찾으려면. 내가 함께 가겠다고 했고, 그가 방어구랑 방한 장비들을 좀 찾아줬어. 언짢지 않으면 좋겠는데, 루시."

"아니, 전혀." 내가 왜 언짢아야 하는데? 참 홀리다웠다. 내가 무슨 불만이라도 있을 거라 멋대로 단정 짓는 게. 나는 그녀의 옷을 가리켰다. "근데 이게 잘하는 일일까? 현장 근무 경험은 있어?"

"로트웰에서 꽤 많이 했지. 사실 난 일을 시작하면서 1, 2급 자격을 땄거든. 그 뒤에 검술을 익혔고. 그래서….'

"그래. 하지만 이번 방문자가 한낱 1급령 따윈 아니란 걸 알아야 할 거야. 그보단 훨씬 만만찮은 놈이거든."

홀리 먼로가 머리칼 한두 가닥을 귀 뒤로 넘겼다. "뭐, 나도 이것저것 좀 보긴 했어. 홀랜드 파크 저장고 사건 때 현장에 있었거든. 우리 팀이 지하에서 유령 개 일곱 마리에 포위됐을 때. 궁지에 제대로 몰렸었지. 그러다….'

"홀랜드 파크 얘긴 나도 알아, 홀리. 그리고 장담하는데, 저 피 묻은 발자국을 남기는 놈은 그보다 열 배는 위험해. 그냥 그렇다고. 겁주려는 게 아니라. 홀리가 다치지 않았으면 싶어서 그래."

홀리 먼로의 얼굴에 건조한 미소가 스쳤다. "그냥 최선을 다하는 거지."

"그 최선으로 충분하길 바랄 뿐야." 내가 말했다.

록우드가 응접실에서 나왔다. 우리 사이로 걸어 들어와선 벽에 걸린 외투를 내렸다. "다들 좋지?" 그가 말했다. "훌륭해. 조지한테 메모를 남겼어. 조만간 제이크의 택시가 도착할 거야. 그러니 장비를 밖으로 옮기자고. 그건 네 거야, 홀리? 그냥 둬. 신경 쓰지 마. 내가 할게."

하노버 스퀘어 54번지는 전날보다 더하지도 덜하지도 않은 분위기로 우릴 반겼다. 높이 달린 채광창에서 내리꽂히는 칙칙한 빛줄기가 계단의 호젓한 모퉁이들과 나무의 면면, 닳은 디딤널과 벽면 여기저기를 비췄다. 나는 그런 집에 들어갈 때면 늘 하는 대로 귀를 기울였다. 하지만 홀리와 록우드가 재잘거리는 소리에 다른 건 듣기가 힘들었다. 그는 전날 우리가 감시했던 위치를 나긋나긋 설명하고, 그녀는 끝도 없이 질문하며 그의 말에 웃었다. 나는 그 소리들을 무시하려, 그와 동시에 맘속 깊은 곳에서 틀어 오르는 짜증을 억누르려 애썼다. 신경질은 피해야 했다. 다른 부정적인 기분들도 그렇고. 자기감정을 통제하지 못하는 조사관은 고약한 일을 당하기 마련이었다.

곧 있으면 목숨을 부지하느라 정신없어서 이런 문제 따위 고민하지 않게 되리란 생각으로 난 스스로를 위로했다. 게다가 조지가 올 거고, 그럼 지금과 같은 관계의 구도도 달라질 것이다.

하지만 조지는 나타나지 않았다.

우리는 일단 일을 시작했다. 처음엔 지하실에서, 나중엔 다락에서 출처일 가능성이 있는 물건을 찾아다녔다. 나는 지하실이 몹시도 싫었다. 내가 아는 걸로만 두 사람이 거기 떨어져 죽음을 맞았다. 계단통 하부와 일종의 아치로 구분된 부엌 자체는 현대적이고 충분히 산뜻했으나, 문제의 타일 구역에서는 살갗이 스멀거리고 온도가 급감했다. 우리는 주머니칼로 타일들을 쑤석이고 계단 디딤판 사이의 수직면을 살폈지만, 최초 사건의 유물이 들어 있을 법한 곳은 못 찾았다. 나는 벽을 짚어가며 빈 공간을 확인했다. 록우드는 계단 밑에 만들어진 조그만 벽장에 네 발로 기어들어 가 손전등으로 꼼꼼히 탐색했다. 아무것도 안 나왔다. 홀리 먼로가 근처에서 낡고 검은 가구가 왕창 든 창고를 발견했지만, 조사 결과 빅토리아시대가 아닌 20세기 초반 물건에 더 가깝단 결론이 나왔다.

"바닥 타일 '자체'가 출처일 가능성도 있지." 내가 말했다. "그 비극적인 사건이 끝장을 본 게 거기라면. 타일에다 사슬망을 놓고 출몰이 일어나는지 어쩐지 보면 돼."

록우드가 바지를 토닥여 먼지를 털었다. "좋은 생각이야. 하지만 먼저 꼭대기 층부터 조사하고."

어찌 보면 계단의 위아래는 서로 닮아 있어서 실질적으로 조사해야 할 범위는 사실 아주 좁았다. 일꾼 숙소는 벽널을 댄 복도 너머에 위치해 있고 좁아터진 다락 층계참과 별 관계가 없었다. 층계참은 광을 낸 마룻널 한 세트를 약간 넘는 크기, 그러니까 3.6제곱미터 정도 돼 보였고, 한쪽 면을 정갈한 느릅나무 난간이 두르고 있었다. 채광창으로 맥없이 푸른 하늘이 내다보였다. 전날과 마찬가지로 나는 난간 너머를 내려다봤다. 거대하고 납작 눌린 계단이 소용돌이치며 저택의 잿빛 내부를 부드럽게 휘감고 빙글빙글, 깊이 더 깊이 한참을 내려가 네 층 아래 지하실의 어둠에 휩싸였다.

끔찍한 높이였다. 불쌍한 꼬마 톰. 저처럼 아득한 곳으로 떨어지다니.

그런데 다락은 지하실보다 건질 게 더 없었다. 냉점과 헐거운 마룻장을 찾아서 록우드는 신바람이 났지만, 마룻장 아래선 먼지만 잔뜩 나왔다. 거미도 몇 마리 나온 걸 보면 거기 무슨 의미가 있을 수도 있었다. 하지만 말라붙은 핏자국도, 내던져진 칼도, 불길하게 찢긴 천 조각도 없었다. 층계참의 나머지 부분은 휑했다.

"혹시나 말야," 홀리 먼로가 말했다. "계단 자체가 출처일 수 있지 않을까? 꼬마 톰이 계단 곳곳에 피를 뿌렸다면, 위로 도망치며 느꼈던 공포가 나무에 스며들었다면…."

"… 계단 전체가 저승과의 연결 통로일 수 있다." 록우드가 말하고는 휘파람을 불었다. "가능해. 우리 의뢰인이 그걸 어떻게 받아들일지는 모르겠지만. 자기가 애지중지하는 계단을 뜯어내야 한단 얘길 들으면."

"난 이렇게 큰 출처가 있단 소린 들어본 적이 없는데." 내가 말했다.

록우드는 채광창 유리 너머 하늘을 올려다보고 있었다. 이제 하늘은 안 익힌 베이컨 조각 같았다. 회색과 분홍색 바탕에 파리한 줄무늬들이 껴 있었다. "그런 사례들이 있긴 했어. 조지라면 자세히 알 텐데…. 녀석이 얼른 좀 오면 좋겠다. 학술지 몇 개만 더 찾아볼 생각이라고 했었지." 그는 손목시계를 확인하고 곧장 결정했다. "좋아. 당장 시작해야겠어. 지하실에 사슬망을 놓을 거야. 루시, 네가 제안했던 대로. 그리고 여기 다락 층계참에도. 그걸로 출몰이 멈추면 좋은 거지. 만약 아니면, 그때 가서 다시 생각해 보자고. 다들 어제처럼 관찰만 하고 관여하진 않았으면 해. 이번엔 내가 지하실을 맡을게. 뭔가 다른 게 눈에 들어올 수도 있으니까. 루시, 네가 이 위를 맡아. 그걸 제외한 촛불, 방어구 등은 전부 다 어제랑 똑같이 가고."

"난 뭘 하면 될까?" 홀리 먼로가 물었다.

나는 그녀에게 미소를 지으며 난간에 몸을 기댔다. "저기 있지, 내가 지금 목이 엄청 마르거든. 주전자에 물 좀 올려줄 수 있을까, 홀리? 그리고 혹시 여유가 되면 비스킷도 좀 챙겨줘. 고마워."

우리 조수는 더없이 미세하게 망설였을 뿐, 이내 고개를 끄덕였다. "물론이야, 루시." 그녀 특유의 고분고분한 미소를 날리며 사뿐사뿐 계단을 내려갔다.

"있으니 좋네." 내가 말했다. "네가 데려오길 잘했어."

록우드는 나를 보고 있었다. "마음 좀 넓게 쓰지 그래. 오늘 밤 여기에 굳이 안 와도 됐던 사람인데."

"다 걱정돼서 그러는 거야. 어젯밤 환영의 기운은 너도 느꼈잖아. 현장 일에 먼로는 풋내기야. 봐, 벨트에 레이피어를 어떻게 다는지도 모른다고. 거기 걸려 엎어질 뻔이나 하고 말이지." 나는 아주 슬쩍 웃고 말았다가 내게 쏟아지는 록우드의 눈길을 깨닫곤 얼굴을 돌렸다.

"뭐, 그리 걱정 안 해도 돼." 그가 천천히 말했다. "홀리는 내가 잘 지켜볼 테니까. 내 방어진에 같이 들어가 있을 거야. 그럼 안전하겠지. 너야 알아서 잘할 테고. 알아. 그럼 이제 방어진을 쳐. 조금 이따 아래층에서 보자." 그 말과 함께 록우드는 걸음을 옮겨 계단을 빙글빙글 내려갔다. 그의 기다란 외투 자락이 흩날렸다. 나는 떠나는 그를 이글거리는 눈으로 보고 있었다.

그 뒤 몇 시간 동안은 세상 어떤 것도 내 기분을 풀어주지 못했다. 저택은 컴컴해졌고, 우리가 줄줄이 세워둔 콧불들은 그 은은하고 파리한 생을 꽃피우며 우리 유령들의 이동 경로를 밝혔다. 우리는 먹고, 쉬고, 보급품을 점검했다. 조지는 나타나지 않았다. 당혹스러운 일이었다. 봉쇄 구역의 사건 사고들이 혹시나 무슨 영향을 끼쳐 그가 제때 못 오는 걸까 걱정스러웠다. 나는 녀석이 곁에 없어 확실히 아쉬웠다. 샌드위치와 비스킷을 먹는 내내 록우드가 내게 눈에 띄게 쌀쌀맞아서였다. 홀리의 존재가 내 마음을 어지럽혔다. 그녀는 순종적인 동시에 적극적이었고, 경험 부족과 밉살스럽지 않은 자신감이 공존했다. 이런 면면들이 이래저래 조화를 부려 록우드의 주의를 자꾸만 채갔다. 그 때문에 나는 홀로 위험에 맞서게 됐고, 그게 어색하고도 위태롭게 느껴졌다.

록우드는 지하실 타일에 은제 사슬망을 펼치고, 거기서 약간 떨어진 곳에 쇠사슬을 둥글게 놨다. 그가 말했던 대로 널찍한 방어진이었다. 두 사람이 들어가 있기에 딱 좋은. 밤이 찾아들고 그와 홀리가 소곤소곤 대화를 계속하며 방어진으로 들어가는 동안, 나는 외롭게 경계 근무를 하게 될 계단의 저쪽 끝으로 터덜터덜 올라갔다. 한편으론 나도 알고 있었다. 내가 참 못나게 굴고 있다는 걸. 록우드가 기본적으로 잘못하고 있는 건 전혀 없었다. 하지만 당연하게 반복되던 패턴—그와 내가 나란히 함께 일하는—이 방해를 받았고, 그에 대한 반감으로 난 속이 쓰렸다. 날카로운 돌이라도 한 양동이 삼킨 것 같았다.

다락 층계참에서 나는 쇠사슬 방어진 안, 덮개를 내린 조명들 사이에 앉았다. 레이피어가 식탁 위 후식 포크라도 되는 양 앞에다 내려놓고. 사슬망은 방어진 근처, 층계참 가운데에 펼쳐져 있었다. 나는 책을 꺼냈다. 기나긴 기다림이 되리란 걸 알고 있었던 터라 이번엔 한눈팔 거리를 챙겨 왔다. 록우드의 책장에서 가져온 낡은 문고본 스릴러였다. 한때는 제시카, 혹은 그의 부모님 소유였겠지. 실리아와 도널드 록우드, 저명한 심령 연구자였으며 오래전 어떤 비극적인 사건으로 세상을 떠난….

화가 치밀어 올랐다. 나는 책을 탁 덮었다. 기록물보관소에서 고작 삼십 초 본 그 간결하고 직설적인 문단이 록우드에 대해 더 많은 걸 얘기해 주다니! 수개월을 같이 살면서 들었던 것보다 더! 그의 부모님 이름! 누나가 죽은 경위! 이런 상황이 안 한심하면 그게 더 웃기는 일이지! 록우드는 뭐가 겁나는 걸까? 그는 마음을 제대로 열 줄도 모르고, 내가 받아 마땅한 신뢰를 줄 수도 없는 듯 보였다. 오, 물론, 그는 자기가 그러고 싶으면 얼마든지 매력적으로 굴었다. 하지만 거기엔 아무 의미도 없었다. 지금 그의 행동만 봐도 그렇다. 새 조수의 온갖 응석은 다 받아주면서 내겐 등을 돌리는 게 저리도 쉽지 않나.

두 사람은 저 아래 어둠 속에 나란히 서서 아직도 재잘거리고 있을 거였다. 나, 내겐 아무도 없었다. 조지도 없었다. 망할, 그놈의 해골조차 없었다.(내가 놈과 교감한단 걸 홀리가 모르는 통에 이번엔 놈을 가져오기가 힘들었다.) 여기엔 얘기할 이가 아무도 없었다. 나는 완전히 혼자였다….

나는 그따위 자기 연민을 떨쳐버렸다. 아니, 내가 멍청하게 구는 거다. 록우드의 행동엔 아무 의미도 없다. 나는 조명 밝기를 한 단계 올리고 책을 펼쳤다.

나는 신경 안 쓴다.

그럼에도 암울한 생각들은 떠날 줄 몰랐고, 나는 책을 읽기 시작했다.

그렇게 밤은 깊어갔고, 익숙한 패턴이 이어졌다. 늦은 밤에 접어들면서 집의 기운이 아주 서서히 나빠지기 시작했다. 대를 거듭하며 점차 몰락해 근친교배가 남긴 광기와 퇴락만 남은 어느 귀족 가문처럼. 차고 축축해지는 공기에 구역질 나는 감각들이 감돌았다.

모든 게 전과 똑같았다.

나는 고개를 숙이고 껌을 질겅거리며 책장을 넘겼다.

자정이 됐다. 두 세계 사이의 문이 열렸다. 영혼들이 도착했다.

나는 기다렸다. 지하실에서 들리는 핑음으로 록우드의 조명이 날아갔다는 걸 알고서야 검을 집어 들고 자리에서 일어났다. 건물에서 솟구친 적막이 계단통으로 차오르고 넘쳐 밖의 모든 걸 덮었다. 나는 기다렸다. 오고 있단 걸 아는 존재, 계단을 질주해 내게 오는 그 존재를.

기다렸다….

내 아래 계단에서 촛불들이 꺼졌다. 꺼지고, 꺼지고, 꺼지고, 꺼지고…. 하나 또 하나, 눈 깜짝할 새도 없이. 그리고 형체들이 미끄러져 왔다. 전과 똑같이. 연약한 아이가 휘청거리고, 괴물 같은 덩치가 뒤쫓으며 아이의 일렁이는 머리칼을 쥐려 손을 뻗었다. 이번엔 그들이 올라오는 소리가 내 귀에 들렸다. 힘겨운 추격자의 거친 숨소리, 불운한 소년의 절망적인 헐떡임. 이제 꼭대기로 향했다. 그리고 여기, 그가 있었다. 순간적으로 눈에 들어왔다. 기껏해야 록우드 또래밖에 안 되는 아이. 아름다운 백골색 얼굴을 가진 소년이 공포에 질려 잇 몸이 다 드러나도록 이를 악물고 있었다. 그 순간 나는 그가 내 눈을 봤다고, 끔찍하게 반복되는 추격전 너머로 눈길을 던져 날 봤다고 느꼈다. 이윽고 그는 사라졌다. 꼭대기 층계참 난간에 도달하기 무섭게 야수 같은 형체가 그를 덮쳤다. 최후의 몸싸움이 벌어지는 찰나 다른 빛의 환한 줄기들이 그들을 감쌌다. 푹 하고 쑤시는 소리와 함께 내 마음을 찢는 비명이 들리고, 층계참이 칠흑같이 어두워졌다. 저 아래서 충돌음이 났다. 뭔가가 계단 중간을 때린 듯 나무 쪼개지는 소리였다. 다음 순간 훨씬 아래서 소름 끼치는 쿵 소리가 들렸다.

나는 주머니에서 손수건을 꺼내 얼굴의 땀을 닦았다. 추웠고, 몸이 떨렸고, 연민으로 속이 사나웠다. 조명 밝기를 높였다. 바닥을 보곤 그대로 멈췄다.

방어진 주변이 온통 피 묻은 발자국이었다. 은제 사슬망까진 못 갔어도 방어진 쇠사슬과는 꽤 가까웠다. 진하고 피투성이에다 여러 개가 겹쳐 있었다. 누군가가 서성이기라도 한 것처럼. 너무도 간절히 들어오고 싶어서. 간절히 교감하고 싶어서….

눈을 감으니 그 딱하고 파리한 얼굴이 여전히 보였다.

"지하실인 것 같아." 록우드가 꽤나 사무적으로 말했다. 그는 언제나처럼 차분하고 무덤덤해 보였다. "뭔가가 떨어지는 걸 봤어. 타일 한가운데, 사슬망 쪽이 아니라 벽 너머였어. 부엌으로 가는 아치가 나 있는 벽. 우리가 아까 거기까지 확인하진 않은 듯한데. 출처는 분명 거기에 있어. 내가 그 근처를 파볼게."

우리는 그림들의 방에 모여 있었다. 록우드가 모두에게 원기 충전용 차를 한 잔씩 만들어줬다. 홀리 먼로는 차가 절실해 보였다. 습관적 미소는 오간 데 없고 얼굴이 바짝 긴장해 있었다. "끔찍했어. 처음부터 끝까지. 정말이지 끔찍해."

나는 컵을 들고 테이블에 기대섰다. "뭘 봤나 봐. 그래?"

"본 게 아냐. 느낀 거지. 그것의 존재를." 홀리가 몸서리쳤다.

"맞아. 원래 그래." 내가 말했다. "처음 몇 번은 그렇지. 내가 어쩌면 좋겠어, 록우드?" 나는 그를 똑바로 쳐다보지 않았다.

"지하에서 아무것도 안 나온대도 소금액으로 적시고 철을 뿌려둘게. 그거면 충분하겠지만, 다락 층계참도 소금 청소를 해주면 좋겠어, 루스. 조심하는 차원에서. 내가 출처를 찾으면 좋은 거지. 못 찾을 경우엔 계단 전체를 같은 방식으로 처리할 거야. 넌 여기 있어도 돼, 홀리. 지쳐 보이는데."

"나도 내 몫을 다할 거야." 홀리가 말했다. 목소리가 맥없고 떨렸다. 그게 무슨 대단한 일이라도 된다는 양. 다리가 한쪽뿐인 자기더러 우리가 뿔피리 반주에 춤추며 계단을 올라가라고 시키기라도 한 것처럼.

나는 눈을 홉뜨고, 차를 쭉 들이켜고, 일하러 갔다.

다락 층계참에 도달해선 방어진 쇠사슬을 걷어차 저리로 밀고 물과 소금을 꺼낸 뒤, 가방에 넣어 온 플라스틱 그릇에 붓고 섞어 용액을 만들기 시작했다. 아무래도 굳이 그럴 필요까진 없도록 세게 휘저은 모양이었다. 용액이 출렁이다 넘쳐 피 묻은 발자국에 떨어지더니 식식거리는 소리를 내며 뜨거운 화덕 위 수프처럼 부글거렸다. 나는 천 조각을 찾아 들고 모든 장비를 계단 앞으로 옮겼다. 그런 다음 무릎을 꿇고 분노의 걸레질로 바닥을 적시기 시작했다.

문제는 록우드가 '모든' 출몰을 이런 식으로 해결한다는 거였다. 유령을 퇴치하라. 놈과 엮이지 마라. 그냥 파괴해라. 쿡의 유령은 위험했다. 맞다. 놈은 없애야 했다. 하지만 그게 꼬마 톰까지 무턱대고 끝장내야 한단 뜻은 아니었다. 록우드의 기준에선, 내가 단지 속 심보 고약한 유령과 침이 마르도록 얘기하는 건 괜찮았다. 놈은 안전히 갇혀 있으니까. 하지만 같은 기법을 현장에서 시도하는 꼴은 절대로 못 봐줄 터였다. 이건 정말이지 내 재능의 낭비였다.

　이 문제에 있어 록우드가 그토록 강경한 입장을 취하는 이유를 나도 이해는 했다. 아니, 정말 이해하는 게 맞나? '고인의 동생은 유령의 공격을 막지 못했고….' 그 슬픔이 그를 지금껏 괴롭히는 건가? 아님 그보다 깊은 죄책감이?

　나는 발뒤꿈치에 엉덩이를 대고 앉아 눈에 흘러내린 머리칼을 치웠다. 바로 그때, 피 묻은 발자국이 사라졌다는 걸 알았다. 층계참 전체도, 바로 앞 계단도, 마룻널이 깨끗해져 있었다. 나는 시계를 확인했다. 어제는 발자국들이 사라지기까지 오십 분 이상 더 걸렸다. 출몰의 양상이 눈에 띄게 변한 것이다. 나는 귀를 기울이며 새롭게 경계 태세를 갖췄다. 거기 그렇게 앉아 있으려니 드디어 손가락이 따끔거리고 냉기가 살살 얼굴을 쓸었다. 소음도 있었다. 뭔가가 숨 쉬는….

　아니, 숨소리를 흉내 내는. 살아 있다는 게 어떤 느낌이었는지 기억을 더듬어가며.

　나는 몸을 숙이고 조명 밝기를 낮췄다. 눈을 감고 천천히 일곱까지 세면서 그 가볍고 얕고 겁먹은 헐떡임을 들었다. 개가 쌕쌕거리는 소리 같기도 했다.

　나는 자리에서 일어나며 눈을 떴다. 잠시 시간을 들여 어둠에 눈을 적응시켰다. 그렇게 하고도 내 아래쪽 계단에 선 사람의 윤곽을 골라내기까지 몇 초가 더 걸렸다.

아까 그를 휘감고 소용돌이치던 다른빛은 거의 사라졌다. 밤새 타고 남은 모닥불의 재처럼 그는 더없이 희미한 잿빛 연기를 내며 반짝였다. 얼굴은 전혀 안 보였다. 하지만 가녀린 어깨는 충분히 선명했다. 딱하고 구부정한 뼈대도. 형상은 고개를 갸우뚱 기울이고 나를 올려다봤다.

"톰?" 내가 말했다.

나는 뒤돌아보지 않고도 알았다. 아까 했던 발길질에 방어진이 망가졌다는 걸. 이젠 그저 뒤엉킨 쇠사슬 뭉치에 불과하다는 걸. 상관없다. 일단 그쪽으로 가면 될 일이었다. 필요해지면. 그리고 나는 당장은 그럴 마음이 없었다. 저 많은 쇠붙이가 내 감각들을 누르면 듣기 힘들어질 게 뻔하니까.

"원하는 게 뭐야, 톰?" 내가 물었다. "우리가 어떻게 도와줄까?"

그냥 내 상상인 건가? 아님 저 빛나는 형상이 정말로 움직인 건가? 나는 움직인 거라 생각했다.

"출처는 어디에 있어? 뭐가 널 여기다 붙들어 두고 있는 거야?"

소리들이 귀를 간지럽혔다. 끔찍이도 희미하고 약했지만, 나는 듣기 직전까지 갔다. 정말 그랬다. 계단으로 반걸음 다가갔다.

내게 답이라도 하듯 형상이 움직였다. 한 계단 위로 부유해 왔다.

"어떻게 도와줄까?"

아무 말도 없었다. 슬프고 나지막한 울음소리가 애절하고 애처로울 뿐이었다. 말 못 하고 겁에 질린 야생동물이 사람과의 접촉을 망설이기라도 하는 것 같았다. 하지만 동물로 말할 것 같으면 길들이는 게 가능하다. 당신이 믿을 만한 존재라는 것만 보여주면 된다. 나는 가까이 다가가며 손을 내밀었다.

"내가 뭘 하면 될지 말해줘."

다음 순간 나는 분명 뭔가를 들었다. 말소리인가 싶었지만 너무도 빨리 지나가 버렸다. 나는 답답함에 입술을 깨물었다. 한 가지 생각이 떠올랐다. 내 레이피어도 철로 만들어졌다. 쇠사슬과 마찬가지로. 검의 아우라가 방해하고 있는 거다. 소리들을 누르고, 저 딱한 유령이 다가오지 못하게 막고 확신할 수 없게 만드는 거다. 느닷없고 분명한 해답이 머리를 스쳤다. 나는 검을 옆으로 던졌다. 그와 동시에 보상이 주어졌다. 소년의 파리한 얼굴이 눈앞에 불쑥 떠올랐다. 위에서 내리꽂히는 번질번질한 빛이라도 받는 양 환했다. 내가 기억하는 그대로 딱하기 그지없었다. 슬픔으로 반짝이는 크고 검은 눈하며 두 뺨에 흐르는 눈물하며.

"말해줘." 내가 말했다.

"말할게…."

짜릿한 전율이 일었다. 대답했다! 내가 해내고 있다! 구두쇠 노인과 했던 것처럼. 내 이론이 맞았다. 그들과 소통이 가능하다. 마음을 열고 위험을 감수할 준비만 돼 있다면.

멀리서 내 이름을 부르는 목소리가 들렸다. 홀리 먼로였다. 한두 층 아래인 듯했다. 유령이 일렁이고, 얼굴의 빛이 어둑해졌다. 어둠 속으로 다시 빨려 들어가기라도 하려는 듯. 나는 욕을 뱉었다. 지금 이 순간조차 우리 조수는—본의 아니게—내 일을 망치고 있었다….

"가지 마." 나는 두 걸음 전진했다.

소년이 움츠리며 물러났다. 이윽고 얼굴에 천천히 빛이 되돌아왔다. 그가 미소를 지었다.

"말할게…."

멀리서 문이 쿵쿵거렸다. 집 전체가 떠내려갈 듯했다. 유령이 다시 희미해졌다. 나는 짜증이 올라와 얼굴을 찡그렸다. 더 많은 목소리들이 들리고 집중력이 흐트러지는 와중에 아래층 복도의 조지가, 녀석에게 대답하는 록우드가 보였다. 무시해! 유령이 내게 미소를 짓고 있다. 다시 말하게 만들 수만 있다면….

"난 루시라고 해. 필요한 게 뭔지 말해줘."

미소 짓는 유령이 더 가까이 흘러왔고, 녀석의 이마 위 금빛 머리칼들이 불타는 왕관처럼 가볍게 떨렸다. 몸통은 그다지 뚜렷하지 않았고, 두 팔은 옆구리께에 길게 늘어져 끌렸다.

"필요한 건…."

"루시는 어디 있어?" 조지였다. 홀리가 웅얼웅얼 대답하고, 조지의 목소리가 메아리쳐 올라왔다. "루스!"

"무시해…." 나도 미소를 짓고 있었다. 이 교감이 끊기지 않게 하려 애쓰며. 이제 추위는 고통스러웠다. 살갗이 아렸다. 게다가 소년의 싱긋거림 옆에서 내 미소는 어찌나 시시하고 멋쩍은지. 어찌나 기대에 차고 탐욕스러운지.

"필요한 건…."

"이봐, 루스! 우리가 잘못 짚었어! 로버트 쿡은 덩치 큰 쪽이 아냐! '작은' 유령이라고!"

나는 일렁이는 형상을 쳐다봤다. 네 계단 아래서 내게 미소를 짓고 있었다.

"그 애가 하인을 찌른 거야! 꼬마 톰은 하인의 덩치가 하도 커서 붙여진 별명일 뿐이라고! 아이는 미쳤어! 놈이 톰을 찔렀고, 그래서 톰이 녀석을 뒤쫓은 거야. 둘은 계단을 올라갔고, 톰은 출혈로 약해진 상태였어. 거기서 몸싸움이 벌어졌고, 아이가 그를 꼭대기에서 밀었지. 우리가 완전 반대로 알고 있었다고!"

유령이 하늘하늘 다가왔다.

"필요한 건….”

우리가 완전 반대로 알고 있었다고.

오, 끝내주네. 나는 천천히 한 걸음 물러났다.

유령이 입을 열었다.

"필요한 건… ‘너’.” 놈이 말했다.

유령이 웃었다. 두 팔을 들어 올렸다. 손이 온통 피 칠갑이었다.

이윽고 계단을 올라 내게 덤벼들었다.

나는 꺅 소리와 함께 물러나며 벨트를 뜯적였다.

손에 잡히는 대로 냅다 던졌다. 거의 내 발에다, 뻗어오는 피투성이 손 밑에다 내동댕이쳤다. 던지고 보니 고작 소금이었다. 산탄통이 박살 났다. 유령이 깜빡이더니 사라졌다. 그리고 느닷없이, 영화 필름의 중간 장면을 잘라내고 앞뒤만 이어 붙인 것처럼 불쑥, 다시 나타났다. 그것도 내 뒤에. 레이피어와 사슬망, 방어진으로 가는 길을 가로막고 서 있었다. 나는 화염탄에 손을 뻗으면서 잽싸게 도망치다 소금액이 담긴 그릇을 밟고 나동그라지며 난간에 몸을 세게 부딪혔다. 아래서 발소리와 손전등 불빛, 목소리들이 올라왔다. 내 다리가 축축했다. 유령의 눈도 그랬다. 눈물로 축축했다. 놈의 뒤쪽 바닥에 피 묻은 발자국이 나타났다. 나는 화염탄을 잡으려 했지만 추위와 공황으로 손가락에 감각이 없었다. 산탄통을 뜯을 수가 없었다. 유령이 달려들었다. 여전히 미소 띤 얼굴로. 허공을 껴안듯 팔을 저었다. 나는 비명을 지르며 옆으로, 난간 너머로 몸을 던졌다. 붕 날아 아찔한 높이에서 추락하려는 순간 나무를 붙들고 몸을 비틀어 두 손으로 매달리는데, 형상이 다가왔다. 몸을 길게 늘여 날 굽어봤다. 기다란 팔을 활짝 벌린 채. 두 눈은 휑뎅그렁하고, 벌어진 입술은 역겹고 얼빠진 미소를 짓고 있었다. 누군가가 계단을 달려 올라오는 중이었다. 유령의 갈퀴진 손가락에서 피가 뚝뚝 떨어졌다. 내 재킷에 핏방울이 튀며 김이 쉭쉭 피어올랐다. 유령이 더 가까이 몸을 숙였다. 어마어마한 무게가 나를 짓눌러 허공으로 넘어트리려 했다….

록우드가 어쩜 그리도 멀리까지 뛸 수 있었는지 나는 아무리 생각해도 모를 일이었다. 그전까지 그는 상당히 아래쪽에 있었고, 계단을 한 번에 세 칸씩 올라오는 중이었다. 다음 순간 그는 난간이 마지막으로 꺾이며 솟는 부분에서 내가 매달려 있는 꼭대기 난간을 향해 도약했다. 엄청난 가속도로 마치 화살이 발사되듯 날아 무시무시하게 입을 벌린 틈새를 가로질렀다. 문자 그대로 수평 상태로 날 스쳐가며 레이피어를 휘둘렀고, 외투 자락이 날개처럼 펄럭였다. 검날이 허리 굽힌 형상과 나 사이의 공간을 갈랐다. 유령이 시야에서 사라졌다. 록우드가 뒤따랐다. 그가 착지하며 고통스레 헐떡이는 소리가 들렸다. 그 뒤 허둥지둥 움직이는 소리, 쿵쿵거리는 소리… 그리고 느닷없는 정적.

나는 아찔한 높이의 난간에 홀로 매달려 대롱거렸다. "록우드…." 그를 불렀다.

소용없었다. 손가락엔 아무 감각이 없고, 난간은 너무 부드러웠다. 나는 미끄러지기 시작했다….

이윽고 누군가가 내 손목을 단단히 붙들었다. 가만 보니 홀리 먼로가 난간에 붙어 소리를 지르고 있었고, 그 옆에서 조지가 튀어나와 내 팔을 잡고 당겼다. 둘이 함께. 조심성이라곤 없이. 그러니까 포획물을 끌어 올리는 어부처럼 나를 느리고도 수치스레 퍼 올리고 당겨 난간을 넘기고 층계참에 내려놨다.

거기 마룻널에 엎드린 록우드가 보였다.

4

불안

13

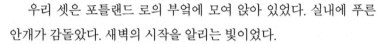

우리 셋은 포틀랜드 로의 부엌에 모여 앉아 있었다. 실내에 푸른 안개가 감돌았다. 새벽의 시작을 알리는 빛이었다.

"괜찮을 거야." 내가 말했다. "그치?"

조지는 마시고 남은 핫 초콜릿을 가만히 들여다봤다. 그 거품 섞인 찌꺼기로 미래를 읽는 사람처럼. "응. 당연히 괜찮을 거야. 문제없어."

"머리를 부딪혀서 그런 것뿐이잖아. 그렇잖아? 잠시 기절한 것도, 어지러운 것도…. 하지만 지금은 괜찮아."

"그래."

"글쎄," 홀리 먼로가 미소를 지었다. "그건 우리 희망 사항이고. 만약 뇌진탕이면 며칠 내로 알게 될 거야. 두개골 골절인지 아닌지, 뇌에 출혈이 있는지 어떤지." 그러면서 자기 앞에 놓인 과일 샐러드와 체리 요거트를 숟가락으로 섞었다.

하루 전만 같았어도 나는 그녀의 깐깐하고 고지식한 반응에 발끈했을 거다. 보란 듯이 내게 고정한 눈길에도. 하지만 지금은 그런 불만을 붙들고 있을 기운도 의지도 없었다. 록우드가 저렇게 된 건 다

'내' 탓이었다. 홀리 먼로는 추락하기 직전의 나를 끌어 올린 장본인이고.

"일어나서 아침을 먹겠다고 하니까," 조지가 말했다. "좋은 징조겠지."

홀리 먼로가 고개를 끄덕였다. "아까 붕대를 갈아줬는데, 출혈이 거의 멈춘 것 같아. 달콤한 차랑 음식, 상당한 휴식, 그거밖엔 할 게 없지." 그러고는 자리에서 일어나 토스트를 구우러 갔다.

"녀석을 침대에 묶어놓는 건 불가능해." 조지가 말했다. "벌써부터 몰래 전화를 쓰러 가다 나한테 딱 걸렸다고. 윈터가든이랑 통화하고 싶다나."

홀리 먼로는 생글거리며 주전자를 불에 올렸다. "윈터가든 쪽은 조지가 알아서 할 거잖아. 그치?"

"당연하지. 9시까지 기다렸다 좋은 소식을 전해줄 거야. 다 잘되고 있어. 그치, 루시?"

"그럼." 나는 입도 안 댄 시리얼을 저리로 밀었다.

모든 게, 피 묻은 발자국 사건에 관한 한은 모든 게 잘되고 있었다. 내가 한 짓에도 불구하고.(혹은 내가 한 짓 덕분에.) 나를 구하려 광적인 도약을 했던 록우드는 유령의 중심을 깔끔히 갈랐다. 놈은 비틀비틀 꿈틀꿈틀 다락 층계참 건너로 물러나며 희미해졌다. 록우드보다 몇 분 늦게 올라온 조지는 유령이 일꾼 숙소로 이어지는 아치를 통과해선 복도 마룻널 밑으로 몸을 접어 넣는 걸 봤다. 조지는 일단 나부터 구해놓고 서둘러 가선 유령이 사라진 정확한 위치에 주머니 칼을 꽂았다. 이후 삼십 분 동안은 추락의 충격으로 의식을 잃은 록우드를 초조히 돌봤다. 그가 정신을 차리고 머리의 상처를 지혈한 뒤에야 조지는 홀로 쇠지렛대와 사슬망을 챙겨 아치 너머 복도로 갔다.

쩍쩍 소리와 쾅쾅 소리가 뒤따랐다. 조지가 돌아왔을 땐 은으로 칭칭 동여맨 꾸러미를 들고 있었다. 낡은 양철 상자로, 안에선 빅토리아시대의 여성용 숄이 나왔다.

지금 그 꾸러미는 식탁에 내동댕이쳐져 있었다. 머그컵과 시리얼 상자, 빵 써는 도마 사이에. 푸짐히 차려진 아침 식사였다. 조지는 배 불리 잘 먹었다. 홀리조차 여러 가지 건강 음식을 품위 있게 먹어치웠다. 나는 아무것도 안 먹었다.

"루시," 조지가 말했다. "좀 먹어두는 게 좋아."

나는 고개를 끄덕였다. "응. 그럴게."

홀리가 쟁반에 접시와 버터를 올리며 말했다. "그렇게 풀죽어 있을 거 없어, 루시. 루시가 유령굴레를 무릅쓴 덕분에 방문자가 출처의 위치를 노출하게 된 거잖아. 그러니까 사실 우리의 성공은 다 루시 덕분이라고." 그녀가 날 보며 미소를 지었다. "그렇게 생각해 볼 수도 '있단' 얘기야."

속에서 뜨겁고 조그만 게 울컥거렸다. 내가 몇 시간 전에 더듬더듬 사과와 감사의 말 퍼레이드를 시작할 때부터 있던 거였다. "고마워. 참 친절하구나."

조지가 나를 빤히 보고 있었다. "정확히 무슨 일이 있었던 거야, 루시? 레이피어는 왜 내려놨는데?"

그러게 말이다. 돌이켜 보면, 피 묻은 손의 유령에게 내가 어찌 그리도 쉽게 조종당했는지 도저히 인정이 안 됐다. 하지만 나는 홀리 앞에선 아무 말도 하지 않을 작정이었다. 조지에게 털어놓을 마음이 있는지조차 확실치 않았다.

"혹시 최면 상태였어?" 홀리가 물었다. "조사관 훈련생 둘이 램버스 워크에서 고독자*한테 압도된 적이 있어. 정말 간발의 차로 구조

됐지. 루시처럼. 꿈속에 있는 것만 같았다던데."

"난 훈련생이 아니거든." 내가 말했다. "최면은커녕 더없이 멀쩡한 정신이었다고."

"멀쩡한 줄 알았겠지." 조지가 딱딱하게 대꾸했다. "하지만 분명 넌 멀쩡하지 않았어. 유령 일부가 심령술사의 기운을 양분으로 삼는다는 이론이 있어. 상대의 감정들을 알아채고 그걸로 수작을 부린단 거지. 너 그 위에 있으면서 특별히 혼자라거나 불행하다고 느꼈어?"

"아니, 물론 아니지." 나는 도끼눈을 떴다. "그런 적 없거든." 나는 그를 쳐다보지 않았다.

"결핍감과 고립감에 미쳐버린 로버트 쿡 얘기랑 비슷해 보여서 그래." 조지가 말을 이었다. "사건의 전모를 결국엔 알아냈거든. 삼류 저질 소책자였던 〈런던 미스터리〉에서. 기록물보관소 별관에서 상당히 빨리 찾아내긴 했는데, DEPRAC가 거리를 통제하는 바람에 발이 묶이고 말았지. 그래서 늦은 거였어. 시위가 한창이었고, 그 와중에 누군가가 덩어리*를 봤다는, 아니, 봤다더라는 말까지 돌아 건물을 떠나기까지 몇 시간이 걸렸지. 하지만 그 삼류 저질 책자의 '하노버 스퀘어 공포' 얘기는 더할 나위 없이 명확했어. 로버트 쿡이라는 사람―참고로 사건 당시 열여섯 살이었대―은 늘 외국에 나가 있는 아버지한테 버려지다시피 했지만, 어머니와는 무척 가까웠던 모양이야. 어머니가 그를 아주 버릇없이 키웠지. 그러다 어머니가 세상을 떠났고, 늙은 유모가 그를 돌봤는데, 어머니보다도 더 버릇없이 키웠어. 그러다 유모도 죽었고, 그 자리를 남자 하인이 대신하게 됐지. 그 사람이 일명 꼬마 톰이었고. 덩치가 크고, 다소 둔하고, 말수가 거의 없었나 봐. 로버트 쿡은 그가 싫었고, 그래서 학대하기 시작했어. 꼬마 톰이 뭔가를 잊어버리거나 빠릿빠릿하게 못 움직이면 분노로 폭발했지. 아무튼 어느 밤에 녀석은 완전히 돌아버려. 자기가 가장 아끼는 장화인지 뭔지를 하인이 잃어버렸거든. 로버트 쿡은 부엌에 내려가 톰한테 독설을 퍼붓고 칼을 집어 찔러. 사방에 피가 튀고, 톰은 심각한 부상을 입게 돼. 하지만 그는 강했고 열도 받았지. 로버트 쿡을 쫓아 다락 층계참까지 올라갔고, 거기서 다시 몸싸움이 벌어져. 톰이 난간 너머로 추락하고 말아. 로버트 쿡은 체포됐어. 피 칠갑을 하고 층계참에 앉아 있었대." 조지가 의자에 몸을 기대며 자기 겨드랑이 냄새를 슬쩍 킁킁거렸다. "아무튼 그렇게 된 거였어. 맙소사, 나 좀 씻어야겠다."

"조지가 찾은 그 숄은…," 홀리 먼로가 말했다. "로버트 쿡의 어머니 물건일까?"

"그렇게 봐야겠지. 그 인간한테 소중한 뭔가일 테니. 결핍감과 억울함이 얼마나 기묘하게 뒤섞였기에 그 인간이 그렇게 미쳐버렸는지 누가 알겠어?

나는 어깨를 으쓱했다. "확실히 무척이나 혼란스러운 인격체긴 하네."

"그렇지." 조지가 말했다. "그런 인격체가 한둘이 아니기도 하고." 그가 나를 봤다.

"자, 그럼." 홀리 먼로가 다정히 말했다. "록우드가 기다리다 지치겠어. 아침 식사를 가져다줄게."

"내가 가도 돼." 조지가 말했다. "너도 피곤할 텐데, 홀리."

내가 벌떡 일어났다. "아니. 내가 가." 나는 대답을 듣지도 않고 쟁반을 들었다.

집에 있는 모든 곳을 통틀어 침실은 주인의 성격을 가장 극명히 보여주는 공간일 거다. 이 이론은 내 방(흩어진 옷가지와 스케치북)에 어느 정도 적용됐고, 조지의 방에는 확실히 적용됐다. 대출 도서와 원고, 구깃거리는 옷가지와 무기 사이를 한참은 헤치고 들어가야 확인이 가능한 얘기였지만. 록우드의 경우는 보다 까다로웠다. 그의 방 서랍장 위에는 낡은 〈피츠 연감〉이 줄줄이 꽂혀 있었다. 옷장엔 정장과 셔츠가 하나같이 깔끔히 정리돼 있었다. 벽에는 아득히 먼 땅의 그림들―열대우림을 구불구불 관통하는 강이라든가, 나무가 늘어선 언덕 위로 솟은 화산이라든가―이 몇 점 걸려 있었는데, 그의 부모님이 여행한 곳이지 싶었다. 록우드의 방이 한때는 그분들의 방이었겠단 생각도 들었다. 하지만 그분들이나 누나의 사진은 전혀 없고, 줄무늬 벽지와 금빛이 도는 녹색 커튼은 우아한 여백의 미를 자랑하느라 사실상 록우드에 대해 알려주는 바가 전혀 없다는 점에서 그 방은 백색 도료를 칠한 상자라도 되는 것 같았다. 그가 거기서 잠은 자지만 실제로 '살고 있는' 건 딱히 아니란 느낌을 나는 늘 받았다.

창문 커튼을 내린 방에 침대 보조등이 들어와 있었다. 침대에 누운 록우드가 보였다. 줄무늬 베개 두 개를 겹쳐 등을 뉘이고 가느다란 두 손을 이불 위에 포개고 있었다. 단정히 감은 흰 붕대가 우스꽝스러운 터번처럼 기우뚱하니 정수리를 덮었다. 출혈이 있었던 곳에 거뭇한 얼룩이 보이고 반대쪽 붕대 밑으론 검은 머리칼이 삐져나왔다. 그는 파리하고 말랐으며―새로울 것 없는 일이었다―눈은 밝았다. 내가 쟁반 내려놓는 모습을 지켜보고 있었다.

"미안해." 내가 말했다.

"마음 쓰지 마. 벌써 사과했잖아."

"네가 기억하는지 확실치가 않아서."

"아무것도 기억은 안 나. 정신을 차렸을 때 누군가의 무릎을 베고 있던 건 기억나는데." 록우드가 씩 웃었다. "그게 너인지 홀리인지 모르겠지만."

"조지였어, 실은."

"오, 그랬어?" 그는 헛기침을 하고 허겁지겁 아등바등 일어나 앉았다. "그래…. 그랬군."

"너한테 침대에 누워 있으라고 얘기 좀 하라더라. 조지가 아주 완강해."

"그 녀석 오늘은 제대로 부관 노릇이지. 안 그래? 난 괜찮아. 홀리가 상처를 손봐줬어. 얼마나 깔끔히 해놨는지 봐. 응급 처치사 자격증을 땄다는 거 있지."

"물론 그렇겠지." 나는 그에게 쟁반을 건넸다.

록우드가 잼과 토스트를 집어 들었다. 나는 가장 가까이의 사진을 가만히 봤다. 조각이 새겨진 석조 건축물이었다. 정글의 웃자란 수풀과 나무 그림자에 가려 잘 안 보이다시피 했지만.

"마야의 혼령문이야. 유카탄반도 어딘가에 있다는." 록우드는 고개도 들지 않고 말했다. "부모님이 가본 곳이야. 그런 것 같아…." 그는 토스트를 씹었다. "그래서," 그가 말했다. "결국 그렇게 됐네. 그렇게 될 거라고 경고했지만 넌 안 들었어. 조사관으로서 했던 모든 훈련을 잊고 네 집착에 휘둘렸지. 우리 모두를 위험에 빠트렸어."

나는 깊은숨을 들이마셨다. 어떻게든 설명해 봐야 할 순간이 왔는데 할 말을 찾을 수 없었다. "나쁜 짓이었단 거 알아. 하지만 난 놈에게 말을 걸었어, 록우드. 놈이 대답했고."

"그리고 곧장 널 죽이려 들었지. 결국엔 똑같아."

"그야 놈이 문제 있는 유령이라 그런 거고. 하지만…."

"문제 있는 유령?" 그가 나를 보며 픽 웃었지만 웃겨서 웃는 게 아니었다. "루시, 문제없는 유령은 절대로 없어. 절대로! 그리고 넌 앞으로 다시는 그런 짓을 하지 않을 거고. 알아들어?"

속이 막힌 듯 답답했다. "이걸 할 수 있는 사람은 나뿐이야, 록우드. 그런데도 아무 의미가 없어? 결국엔 어리석은 짓이 됐단 거 나도 알아. 그리고 맞아. 다 내 잘못이야. 하지만 록우드, 내 말 좀 들어봐. 그 교감을 너도 느껴봤어야…."

"루시." 그가 말을 끊었다. "너야말로 내 말 좀 들어. 다시 물을게. 알아들었어?"

나는 눈을 흡떴다. "네에."

"정말 알아들었길 바란다. 아니면 다음번엔 널 두고 갈 거야."

"그리고 뭐? 홀리 먼로를 대신 데려가게?"

록우드의 얼굴에서 핏기가 싹 가시며 침묵이 흘렀다. "내가 누굴 데려가고 말고는 내가 알아서 해." 그가 천천히 말했다. "하지만 다른 조사관의 안전을 위태롭게 하는 사람을 데려가지 않을 거란 건 분명하지. 남은 겨울 내내 혼자서 차가운 아낙이랑 광산의 똑똑이나 처리하고 싶거든 말만 해." 그는 접시를 물끄러미 내려다봤다. "홀리는 효율적이야. 도움도 되고. 집을 깨끗하게 관리해. 오, 그리고 맞다. 네 목숨도 구했지. 근데 넌 홀리의 정확히 어디가 그렇게 마음에 안 들어?"

나는 어깨를 으쓱했다. "짜증 나. 그냥 걸리적거려."

록우드가 고개를 끄덕였다. "그렇구나. 맞아. 홀리가 어젯밤 너한테 정말 걸리적거리긴 했지. 미친 듯이 뛰어들어 널 살리느라고. 내가 널 구한 게 아냐. 조지는 너무 느렸고. 하지만 홀리가 널 붙들어 살린 게 뭐. 걘 그냥 '짜증' 나는데." 그가 이불을 옆으로 걷었다. "저기 있지, 나 지금 내려가서 홀리한테 말할게. 다음번엔 널 그냥 떨어트려 버리라고."

"다시 눕지 못해!" 뱃속 응어리가 더 딱딱하게 뭉쳤다. 신경이 곤두서고 심장이 방망이질했다. "내가 걔한테 신세 졌단 거 아주 잘 알거든! 걔가 얼마나 철저히도 완벽한지 잘 알고 있다고!"

록우드가 침대 옆 협탁을 손바닥으로 찰싹 때렸다. "그럼 도대체 뭐가 문젠데?!"

"아무 문제 아니라니까!"

"그럼….'

"그럼 로트웰에선 그 앨 왜 내보낸 건데?"

록우드가 두 손을 머리 옆에 들고 흔들었다. "뭐?"

"홀리 말야! 걔가 그토록 대단하면 로트웰에선 왜 내보낸 거냐고? 네가 그랬잖아. 홀리가 처음 왔을 때. 로트웰에서 그 앨 '내보냈다고'. 그냥 궁금해서 그래. 이유를 알고 싶어."

"내부 조직 개편과 관련한 일이었어!" 록우드가 소리쳤다. "상관이 자기랑 잘 안 맞는단 걸 문득 알게 됐고 보직 변경을 요청했대. 로트웰은 들어줄 생각이 없었고. 그래서 사직했어. 무슨 대단한 미스터리가 아니라고. 안 그래?"

"아닌 것 같네!"

"그럼 된 거네!"

"그래! 됐어!"

"잘됐네!" 록우드의 잠옷 아래 다리가 침대로 가라앉았다. 그가 베개로 털썩 몸을 기댔다. "잘됐다고." 그가 말했다. "머리도 아프고 한데."

"록우드, 난….'

"너도 가서 좀 쉬어. 네겐 휴식이 필요해. 우리 모두가 그래."

당신도 날 알잖나. 나는 순종적인 사람이다. 그래서 그 뒤 몇 시간
은 내 방에 있었다. 잠깐 졸기도 했지만 푹 쉬기엔 너무 흥분한 상태
였고, 다른 뭔가를 하기엔 너무 피곤했다. 그래서 그냥 천장을 보며
상당한 시간을 보냈다. 한번은 조지가 샤워를 하며 휘파람을 부는 소
리가 들리기도 했지만, 그걸 빼면 온 집안이 고요했다. 록우드와 조
지는 각자의 방에 있었다. 홀리는—내 짐작으로는—일찍 퇴근했다.

나는 그녀가 고마웠다. 물론 그랬다. 그들 모두가 고마웠다. 아,
어찌나 기분 좋은지. 이렇게 고맙고 또 고맙다는 게…. 나는 길고 서
글픈 한숨을 쉬었다.

"멍하니 무슨 생각 하는데."

나는 목을 길게 빼고 창턱을 향해 눈을 가늘게 떴다. 윈터가든 저
택으로 첫 출장을 다녀온 뒤 단지 속 해골은 찍소리도 없던 터였다.
놈은 내 방 창턱에, 더미로 쌓인 세면 가방과 체취제거제, 구깃거리
는 옷가지 옆에 놓여 있었다. 지금은 희미한 민트색 빛이 유리 너머
를 둥둥 떠다녔는데, 11월의 칙칙한 햇빛을 배경으로 보일락 말락 했
다. 플라스마는 변함없이 반투명하고, 망그러진 갈색 해골은 거의 윤
곽뿐이었지만, 그 와중에도 햇빛은 머리 위 둥근 부분의 홈과 삐뚤빼
뚤한 봉합선들을 잡아냈다. 몸서리나는 얼굴은 흔적도 없었다. 오늘
은 그저 그 끔찍한 목소리뿐이었다.

"그게 무슨 기분인지 알아." 놈이 말했다. "나도 모두에게 미움받
잖아."

"너한테 물어볼 게 있어." 내가 팔꿈치로 침대를 짚어 몸을 일으키
며 말했다. "지금은 점심시간이잖아. 대낮이라고. 넌 유령이고. 유령
은 대낮에 나다니지 않아. 그런데도 넌 여기 있지. 날 귀찮게 하면서."

놈이 목쉰 소리로 키득거렸다. "내가 보통 유령이랑은 다른가 보지. 네가 주변 사람들과 아주 몹시 다른 것처럼, 루시." 목소리가 동굴에서 울리기라도 하는 양 깊어졌다. 장송종*처럼 메아리쳤다. "남다르고, 고립되고, 게다가 외토오오올이지…. 우우, 목소리 한번 으스스하네." 놈이 덧붙였다. "나까지 겁을 집어먹을 뻔했어."

나는 놈을 노려봤다. "지금 그건 대답이 아니잖아. 어?"

"솔직히, 질문을 까먹었어."

"넌 대낮에 현현이 가능해. 어떻게?"

"사실," 목소리가 말했다. "주된 이유는 아마도 이 은유리 감옥의 속성이 아닐까 싶어. 내가 못 빠져나가게 막는 동시에 통과해 들어오는 빛의 세기도 약화시키거든. 난 영원히 계속되는 황혼 녘에 있는 거나 마찬가지라고. 내가 완벽하고 멀쩡히 기능할 수 있는." 빛이 어둑해졌다. 순간적으로 나는 놈이 가버린 줄 알았다. "그러니까 어디 한번 들어보자." 놈이 말했다. "왜 그렇게 죽상을 하고 있어? 내가 도울 수 있을지도 모르잖아."

나는 다시 고개를 젖혀 베개를 베고 누웠다. "아무것도 아냐."

"아무것도 아닌 게 아니지. 한 시간 내내 천장만 보고 있어놓곤. 그래 봐야 좋을 거 없어. 다음으론 저기 있는 분홍색 일회용 면도기로 네 목을 따버리거나, 변기에 머릴 처박고 죽으려 들걸. 그러는 여자애들을 본 적 있어." 놈이 스스럼없이 덧붙였다. "말 안 해도 알아. 새 조수 때문이잖아."

"아냐. 이젠 그 애랑 잘 지내. 괜찮은 사람이야."

"하루아침에 괜찮은 사람이 됐다고?"

"그래. 그래, 맞아."

"땡!" 목소리가 갑자기 열을 올렸다. "그 여잔 네 둥지에 파고든

201

뻐꾸기야! 네 손으로 만든 근사하고 조그만 왕국의 침입자라고. 그여자도 그걸 알아. 자기가 널 흔들어놓는 게 좋은 거야. 그런 부류가원래 그래."

"그래, 뭐." 나는 끙 소리를 내며 몸을 굴려 침대 가장자리에 앉았다. "어젯밤엔 그 애가 내 목숨을 구했어."

놈이 다시 키득거렸다. "그게 무슨 대수라고. 네 목숨은 다들 한번씩 구했어. 록우드, 커빈스. 나도 있지, 물론. 내가 널 구한 게 어디한두 번이냐고."

"난 어떤 유령과 얘기하고 있었어. 놈한테 완전히 빠져들어서 내방어구를 다 던져버렸지. 홀리가 날 구했어. 그리고 그 말은 곧," 나는끈덕지게 계속했다. "이제 그 애랑 아무 문제없단 얘기라고. 알았어?너도 그 앨 걸고넘어질 필요 없어. 더는 문제가 아니니까."

"솔직한 말로 널 곤경에서 안 구해본 사람이 어딨어? 길모퉁이 가게의 아리프 영감조차 한두 번은 구했겠다. 넌 그 정도로 재수가 없는 애라고."

나는 단지에다 양말을 던졌다. "닥쳐!"

"진정해." 목소리가 말했다. "난 네 편이야. 그런데도 넌 내 진가를 몰라. 여기선 유용한 말씀, 저기선 날카로운 의견, 다 내가 해주잖아. 그것도 공짜로. 어쩌다 한번 스치듯 하는 감사나마 받을 만도 하다고."

나는 침대에서 일어났다. 다리가 후들거렸다. 내내 먹지 않은 터였다. 잠도 안 잤다. 당장은 해골과 얘기하는 중이었다. 기분이 묘하다 한들 이상할 거 있나? "감사할 거야." 내가 말했다. "네가 뭔가 유용한 얘길 해주면. 죽음에 대해. 죽는다는 것에 대해. 저세상에 대해.네가 뭘 풀어놓을 수 있나 생각 좀 잘 해보라고! 넌 네 이름조차 안 알려줬잖아."

속삭이는 듯한 한숨 소리. "아, 그게 그렇게 간단하지가 않아. 삶과 죽음을 한데 놓는 건 어려워. 말로 설명할 때조차. 원래 사람이 여기에 있으면 저기엔 없는 거잖아. 근데 내 경우엔 그런 모든 게 흐릿해져. 그게 어떤 기분인지 넌—다른 사람은 몰라도 루시, 넌—알아줘야지. 두 세계에 동시에 있다는 게 뭔지. 쉽지 않은 일이야."

나는 창문으로 가서 해골을 쳐다봤다. 뭉그러진 풍경 같은 흠집과 자국들을, 불모의 땅 같은 두개골 위를 지그재그로 흐르는 강마냥 구불거리는 봉합선들을 봤다. 역겨운 엑토플라즘 얼굴이 불쑥불쑥 튀어나오는 꼴을 안 보고 놈에게 그토록 가까이 간 건 이번이 처음이었다. 두 세계…. 그래. 아닌 게 아니라, 내가 심령 교감에 성공하던 그 짧은 순간들은 정말 그렇게 느껴졌다. 다락 층계참에서 나는 두 개의 현실을 동시에 경험했고, 하나가 다른 하나를 압도했다. 레이피어를 내팽개친 건 미친, 죽음을 자초하는 짓이었다…. 그렇지만 유령과 소통한다는 맥락에서는 완벽히 말이 됐다. 완벽히 말이 된다. 제대로 된 유령을 찾아낸다는 전제하에. 나는 피 칠갑을 한 소년을 떠올렸다.

"네가 검을 버린 이유가 뭐라고 생각해?" 목소리가 말했다. "네가 그토록 혼란스러워진 이유가 뭐일 것 같아? 네 친구들 누구도 이해할 가망이 없어. 복잡하고 혼란스러운 일이야. 남들이 못 하는 뭔가를 한다는 건. 내 말 믿어. 난 알아."

"넌 왜 다른데?" 내가 말했다. "방문자가 한둘이 아닌데…."

"아." 목소리가 약간 우쭐해졌다. "하지만 난 돌아오길 '원하지'. 다른 점은 그거야."

집 안 아득한 곳에서 초인종이 울렸다.

"가봐야겠어. 안 그럼 록우드가 나가보려고 할 거야…." 나는 문

으로 가다가 단지를 돌아봤다. "고마워." 그렇게 말하고 아래층으로
갔다.

*   *   *

조지와 내가 층계참에서 만나는데 초인종이 다시 울렸다. 록우드
의 방문에선 터번 쓴 머리가 이미 빠끔히 나와 있었다. "누구야? 의뢰
인?"

"넌 신경 끄고!" 조지가 빽 소리쳤다. "침대로 돌아가!"

"흥미로운 건 들고 온 고객일 수 있잖아!"

"그렇대도 너랑은 상관없어! 내가 처리한다고. 알아들어? 난 네
부관이야! 침대에서 나오지 마!"

"알았어…."

"약속해?"

"약속해."

록우드가 사라졌다. 고개를 절레절레 저으며 조지와 나는 현관으
로 갔다. 문간에 서 있는 건 몬타규 반스 경위였는데, 그 어느 때보다
도 처량하고 풍파에 찌든 몰골이었다. 오후의 맥없는 빛 속에서 어디
가 그의 주글주글한 얼굴의 끝이고 축 처진 트렌치코트의 시작인지
알 수 없었다. "커빈스," 그가 인사했다. "칼라일 양. 괜찮으면 좀 들
어가도 될까?"

안 괜찮다 한들 우리에겐 선택의 여지가 없었다. 우리는 반스를
응접실로 안내했고, 그는 중산모를 손에 든 채 우뚝 멈춰 섰다.

"집이 좀 깔끔해졌군." 반스가 말했다. "카펫도 있는 줄은 몰랐는
데."

"차근차근 정리해 나가는 중이죠, 경위님." 조지가 코에 걸린 안경을 밀어 올리며 나름 권위가 담긴 목소리로 말했다. "뭘 도와드릴까요?"

반스는 유리섬유로 만든 속옷을 입은 남자처럼 불편하고 힘들어 보였다. 그가 깊은 한숨을 쉬었다. "피오나 윈터가든 씨와 통화하고 오는 길이네. 아주… 입김이 센 여성이지. 나로선 잘 믿기지 않지만 어젯밤 자네들의 일 처리가 흡족한 듯해. 그리고 내게 '요청'하기를," 그는 그 단어를 유독 힘주어 말했다. 건방지게 거역해 보라는 듯 우리에게 눈을 부라리면서. "첼시 사태에 자네들을 불러다 쓰라더군. 내가 여기 온 건 첼시 조사에 록우드 심령 회사가 합류할 수 있을지 록우드 대표에게 공식적으로 묻기 위해서네." 경위의 입이 꾹 닫혔다. 이 불쾌한 임무를 해치우고 긴장이 풀리는 게 눈에 보일 정도였다. "그러고 보니 록우드는 어디에 있고?"

"아." 내가 대답했다. "몸이 안 좋아요."

"윈터가든 저택에서 부상을 입었거든요." 조지가 거들었다. "머리를 부딪혔어요."

내가 고개를 끄덕였다. "뇌진탕일 수도 있어요. 아주 심각하죠. 안타깝지만 오늘은 보실 수 없어요."

"하지만 괜찮아요." 조지가 말했다. "제가 부관이니까요. 저랑 얘기하시면 돼요." 그는 손짓으로 경위에게 자리를 권하고 자기는 록우드의 의자에 앉았다.

"안녕하세요, 경위님." 록우드가 씩씩하게 걸어 들어왔다. 그는 기다란 가운과 잠옷, 페르시아풍 슬리퍼 차림이었고, 그의 터번은 그 어느 때보다도 크고 피로 얼룩지고 삐뚜름했다. 반스는 최면에라도 걸린 사람처럼 그를 쳐다봤다. "무슨 문제라도?" 록우드가 물었다.

"아니, 전혀…." 경위가 정신을 수습했다. "마음에 드는군. 깨진 머리가 아주 잘 어울려."

"고맙습니다. 좋아요. 의자에서 비켜줄래, 조지. 그래서…. 제가 제대로 들은 건가요? 드디어 우리한테 도움을 청하신다고요?"

반스는 눈을 홉뜨고, 입술을 감쳐물고, 무슨 대단한 일이라도 되는 양 중산모 챙을 매만졌다. "맞네." 그가 말했다. "그렇다고 볼 수 있지. 첼시 사태가 걷잡을 수 없는 지경이고, 우린 솔직히 자네들의 어떤 도움이든 절실해. 어젯밤에도 여기저기서 폭동이 있었네. 런던의 문제 지역들은…. 글쎄, 자네들이 직접 가서 봐야 할 거야."

"안 좋군요. 그쵸?"

반스가 뭉툭한 손가락으로 눈을 비볐다. 손톱이 짧고 끝이 울퉁불퉁했다. 생살이 나오도록 물어뜯어서였다. "록우드 선생," 그가 천천히 말했다. "세상의 종말이 이런 거구나 싶어."

14

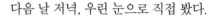

다음 날 저녁, 우린 눈으로 직접 봤다.

DEPRAC는 봉쇄 구역 동쪽 언저리의 슬론 광장에 임시 본부를 세웠다. 광장은 일반인의 출입이 통제된 상태였다. 임시 울타리에 거대한 경고 포스터가 붙어 있고, 입구에는 웃음기 없는 얼굴의 경관들이 서 있었다. 록우드와 조지, 내가 출입증을 보여주자 통과하라고 손짓했다.

광장 주변 거리들은 적막하고 컴컴하고 휑했다. 깨진 유리창과 전복된 차량 등 최근에 벌어진 소요 사태의 증거들이 곳곳에 흩어져 있긴 했지만. 그러나 광장만큼은 환했고 열성적인 움직임으로 가득했다. 대형 화물차에 높게 보를 세워 설치한 스포트라이트들이 광장 중앙에 솟아 구석구석을 적나라하고 인정사정없이 세세히 비췄다. 잔디가 표백이라도 된 듯 희고, 바삐 움직이는 조사관과 경관들의 얼굴도 뼈처럼 허옇게 떠 보였다. 검은 전선들이 반짝거리는 아스팔트 포장재 위를 기괴한 정맥들처럼 구불구불 가로지르며 지붕의 임시 항마등과 급식 차량 근처 실외 난방기에 전력을 공급했다.

어딜 보나 사람들이 복작였다. 조사관들이 무리 지어 감독관을 뒤

따르고, 벨트 주머니를 토닥이고, 레이피어를 검사했다. 긴 머리의 민감한 자들이 차가 든 보온통 앞에 얼이 빠져 줄줄이 서 있는 모양새가 꼭 치렁치렁 가지를 늘어트린 버드나무들 같았다. 야경대 꼬마들은 목도리를 두르고 방울 달린 털모자를 쓴 채 배짱이 허락하는 한 난방기와 최대한 가까운 곳까지 진출해 오순도순 모여 있었다. 정장 차림의 성인 DEPRAC 직원들은 뭔가 큰일을 한다는 양 이리저리 뛰어다녔다. 그래 봐야 초자연적으로 초토화된 구역에 자기 대신 어린 애들을 들여보내는 일로 먹고사는 사람들이었지만. 길모퉁이의 미용실도 작전에 동원됐다. 레이피어 취급상인 멀릿 & 손스의 대리인들이 거기에 전초 기지를 만들고, 귀신 들려 버려진 첼시의 곳곳으로 밤샘 출장을 다녀온 조사관들의 검을 교체, 수리하거나 더 단순하게는 날에 튄 엑토플라즘을 긁어내는 일을 했다.

광장 서쪽 끝에는 3미터 높이에다 밑동에 콘크리트가 박힌 철제 장벽들을 끌어다 그 너머 거리로의 진입을 막았다. 그 거리가 바로 킹스 로드, 슬론 광장 남서쪽으로 1.5킬로 이상 뻗어 풀람 브로드웨이의 라벤더 공장까지 이어지는 길이었다. 지금보다는 평범하던 시절에 킹스 로드는 인기 쇼핑 지구의 등줄기와도 같았으며, 거기서 주택가들이 깃털의 깃가지들처럼 뻗어나갔다. 지난 육 주 동안의 시간이 그 모두를 바꿔버렸다. 이제 철제 장벽에 난 문, 그나마도 잠긴 채 통제되는 문 하나만이 킹스 로드로 가는 유일한 출입구였으며, 그 옆에는 비계와 나무판자를 써서 무단으로 세운 감시탑이 솟아 있었다.

우리는 반스와 미리 얘기된 대로 곧장 감시탑으로 갔다.

탑 입구에서 반스의 부관인 어니스트 돕스 경관을 만났다. 그는 둔팍한 청년이었는데, 귓바퀴가 뭉개진 귀부터 예상을 한 치도 벗어나지 않게 때 빼고 광을 낸 징 박힌 장화에 이르기까지 전형적인 DE-

PRAC 경관이었다. 우리를 회의적으로 뜯어보던 눈길이 록우드의 왼눈 위 이마에 붙은 거즈에 머물렀다. 이윽고 그는 앞장서서 계단을 올라갔다. 꼭대기에 도달하자 옆으로 비켜서며 성의 없이 손을 흔들었다.

"여깁니다." 돕스가 말했다. "첼시에 온 걸 환영해요."

킹스 로드의 항마등들은 여전히 켜져 있었다. 항마등의 흰색 구체들이 겨울 어둠 속에서 두 줄로 길게 뻗어 깜빡깜빡했다. 그 옆으로 건물들의 컴컴한 정면이 보였다. 컴컴했지만 '완전히' 컴컴하진 않았다. 특정 창문들에서 희미한 유령의 빛들이 보였다. 흐릿한 파란색과 녹색이 맥박치고 흔들렸으며, 여기저기서 느닷없이 꺼지기도 했다. 저 멀리, 샛길이 시작되는 교차로에서 파리한 형상이 스윽 멀어지며 밤 속으로 사라졌다. 바람결에 단발성 비명들이 실려왔다. 시작도 끝도 없는 소음의 단편들이 무의미하게 반복될 뿐이었다.

철제 장벽에서 그리 멀지 않은 곳의 조명 아래 조사관 몇이 모여 있었다. 감독관인 듯한 여자가 명령을 내리고, 그들은 어느 집으로 건너가 사라졌다.

그들 근처의 가게 창문 하나가 박살이 난 채 뻥 뚫려 있었다. 보도에 흩어진 유리 파편이 철, 소금과 뒤섞여 있었다. 반대편 어느 상점 앞에는 크고 검은 얼룩이 졌고, 보도는 마그네슘 폭발로 부르텄다. 최근의 비바람에 떨어진 나뭇잎과 잔가지들이 차도와 길가에 주차된 자동차들 위를 굴러다녔다. 문간에서 구겨진 신문지들이 펄럭였다. 건물 여럿의 창문에 유령표시*가 남겨져 있었다. 샛길로 가는 길목에 두껍게 뿌려진 철이 보였다.

사는 사람도, 일하는 사람도 없는 곳이었다. 그런 분위기가 확연했다. 장벽을 비롯해 그토록 많은 쇠붙이들이 누르고 있는데도. 뭔가가 잘못됐다는 기운이 감돌았다. 그곳은 데드존이었다.

"왼쪽 식품점 보이죠?" 돕스가 말했다. "거기 관망자가 있었어요. 가공육 진열대 바로 뒤에. 원통형 정장 모자를 쓴 빅토리아시대 신사였죠. 맞은편 술집에선 깜빡이들이 나왔어요. 외팔이 우편배달부의 모습을 한 요괴도 있었죠. 팔이 하나뿐인 이유는 나한테 묻지 말고요. 그 전날 밤엔 그림블 조사관들이 망령들에게 쫓겨 저 아래 골목 마권 판매소 근처까지 갔답니다. 큰길로 나와 화염탄으로 처치하긴 했지만 정말 아슬아슬했죠. 여기서만 그 정도예요. 첼시는 수 킬로에 걸쳐 있는데 말이죠. 지금 우리 상황이 그렇습니다."

안개 속 어딘가에서 희미한 탁, 탁, 탁 소리가 시작됐다. 부드럽고 꾸준하고 규칙적이었다.

"어딘가에서 시신을 파내는군요." 돕스가 덧붙였다. "출처들이 나오고는 있는데, 그중 어떤 것도 이 군집의 핵심이 아녜요." 그가 고개를 돌렸다.

나는 그의 너머로 오아시스처럼 조명을 밝힌 슬론 광장을 내다봤다. "그러니까 이 모든 조치를 하고도 달라지는 게 없다고요?"

"전혀요."

* * *

반스 경위는 지휘소에 있었다. 지휘소는 광장 귀퉁이의 근엄한 벽돌 건물로, 이 난리가 나기 전의 시절에는 '첼시 노동자 클럽'으로 쓰였다. 우리는 신분증을 보여주고, 소금 포대가 줄지어 선 혼잡한 복도를 지나고 계단을 몇 개 올라 본관 휴게실에 들어섰다. 책상과 서류 보관장, 소매를 걷어붙인 DEPRAC 직원들이 한가득 있는데도 실내에선 돼지 껍질 튀김과 맥주 냄새가 진동했다. 방 저쪽 끝, 반쯤 마신 커피 컵들이 즐비한 테이블에서 반스 경위가 부하의 서류에 서명하고 있었다. 그의 등 뒤에 붙은 첼시 대축척 지도의 곳곳에 다양한 색깔의 핀 수십 개가 꽂혀 있었다.

록우드와 나는 의자를 찾았다. 자리에 앉아 반스를 기다렸다. 조지는 접은 종이를 꺼내 들고 열심히 들여다보며 이따금 벽에 걸린 지도를 살폈다. 나는 녀석들에게 초콜릿을 돌리면서 록우드를 곁눈질했다. 파리한 피부에 단추를 채우지 않은 목깃, 부스스하고 헝클어진 머리 탓에 조사관보다는 폐병 걸린 시인에 가까워 보였다. 해적을 연상시키는 각도로 눈썹 위에 붙인 거즈는 홀리 먼로의 작품이었다. 그녀는 그렇게 거즈를 붙여야만 외출을 허락하겠다고 고집을 부렸고, '관리 차원에서' 함께 출동하는 데 거의 성공할 뻔했다. 록우드가 그녀의 제안을 거절한 거였지만, 그 결정에 내가 느낀 흡족함은 그리 오래가지 않았다. 여기까지 오는 내내 그는 입을 다물고 가만히 있었다. 사실 온종일 내게 좀처럼 말을 걸지 않았다.

이제 록우드는 자리에 앉아 이마를 조심스레 만지작거리고 있었다. 그사이 반스는 결재를 마치고, 누군가의 질문에 대답하고, 다른 누군가에게 소리치고, 식어빠진 커피를 한 모금 마신 뒤 우리 쪽으로 처음 시선을 줬다. "자, 자네들 소원대로 됐군." 반스가 말했다. "자네들은 지금 첼시 사태 대응 본부의 수뇌부에 있네. 내게 무슨 얘길 듣고 싶은가?"

"벽에 붙은 지도를 대강 봤어요." 록우드가 말했다. "꽤 암울해 보이는데요."

"들어가고 싶으면 얼마든지 그렇게 해." 반스가 콧수염을 기운 없이 문질렀다. "하지만 우리가 지금 어떤 상황인지 봐서 알겠지." 그는 엄지손가락으로 자기 뒤의 지도를 가리켰다. "지난 몇 주 동안 첼시에서 맞닥뜨린 유령들의 합계일세. 초대형 군집이야. 혼돈 그 자체라고. 내 삼십 년 경력을 통틀어 최악이지. 질문?"

조지가 지도에 꽂힌 핀들을 향해 눈을 가늘게 떴다. "색깔 구분이 의미하는 건 뭐예요?"

반스가 코를 훌쩍였다. "녹색은 1급령, 노란색은 2급령일세. 빨간색은 유령과의 조우가 공격으로 이어진 경우를 뜻해. 검은색은," 그가 콧수염을 긁적이고 손가락 마디를 들여다본 뒤 두 손을 책상 위에 가만히 내려놨다. "검은색은 사망을 의미해. 지금까지 조사관을 포함해 스물세 명이 목숨을 잃었네. 그러니까 자네들도 보다시피 대략적으로는 1.3제곱킬로에 달하는 지역에서 출몰이 극단적으로 증가한 셈이지. 불과 사 주 전까지만 해도 첼시는 다른 지역들과 다르지 않았어."

"방문자 하위 유형별로는 어떤 패턴이 있나요?" 록우드가 물었다. "유독 출몰 빈도가 높은 유령의 종류라도?"

"마구잡이야. 물론 대부분이 음영자와 관망자지. 하지만 요괴와 허깨비도 여럿이네. 망령도 있고 더 드문 것들도 목격됐어. 덩어리와 울부짖는 혼*도 몇 나왔다지. 그중 다수에서 놈들의 출처를 찾아냈어. 하지만 사태의 전체적인 그림은 바뀌지 않고 있지."

"구역 봉쇄는 어느 정도까지 진행됐나요?"

"킹스 로드와 주변 동네 대부분. 서쪽 끝은 아니고. 거기서부턴 놈들의 공격이 급격히 줄거든. 하지만 쇼핑가 대부분이 폐쇄됐고, 주민 수백 명이 교회와 체육관에 대피해 있어. 자네들도 들었겠지만, 그들은 DEPRAC를 비난하네. 일부 광신도 집단이 슬슬 활개를 치고 폭력 사태와 시위들이 벌어졌어. 불안이 확산되고 있지."

"피츠와 로트웰이 근사한 볼거리로 모두의 기분을 풀어줄 계획이라던데요." 내가 말했다.

반스가 두 손 손가락을 맞대고 조심스레 톡톡거렸다. "그렇지. 거리 축제. 스티브 로트웰의 아이디어야. 아주 성대한 행사지. '밤을 탈환한다'는 주제로 열리는. 피츠의 묘에서 로트웰의 묘까지 대규모 행진이 있을 걸세. 이동식 무대와 풍선이 동원되고 공짜 음식과 음료가 제공되지. 아주 많이. 그 모든 게 휩쓸고 지나간 뒤엔 우리가 해결해야 할 이 조그만 난리판이 여전히 남아 있을 테고."

침묵이 흘렀다. "그 초대형 군집의 중심을 찾아야죠." 조지가 말했다.

"우리라고 그걸 모를 것 같나?" 피곤에 절어 작게 쪼그라든 데다 아래엔 처진 살을 덕지덕지 붙인 반스의 눈이 조지를 향해 악의적으로 반짝였다. "우릴 바보 취급 말라고. 그리고 공교롭게도 이번 창궐의 중심부가 어딘지 정확히 나왔거든. 자네 눈으로 직접 보게." 그는 책상에서 지시봉을 들어 몸을 뒤로 젖히고 지도를 쑤셨다. "우린 여기에 있네. 동쪽 구역이지. 그리고 킹스 로드가 이렇게 내려가면서 출몰의 최대 밀집지로 곧장 이어져. 자, 핀들의 위치를 분석하면, 커빈스, 지리적 정중앙이 여기라는 걸 알 수 있지. 킹스 로드와 시드니 스트리트가 만나는 곳 말일세."

"그 모퉁이에 뭐가 있는데요?" 내가 물었다.

"배리 맥길의 끝내주는 피시 & 칩스 전문점." 반스가 말했다. "그게 가게 이름이야. 난 절대로 안 가는 곳이지만 깨끗해. 음, 여기서 '깨끗하다'는 초자연적으로 그렇단 얘기네. 이 가게의 문제는 기름기지 엑토플라즘이 아니거든. 아무튼 우린 여길 샅샅이 뒤졌고 아무것도 못 찾았어. 주변 상점과 주택들도 역시나 아무 문제가 없고. 배경 조사도 해봤는데 지역의 역사 자체에 이렇다 할 만한 게 없어. 눈에 띄는 전염병도, 잔학 행위도 없었단 얘기야. 어느 군집이든 중심부에서 찾게 되리라 흔히들 기대하는 것들 말일세. 자, 자네가 그토록 아끼는 중심부가 그런 지경이야, 커빈스." 그가 지시봉을 책상으로 던졌다. "그에 대해선 뭐라고 하겠나?"

"그럼 거기가 중심이 아닌 거죠." 조지가 말했다.

반스가 욕을 뱉었다. "그럼 그게 어딘지는 알고 그러실까?"

"아뇨. 아직은."

"뭐, 내 대신 얼마든지 찾아보라고. 좋아. 봉쇄 구역 통행증을 발급해 주지, 록우드. 윈터가든 씨가 요청한 대로. 안 죽게 조심하고, 그보다 중요하게는," 반스가 문서들을 들고 의자에 기대앉았다. 그는 벌써 다른 일로 옮겨가고 있었다. "내 눈에 띄지 않도록 최선을 다하라고."

"난 들어갈게." 잠시 뒤 광장으로 다시 나와 록우드가 말했다. 아직 잉크도 안 마른 통행증을 쥐고 서서. "저 안을 돌아다녀 보고 싶어. 장소의 감도 좀 익히고. 걱정 마. 아무 일에도 관여 안 할 거야. 넌 어쩔래, 조지?"

조지는 생각이 딴 데 가 있는 듯한 특유의 표정을 짓고 있었는데, 그럴 때면 영락없이 변비에 걸린 올빼미 같았다. "당장은 내가 거기 들어가 봐야 시간 낭비일 거야. 자잘한 일부터 처리하는 게 좋겠어. 나랑 가. 괜찮으면, 루시. 내 일에 도움이 될 거야."

나는 망설이며 록우드를 건너다봤다. "그야 록우드한테 내가 필요한지에 달렸지."

"오, 됐어. 난 괜찮을 거야." 록우드의 미소는 기계적이고 무심했다.

"넌 조지랑 가. 나중에 집에서 보자." 한 번의 손짓, 외투 자락이 휙 날리는 소리. 그는 철제 장벽 쪽으로 떠났다. 몇 걸음 뒤에는 조사관과 민감한 자, 기술자들 너머로 사라졌다.

나는 가슴을 한 대 얻어맞기라도 한 것 같았다. 고통과 분노가 동시에 느껴졌다. 뒤꿈치로 빙글 돌아 두 손을 맞비비며 조금도 안 느껴지는 열정을 과시했다. "그래서 우린 어디 가는 거야, 조지? 밤샘 도서관?"

"아니. 가보면 알아."

조지는 앞장서 광장을 나가 남쪽의 DEPRAC 저지선을 지나고, 시위의 증거가 명백한 또 다른 거리를 걸어 내려갔다. 버려진 플래카드와 병, 온갖 잡동사니들이 여기저기에 흩어져 있었다.

"끔찍해." 내가 잔해들 틈을 걸으며 말했다. "사람들이 미쳐가고 있어."

조지는 '조사관은 물러가라'라고 적힌 망가진 팻말 위로 발을 디뎠다. "그런가? 난 모르겠어. 다들 겁먹어서 그러는 거야. 긴장을 표출할 필요가 있는 거지. 뭐든 가슴에 담고 있는 건 안 좋잖아. 안 그래, 루시?"

"그렇겠지."

우리는 텅 빈 길을 건넜다. 오른쪽 멀리에서 또 다른 철제 방벽이 보였다. 우리는 첼시의 가장자리를 따라 템스강으로 향하고 있었다.

"그래서 넌 반스가 틀렸다고 생각하는 거야?" 내가 물었다. "초대형 군집의 중심이 지리적 중심에 있지 않단 거? 어떻게 그럴 수 있지?"

"글쎄." 조지가 말했다. "어차피 반스 얘기도 죄다 어림짐작일 뿐이잖아. 그 사람은 이 사태를 평범한 출몰 사건처럼 다루고 있어. 아무리 봐도 아닌데. 이 정도 규모가 어찌 평범할 수 있어?"

나는 대답하지 않았다. 상관없었다. 잠시 뒤 조지는 내가 대답한 셈 치고 얘기를 계속했다.

"생각을 해보자고. 가장 기본적으로, 출처가 뭐야? 정확히는 아무도 모르지. 하지만 일단 취약점, 그러니까 이승과 저승의 경계가 흐려진 지점이라고 해보자고. 켄잘 그린에서 우리도 봤지. 그치? 뼈 거울 때 말야. 그건 일종의 창문이었잖아. 유령은 출처에 묶여 있어. 충격적이고 폭력적인 사건, 부당한 경험들에 발목을 잡혀선 기둥에 묶인 개처럼 특정한 사물이나 장소를 맴도는 거야. 누군가가 나타나 그 연결을 끊어줄 때까지. 오케이. 그럼 군집은 뭐고? 군집이 만들어지는 건 두 경우야. 하나는 끔찍한 단일 사건이 한 번에 수많은 유령들을 만들어낼 때. 전시의 공습이라든가 역병에 의한 피해가 대표적이지. 햄프턴 윅의 화재로 파괴된 호텔도 있었는데, 기억해? 버려진 별관에서 바삭하게 튀겨진 방문자를 스물도 넘게 발견했잖아. 또 다른 경우는 아주 강력한 출몰 하나가 주변부에 점진적으로 영향력을 퍼트리는 때야. 출몰의 원조 격인 유령이 다른 이들을 죽이고, 그게 수년에 걸쳐 계속되면서 서로 다른 시간과 공간에서 탄생한 혼령의 무리가 생기는 거지. 콤 케리 홀이 아주 좋은 예라고 할 수 있어. 라벤더 롯지도 그렇고. DEPRAC가 추정하는 첼시 군집 역시 이 두 번째 유형에 해당해."

"음, 그럴 수밖에." 내가 말했다. "돕스 얘기로 봐도 첼시의 방문자 사이에 관련성이 전혀 없잖아. 모두가 서로 다른 시대와 장소에서 왔다고."

조지가 고개를 가로저었다. "그렇긴 한데, 그럼 놈들의 출몰을 촉발시킨 원인은 뭔데? 반스는 이 구역의 다른 모든 출몰에 불을 붙인 핵심 유령을 찾는 중이야. 하지만 내 생각엔 그가 놓치고 있는 게 있어. 이 유령들은 시간을 두고 천천히 늘어난 게 아냐. 거의 하룻밤 새에 전부가 어마어마하게 활성화됐다고. 두 달 전만 해도 이곳의 난제는 런던의 다른 지역과 비슷한 수준이었어. 근데 이젠 이쪽 동네를 통으로 격리하는 지경이 됐잖아." 그는 나와 나란히 길을 건넜다. 풀린 운동화 끈을 흩날리며, 머릿속 생각을 물리적으로 조형이라도 하는 양 두 손을 흔들며. "이 모든 유령한테 불을 붙이는 게 '옛날 옛적'의 끔찍한 사건이 아니라 '현재' 진행 중인 뭔가라면?"

나는 그를 봤다. "이를 테면?"

"그걸 아예 모르겠어."

"많은 사람들이 죽어나가는 일 같은 거?"

"몰라. 어쩌면."

"사람들이 실종되는 것도 아니고, 어디서 참사가 벌어지고 있단 증거도 없는데. 내가 깐깐하대도 좋아, 조지. 하지만 네 얘긴 전혀 말이 안 돼."

조지가 멈춰 서선 나를 보고 싱긋 웃었다. "반스의 이론도 마찬가지지. 그래서 더 흥미진진한 거고. 아무튼 다음으로 우린," 그가 말을 계속했다. "전문가의 조언이 좀 필요해."

"기록물보관소 먼지를 뒤집어쓴 네 늙은 친구들?"

"오히려 그 반대야. 우린 플로 본스를 만날 거야."

나는 걸음을 멈추고 조지를 응시했다. 이건 미처 예상 못 했다. 플로렌스 보나르, 일명 플로 본스는 우리랑 알고 지내는 유물 사냥꾼* 소녀였다. 그녀는 템스강변에 떠내려온 심령 쓰레기들을 파내 암시장에 팔았다. 플로는 괜찮은 수준의 심령 능력을 가졌다. 사실이다. 때때로 우리에게 아주 귀한 도움을 주기도 했다. 하지만 또한 쓰레기

217

봉지를 몸에 두르고, 런던 다리 아래 상자에서 잠을 자며, 두 블록 떨어진 곳까지 체취를 풍기는 것도 사실이었다. 부랑자들조차 플로 본스의 냄새 섞인 바람을 피해 반대쪽으로 길을 건넌다고 알려져 있었다. 그녀가 달콤하고 온화한 성품의 소유자였다면 그나마 좀 봐줄 수 있었을지도 모른다. 안타깝게도 그녀와 얘기하는 건 벌거벗고 가시덤불을 통과하는 것과 같았다. 아예 불가능한 건 아니나 분명한 위험 요소들이 있었다.

"왜?" 내가 따져 물었다. "'우리'가 '왜' '걔'를 보러 가는데?" 누가 봐도 내 말투엔 다소 힘이 들어가 있었다.

조지가 주머니에서 지도를 꺼냈다. "플로가 안 씻긴 해도 템스강은 꽉 잡고 있거든. 템스강은 창궐 지역의 남서쪽 경계를 이루고 있고. 여길 봐. 출몰지들이 깔때기 비슷한 모양으로 분포해 있어. 그 한쪽을 템스강이 차지하고. 놈들의 움직임에 어떤 변화가 있었다면 플로가 분명 눈치챘을 거야. 그 애 생각을 들어보고 싶어. 그러고 나서 추가 조사를 하는 거지. 반스든 돕스든 어느 누구든 개랑 얘기할 생각을 해봤을까? 난 아니라고 봐."

"시체 뜯는 까마귀랑도 얘기할 생각은 안 했겠지. 쓰레기장 여우와도 그렇고." 내가 말했다. "쓸데없는 일을 벌이는 거야."

말은 그렇게 했지만 나는 조지와 함께 갔다.

공식적으로는 범죄자로 분류되는 직업을 가진 만큼 유물 사냥꾼들은 주로 출몰하는 장소가 따로 정해져 있었다. 강둑을 따라 있는 특정 술집과 카페에서 만나 밤새 건진 물건들을 교환했다. 조지와 나는 그런 곳들을 몇 바퀴 돌다 두어 시간쯤 뒤에 플로를 발견했다.

플로는 배터시의 음식점 밖에서 지저분한 폴리스티렌 쟁반에 놓인 스크램블드에그와 베이컨을 깨작거리며 남들에겐 저녁이자 자신에겐 아침인 식사를 하고 있었다. 언제나처럼 사람의 형상을 철저히 숨겨주는 밉살스러운 파란색 푸파 재킷을 입고, 자기네 업계에서 쓰는 칼과 작대기와 진흙 후비개를 차고 있었다. 밀짚모자를 뒤로 넘긴 통에 금발과 파리한 얼굴, 눈가에 자글자글한 주름이 보였다. 나는 그게 자주 궁금했다. 목욕과 전방위적인 훈증 소독 처리를 거친 플로는 어떤 모습일까. 그녀는 나보다 나이도 그리 많지 않았다.

플로 본스가 우릴 힐끗 보고 고개를 끄덕이더니 날랜 플라스틱 포크질을 계속했다. 우리는 쾌적함을 해치지 않는 선에서 최대한 가까이 다가가 입에다 노란색 덩어리를 퍼 넣는 그녀를 지켜봤다. "커빈스," 그녀가 이름을 불러 인사했다. "칼라일."

"플로."

"로키는 어디 있고?" 포크가 멈칫했다. "새로 온 여자애랑 갔구나. 그치?"

내가 눈을 끔뻑였다. "아니…. 그 앤 현장에 안 나와. 엄밀히 말해 조사관도 아니고. 비서 겸 가사도우미일 뿐이지." 내가 플로를 보며 인상을 썼다. "근데 넌 그 애 얘길 어떻게 알아?"

플로는 태연스레 쟁반 귀퉁이를 긁었다. "몰랐어."

"그게 무슨 말인데."

"녀석이 널 고용한 지 일 년 반째잖아. 딱 그 정도가 한계야. 지금쯤 다른 여자애한테로 옮겨갔겠구나 짐작한 거지."

"실은," 조지가 우리 사이에 끼어들며 칼자루에 얹힌 내 손을 팔꿈치로 슬슬 밀어 치웠다. "록우드는 첼시 사태로 바빠. 너한테 용건이 있어서 우릴 보낸 거야."

"질문? 부탁? 둘 중 어느 쪽이든 그게 나한테 무슨 이익이 되는데?" 환한 치아가 번뜩였다.

"아하." 조지가 외투의 으슥한 구석을 더듬었다. "내게 감초사탕이 있어! 사랑스럽고 맛 좋은 감초사탕이…. 아니, 없나…. 이거 재밌네. 내가 먹었나 봐." 그가 어깨를 으쓱했다. "외상으로 해줘야겠다."

플로가 눈을 홉떴다. "허접하긴. 이런 일은 록우드가 너보다 백만 배 낫다. 그래서 원하는 게 뭐야? 암흑가 근황?" 그녀는 뭔가를 생각하듯 질겅거렸다. "여느 때와 같이 뒤통수치기와 이유 모를 실종의 반복이야. 윙크맨네가 사업을 다시 시작했다더라고. 줄리어스가 감방에 있는 통에 아내 애들레이드가 암시장 쪽을 맡아 운영하고 있어. 모두가 정말로 두려워하는 건 그 집 아들 놈 레오폴드지만. 사람들 말이 그놈 아버지보다 더한 인간이라는데."

나는 여전히 플로를 보며 인상을 쓰고 있었다. 윙크맨네 아들은 그렇잖아도 작은 자기 아버지를 더 작고 땅딸막하게 축소시킨 버전으로, 법정에서 증언하는 우리를 가만히 쳐다보고 있었다. "말도 안 되는 소리. 기껏해야 열두 살쯤 먹은 애야."

"그래서 앞으로도 계속 런던이 네 집 앞마당이라도 되는 양 싸돌아다니시겠다, 그거야? 정신 빠짝 차리는 게 좋아, 칼라일. 윙크맨네가 지금은 바짝 엎드려 있지만, 줄리어스 윙크맨을 감옥에 보낸 건 '너희'라고. 그 인간들은 극악무도하고 소름 끼치는 복수를 원할 거야…. 자," 플로 본스는 쟁반을 옆으로 내던지고 힘차게 짝, 박수를 쳤다. "감초사탕 한 봉지 외상이야, 커빈스."

"물론이지." 조지가 말했다. "기억해 둘게. 다만 이번 우리 일이 그쪽이랑은 딱히 관련이 없어서 말야, 플로. 지금 우린 첼시 건을 맡고 있어. 넌 그쪽 해안에서 일하잖아. 거기서 내륙으로 두 블록 정도 떨어진 곳에 지옥문이 열렸다고. 근데 강변 쪽은 어때? 뭔가 움직임이 더 있는 것 같아?"

플로는 차량 진입 방지용 말뚝에서 일어나 태평하게 기지개를 켜고, 진흙이 떡 져 있는 외투 밑자락을 들어 올리더니 그 속 깊숙한 곳의 뭔가를 벅벅 긁기 시작했다. "오, 그래. 확실히 엄청 늘긴 했어. 특히 남서쪽에서. 동네마다 놈들이 바글바글해. 첼시 부두에 서서 그냥 한번 슥 봤는데도 벌써 음영자가 셋에 잿빛 아지랑이*가 하나였다니까. 물론 우리 런던의 젖줄 템스강의 50미터 이내에선 놈들을 못 보지. 흐르는 물이 너무 많아서. 안 그래?"

조지가 처음엔 기계적으로, 나중엔 더 열성적으로 고개를 끄덕였다. 그는 지도를 보고 있었다. "응⋯. 응, 맞는 말이야. 고마워, 플로. 엄청 큰 도움이 됐어. 저기, 강가 좀 주의 깊게 살펴봐 줄래? 특히 네가 말한 그 남서쪽 말야. 대규모 출몰이 앞으로도 계속되는지 알고 싶어. 어떤 유형이든 발견하면 알려줘. 보상으로 산더미 같은 감초사탕이 기다릴 거야. 약속해."

"오케이." 플로가 긁기를 끝내고, 옷매무새를 가다듬고, 마대자루를 집어 들더니 획 하고 어깨에 들쳐 멨다. "자, 쌩하니 가봐야겠다. 오늘 밤은 썰물이야. 이 몸은 원들 키스에서 떨어져 나온 선체를 살짝궁 털어봐야겠어. 나중에 보자." 몇 걸음 안 가 그녀는 강 안개 속으로 사라졌다. "이봐, 칼라일." 그녀의 목소리가 흘러왔다. "로키에 대해선 걱정하지 마. 널 정말 좋아하는 게 분명해. 벌써 일 년 반이 됐는데, 넌 아직 살아 있잖아."

나는 플로를 눈으로 좇았다. "그건 또 무슨 말이야?"

하지만 플로는 가버리고 없었다. 조지와 나, 둘뿐이었다.

"나 같으면 신경 안 쓸 거야." 조지가 말했다. "그냥 널 괴롭히는 게 좋아서 저러는 거라고."

"그렇겠지."

"네 감정을 갖고 놀기 좋아하는 거지. 힘없는 쥐를 갖고 노는 고양이처럼."

"아이고, 고마워라. 덕분에 기분이 정말 끝내준다." 나는 그를 건너다봤다. "근데 쟤가 왜 넌 한 번도 안 씹지?"

조지가 코끝을 긁적였다. "그런가? 그쪽으론 생각해 본 적이 없어서."

15

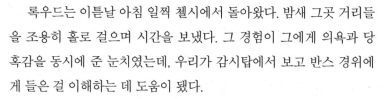

록우드는 이튿날 아침 일찍 첼시에서 돌아왔다. 밤새 그곳 거리들을 조용히 홀로 걸으며 시간을 보냈다. 그 경험이 그에게 의욕과 당혹감을 동시에 준 눈치였는데, 우리가 감시탑에서 보고 반스 경위에게 들은 걸 이해하는 데 도움이 됐다.

"지역 전체가 심령의 움직임으로 들썩여." 록우드가 말했다. "방문자들만 문제가 아냐. 물론 놈들도 많긴 하지. 근데 진짜 문제는 전체적인 분위기야. 온갖 게 술렁거리는 것 같거든. 우리가 현장에서 찾기 마련인 감각들이 죄다 있어. 눈에 안 보이는 구름처럼 거리를 떠다닌달까. 냉각, 독기, 권태, 소름 끼치는 공포. 그것들이 저기 골목에서 네게 굴러오는 게 느껴지는 거야. 네가 지나는 집집에서 슬그머니 나오는 게 느껴진다고. 그것들이 널 집어삼켜. 레이피어를 빼 드는 것 말곤 할 수 있는 게 없어. 도로에 서 있는데 심장이 쿵쾅거리고 제자리에서 빙빙 돌게 되는 거야. 어디서 공격이 들어오나 하고. 그런데 다음 순간, 싹 다 사라지고 없어. 이걸 이해해 보려던 조사관 사이에서 그토록 많은 사상자가 나온 것도 놀라운 일이 아냐. 누구든 미치게 만들기에 충분하다고."

록우드는 멀리에 있는 유령을 여럿 봤다. 건물 위층의 창문과 정원, 상점 뒷마당들에서였다. 도로의 유령은 대부분 정리된 대신 곳곳이 신경 예민한 조사관들이었고, 다들 무작위로 흩어져 돌아다니는 듯했다. 킹스 로드 중간쯤에서 그는 앳킨스와 암스트롱 소속 조사관들이 재잘거리는 안개*를 몰아내는 걸 도왔다. 나중에는 벌벌 떠는 요원 넷을 이끄는 텐디 대행사 감독관과 대화하다 조그만 공원을 가로질러 시드니 스트리트, 그러니까 심령 소란의 중심으로 추정되는 장소에 이르렀다. 거긴 다른 곳보다 특히 괜찮지도 나쁘지도 않은 듯 보였다.

"그곳 묘지를 있는 대로 파헤치는 중이야." 록우드가 말했다. "땅에 소금을 뿌려대고. 로트웰 팀들이 장비를 갖고 나왔는데, 난 처음 보는 거더라고. 소금이랑 라벤더를 분사하는 총이었어. 아무 도움도 안 됐고. 솔직히 우리라고 뭔가 바꿔볼 수 있을 것 같지가 않아. 아예 새로운 걸 생각해 내지 못하는 이상."

"그건 나한테 맡겨둬." 조지가 말했다. "생각해 둔 이론도 하나 있고. 하지만 시간이 좀 필요해."

조지에게 그 시간이 주어졌다. 그때부터 조지는 새 사건에 투입되는 일 없이 연구자 모드로 아주 매끄럽게 전환했다. 며칠 동안 우리는 그를 거의 못 봤다. 나는 조지가 새벽에 포틀랜드 로를 슬그머니 빠져나가는 모습을 한두 번쯤 목격했다. 어깨에는 종이가 미어터지는 배낭을 걸치고, 겨드랑이엔 킵스에게서 얻은 문서들을 끼고 있었다. 조지는 신문기록물보관소와 런던 남서부의 도서관들에 출몰하다 밤이 돼서야 돌아왔다. 플로 본스를 다시 찾아가 얘기했다. 저녁이면 부엌에 홀로 앉아 생각하는 식탁보의 여백에 알쏭달쏭한 내용을 끼적였다. 자기가 하는 일에 대해 거의 입도 뻥끗 안 했지만, 그의 눈에는 예의 그 오랜 불꽃이 돌아와 마치 단지 속에서 윙윙거리는 반딧불이처럼 안경 너머에서 반짝였다. 그가 뭔가를 알아가고 있다는 뜻이었다.

조지가 일하는 사이, 우리는 첼시 건에서 손을 뗐다. 록우드가 한두 차례 더 방문했지만 별다른 성과가 없었고, 록우드는 이내 평범한 일들로 돌아갔다. 나 역시 마찬가지였다. 하지만 우리가 같이 일하는 경우는 없었다. 홀리 먼로가 여느 때와 다름없이 냉정한 효율을 뿜내며 우리 사이의 일을 균등하게 분배하고, 의뢰인과 우리의 시간을 훌륭히 관리했다.

홀리는 우리가 한숨 돌릴 여유를 찾고 팀으로서 보다 원활히 움직이려고 고용한 사람이었다. 그런데 이상하게도 우린 그 어느 때보다도 바쁘고 서로에게서 멀어지는 것 같았다. 어째선지 록우드와 나는 같은 방향으로 출장을 나가는 일도, 아니, 같은 때에 집에서 출발하는 일조차 없었다. 기상 시간도 달랐다. 집에서 만날 때면, 우리의 미소 띤 조수가 함께하는 게 보통이었다. '피 묻은 발자국' 참사 이후로 그와 내가 단둘이 있는 경우는 거의 없었다. 그리고 록우드는 그런 상태가 지속되는 게 충분히 행복해 보였다.

록우드가 아직도 화나 있는 것 같진 않았다. 차라리 그랬으면 더나을 것도 같았다. 그는 그냥 내게서 자길 지우고, 사라진 줄 알았지만 사라진 게 아니었던 그 거리 너머로 몸을 숨겨버린 듯했다. 록우드의 빈틈없는 정중함은 여전했다. 그는 내 질문에 대답하고, 내가 어찌 해나가고 있는지 건조하게 물었다. 그럴 때를 빼면 나를 못 본척했다. 머리의 상처는 아물었다. 이마의 헤어라인 바로 밑에 더없이 희미한 흉터만 남았을 뿐. 다른 모든 것과 마찬가지로 그는 그마저도 잘 소화했다. 하지만 나는 그게 내 무능과 실패의 흔적이란 걸 잘 알

225

앉고, 그걸 볼 때마다 마음이 찢어졌다.

그와 동시에 짜증도 나는 걸 어쩔 수 없었다. 그래, 내가 록우드를—그리고 다른 이들을—위험에 빠트렸다. 내가 망쳤다. 그건 부정할 수 없었다. 하지만 그걸 핑계로 무슨 철벽이라도 치듯 자길 감추고 나를 완벽히 차단해 버려선 안 되는 거였다.

물론 록우드가 그러는 게 어제오늘의 일은 아니었다. 그는 반응의 기본값이 침묵인 사람이었다. 제시카가 죽은 뒤로 늘 그런 식이었을 테지.

'고인의 동생은 유령의 공격을 막지 못했고….'

그게 문제의 핵심이었다. 록우드의 누나. 록우드가 누나에 대해 '뭔가'를 얘기하긴 했으나 한참 부족했다. 그 방에서 실제로 무슨 일이 있었는지 난 아직도 몰랐다. 그의 증언 없이는 아는 게 불가능했다.

사실 아예 불가능하진 않았다. 알아낼 수도 있었다. 나는 그런 것들을 알아내는 재능을 가졌으니까. 층계참을 지날 때면 나는 분노와 좌절 속에서 그 문을 힐끔거리기 일쑤였다.

일주일이 지났다. 조지는 일을 했다. 홀리는 일을 조직했다. 단지 속 해골은 종종 나타나 무례한 말들을 했다. 록우드와 나는 계속해서 각자의 길을 갔다. 이제 지하철역마다 다가오는 거리 축제를 홍보하는 대형 포스터들이 붙기 시작했다. 피츠 대행사의 우아한 포스터는 은색 바탕에 냉철한 글씨체로 우리를 '밤의 탈환'에 초대했다. 로트웰의 현란하게 밝은 포스터는 유령을 밟고 서서 앞발로 큼지막한 핫도그를 든 채 씩 웃는 사자 캐릭터로 완성됐다. 한편 첼시 인근의 거리에서는 날이면 날마다 시위가 벌어지고, 참가자와 경찰 사이에 충돌이 빚어지고, 사람들이 다치고, 물대포가 동원됐다. 긴장과 불안이 팽

배한 가운데 성대한 축제의 밤이 다가왔다.

록우드는 애초에 축제에 가길 꺼려 했다. 대행사 행진에 참가해 달라는 요청을 못 받아 짜증이 나서였다. 하지만 놀랍게도 우린 특별 초청을 받았다. 윈터가든—유령 없는 저택에서 자유롭게 호사를 누리고 있는—이 귀빈 자격으로 행렬에 낀 덕분이었다. 그녀는 자신의 다른 손님들과 함께 우릴 초대했다.

그처럼 중심에 설 기회를 록우드는 저버릴 수 없는 사람이었다. 그 대망의 날 오후에 우리 넷은 런던을 가로질러 피츠의 묘로 향했다. 거기서 행진이 시작될 예정이었다.

그래, 맞다. 네 명이다. 홀리 먼로도 동행했다.

피츠의 묘는 스트랜드가의 동쪽 끝, 그러니까 플리트 스트리트가 시작되는 지점에 자리했다. 도로 가운데 섬처럼 남은 공간을 차지하고 있었다. 한때는 거기 교회가 있었으나 전쟁 통에 폭격을 맞았고, 마리사 피츠의 유해를 보관하는 삭막한 잿빛 건축물이 대신 들어섰다. 묘는 전체적으로 타원형에다 콘크리트 돔을 씌웠다. 서쪽 면의 웅장한 기둥 두 개 사이가 묘의 입구였는데, 그 입구를 등지고 서면 피츠 하우스 방향이었다. 입구 위의 삼각형 박공에는 피츠의 상징인 고귀한 유니콘이 새겨져 있었다. 기념비적인 청동문이 묘소 내부로 이어졌으며, 특별한 날에는 대중에게 개방해 업계 선구자의 소박한 화강암 무덤을 볼 수 있게 했다.

이제 어둠이 내리고 있었지만, 이 축제 자체가 조직적인 저항의 표시였고, 참가자들을 안심시키기 위한 장치들이 여럿 보였다. 도로 위를 가로지른 전선에서 항마등이 대롱거렸다. 길모퉁이마다 라벤더 불길이 타올랐다. 쉼 없는 조류처럼 묘소 부근을 휩쓸고 다니는 인파의 머리 위에서 연기가 빛을 품고 소용돌이쳤다.

더 높은 곳에서는 런던 버스만 한 길이로 만들어 공기를 채운 거대한 레이피어가 은색으로 반짝이면서 거뭇한 밤을 배경으로 간닥이고 요동쳤다. 워털루 다리와 알드위치 쪽 진입로는 온갖 부스와 부대 행사로 미어터졌다. 유령 사격장들 옆에 딱 붙어 소리정령* 바이킹이 설치돼 있었는데, 기구에 달린 거대한 기계식 팔이 꺅꺅거리는 남녀를 허공으로 휘휘 던졌다. 회전목마는 말 대신 만화 캐릭터 모양 혼령들로 꾸며져 있고, 가판대에서는 거미줄 솜사탕을 팔았다. 해골과뼈, 엑토플라즘을 본뜬 과자들이 사방에 진열돼 있었다. 그 같은 오락거리가 흔하던 시절의 한여름 밤 야시장에서도 그랬듯, 가장 열성적인 손님은 역시 어른들이었다. 오늘 밤 그들은 보호를 받았다. 오늘 밤 이 중심가엔 라벤더와 소금이 줄줄이 놓여 런던의 동맥과도 같은 거리를 안전히 즐길 수 있는, 색색의 요정 나라로 바뀌났다. 그들이 우릴 서둘러 지나쳤다. 남녀노소를 불문하고 이 일탈이 주는 흥분과 거기 동반되는 위험으로 얼굴들이 벌겠다. 그들의 유쾌함엔 어딘가 억지스런 분위기가 있었다. 밤을 향한 공포를 어린애 같고 위협적이지 않은 뭔가로 바꿔야 할 간절한 필요가 느껴졌다.

우리는 한쪽 구석에 조용히 서서 칼자루에 손을 얹은 채 세상이 떠들썩한 모습을 지켜봤다.

"어른들이 행복해 보이네." 록우드가 말했다. "오히려 네가 늙은 것 같지 않아?"

"응." 조지가 말했다. "그렇긴 한데…."

록우드가 고개를 끄덕였다. "그래, 나도 아이스크림 하나면 되겠어."

"내가 사 올게." 내가 말했다. 건너편에 노점이 하나 있었다. "홀리, 무슨 맛으로 할래? 렌틸콩이랑 후무스* 감자튀김 맛, 뭐 그런 거?"

홀리 먼로는 머리칼을 뒤로 넘기고 안감에 털가죽을 덧댄 모자를 써 얼굴이 돋보였다. 아주 살짝 록우드의 것을 닮은 외투를 걸치고, 나로선 찌증스럽게도 레이피어까지 찼다. "사실, 99 플레이크 콘으로 할까 해. 특별한 날이잖아."

"오, 난 또 네가 몸에 좋은 것만 먹는 줄 알았지." 나는 노점으로 가서 줄을 섰다.

피츠의 묘 너머에서 대기 중인 축제 행렬이 보였다. 지붕 없는 선라이즈 물산 트럭에 무대를 짓고 각 대행사 색으로 장식한 시가행진용 차량들이 줄지어 서 있었다. 개중엔 거대한 대행사 로고를 세운 것도 있었다. 흰 깃대 끝에서 텐디 & 손스의 쇠사슬 방어진이 흔들거렸고, 그 뒤로 그림블의 여우, 덜롭과 트위드의 천리안 올빼미가 보였다. 각각의 상징을 종이 반죽과 강철, 나무로 만든 뒤 화려하게 채색했다. 6미터는 족히 되는 크기의 거대 조형물들이었다. 그 주위에 젊고 의욕적인 조사관들이 서서 구경꾼에게 사탕과 안내 책자를 던질 준비를 했다. 공연이 진행될 차량도 한두 대쯤 있었다. 거기엔 대행사 역사에 길이 남은 유명 장면들을 재연할 연기자들이 타고 있었다. 얼굴에 허연 칠을 하고 몸을 부들부들 떠는 시신들이 옛날 옷차림의 용맹한 조사관과 치를 전투를 준비했다. 그들은 행진 내내 공연을 계속할 예정이었다.

행렬의 선두에는 가장 큰 차량이 양대 대행사를 상징하는 빨간색과 은색으로 치장하고 서 있었다. 그 위에서 저물어가는 하늘을 배경으로 부드럽게 깐닥거리는 건 줄에 단단히 묶여 떠 있는 초대형 헬륨 풍선으로, 피츠와 로트웰을 대표하는 유니콘과 뒷발로 선 사자였다.

• 으깬 병아리콩에 오일과 마늘을 섞은 중동 음식.

퍼넬로프 피츠와 스티브 로트웰이 앉을 자리도 간신히 보였다.

"칼라일 양? 루시 칼라일?"

"네?" 군중의 소음 위로 들릴락 말락 떠오른 목소리여서 나는 제 대로 못 알아들었다. 키가 무척 작고 땅딸막한 그 사람도 처음엔 못 알아봤다. 그는 모피코트 차림으로 챙이 넓은 중산모를 눌러쓰고 고 개를 숙인 채 내가 서 있는 줄로 불쑥 다가왔다. 그의 바지는 부들부 들한 벨벳이었다. 그 아래로 보이는 값비싼 에나멜가죽 신사화가 횐 등불을 받아 반짝였다. 반지를 과하게 낀 손가락 사이로 상아 지팡이 가 언뜻 보였다. 다음 순간, 그가 손을 휙 움직여 모자를 젖히면서 얼 굴이 드러났다. 넙데데하고 매끈한 생김새의 소년으로 입이 크고, 볼 살이 그대로 내려앉으면서 겹겹이 접힌 생밀가루 반죽마냥 말랑하고 두꺼운 목이 됐다. 관자놀이에서 기름 바른 흑발 몇 가닥이 보였다. 나를 노려보는 조그만 눈은 크리스털 파편처럼 날카롭고 파랬다.

나는 그를 곧장 알아봤다. 저런 얼굴을 가진 사람은 한 명뿐이었 다. 아니, 더 정확히는 둘이지만, 나이가 많은 쪽은 더 거무스름하고 털북숭이에다 지금은 감옥에 있었다. 그의 이름은 줄리어스 윙크맨, 악명 높은 암거래상이었다. 내 앞의 소년은 그의 판박이 아들 레오폴 드고.

"무슨 일로 그러시죠, 윙크맨 선생님?" 원래는 그렇게 말했어야 했다. 냉정하고 침착한 목소리로. 하지만 현실은 그렇지 못해서, 난 정말 너무 놀랐다. 컥 소리를 내곤 입을 떡 벌린 채 그를 쳐다볼 뿐이 었다.

옆에서 불쑥 조지가 나타나서는 내 대신 물었다. "뭘 도와드릴 까?"

"전할 말이 있어." 소년이 말했다. "아버지가 그쪽 사람들한테 찬사를 보낸대. 그리고 아주 빠른 시일 내에 다시 보게 될 거라고 했어."

"그릴 리가." 내가 말했다. "네 아빠는 이십 년 형을 받았잖아. 아냐?"

레오폴드 윙크맨이 미소를 지었다. "오, 우리한텐 다 방법이 있어. 그쪽도 곧 알게 될 거야. 아, 그리고 그때까지 기다리기 심심하니까, 칼라일 양, 이거나 먹고 있으라고."

그 말과 함께 소년은 비대한 뱀처럼 날렵하게 손을 뻗어 상아 지팡이 손잡이로 내 명치를 냅다 쑤셨다. 헉 소리가 절로 나왔다. 나는 숨이 막혀 몸을 웅크렸다. 레오폴드 윙크맨은 모자의 챙을 당겨 눈 위로 비스듬히 쓰고, 반짝이는 뒷굽으로 빙글 돌아 한가로이 걷기 시작했다. 그가 평화롭게 떠나가는 장면을 조지가 방해했다. 조지는 벨트에서 뜯어낸 레이피어를 휘둘러 레오폴드의 다리 사이에 사선으로 걸었고, 놈이 균형을 잃고 넘어질락 말락 군중 속으로 들어가 건장한 노동자 셋과 부딪쳤고, 그 통에 그들이 들고 있던 음료를 아내와 애인에게 쏟고 말았다. 시비가 붙자, 레오폴드가 별 가망도 없는 탈출을 꾀하면서 앞으로 나서는 사람들을 상아 지팡이로 후려갈겼다. 열 받은 인파가 레오폴드의 외침을 집어삼키는 사이, 조지는 나를 일으켜 길 건너로 데려갔다.

"난 괜찮아." 내가 배를 문지르며 말했다. "고마워, 조지. 하지만 나 땜에 굳이 안 그래도 돼."

"오, 알았어."

"망할, 아이스크림을 못 샀네."

하지만 상관없었다. 돌아가서 보니 록우드가 손목시계를 확인하고 있었다. "우리 자리로 가는 게 좋겠어. 시간이 없어. 늦으면 윈터가든이 싫어할 거야."

록우드는 앞장서서 노점들을 지나 묘의 그림자 아래로 갔다. 줄지어 선 무장 경관들이 초청객 명단을 확인하고 행진 차량들을 향해 손짓했다. 머리 위에서 거대한 풍선들이 움직였다. 장식용 깃발이 일제히 나부끼고 엔진들이 돌았다. 우리는 매연을 뚫고 걸었다.

피오나 윈터가든은 자기가 중요한 사람이고 상류사회와 친분이 있다고 했다. 다른 사안들에서도 그랬듯 그녀의 얘긴 거짓이 아니었다. 알고 보니 그녀는 행렬의 선두이면서 규모도 가장 큰 VIP 차량에 타고 있었다. 이동식 계단을 올라가자 대형 트럭 위에 설치한 나무 단상이 나왔다. 아주 널찍하고, 양쪽 끝이 트럭 밖까지 뻗어 있었다. 머리 위 기둥에서 깃발들이 흩날리고, 단상 양옆에는 플라스틱 사자와 유니콘이 일정한 간격을 두고 성채 흉벽의 감시병들처럼 서 있었다. 줄줄이 놓인 의자들을 위인과 의인의 널찍한 등짝들이 벌써부터 채웠다. 남자들은 검고 값비싼 외투를 입었고, 여자들의 겉옷에는 털이 무성했다. 피츠와 로트웰 대행사의 젊은 직원들이 그들 사이를 다니며 데운 와인을 따라주고 설탕에 절인 간식을 권했다. 저 멀리 떨어진 자리에서 윈터가든이 우리를 보고는 거들먹거리며 손을 펄럭여 보이더니 우리한테서 완전히 신경을 껐다.

록우드와 조지, 나는 어디에 앉을지 몰라 주춤했지만, 홀리 먼로는 오히려 활력이 도는 듯했다. 그녀는 외투의 매무새를 가다듬고 모자를 고쳐 쓴 다음, 좌석 사이를 뽐내며 걸었다. 지나는 사람들에게 고개를 끄덕이고 다른 이들과 가볍게 손을 흔들어 인사했다. 그녀는 경이로울 정도로 편안해 보였다. 단상 앞쪽에 가선 뒤돌아보며 손짓했다. 우리가 다가갔을 때쯤에는 최고 귀빈들 몇과 대화가 한창이었는데, 거기엔 양대 대행사의 수장인 퍼넬로프 피츠와 스티브 로트웰

232

도 있었다.

우리는 퍼넬로프 피츠와 안면이 있었고, 가깝진 않아도 나름 좋은 관계를 유지했다. 이 매력적인 여성은 나이를 가늠하기 힘들었고, 아름다움과 권력의 두 아우라가 그녀를 중심으로 뒤얽혀 분리가 좀처럼 쉽지 않았다. 그녀는 발목까지 내려오는 길고 하얀 외투를 입었는데, 옷깃과 소맷동은 눈부신 흰색 털로 돼 있었다. 길고 검은 머리칼을 위로 올려 화려하게 모양을 내고 구불거리는 은제 머리띠로 고정했다. 퍼넬로프 피츠는 우리에게 따뜻하게 인사했는데, 그녀 옆에 선 남자, 로트웰 대행사의 대표 스티브 로트웰에겐 절대 있을 수 없는 일이었다.

내가 그를 실제로 만난 건 이번이 처음이었다. 스티브 로트웰은 덩치가 크고, 육중한 외투 아래 몸은 탄탄했으며, 중후하게 잘생긴 남자였다. 선이 굵은 턱은 말끔히 면도했고, 눈동자가 특이한 녹색이었다. 금빛 머리칼은 귀 뒤쪽이 희끗하게 셌다. 그는 우리에게 쌀쌀맞게 고개를 끄덕였다. 그의 시선은 다른 곳을 헤맸다.

"멋진 저녁입니다." 록우드가 말했다.

"네. 대중을 즐겁게 하려는 비범한 시도죠." 퍼넬로프 피츠가 외투 목깃을 더 단단히 여몄다. "스티브의 아이디어였어요."

스티브 로트웰이 불퉁거렸다. "케이크와 축제면," 그가 말했다. "모두가 행복하지." 그는 우리에게서 고개를 돌리며 자기 시계를 쳐다봤다.

퍼넬로프 피츠는 스티브 로트웰의 등에 대고 미소를 지었다. 전반적인 상황을 못마땅해하고 있다는 추측이 가능했지만, 그걸 그대로 드러내기에 그녀는 너무 점잖았다. "그래서, 록우드 심령 회사의 근황은 어떤가요?"

"아, 성공하려고 노력 중이죠." 록우드가 말했다.

"피오나 윈터가든 건 얘기는 들었어요. 잘했어요."

"저는 연구에 한창입니다." 조지가 껴들었다. "대업을 이루고 싶어요. 언젠가 오르페우스 협회에도 가입하고 싶습니다. 그곳 얘긴 들어보셨나요?" 그러면서 그녀를 쳐다봤다.

퍼넬로프 피츠가 망설이나 싶더니 얼굴에 이내 미소가 퍼졌다. "물론 그렇죠."

"저는 들어본 적이 없어서요." 록우드가 시인했다. "뭐 하는 곳인가요?"

"딱히 정해진 틀은 없어요. 난제의 역학을 이해하려는 상공업자들의 모임이죠. 난 그들의 활동을 격려해요. 우리가 가진 창의력으로 어떤 발견을 하게 될지 누가 알겠어요? 언젠가 함께하는 날이 오면 기쁘겠어요, 커빈스 씨."

"고맙습니다. 제가 그 정도 머리를 가졌는지 모르겠지만."

그녀가 듣기 좋게 웃었다. "그럼 록우드 씨, 내 동료를 소개해야겠군요. 여긴 루퍼트 게일 경이에요."

퍼넬로프 피츠 뒤의 누군가가 단상을 두른 난간에 내내 기대서 있었다. 그가 몸을 돌렸다. 옆통수와 뒤통수의 금발을 짧게 잘랐으나 이마 위쪽엔 둥글게 말린 앞머리가 빽빽한 청년이었다. 콧수염을 무척 깔끔하게 손질했고, 입술은 도톰했으며, 눈은 아주 환한 푸른색이었다. 추위에 뺨이 붉었다. 차량에 오른 사람들 대부분처럼 그도 말쑥하게 차려입었다. 하지만 남들과 달리 그는 광을 낸 지팡이에 여유롭게 몸을 의지하고 있었다. 이 지팡이를 장갑 낀 왼손으로 옮겨 쥐고는 록우드와 악수했다.

"루퍼트 경." 록우드는 늘 하던 대로였다. 우리가 그를 만난 적 있다는 사실은 내색하지 않았다. 지난번에 대면했을 때, 그는 우리를 쫓아 배수관을 타고 공장 지붕으로 올라왔고, 지팡이에 숨겨진 검을 능란하게 휘둘렀다. 그는 금지된 영물의 수집가였고, 우리는 윙크맨의 암시장 경매에 참가한 그의 눈앞에서 아주 중요한 물건을 빼냈다. 맞다. 그때 우린 복면을 썼고, 그에게서 벗어나려 강물에 몸을 던졌다. 하지만 눈앞의 남자는 그자가 분명했다. 그 사건에서 우리의 활약은 이후 모두가 아는 얘기가 됐다. 그러니 그도 우릴 알았다.

"반갑습니다." 루퍼트 경의 장갑 낀 손이 록우드의 손을 꽉 쥐었다. "우리가 전에 본 적 있나요?"

"아닌 것 같은데요." 록우드가 말했다. "그랬으면 내가 기억을 할 텐데."

"사실," 루퍼트 게일 경이 말했다. "난 얼굴을 잊지 않아요. 똑똑히 기억하죠. 얼굴의 일부밖에 못 봤다 해도. 이를 테면 턱이랄까."

"아, 나처럼 못생긴 면상을 가진 사람이 어디 한둘이겠습니까." 록우드는 루퍼트 경에게 손을 붙들린 채 그대로 있었다. 그의 눈길을 차분히 받았다.

"루퍼트 경은 피츠 대행사의 절친한 친구예요." 퍼넬로프 피츠가 말했다. "경의 아버지가 오래전에 내 할머니를 도와주셨죠. 루퍼트 경은 지금 젊은 요원들의 검술과 무예 훈련을 돕고 있답니다."

"언제 시범이나 한번 보여드리고 싶군요." 루퍼트 경이 록우드의 손을 놨다. "다음에 대화나 좀 합시다. 선생과 내 사업 얘기도 하고."

록우드가 희미하게 웃었다. "언제든지요."

경적이 울렸다. 퍼넬로프 피츠가 단상 앞으로 갔다. 우리는 뒤로 이동했다. 누군가가 우리 손에 뜨거운 음료를 쥐여줬다. 거리에서 폭죽이 터지며 우릴 은색과 빨간색으로 씻어 내렸다. 행진 차량이 덜컹

하더니 움직이기 시작했다.

"좀 건방지더라, 조지. 오르페우스 협회 얘기할 때." 내가 속삭였다.

조지가 눈살을 찌푸렸다. "아니…. 피츠가 눈 하나 깜짝 안 하던걸. 그치? 그게 좀 놀랍더라고. 그보다는 더 쉬쉬할 줄 알았는데, 왠지."

조지가 의자에 앉았다. 홀리 먼로는 로트웰 대표단 사람들과 서서 수다를 떨었다. 록우드와 나는 그냥 선 채로 군중들을 내다보고 있었다.

스트랜드가를 따라 호송대가 행진했다. 뭉게뭉게 피어오르는 라벤더 연기를 헤치며 도로 가운데를 천천히 내려갔다. 단상 구석에 설치한 스피커에서 미리 녹음된 음악들이 요란하게 울려 퍼졌다. 극적이고 애국심을 고취하는 노래들이었다. 퍼넬로프 피츠와 스티브 로트웰이 손을 흔들었다. 우리 뒤가 첫 번째 공연 차량이었는데, 옛날 의상을 입은 연기자들이 폴리스티렌으로 만든 폐허 사이를 다니며 북소리에 맞춰 유령들을 사냥했다. 조사관들이 사탕과 선물을 던지고, 군중이 환호했다. 손으로 잡아보려 자리에서 뛰고 솟았다.

"케이크와 축제면," 스티브 로트웰은 말했었다. "모두가 행복하지."

하지만 정말 그럴까? 내가 보기엔 군중 사이에 전기에너지가 잔물결 치며 흐르는 것 같았다. 이럴 때 흔히 기대하는 마구잡이식 혼돈이 아니었다. 움직임에 미묘한 물결이 있었다. 내 고향집 근처 밀밭에 바람이 불 때처럼. 사람들의 환호성 너머로 다른 소리들이 떠올랐다. 쉬익 소리와 웅얼거림이 행진 차량의 덜컹거림에 부딪혀 철썩였다. 연기 저편에서 파리한 얼굴들이 우릴 가만히 올려다봤다.

록우드도 그걸 감지하고 있었다. "문제가 생길 거야." 그가 속삭였다. "모든 게 잘못됐어. 축제까진 그럭저럭 이해한다지만, 이 행진 어쩌고는 이상해. 이걸로 누굴 설득할 수 있다는 건지 모르겠어. 이 위에 있으니 어색하고 위태로운 기분이야."

"끔찍해." 나도 동의했다. "뒤따라오는 차에서 폴짝거리는 저 바보들 좀 봐. 그중에서도 최악은, 우리가 너무 천천히 간다는 거야. 다 끝나기까지 엄청 걸릴걸."

하지만 그렇지 않았다. 우리의 여정은 아주 짧게 끝났다.

스트랜드가를 반쯤 내려갔을 때였다. 채링 크로스 역과 피츠 하우스에서 그리 멀지 않은 곳이었다. 군중 일부가 저지선을 뚫고 도로로 달려들었다. 행진 차량이 멈추며 엔진이 공회전했다. 차량 위 조사관 하나가 사탕이 든 통을 집어 무리에게 던졌다. 사탕들이 반짝반짝 비처럼 떨어졌다. 이윽고 다른 뭔가가 허공을 갈랐다. 크고 어둑하게 빛나는 뭔가가 차량 위, 내게서 멀지 않은 곳에 떨어졌다. 단상 가운데를 때리며 쨍그랑 유리 깨지는 소리를 냈다. 처음에 난 그게 우리 머리 위에 달려 있던 항마등인 줄 알았다. 그걸 고정하고 있던 줄이 왠지 몰라도 끊어진 거라 생각했다. 다음 순간 차갑고 느닷없이 들이치는 심령 공포를 느꼈고, 진실을 깨달았다. 하지만 그 자리에 붙박여 꼼짝 못 하고 있는데, 내 앞 허공에 방문자가 나타났다.

16

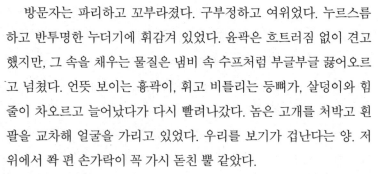

방문자는 파리하고 꼬부라졌다. 구부정하고 여위었다. 누르스름하고 반투명한 누더기에 휘감겨 있었다. 윤곽은 흐트러짐 없이 견고했지만, 그 속을 채우는 물질은 냄비 속 수프처럼 부글부글 끓어오르고 넘쳤다. 언뜻 보이는 흉곽이, 휘고 비틀리는 등뼈가, 살덩이와 힘줄이 차오르고 늘어났다가 다시 빨려나갔다. 놈은 고개를 처박고 흰 팔을 교차해 얼굴을 가리고 있었다. 우리를 보기가 겁난다는 양. 저 위에서 쫙 편 손가락이 꼭 가시 돋친 뿔 같았다.

우리 중 충분히 어린 사람들—다시 말해 놈을 '본' 사람들—은 두 번째 유령탄*이 떨어지기 전에 이미 레이피어를 빼 들고 있었다. 그러니까 록우드와 조지, 나 말이다. 홀리 먼로는 우릴 보면서 자기도 검을 뽑으려 고생하고 있었다. 나이가 어려 사탕 던지는 임무에서 제외됐던 피츠 조사관 몇이 음료 쟁반을 떨어트리고 벨트로 손을 가져갔다. 하지만 어른들은 아무것도 못 봤다. 유령 바로 옆에 있는 이들조차 놈을 보고도 못 보고, 갑작스런 한기를 느끼는 양 외투 옷깃만 매만질 뿐이었다.

또다시 쨍그랑 유리 깨지는 소리. 또 다른 방문자가 몸을 폈다. 행진 차량 앞쪽 근처였다. 군중 사이로 유령탄들이 날아들었다. 거의 동시에 비명이 시작됐다.

록우드와 내가 앞으로 튀어나갔다. 조지도 마찬가지였다. 루퍼트 게일 경도 행동을 개시했다. 지팡이 손잡이를 당겨 은검을 빼 들었다. 저 위쪽 좌석에 있던 퍼넬로프 피츠와 스티브 로트웰이 군중의 아우성에 몸을 돌렸다. 귀빈 몇이 소스라치며 자리에서 일어나기 시작했다.

첫 번째 유령이 움직였다. 놈의 머리가 도저히 불가능해 보이는 각도로 회전했다. 놈은 뒤로 스르르 흘러 근처 좌석을 관통하고 거기 앉은 사람, 트위드 옷을 입은 땅딸막하고 뚱뚱한 여자를 그대로 통과했다. 여자의 윤곽에서 플라스마 가닥이 일렁이는 가운데 놈이 그녀와 겹쳐지고 분리됐다. 여자가 눈알을 뒤룩 굴리며 눈을 치뜨고, 홱 젖힌 두 팔이 율동하듯 경련했다. 그녀는 소리 없이 바닥에 쓰러졌다.

"의료진!" 록우드가 포효했다. 공포의 물결이 덮쳐왔다. 사람들이 의자를 넘어트리고 우우 몰려다녔다. 너무들 멍청해서 가만히 기다리며 자기 감각에 귀 기울일 줄 몰랐다. 아무리 나이가 많아도 희미하게 남은 감각이나마 동원하면 유령을 피하고 생명을 부지할 수 있을지도 모르는데.

방문자는 마구잡이로 쏘다니고 종종거렸다. 통증에라도 시달리는 양 고개를 감추고. 놈이 가 닿은 두 남자가 쓰러지고, 그 통에 또다른 이들이 밀려 넘어지며 혼란이 배가됐다. 나는 그 근처에 거의 도달해 있었다. 검을 내들었다.

로트웰 요원 하나가 내 앞으로 나섰다. 손에 마그네슘 화염을 들고 있었다.

"안 돼! 여기선 안 돼!" 내가 외쳤다. "그랬다간…."

너무 늦었다. 그가 마그네슘 화염을 던졌다. 화염탄은 유령을 그대로 지나쳐 근처의 좌석 등받이에 맞고 튀어 단상 옆에서 폭발했다. 나무 파편들이 허공에 솟구쳤다. 그리스의 불*이 군중에게 빗발쳤다. 단상이 더는 못 버텼다. 한쪽이 마치 해식 절벽처럼 무너지며, 꺅꺅거리는 윈터가든을 포함한 세 사람이 저 아래 땅바닥으로 추락했다. 루퍼트 게일 경도 폭발에 휘말려 단상 끝까지 밀려갔다가 부러진 판자에 매달린 신세가 됐다. 조지는 폭발을 무사히 피했다. 유령에게 다가가선 주변 허공에 레이피어로 문양을 그려 근처 사람들과의 접촉을 막고자 했다.

방문자는 불타는 철을 뒤집어쓴 데다 길 위에 걸린 항마등 때문에도 괴로워했다. 놈에게서 플라스마가 줄줄 흘러나왔다. 조지의 검을 피하려 움찔거리다 얼굴을 가리고 있던 팔을 치웠다. 놈에겐 얼굴 생김새랄 게 없었다. 눈도 코도 없었다. 있는 거라곤 축 늘어진 삼각형 입뿐이었다.

단상 맨 앞에 있던 퍼넬로프 피츠도 스티브 로트웰도 이성의 끈을 놓지 않았다. 로트웰은 외투 아래서 검을 꺼내 든 터였다. 보통 레이피어보다 길고 두꺼웠다. 피츠는 머리띠를 빼고 머리를 흔들어 흑발을 치렁치렁 늘어뜨렸다. 머리띠는 초승달 모양으로, 은으로 만들어져 있었다. 그녀가 그걸 칼처럼 쥐었다.

로트웰이 좌석 사이로 뛰어내리면서 의자 하나가 옆으로 엎어졌다. 그는 두 번째 방문자—허깨비—에게 성큼성큼 걸어갔다. 그의 조사관들 몇이 붙박아 둔 놈이었다. 홀리 먼로는 거기서 멀리 떨어진 단상 구석으로 사람들을 안내했다. 그러고는 아까 쓰러진 트위드 옷 여자에게 다가가 그 곁에 무릎을 꿇었다.

록우드가 내 팔을 움켜잡았다. "유령들은 잊어!" 그가 외쳤다. "유령탄! 유령탄이 어디서 날아온 거지?"

모피와 은으로 치장한 여자가 꽥꽥거리며 달려와 내게 충돌했다. 나는 욕을 뱉으며 그녀를 밀어냈다. 의자로 뛰어올라 가 몸을 돌려가며 거리를 내려다봤다. 거기도 방문자들이 있었는데, 항마등의 강렬한 빛 속에서 순식간에 파열했다. 그 주변에서 군중이 몸을 숙이고 쓰러졌으며, 이내 사방으로 날아가기라도 하듯 뿔뿔이 흩어졌다.

"아무것도 안 보여." 내가 말했다. "완전 아수라장이야."

록우드가 옆에 와 있었다. "군중 쪽에서 날아온 게 아냐. 머리 위에서…. 창문들을 확인해."

나는 사방의 건물을 살폈다. 줄줄이 늘어선 창문들은 검고 밋밋하고 다 똑같이 생기고…. 그 너머에 뭐가 있는지 세세히는 안 보였다. 머리 위 높은 곳에서 피츠와 로트웰 대행사의 풍선들이 빈둥빈둥 흔들렸다.

"아무것도…."

"내 말 믿어, 루스. 일을 벌인 게 누구든 저 위 어딘가…."

저기다. 창문 두 개의 모양이 변했다. 검은 자국 두 개가 커지며 형체를 갖췄다. 머리 바로 위 2층 창문에서 형상 두 개가 뛰어내려 단상에 내리꽂히듯 착지했다. 장화 신은 발이 나란히 쿵쿵거렸다.

그들을 본 건 록우드와 나뿐이었다. 다른 모두는 유령들에 정신이 팔려 있었다. 아주 잠깐 나는 괴한 둘 중에서 나와 가까운 쪽 남자를 똑똑히 봤다. 그는 검은 운동화와 물 빠진 청바지, 지퍼로 잠그는 검은색 상의를 입었다. 검정 스키마스크로 얼굴을 감췄지만, 입에 뚫린 구멍으로 환하고 흰 치아가 비죽 튀어나와 있었다. 그는 한 손에 레이피어를 들고 다른 손엔 권총을 쥐었다. 홀쭉한 가슴팍―상의 지퍼가 반만 올라가 있었다―에 사선으로 맨 가죽띠에 이상한 장치들이 달려 있었다. 계주 선수들이 쓰는 짧은 배턴 모양인데, 한쪽 끝이 투명한 유리 전구처럼 생겼다. 그 속에서 파리한 빛이 소용돌이쳤다. 거기 담긴 게 뭔지 나는 알았다.

정말 잠깐 봤을 뿐인데, 남자는 어느새 저 멀리에 가 있었다. 그와 다른 남자가 단상을 가로질러 질주했다. 차량 앞으로 돌진했다. 새하얀 외투를 입은 퍼넬로프 피츠가 초승달 단검을 들고 선 곳으로.

록우드와 나도 달렸다. 하지만 괴한들을 막아서기엔 역부족이었다.

그들이 피츠와 가까워지면서 앞서 달리는 쪽이 권총을 들었다.

록우드가 레이피어를 힘껏, 수평으로 던졌다. 검이 투창처럼 날아 괴한의 팔을 베고 권총을 떨어트렸다.

다음으로 내가 덤벼들어 검을 좌우로 휘둘렀다. 그는 날랜 방어 동작으로 공격을 쳐냈다. 이로써 그가 조사관 훈련을 받은 사람임이 확인됐다.

다른 괴한은 우릴 무시했다. 빠른 속도로 퍼넬로프 피츠를 향해 걸으며 재킷 주머니에 손을 넣었다. 이제 그의 손에도 조그맣고 짜리몽땅하며 검은 물건이 들려 있었다.

퍼넬로프 피츠가 그걸 봤다. 그녀의 눈이 휘둥그레졌다. 그녀가 물러나다 난간에 가로막혔다.

행진 차량의 가장자리는 플라스틱 사자와 유니콘으로 장식돼 있었다. 록우드가 뿔을 움켜잡고 유니콘을 기둥에서 뜯어냈다.

괴한이 총을 겨누고….

록우드가 몸을 던지며 남자 앞에다 유니콘을 휘둘렀다.

탕탕. 그리고 퍽퍽. 시간차가 거의 없어 둘이 하나가, 시작음과 끝음이 됐다. 유니콘이 록우드의 손아귀를 빠져나와 빙글 돌았다. 목

중간에 깔끔하고 둥근 구멍 한 쌍이 뚫려 있었다.

내가 상대하던 남자가 총력전을 펼치기 시작했다. 검의 움직임이 빨라졌다. 그의 타격에 레이피어를 쥔 손이 얼얼했다.

그가 갑자기 멈췄다. 흠칫 놀라며 고개를 숙였다. 놀라긴 나도 마찬가지였다. 남자의 가슴을 뚫고 나온 검 끝이 보였다.

남자가 흔들흔들하더니 옆으로 쓰러졌다. 그 뒤에서 스티브 로트웰이 검을 거뒀다.

남은 괴한은 록우드 쪽으로 방향을 튼 터였다. 그러나 이제 반대편에서 루퍼트 게일 경이 성큼성큼 걸어 나왔다. 은검을 쳐들고 날래게 움직였다. 검은 옷 괴한이 멈추고는 루퍼트 경에게 총을 쐈으나 빗나갔다. 괴한은 쌩하니 달려나가 단상을 따라 도주했다.

록우드가 레이피어를 주워 들고 있었다. "아직 잡을 수 있어, 루스." 그가 외쳤다. "얼른!"

우리는 이제 텅 비다시피 한 단상을 달렸다. 소금과 철로 방문자를 제압하느라 정신없는 조지를 지나쳤다. 쓰러진 사람들을 돌보는 홀리를 지나쳤다. 두 번째 유령은 사라지고 없었다. 로트웰 조사관들이 파괴했다. 스티브 로트웰과 퍼넬로프 피츠는 뒤에 남았다.

트럭 끝에 도달한 검은 옷 괴한은 엄청난 힘으로 도약해 뒤따르던 차량의 운전석 위 지붕에 착지했다. 그의 뒤에서 록우드도 뛰어올랐다. 외투 자락을 펄럭이며. 잠시 후 나도 그렇게 했다.

운전석 지붕에서 신발들이 달그락거렸다. 무대로 올라가 고딕양식의 아치 밑을 질주하고, 비명을 지르는 연기자들의 혼돈을 뚫고 달렸다. 괴한은 검을 휘두르고 허공에 총질을 해댔다. 유령 흉내를 내느라 이불보를 뒤집어쓴 남자들과 길고 피 묻은 드레스를 입은 여자들이 화약 구름을 헤치고 무대에서 뛰어내려 하늘에서 내리꽂히는 혼령처럼 군중 속에 착지했다. 사방에서 겁에 질린 외침들이 해일처럼 밀려들었다. 검은 옷 괴한이 몸을 돌리고 우리에게 총을 겨눴다. 발사되지 않았다. 그는 총을 내팽개치고 발포 고무 아치를 걷어차 쓰러트렸다. 록우드가 한쪽으로, 내가 반대쪽으로 몸을 날렸다. 아치는 우리 사이로 넘어지며 그렇잖아도 조그만 연기자 하나를 찌부러트렸다.

우리는 계속 달려 다음 차량으로 점프했다. 덜롭과 트위드 대행사를 대표하는 겨자색으로 장식된 차였다. 종이 반죽으로 만든 거대한 상징, 천리안 올빼미가 우릴 굽어보고 있었다. 괴한이 화염탄을 던졌다. 그게 올빼미에 맞고 구멍을 내면서 불타는 물질이 우리 머리로 비처럼 쏟아졌다.

록우드와 나는 속도를 늦추지 않았다. 고개를 수그리고 머리칼에서 뜨거운 잉걸불을 털며 계속 달렸다.

다음은 로트웰의 공식 차량이었고, 도망자가 한 번 더 점프하기에 충분히 가까웠다. 차량 여기저기엔 군중에게 나눠줄 사자 인형과 로트웰 청량음료 같은 선물들이 더미로 쌓여 있었다. 담당 조사관들은 사라지고 없었다. 검은 옷의 괴한이 장난감과 병을 밟고 미끄러지더니 욕을 뱉으며 몸을 돌리고 유령탄을 냅다 던졌다. 호리호리한 형상이 솟았고, 그러기 무섭게 우리가 나란히 내두른 검에 갈기갈기 잘렸다.

우리는 괴한에게 근접했다. 그의 가쁜 숨소리가 들릴 정도로 가까웠다. 그가 차량 끝에 도달했다. 그 너머는 휑했고 더는 뛸 수 없었다. 뒤따르는 차량은 수 미터나 멀리 있었다.

"잡았다." 록우드가 말했다.

하지만 거기, 차량 끝에 로트웰의 사자가 있었다. 팽팽한 밧줄에 묶인 거대한 헬륨 풍선이었다. 검은 옷 괴한이 밧줄을 자르고, 휙 소

244

리를 내며 멀어지려는 밧줄을 붙들었다. 그러고는 공중으로 떠올라 스트랜드가 방향으로 실려갔다. 다른 손에 들고 있던 검마저 놓고 이젠 풍선에 두 손으로 매달려 대롱거렸다.

록우드와 나는 차량 옆면에 가 부딪혔다. 록우드가 숨을 내쉬었다. "젠장. 나도 저게 될는지는 잘 모르겠는데."

"바람에 강 쪽으로 실려가고 있어."

"그러네. 맞아. 가자."

우리는 도로로 내려섰다. 사방이 버려진 노점과 부대 행사장이었다. 조금 전까지만 해도 어마어마하게 많은 이들이 여기 서 있었다. 이제는 모자와 라벤더, 흩어진 부적들과 버려진 신발들의 들판일 뿐이었다. 소리정령 바이킹이 운행 중간에 멈춰버린 모양이었다. 거기 갇힌 이용객들이 소리정령의 기다란 팔 위에서 우릴 보고 소리를 질렀다. 길 아래로 내려가 스트랜드가를 벗어나고, 워털루 다리로 가는 완만한 경사로를 오르면서 록우드와 나는 계속 달렸다. 둘이서 나란히.

나는 록우드를 힐끗 봤다. 그의 눈은 밝고, 얼굴은 굳고, 그 기다란 다리가 내 다리 곁에서 앞뒤로 움직였다. 우린 서로 보조를 맞췄고 완벽히 조화로웠다. 그 순간 우릴 둘러싼 세상이 어둑해지고 흐릿해졌다. 긴장과 갈등이 사라졌다. 아무것도 복잡할 게 없었다. 우리 둘뿐이었다. 둘이 함께 런던 중심가에서 거대한 헬륨 사자를 쫓고 있었다. 모든 게 원래대로였다. 제자리로 돌아가 있었다.

록우드도 비슷한 생각을 한 것이리라. 그가 나를 보며 싱긋 웃었다. 나도 그를 보며 웃었다. 내 속에서 부풀어 오른 환희가 아린 근육과 불타는 폐를 대신했다. 앞선 몇 주가 아예 없던 일이 된 듯했다. 나는 이 시간이 계속되고 계속되기를….

"내가 방해하는 게 아니면 좋겠는데."

우리 옆으로 스윽 다가와 지팡이 검을 여유롭게 흔들며 달리는 남자. 루퍼트 게일 경이었다. 언제나처럼 철저히 정중했다. 혹 모자라도 쓰고 있었으면 달리는 와중에도 그걸 들어 올려 인사했을 게 분명했다.

"안녕." 딱히 답을 하고 싶었던 건 아니지만, 그의 공손함에는 전염성이 있었다.

"저 친구 참 열심이다. 그치?" 루퍼트 경이 우리 앞에서 위험천만하게 대롱거리는 남자를 향해 고갯짓했다. 강바람이 헬륨 사자를 막아섰고, 이제 사자는 좌우로 위태롭게 흔들리고 있었다. 괴한이 어느 건물 벽에 몸을 부딪혔다. "이쯤 되니 부디 빠져나갔으면 좋겠다 싶을 정도야."

"어지간한 솜씨로는 경의 손아귀를 못 빠져나가지." 록우드가 말했다. "최고 중의 최고만 가능할걸."

"하, 하! 그렇지!" 루퍼트 게일 경이 달리며 미소를 지었다. "저 친구는 강으로 나갈 거야. 내 퍼디 12구경 산탄총만 있었어도 여기서 무차별 사격을 퍼붓고 운에 맡겨볼 텐데. 저 정도 높이에선 떨어져도 안 죽어."

루퍼트 경에게는 총이 없었고, 우린 충분히 빠르지 못했다. 빨랐다 해도 손으로 잡기에 풍선이 너무 높이 떠 있었다. 헬륨 풍선이 다리 위로 두둥실 떠갔다. 아주 잠시 로트웰의 사자가 다리 난간에 설치된 등불을 받아 아름답게 빛나고, 어느 아이의 나무에 장식된 크리스마스트리 방울처럼 반짝였다. 우리는 그 아래 필사적으로 매달린 남자를 봤다. 스키마스크를 쓰고, 재킷과 셔츠가 잔뜩 말려 올라가 파리한 등짝과 복부가 훤히 드러나 있었다. 강풍이 남자를 붙들었다. 사자가 빙빙 돌았다. 나는 그게 우리 쪽으로 되돌아오는 건지도 모르겠다고 생각했다. 이윽고 풍선이 강 가운데로 이끌려 가던 바로 그 순간, 거기 달린 형상이 끝내 밧줄을 놓치고 추락했다. 10미터 혹은 15미터 아래 검은 템스강으로 떨어졌다. 수면에 세게 부딪혔다. 강물이 남자를 덮쳤다. 우리는, 우리 셋은 난간으로 달려가 목을 길게 빼고 살폈지만 아무것도 안 보였다.

몇 분이 지났다. 사자 풍선은 이미 시야를 거의 벗어났고, 강바람에 실려 동쪽 블랙프라이어스 다리로, 런던탑으로, 그리고 궁극적으로는 바다로 향하며 반짝이는 빨간 점이 돼 있었다.

"익사한 것 같은데, 아무래도." 록우드가 말했다.

루퍼트 경이 고개를 끄덕였다. "그럴 수도. 하지만 사실, 아닐 수도 있단 걸 우리 모두가 알지." 그가 장갑 낀 손가락으로 난간을 톡톡 두드렸다.

내가 뒤로 물러섰다. "누구였을까?"

"피츠와 로트웰의 적들. 아마도." 록우드가 말했다. "아무튼 남잔 죽었어."

"그래." 루퍼트 게일 경은 다시 한번 난간의 돌을 톡톡거렸다. 그러고는 몸을 돌렸다. 날래고도 태연스런 동작으로 은검을 올려 잡고 곧장 록우드의 옆구리를 찔렀다. 어찌나 빠른지 나는 무슨 일이 일어나는지조차 잘 몰랐다. 록우드의 팔이 쏜살같이 움직여 레이피어 코등이로 루퍼트 경의 검 끝을 막는 것도 몰랐다. 아주 잠시 경의 검날이 움직이지 않았다. 록우드 검의 코등이를 휘감은 가느다란 금속 장식 사이에 끼고 말았다. 루퍼트 경이 힘을 쓰는 게 고스란히 느껴졌고, 록우드도 마찬가지였다. 그 틈을 타 나는 경의 검이 록우드의 갈비뼈 밑을 얼마나 깔끔히 가르고 들어갈 뻔했는지 봤다. 폐를 곧장 지나 심장을 꿰뚫었을 터였다. 이윽고 루퍼트 경이 뒤로 펄쩍 뛰어 물러나며 힘겹게 검을 빼냈다. 두 눈이 밝게 빛났다. 그가 발끝으로 가볍게 균형을 잡았다.

"빠르군." 루퍼트 경이 말했다. "잘했어."

"당신도." 록우드가 얼굴을 돌려 그를 마주 봤다. 통증이 느껴지는 듯 손목을 구부렸다. "물론 '나였으면' 절대로 뒤에서 치진 않았겠지만."

"오, 뒤는 무슨, 록우드 선생. 막을 기회가 있었잖아. 넌 방금 그걸 더없이 기특하게 증명해 냈고." 루퍼트 경이 손으로 머리칼을 쓸었다. "자, 우리 공통의 적은 사라졌어. 하지만 여기 이렇게 우리가 남았군. 너와 나, 둘이. 지금이야말로 우리의 분쟁을 해결할 훌륭한 기회 아니겠나?"

"이봐," 내가 말했다. "어딜 봐서 얘 혼자야? 나도 있거든."

"걱정 마, 루스." 록우드가 말했다. 그는 외투 자락을 뒤로 휙 날리고서 레이피어를 올려 들었다. "자, 그럼, 루퍼트 경? 해보자고."

"이러면 안 돼!" 내가 소리쳤다. "누가 볼 거라고! 오 분 내로 사람들이 올…."

"칼라일 양," 루퍼트 게일 경이 말했다. "몇 초면 끝나."

록우드의 싱글거림은 무정했다. "나도 그렇게 말하려던 참인데."

고함과 손전등 빛줄기의 소용돌이. 완만하게 경사진 다리를 따라 조지가 올라왔고, 피츠와 로트웰 조사관 무리가 뒤따랐다. 록우드와 루퍼트 게일 경은 가만히 서서 그들을 쳐다봤다. 이윽고 루퍼트 경이 소리 내 웃으며 깔끔한 동작으로 은검을 벨트에 꽂았다.

"그리고 이제 우린 함께 영웅이 됐군." 루퍼트 경이 말했다. "정말 좋은 경험이었어. 멋진 저녁이었고."

루퍼트 경이 우리에게 미소를 지었고, 우리도 그에게 미소를 지었다. 갯벌의 악어 세 마리도 이보다 더 도도히, 혹은 이처럼 이빨을 번뜩이며 서로를 향해 웃을 순 없을 거였다. 우리는, 우리 셋은 서서 기다렸다. 그리고 잠시 뒤 꽥꽥거리는 질문과 숨넘어가는 축하에 휩싸였다.

17

축제 공격의 여파로 어떤 문제들은 단박에 명쾌해졌다. 하지만 다 그렇진 않았다.

놀랍게도 이날 오직 한 사람만이 반론의 여지없이 사망했다. 스티브 로트웰의 손에 죽은 괴한 얘기다. 나머지 한 명의 시신은 이튿날 경찰(그리고 유물 사냥꾼들)이 템스강변을 이 잡듯 뒤졌는데도 끝내 안 나왔다. 그럴 확률은 거의 없어 보였지만, 어쨌든 그가 탈출했을 가능성도 있기는 했다.

공격이 시작되고 얼마 지나지 않아 스트랜드가와 그 일대가 봉쇄됐고, 대규모 퍼레이드는 중단됐다. 총 열두 명, 그러니까 군중 여덟 명과 피츠와 로트웰 차량 탑승객 네 명이 유령접촉을 당했다. 이들 모두는 행렬과 함께 이동 중이던 의료진에게 현장에서 처치를 받았다. 신속한 대응으로 부상자 전원이 목숨을 건졌고, 방문자에게 처음 관통당한 트위드 옷의 여자조차 생존했다. 그녀는 홀리 먼로가 즉석에서 놓은 아드레날린 주사로 목숨을 건졌다.

조지는 혼자서 최초의 유령을 제압했다. 놈을 철로 두른 다음, 단상 여기저기를 뒤져 발견한 유리 파편을 바탕으로 유령탄이 처음 떨어진 위치를 특정했다. 거기서 갈색 치아 두 개가 붙은 턱뼈가 나왔다. 이를 은으로 싸매자 방문자가 사라졌다. 다른 조사관들이 추가 탐사를 진행해 행진 차량의 산해들 사이에 흩어진 출처 다섯 개를 더 찾아냈다.

퍼넬로프 피츠는 무사했다. 스티브 로트웰은 두 번째 방문자를 제압하는 자기 요원들을 돕다 손목을 삐었다. 이튿날 두 대표의 사진이 〈타임스〉 표지에 실렸는데, 로트웰은 이름의 머리글자를 새긴 팔걸이 붕대를 당당히 내보이고 있었다.

이상한 일이었다. 완전한 재앙으로 끝이 났는데도 거리 축제는—당국의 입장에선 어쨌든—아주 성공적이었다. 괴한들의 공격이 안긴 충격에 런던 사람들은 정신이 번쩍 든 듯했다. 아마도 그건 암살 시도 앞에서 인간들이 보이는 아주 본능적인 반응이었을 것이다. 퍼넬로프 피츠와 스티브 로트웰이 실질적이고 물리적인 위험에 처했다는 사실에 대한 분노 때문이었을 수도 있고. 지금이야 여러 말썽들이 있다지만, 어쨌든 그들은 오십 년 넘게 대중의 안전에 헌신해 온 고귀한 회사들의 상징이자 대표였으니까. 진짜 이유가 뭐든 간에 축제의 밤 이후 첼시 시위는 대부분 증발했다. DEPRAC와 대행사들은 방해받지 않고 업무를 계속할 수 있게 됐다.

이 사건이 낳은 또 하나의 즉각적인 현상은 록우드 심령 회사가 새롭게 획득한 유명세였다. 추격전을 벌이던 당시에 찍힌 록우드의 사진이 〈타임스〉 3면을 비롯한 몇몇 신문에 실렸다. 하필 두 행진 차량 사이에 붕 떠 있는 모습이 포착됐는데, 외투 자락이 길게 나부끼고, 머리칼이 뒤로 흩날리고, 검은 또 왜 그리 느슨히 쥔 건지 손이 닿아 있지도 않은 듯했다. 그는 빛과 그림자로 이루어진 존재였고, 역동적이고 섬세하기가 꼭 비행 중인 한 마리 새 같았다.

"그건 무조건 앨범에 넣을 거야." 조지가 말했다.

우리는 응접실에 앉아 있었다. 테이블에는 레모네이드 병들이 놓여 있고, 우리 손엔 잔이 들려 있었다. 벽난로에는 불을 지폈고 밖에서 죽어가는 낮을 커튼으로 가렸다. 우리 사이엔 구깃거리는 신문들이 더미로 쌓여 있었다. 면밀히 읽은 뒤 옆으로 던져버린 것들이었다. 정리와 청소라곤 모르는 우리의 오랜 버릇들이 되돌아온 듯 보이기까지 했다. 홀리 먼로는 너무 바빠서 이 문제를 걱정할 겨를이 없었다. 그녀는 하루 종일 전화를 붙들고 있어야 했다. 지금은 우리와 함께 앉아 무릎에 사건 장부를 펼쳐놓고 있었다. 보관장 위에서 유령 단지 속 해골이 이 행복한 장면을 조용히, 아무도 눈치 못 채게 내려다봤다.

"오, 난 정말 신경 안 쓴다니까 그러네, 조지." 록우드가 말했다. 그는 잔에 든 음료를 한 모금 마셨다. "그래도 해야겠다면 〈가디언〉에 실린 게 해상도가 가장 좋더라. 거긴 〈타임스〉처럼 외투 자락을 자르지도 않았어. 게다가 루시의 무르팍도 약간 들어가 있고."

나는 온화하게 코웃음을 쳤다. 내 무릎을 빼면 신문들에 실린 사진 어디에도 나는 없었다. 하지만 신문마다 한 번씩 내 이름이 언급되긴 했다. 사실 우리 모두가 그랬다. 괴한에 맞선 나, 유령과 사투를 벌인 조지, 주사기로 인명을 구한 홀리. 이 모두가 주목과 찬사를 받았다. 하지만 록우드는 위급한 순간에 퍼넬로프 피츠를 보호했다는 점에서 단연코 최고로 꼽혔다. 쑥대밭이 된 행진 차량에 타고 있던 부유한 기업가 몇은 그에게 상을 수여하는 문제까지 거론한 것으로 인용됐다.

"어젯밤부터 우리한테 엄청난 관심이 쏟아지고 있어." 홀리 먼로가 말했다. "인터뷰 요청이랑 사건 의뢰도 많아. 모두가 다 록우드 덕분이야."

"우리 모두 덕분이지." 조지가 말했다.

"있지, 사진에 나만 찍혀선 안 되는 거였어." 록우드가 사려 깊게 말했다. "우리 팀 전체가 찍혔어야 했어. 물론 그랬으면 그렇게까지 역동적인 사진은 안 나왔겠지만. 우리 모두가 정말 잘했어."

"우웨에엑⋯." 해골이었다. 내 귓가에서 놈의 목소리가 희미하게 메아리쳤다. "메스껍기 그지없네. 미안한데, 나 여기서 조용히 구역 질 좀 하고 있을게."

나는 다른 사람들의 머리 너머로 놈을 쏘아봤다. 홀리 먼로가 버티고 있는 한 해골은 다른 놈들과 마찬가지로 단지에 갇힌 유령일 뿐이었다. 나는 놈에게 대꾸할 수 없었다. 모욕적인 몸짓조차 할 수 없었다. 그저 조용히 노려보는 게 끝이었다. 하지만 어느 해골이건 노려보기로 타격을 입히기는 힘든 법이다.

"그 꽁냥꽁냥은 다 뭐야, 루시?" 놈이 속삭였다. "당장 커피 테이블을 넘어가서 네 잔에 든 걸 먼로의 블라우스에다 부어도 모자랄 판에. 그 여잘 봐. 사랑스럽고 새침한 완벽녀가 주인공 노릇을 하고 있잖아. 네가 이걸 그냥 넘어가선 안 되지. 어서, 한 방 먹여! 정강이를 걷어차! 신발을 뺏어서 난롯불에 처넣어!"

"그만 좀⋯." 모두가 나를 쳐다봤다. 나는 목을 가다듬었다. "그만들 하고 잔 좀 들어볼래?" 내가 말했다. "우리의 성공을 위해! 록우드 심령 회사를 위해! 팀을 위해!"

모두가 음료를 마셨다. 록우드가 내게 미소를 보냈다. "고마워, 루스. 근사했어."

추격전 와중에 나를 보던 눈길과는 사뭇 달랐지만, 그래도 그걸 떠올리게는 했다. 온기가 나를 휩쓸었다. "그래서 공격의 배후는 누구였을까?" 내가 유리단지에서 아낌없이 들려오는 토악질 소리를 무시하며 말했다. "언론도 전혀 감을 못 잡는 듯한데."

"광신도 집단일 수 있지." 록우드가 의견을 냈다. "개중에서도 더한 괴짜들은 조사관들을 싸잡아서 아주 적극적으로 증오해. 저승에서 오는 메시지를 우리가 차단하고 있다고 생각하거든. 하지만 그 사람들의 저항이라고 해봐야 분노의 선전물을 배포하거나 일요일에 하이드 파크 코너에서 연설을 하는 정도야. 피츠와 로트웰의 암살을 시도한 게 정말 그들이라면 아주 큰맘을 먹은 셈이지."

"글쎄, 피츠만 노린 거잖아. 엄밀히는." 조지가 말했다. "둘 다 로트웰한텐 총을 안 쐈어."

"그야 로트웰이 유령을 처치하러 뛰어내리고 없었기 때문이지. 아냐?" 록우드가 말했다. "말이야 바른 말이지, 로트웰은 아주 신속히 반응했어. 다른 어른들보다 훨씬 낫더라. 물론 우리 친구 루퍼트 경을 제외하고. 로트웰이 괴한을 죽인 방법이…. 뭐, 그 사람 앞에서 함부로 까불지 말아야 한다는 건 분명해졌지."

"정말 그래." 내가 말했다. 휘몰아치는 사건으로 그 당시엔 제대로 생각해 볼 겨를이 없었지만, 로트웰이 잔혹하도록 효율적이고 신속하게 괴한을 해치우는 장면을 어째선지 떨쳐버릴 수 없었다. 그 기억에 몸서리가 쳐졌다. "다르게 한번 생각해 보면," 내가 말했다. "레오폴드일 가능성도 있을까? 사건이 일어나기 직전에 조지랑 내가 놈이랑 마주쳤는데, 우릴 공격할 방법이 있다는 투로 위협했거든."

"그야 우리한테 하겠단 거지." 조지가 말했다. "모두가 아니라. 아냐, 이건 레오폴드가 벌이기엔 덩치가 너무 커. 우선, 일을 기획한 게 누구든 간에 '유령탄'을 만들 능력이 돼야 해. 죽은 괴한이 아직 터트리지 않은 유령탄을 가지고 있었거든. 반스가 그러더라고. 꽤나 정교하게 만들어진 물건이라고. 누군가는 그 유령들을 제압한 뒤 놈들의 출처를 유리에 넣고 봉해야 했어. 그건 아무나 할 수 있는 일이 아냐."

"돈 주고 샀을 수도 있지." 내가 물고 늘어졌다. "암시장 물건을."

"그래, 하지만 공격을 감행하는 문제는 또 어떻고. 난 이게 다 조직이 있어야 가능한 얘기라고 봐."

"우린 아무것도 몰라." 록우드가 말했다. "그게 요점이야. 아직 시신의 신원 파악이 안 됐잖아. 신원이 나오면 실마리를 찾게 될지도 모르지. 다행인 건 퍼넬로프 피츠가 무사하고, 심각한 부상을 입은 사람도 거의 없다는 거야. 맞아. 윈터가든이 차에서 떨어져 다리가 부러졌지만, 그건 뭐 별로 문제가 안 되는 듯한 그런 기분이라. 그리고 우리가 궁금해하던 미스터리도 하나 풀렸잖아. 루퍼트 게일 경에 대해 전보단 많이 알게 됐으니까."

홀리 먼로는 사건 장부에 단정히 메모하는 중이었다. 앞으로 다가올 우리 인생의 마지막 한 줄까지 세세히 계획하고 있을 게 안 봐도 눈에 선했다. "그 사람은 아주 부유하고 힘 있는 집안 출신이야. 그에 대해 너희가 한 얘기가 사실이라면…."

"사실 맞거든." 내가 말했다.

"그럼 가볍게 생각할 사람은 절대 아닌 거지."

"그럴 수도." 록우드가 말했다. "하지만 우릴 은밀히 손볼 생각이라면 벌써 옛날에 해치웠겠지. 그보단 잠자코 기다리면서 성공의 기회를 노릴 사람이야. 우리와 그가 셈을 치를 날이 언젠가 오겠지. 지금은…." 그가 일어나 앉아 잔을 들었다. "마지막 건배에 앞서 한마디 하고 싶어. 우리 모두가 잘했어. 하지만 그중에서도 아주 특별히 잘해준 한 사람한테 고마운 마음을 전할까 해."

록우드가 나와 눈을 맞췄다. 나는 행복감이 시럽처럼 흘러내렸다.

발가락 끝이 뜨뜻해지며 따끔거리기까지 했다. 나는 추격전이 한창이던 그 순간으로 돌아가 있었다. 난 착각한 게 아니었다.

"홀리," 록우드가 말을 이었다. "애초에 네가 윈터가든과 연락하지 않았더라면 우린 어젯밤 그 자리에 있지도 못했을 거야. 넌 우리가 적절한 때 적절한 장소에 있을 기회를 만들어줬어. 고마워. 네가 록우드 심령 회사에 해주는 일들에 대해 우리 모두를 대신해서 감사하고 싶어. 넌 그동안 사무실에서 놀랍도록 잘해줬어. 언젠간 현장에서도 잘해주리라 믿어." 그가 잔을 들었다. 벽난로 불빛에 레모네이드가 반짝였다. 홀리 먼로는 매력적으로 당황해했다. 그녀가 레모네이드를 마시려는 찰나 조지가 등을 찰싹 때리는 바람에 콜록거리고 꿀꺽거리는 것조차 아주 매력적으로 해냈다. 만일 나였더라면, 당연히 가스를 내뿜는 혜성처럼 온 방에다 레모네이드를 뿜었을 거다. 하지만 록우드가 고른 건 내가 아니었다.

손에 든 잔이나 만지작거리고 있는 날 보고 보관장 위 해골이 씩 웃었다.

"오, 난 아무것도 한 게 없는걸." 상태를 회복한 홀리가 말했다. "조사관은 너희지. 난 그저 뒤를 지킬 뿐이고…. 근데 아까도 말했지만 오늘 아침에 흥미로운 요청들이 좀 들어와서. 혹시나 보고 싶은 마음이 있을까…?"

왜 아니겠는가. 록우드와 조지는 보고픈 마음이 있었다. 잔을 든 채 냉큼, 사이도 좋게 나란히 엉덩이를 끌고 소파를 가로질러 갔다. 내 마음속 어딘가에서 문이 쾅 닫히고 위에서 쇠창살이 내려왔다. 나는 천천히 일어섰다. "잠깐 위층에 가 있을게. 좀 쉬고 싶어."

록우드가 손을 들었다. "그럴 만도 해, 루스. 오늘 정말 멋졌어. 나중에 봐."

"그래. 나중에 봐."

나는 방을 나와 등 뒤로 부드럽게 문을 닫았다. 복도는 시원하고 푸르스름한 그늘로 가득했다. 은은하고 맥 빠져 보였다. 내 허전함을, 내 속의 고립감을 상기시켰다. 나는 벽 너머에서 웅웅거리는 세 사람의 목소리를 들으며 계단을 올랐다.

재미있는 건 말이다, 전날 밤 나란히 함께 달리며 록우드와 나눈 교감을 나는 아직도 인정한다는 거였다. 세상이 우리를 중심으로 빚어졌다는 것도. 그건 진짜였다. 의심의 여지가 없었다. 하지만 내가 의심스러운 건, 록우드가 그 교감을 어떻게든 유의미한 방식으로 지속해 나갈 수 있는 사람인지였다. 그 흥분의 순간이 끝났을 때, 그는 갑작스레 태도를 바꿔 평소의 냉담한 자신으로 돌아갔고, 나를 멀리했다. 글쎄, 더는 좋은 게 좋은 거라 넘길 수 없었다. 우린 그가 인정하는 것보다 가까웠고, 나는 마땅히….

내게 마땅한 게 뭔데?

정보, 적어도 그쯤은 누릴 자격이 되지.

그리고 그 정보를 그가 나와 나누지 않을 거라면, 내가 직접 얻을 것이다.

층계참에서 나는 망설이지 않았다. 문으로 가서 문고리를 잡고―그렇게 자주 봤는데도 막상 손에 쥐니 낯설었다―돌린 뒤 안으로 곧장 들어갔다. 문을 닫고(제1규칙: 문간에서 뭉그적거리지 말라.) 방 안의 심령 반향을 봉인하는 철선에 기댔다. 눈을 감은 채 그대로 있었다. 살갗에서 절명광의 빛살이 느껴졌다. 머리털이 쭈뼛 서는 기분이었다.

어찌나 강렬한지. 가까이서 그녀의 존재가 느껴졌다.

록우드는 누나가 다시 돌아오지 않았다고 했다. 하지만 그녀는 가까이에 있었다. 가까이에···. 여기서 벌어졌던 사건의 메아리가 차가운 불길처럼 여전히 맹렬했다.

여기서 무슨 일이 있었나?

나는 눈을 떴다. 거의 암흑이었다. 급하고 분노한 마음에 손전등 하나 안 챙겨 왔다.

전등을 켤 순 없었다. 설령 고장이 나 있지 않다 해도 문 밑 틈새로 새나가는 빛을 누가 볼지도 모르니까. 하지만 날이 완전히 저문 건 아니었고, 당연한 얘기지만 침대 매트리스 위에 드리운 그 파리하고도 파리한 광휘도 있었다. 나는 침대에 가까이 가지 않게 조심하며 방을 가로질러 가 커튼을 걸었다.

먼지와 마른 라벤더. 기침이 나려고 했다.

벽지의 풍선, 메모판의 동물, 세상을 떠난 소녀의 슬픈 일면들. 열다섯 살 소녀치고는 방의 장식이 좀 별났다. 생전에 유년기에 집착이라도 했던 양. 그것들은 소녀가 죽기도 전부터 이미 과거의 유물들이었다. 가구와 상자, 궤짝과 라벤더 다발들에 푸른 기가 도는 잿빛 그림자가 드리웠다. 많아도 너무 많은 상자들. 그제야 나는 그 방에 상자가 얼마나 많이 들어차 있는지 깨달았다. 여기에 록우드가 모든 걸 보관하는 거였다. 여전히 손 닿는 곳에, 하지만 눈에서 멀고 마음에서도 멀다시피 한 곳에. 이 방은 록우드 가족들의 잔존물이었다.

나는 많은 걸 바란 게 아니었다. 그저 뭔가를 바랐을 뿐이다. 록우드를 이해하는 데 도움이 될 누나 혹은 부모님의 뭔가를.

록우드는 말했었다. 우릴 여기 데려온 그때 그랬다. 서랍장에 사진들이 있다고. 나는 상자들을 끼고 돈 뒤 조심조심 방을 가로질렀다. 조용히, 최대한 조용히. 다른 아이들은 내 아래에 있었다. 아래층 어딘가에.

첫 번째 서랍이 나오다 뭔가에 걸렸으나 억지로 잡아 빼고 싶지 않았다. 두 번째 서랍은 갖가지 모양과 색상의 조그만 판지 상자들로 미어터졌다. 그중 하나를 열었다. 짙푸른 보석이 달린 금목걸이가 솜털 보송한 천에 놓여 있었다. 누나 건가? 아니. 그럼 어머니? 상자를 제자리에 넣고 서랍을 닫았다. 다음 칸엔 옷들이 가득했다. 거기도 그냥 닫았다. 이번엔 더 서둘러서.

마지막 서랍으로 몸을 숙이는데, 한쪽 무릎이 고통스레 뚝 소리를 냈다. 행진 차량 사이를 뛰느라 무리해서였다. 서랍은 빡빡했고 아주 무거웠다. 나는 서랍을 붙들고 천천히 달래가며 빼냈다….

서랍 안은 온통 사진들이었다.

그럴싸한 분류도, 앨범도, 질서도 없었다. 사진들은 낱장으로 뒹굴며 아무렇게나 뒤죽박죽 꽂히고 쌓여 있었다. 억지로 쑤셔 박은 모양새였다. 서랍 가장자리에 끼인 것들은 찢기고 구겨졌으며, 일부는 쭈글쭈글하고 일부는 뒤집혀 있었다. 다들 얼마나 심하게 욱여넣었는지 아예 한 덩어리가 되다시피 했고, 절명광 속에선 뭐가 뭔지 구분이 전혀 안 됐다. 사진 상당수가 먼 나라의 풍경인 듯했다. 록우드의 방에 걸린 그림들 같은. 도시와 마을, 나무가 우거진 언덕배기들. 그런 게 많았지만 전부는 아니었다.

내가 집어 든 사진은 그리 오래된 것일 리 없는데도 색이 죄다 바래고 누르스름한 초록색만 남았다. 사진에는 두 사람이 있었다. 나이가 더 많은 쪽은 다소 길어 보이는 검은 단발머리의 소녀였다. 그녀는 무릎까지 오는 치마와 프릴 칼라가 달린 흰 셔츠를 입었는데, 내가 아주 어렸을 때 내 언니들도 그런 걸 입었던 기억이 났다. 사진 속 소녀의 얼굴은 록우드만큼 갸름하지 않고, 코도 다르게 생겼다…. 하지만 그녀는 록우드의 눈을 가졌다. 사진 밖을 응시하는 그 차분하고 솔직한 검은 눈을 나는 너무도 잘 알았다. 그걸 보니 속이 미어졌다. 그녀는 내 나이 또래로, 십 대 중반을 향해가는 중이었다. 진지하고 기대에 찬 표정은 카메라를 든 사람에게 뭔가 하고픈 말이 있지만, 그 혹은 그녀가 촬영을 마칠 때까지 기다리는 듯 보였다. 나는 그때 그녀가 품었던 생각이 뭘까 궁금했다. 그렇게 가만히 보고 있으려니, 그녀가 자기 생각을 잘 이해시키는 부류의 사람이란 확신이 꽤 강하게 들었다.

그녀의 무릎에 어린 소년이 앉아 있었다. 그녀보다 훨씬 어렸다. 그녀가 아이의 허리를 팔로 단단히 감고 있었다. 아이의 다리는 옆으로 빠져 있고 몸도 한쪽으로 기우뚱했다. 당장이라도 몸을 빼 달아나고 싶어 근질근질한 것처럼. 어쩌면 이미 움직이고 있었던 건지도 모른다. 아이의 머리가 살짝 흐릿하게 찍힌 걸 보면. 그래도 그 익숙한 흑발과 검은 눈동자는 여전히 볼 수 있었다. 그가 누구인지는 말 안 해도 알겠지.

나는 사진을 내려놓고 다른 사진들을 손가락으로 부드럽게 쭉 훑으며 록우드의 과거에 빠져들었다. 그러고 있는데 층계참에서 갑자기 록우드의 목소리가 들렸다. 크고 활기찬, 방문 바로 밖에서 나는 소리였다. 오싹 전율이 일었다. 규칙 위반이 들통났다는 공포였다. 나는 벌떡 일어나 뒷걸음질하다 이내 뒤쪽 바닥에 놓인 짜리몽땅한 판지 상자에 걸려 나동그라졌다. 넘어가는 순간에도 소리를 내면 안 된단 사실을 기억해 몸을 비틀었고, 바닥과 충돌을 막으려 한 손을 내밀었다….

손이 침대 발치의 마룻널을 짚었다.

나는 몸에 바짝 힘을 주고 그대로 멈췄다. 몸은 거의 수평에 가깝고, 두 발은 상자 뒤에서 꼬였고, 팔은 구부러져 있고, 얼굴은 침대 발판에 닿기 직전이었다. 나는 다른 손까지 마저 가져와 두 손으로 거칠고 낡은 카펫을 지그시 누르며 내 무게를 지탱했다.

그리고 이세 조지의 목소리까지 들렸다. 록우드에게 대답하고 있었다. 두 사람은 각자의 방문 앞에 있었다. 쉬러 가는 거였다. 따라쟁이들 같으니.

"그래. 하지만 그 앨 주의 깊게 지켜볼 필요는 있어." 조지가 말했다. "현장에서, 내 말은."

"그 앤 네 생각보다 강해. 과소평가 하지 마."

홀리, 맨날 홀리 타령이지. 문 두 개가 닫혔다. 나는 아까 걸려 넘어진 상자에 그냥 축 늘어졌다. 모든 게 잠잠하다는 확신이 들었을 때 옆으로 반 바퀴 굴러 상자에서 몸을 떼고 무릎을 꿇은 뒤, 자리에서 일어나려 침대 기둥을 붙들었다.

기둥이 어찌나 차갑던지. 나는 불편할 정도로 절명광에 근접해 있었다. 침대보 아래 숨겨진 검게 그을린 자국이 떠올랐다. 검은 눈 소녀의 얼굴이 떠올랐다. 이윽고 전선에서 전기 불꽃이 튀듯 소리가 탁탁거리며 손가락을 타고 올라왔다. 과거 밖으로 나와 내 눈과 이를 타고 올라왔다. 그리고 모든 게….

* * *

컴컴해졌다. 그 속에서 어린아이가 외쳐 불렀다. 높고 새된 목소리였다.

"제시카 누나? 어디 있어? 미안해. 지금 가."

어둠 속의 정적. 대답이 없었다. 하지만 뭔가가 귀를 기울였다. 차갑고 악의에 찬 존재였다. 방에서 기다리고 있는. 나는 놈의 기대감을 느꼈다. 생명의 결핍, 그것이 놈을 강력한 허기로 이끌었다. 아주 최근 감옥에서 풀려난 놈은 이미 생명을 맛봤다. 그리고 남김없이 빨아갔다.

"가고 있어, 누나. 가서 도와줄게."

존재가 간절함으로 부풀었다. 놈에게서 퍼져 나오는 냉기가 벽을 때리고 잔물결 쳤다.

"삐질 거 없다고." 아이가 말했다. 층계참의 발소리. 문이 열리는 소리.

그러고 나서? 외마디 비명(아이), 부풀고 팽창하는 차가운 존재(놈에게서 승리감이 감지됐다.), 불현듯 챙, 금속 긁히는 소리. 이윽고 더 살을 에고 쓰라린 철의 냉기. 그러고는 혼란, 광분, 쑤시고 베고 악쓰고 욕하는 소리, 저미고 자르고 창자를 뽑는 소리, 산산이 찢긴 혼령, 그걸 삼켜버린 슬픔과 분노.

그리고….

거의 아무것도 없었다. 존재는, 그토록 허기지고 차갑고 악하던 존재는 사라지고 없었다.

어둠 속에서 부르는 소년의 목소리뿐이었다. 흐느끼며 누나의 이름을 부르는.

"제시카… 미안해…. 미안…."

목소리가 서서히 줄고, 그 반복의 말(결코 달라지지도 끝나지도 않는) 또한 희미해졌다. 오그라들어 과거가 되고 더는 들리지 않았다. 그리고 고개를 들었을 때, 텅 빈 매트리스 위에서 불타는 파리한 빛이 다시 한번 보였고, 내 손은 그때껏 침대 기둥을 붙들고 있었다. 나는 손가락을 힘주어 뜯어냈다. 창밖은 어두웠다. 나는 침대 옆에 웅크리고 있었고, 무릎이 끔찍스레 아팠다.

그러고 나서도 그 후에 닥쳐온 적막감과 공허함 속에서 용기를 그러모아 일어나고, 문을 열고 층계참으로 나오기까지 엄청난 시간이 걸렸다. 록우드가 들었으면 어쩌나? 방에서 나오면 어쩌지? 바로 이 순간, 자기 누나가 죽던 당시의 소리가 내 손끝에서 여전히 따끔거리고, 어릴 적 그의 목소리가 내 귓가에 메아리치는 이때에? 나는 어떻게 하나? 그에게 어떻게 솔직히 얘기할까?

하지만 문은 삐그덕 소리 한번 내지 않았고, 내 발소리는 고요했다. 나는 조용한 층계참을 안전히 가로질렀다. 그제야 커다란 안도의 한숨을 스스로에게 허락하고 다락방으로 가는 계단을 오르기 시작했다.

그 순간 뒤에서 격렬한 쾅 소리가 났고, 누군가가 내 이름을 외쳐 불렀다.

울부짖는 혼과 느닷없는 덩어리도 이렇게까지 경악스럽지 않을 터였다. 나는 몸을 빙글 돌리고, 얼굴을 일그러트리고, 쓰러지듯 벽에 몸을 기댔다.

"조지! 목이 말랐어! 물 마시러 내려갔다 온 거뿐야!"

"그래?" 조지는 종이 뭉텅이를 불끈 쥐고 있었다. 귀 뒤엔 펜이 꽂혀 있었다. "잘 들어, 루시. 나 다 알았어!"

"물 한 잔 마신 게 다라니까 그러네. 맹세해! 아까 차 마시면서 짠 감자칩을 너무 많이 먹었나 봐. 그리고… 너 지금 첼시 사태 얘기하는 거구나. 그치?"

안경 너머에서 활활 타오르는 걸 봤다. 예의 그 익숙한 불길을. "응." 조지가 말했다. "첼시 사태. 내가 풀었어, 루스. 성공했다고. 어디서 시작됐는지 내가 알아."

5
악의

18

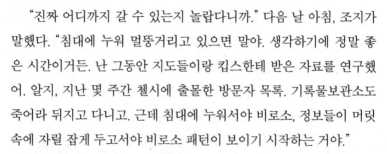

"진짜 어디까지 갈 수 있는지 놀랍다니까." 다음 날 아침, 조지가 말했다. "침대에 누워 멀뚱거리고 있으면 말야. 생각하기에 정말 좋은 시간이거든. 난 그동안 지도들이랑 킵스한테 받은 자료를 연구했어. 알지, 지난 몇 주간 첼시에 출몰한 방문자 목록. 기록물보관소도 죽어라 뒤지고 다니고. 근데 침대에 누워서야 비로소, 정보들이 머릿속에 자리 잡게 두고서야 비로소 패턴이 보이기 시작하는 거야."

"그래서 봤어?" 록우드가 물었다.

"오, 그럼. 이젠 패턴이 보이지."

아침 식사 시간이었고, 우리는 식탁에 앉아 있었다. 하지만 그릇과 잼 단지와 먹고 남은 토스트의 끈적한 부스러기들은 치워지고 없었다. 우리는 옷이며 작업화며 출장 나갈 준비를 마친 상태였다. 잠옷 가운도 구깃거리는 티셔츠도 온데간데없었단 얘기다. 아침 일찍 사무실을 청소하고 온 홀리는 기대에 찬 분위기를 포착했다. 갓 구운 꿀 비스킷을 깡통에서 꺼내 생각하는 식탁보 가운데에 놨다. 우리는 머그컵과 차를, 조지는 종이로 빵빵한 서류철을 앞에 놓고 있었다. 그는 모든 준비가 끝났다.

내 입장에선 다행스러운 일이었다. 하필 이때 영감의 순간이 조지를 찾아온 건. 그 덕분에 나는 어젯밤의 경험을 마음 깊숙한 곳으로 치워버릴 수 있게 됐다. 아니, 그러려는 노력이라도 할 수 있게 됐다. 몹시도 냉정히 절제하고 자신만만한 록우드를 볼 때마다 그 간절하고 조그맣던 목소리의 기억이 다시 덥쳐오는 통에 앉은 자리에서 자꾸만 꼼지락거리게 됐으니까. 그 작은 소년의 격렬한 슬픔뿐 아니라 그 자리에서 누나의 앙갚음을 하게 만든, 그리고—수년 뒤에도 자신이 하는 모든 행동에서—그 앙갚음을 계속하게 만든 분노의 메아리 또한 뇌리를 떠나지 않았다.

뭐, 나는 록우드를 더 잘 이해하고 싶었고, 이제 그렇게 됐다. 그의 과거를 엿듣는 건 효과적이었다. 하지만 이 또한 예상했어야 했던 건데, 그런다고 내 기분이 그렇게까지 좋아지는 것도 아니었다.

그래도 당장은 정신을 앗아가 줄 다른 문제들이 있으니까.

조지는 서류철을 열고 가장 위에 있는 종이를 집었다. 그걸 펼쳐 우리 쪽으로 밀고 돌려보게 했다. "자." 그가 말했다. "그게 어떻게 보여?"

첼시 지역의 지도였다. 반스의 책상 뒤에 붙어 있던 것과 아주 비슷했다. 조지의 해독 불가 글씨들로 장식돼 있다는 것만 빼면. 템스 강, 킹스 로드, 지난 몇 주 동안 유령이 나타난 장소들이 빠짐없이 보였다. DEPRAC 지도와 차이점은 유령 출몰지를 색으로 구분하지 않았단 거였다. 조지는 각각을 동그랗고 빨간 원으로 표시했고, 그런 게 어마어마하게 많았다. 어떤 구역은 하도 겹겹이 찍혀 거리들이 안 보이다시피 했는데, 서로 합쳐져 덩어리진 점들이 꼭 퍼져나가는 얼룩들 같았다.

우리는 그걸 가만히 봤다. "글쎄." 내가 마침내 입을 열었다. "얼룩덜룩해."

"내가 딱 이렇게 생겼던 적이 있어." 록우드가 말했다. "수두에 걸렸을 때. 조지, 미안한데, 내 눈엔 아무것도 안 보여."

조지가 안경을 고쳐 쓰며 씩 웃었다. "당연히 안 보이지. 바로 이게 딱한 반스 영감이 완전히 헛다리를 짚게 된 이유 중 하나거든. 그러니까 이건 이틀 밤 전까지 첼시에서 보고된 초자연 현상 전체를 정리한 거야. 패턴은 안 보여. 맞아. 여기서 기대할 수 있는 건 지리적 중심—그게 시드니 스트리트지—을 찾아내 거길 사냥하는 것뿐야. 하지만 그 때문에 사건의 본질을 놓치게 됐단 걸 우린 알지."

조지는 잠시 멈추고 홀리의 비스킷을 집었다. 우리의 향긋한 조수는 그야말로 넋을 놓고 그의 얘기를 들었다. 우리 모두가 그랬다. 허리춤을 빠져나온 셔츠 자락과 구부정한 자세에도 불구하고, 느긋하니 여유를 부리며 비스킷을 차에 적시는 모습에도 불구하고, 그의 주변에선 흥분이 가랑이번개*처럼 내리치고 있었다. 수 주일에 걸친 고독한 연구로 그의 안에 차곡차곡 쌓인 전하가 이제 우리 모두에게 튀고 있었다. 그가 뭉툭한 손가락으로 지도를 가리켰다. 우린 홀린 듯 몸을 앞으로 숙였다.

"여기서 눈여겨볼 건," 조지가 말했다. "이 얼룩덜룩한 초대형 군집의 모양이야. 찌그러진 직사각형같이 생겼지. 서쪽이 가장 좁고 동쪽으로 갈수록 넓어져. 신발 상자를 밟아놓은 것처럼. '그렇게 된 이유'가 첼시 수수께끼를 푸는 첫 번째 단서야. 우선, 여기가 템스강이야. 런던에서 가장 큰 규모의 '흐르는 물'이지. 알다시피 거길 건널 수 있는 유령은 없어. 그러니까 템스강이 군집의 남쪽 경계가 되는 거야."

---

* 주된 뇌우에서 가지들이 나오듯 갈라지며 치는 번개.

"그건 하다못해 반스도 아는 얘길 것 같은데." 내가 말했다.

"물론이지. 하지만 북쪽을 봐. 여기, 풀람 로드를 따라가면… 이쪽엔 뭐가 있지?"

"나 알아!" 홀리 먼로가 외쳤다. "선라이즈 물산 주조 공단! 로트웰에서 일할 때 고위 관리자들이 거기서 열리는 회의에 가곤 했어. 나도 가끔 같이 갔고. 거기 조그만 제철소들이 엄청 많아."

"정확해." 조지가 말했다. "선라이즈 물산뿐만이 아냐. 페어팩스 철강도 풀람에 공장이 있는 걸로 알아. 그러니까 그 많은 공장 굴뚝에서 나오는 연기가 인근에 내려앉는데, 거기 조그만 철 입자들도 섞여 있는 거지. 그래서 유령의 움직임이 가로막히는 거야. 여기가 초대형 군집의 북쪽 경계거든."

록우드가 휘파람을 불었다. "이제 어찌 돌아가는 얘긴지 알겠다…. 그럼 여기 서쪽, 사각형이 찌그러지는 지점에도 뭔가가 있다는 거겠네. 틈새를 틀어막듯 오염이 확산되는 걸 막는 뭔가가…."

그리고 그건 내가 알았다. "브롬프턴 라벤더 공장!"

우리 모두가 아는 곳이었다. 브롬프턴 공장은 런던 최대 규모로, 런던 북부에서 실어 온 싱싱한 라벤더를 향수와 연고로 가공하거나, 근사하게 말려 쿠션과 장식품, 가정용 방비들을 만들었다.

"하지만 공장은 이 아래 샌즈 엔드에 있는데. 아냐?" 나는 템스강이 남쪽으로 방향을 트는 거대한 굽이를 가리켰다. "여기랑 풀람 공단 사이엔 거리가 좀 있는데. 창궐이 왜 거긴 못 뚫었지?"

"강에서 부는 바람이 라벤더 향을 내륙으로 실어 나르니까." 조지가 빙그레 웃었다. "그게 둘 사이의 틈을 완벽히 막는 거야. 자, 그래서 우린 지금 남쪽에 템스강, 북쪽에 철강산업단지, 서쪽에 라벤더 공장이 있단 걸 알아. 이 강력한 지리적 특징들이 출몰의 확산을 막고 있지. 일종의 거름망 역할을 하는 바람에 군집의 모양이 찌그러진 거야. 군집의 모양이 찌그러졌다면, 일반적으로 생각하는 중심을 찾는 건 아무 의미 없겠지. 안 그래? 그래서 난 이렇게 생각해 봤지…."

그가 다른 지도를 꺼내 테이블에 펼쳤다. 록우드가 컵들을 옆으로 밀고 공간을 만들었다. 홀리는 비스킷 접시를 바닥으로 내렸다.

첫 번째 지도와 비슷했지만 이번엔 점들이 주황색이었다. 개수도 전보다 훨씬 적었다. 북쪽과 동쪽이 특히 그랬다.

"이건 한 달 전 상황이야." 조지가 말했다. "그때도 이미 안 좋았지만, 지금처럼 미쳐버린 수준까진 아니었어. 이거 대부분은 킵스가 준 보고서를 바탕으로 한 거야. 킹스 로드 한복판에서 얼마나 많은 출몰이 일어나고 있는지 보이지? 서쪽도 만만치 않게 많고. 여기서 좀 더 거슬러 올라가면…." 그는 또 다른 지도를 꺼냈다. 이번엔 녹색 점들이 정말 있을까 말까 했다. "이게 육 주 전이야. 첼시 사태가 공식적으로 시작된 때지. 심령 활동의 중심이 어딘지 보여?"

"훨씬 서쪽인 것 같은데." 내가 말했다. "킹스 로드의 서쪽. 근데 출몰 빈도가 그리 많지 않아."

"그렇지. 이제 막 시작된 시점이거든. 하지만 여기 결정적인 게 있어."

네 번째 지도. 모두를 통틀어 점이 가장 적었다. 사실 겨우 일곱 개가 다였다. 점들은 빙하 지점 표시라도 되는 양 짙은 파란색이었고, 전부가 킹스 로드 서쪽 끝의 조그만 활 모양 호에 놓여 있었다.

"두 달 전 상황이야." 조지가 말했다. "사태가 발발하기 전이지. 특별한 건 없었어. 기껏해야 빨래방의 음영자, 그림자 시늉* 두어 개, 잿빛 아지랑이 한둘 정도…. 너무 보잘것없어서 당시 지역신문에조차 보도가 거의 안 됐고—놈들의 기사를 찾느라 나도 진땀 좀 뺐다니까―DEPRAC 총계에서도 빠졌어. 반스는 놈들도 이번 창궐의 일부라곤 전혀 생각 못 했을 거야." 그가 우리를 둘러봤다. "하지만 난 했지. 여기서 시작해서 다른 지도들을 차례로 보면 내가 얘기하려는 패턴이 보일 거야."

"파도네." 내가 말했다.

"맞아. 초자연적 움직임의 파도가 하나의 중심에서 퍼져나가고 있어. 통과가 가능한 유일한 물길, 첼시를 관통하는 킹스 로드를 통해서 흘러나가지."

"그리고 그 파도의 중심은…." 록우드가 재촉했다.

"바로 이 근처야." 조지가 지도의 빈 부분을 손가락으로 찔렀다. 그 부분을 중심으로 파란 점 일곱 개가 궤도를 도는 위성처럼 호 모양으로 걸려 있었다. 킹스 로드 아래의 어느 블록이었는데, 넓게 보면 킹스 로드 서쪽 끝이고 템스강과 라벤더 공장에서 그리 멀지 않은 위치였다. 블록 자체가 커다란 건물 한 동으로 돼 있는 듯했다.

경탄 섞인 침묵이 흘렀다. 록우드가 천천히 숨을 내쉬었다. "넌 천재야, 조지. 내가 전에도 말했지."

조지가 홀리의 접시에서 거대한 비스킷을 골라 들었다. "하고 싶으면 한번 더 해도 돼."

"DEPRAC가 이걸 왜 몰랐는지," 내가 말했다. "그걸 더 모르겠다. 멍청이들이 따로 없어요."

"사실 나도 혼자선 패턴을 눈치 못 챘을 거야." 조지가 시인했다. "플로 본스의 도움이 없었으면. 플로가 며칠 동안이나 첼시 강가를 순찰했거든. 지금껏 본 중 가장 강력한 초자연적 움직임이 죄다 그쪽 모퉁이에 몰려 있단 걸 확인해 줬어. 영혼들이 떼거지로 아우성치는 데 엄청 동요한 기색이더래. 거기가 심령 파도가 가장 강하게 부서지는 곳인 셈이지." 그가 지도의 같은 지점을 다시 찔렀다. "의심의 여지가 없어. 여기가 힘의 원천이야."

"그러니까 킹스 로드 끝에 있는 이곳의 정체가 대체 뭐냐고. 그리고 왜 우린 여기 얘길 들어본 적이 없지? 그리고 왜, 진짜 중심이라면서," 나는 지도를 가리켰다. "정작 여기엔 점이 하나도 안 찍혀 있어?"

"좋은 질문이야." 조지는 모자에서 토끼를 끄집어내는 통통한 마술사라도 되는 양 뜸을 있는 대로 들이다가 서류철로 한번 더 손을 뻗었다. 그러고는 사진 한 장을 꺼냈다. 신문 기사에서 잘라낸 흑백 사진의 복사본이었다.

위용 넘치는 건물의 정면을 찍은 사진이었다. 주변 상점들의 두 배는 되는 높이에다 무겁고 고전적인 양식으로 지어진 음울한 정사각형 건물이었다. 벽난간에서 깃발들이 펄럭였다. 벽에서 약간 돌출된 형태의 직사각형 벽기둥들이 서 있었다. 건물에는 창문이 아주 많았는데, 길쭉한 직사각형 창문들이 밋밋한 하늘을 반사했다. 1층 창문들은 차양 아래 그늘져 있었다. 구식 옷차림을 한 사람들이 건물 앞 보도를 걷고, 뭔지는 잘 모르겠지만 아무튼 복잡한 쇼윈도를 지나쳤다. 중앙에는 어두운 색 제복을 입은 형상이 널찍한 유리문들 밖에 서 있었다.

"거긴 말이지, 친구들." 조지가 말했다. "아이크미어 브라더스 백화점이야. 한때 세계적으로 유명했고, 여전히 유명하며, 지금은—내 생각에—첼시 대출몰의 중심으로 추정되는."

"그런 덴 처음 들어보는데." 내가 말했다.

"난 들어봤어." 록우드가 사진을 자기 쪽으로 틀어 들여다봤다. "어릴 때 한 번 갔었어. 그런 것 같아. 끝내주는 장난감 홀이 있었거든."

록우드 옆에서 홀리 먼로가 고개를 끄덕였다. "나도. 어머니가 은제 장신구를 보러 간대서 따라갔었어. 내부 장식이 엄청 많고 화려하지만, 약간 추레한 느낌도 있었던 걸로 기억하는데."

"그 말이 딱 맞을 듯해." 조지가 말했다. "아이크미어는 런던 중심부를 빼면 규모가 가장 크고, 전국적으로도 손꼽히게 오래되고 웅장한 백화점이야. 1872년에 지어졌고, 1910년에서 1912년 사이에 대규모로 증축됐어. '경이의 전당'으로 불리는 아라비아 홀이 약 백 년 전쯤 공개되던 당시엔 불 먹는 묘기 부리는 사람이랑 벨리 댄서, 우리에 든 호랑이까지 구경할 수 있었대. 그런 영광의 날들은 아무래도 끝난 지 오래인 듯하지만. 그래도 사람들은 여전히 거기에 가. 사실 요즘엔 더 그렇고. 첼시의 그쪽 구역은 봉쇄가 안 됐으니까. DE-PRAC 저지선에서 두어 블록 떨어져 있거든. 게다가 아이크미어 매장에선 지금껏 출몰 보고가 한 건도 없었고."

"네 이론이 맞다면," 록우드가 말했다. "그건 상당히 이상한데."

"그치? 거기 과거를 알면 알수록 더 그렇다니까. 난 첼시의 이쪽 동네가 언급된 과거 자료를 찾아다녔어. 유령의 움직임이 목격된 적이 있나 확인하려고. 그러다 아이크미어에 호기심이 생기면서는 거기만 집중적으로 팠고." 조지가 비스킷을 한 입 베어 물었다. "그래서… 뭘 좀 찾아냈지."

내가 조지를 쳐다봤다. "안 좋아?"

"콤 케리 홀 기억나?"

록우드와 내가 눈길을 교환했다. "영국에서 제일가는 흉가? 기억하지."

"그 정도로 안 좋진 않아."

"다행이다."

"그래서 문제란 거야." 조지가 통통한 서류철을 토닥였다. "알고 보니 말야, 킹스 로드의 이쪽 끝은 역사적으로 아주 사고다발지역이야. 너희가 떠올릴 수 있는 최악의 사건들 중 반은 다 이 근방에서 벌어졌다고."

내가 일단 들이대 봤다. "역병?"

"넵. 1340년대에 흑사병이 돌았어. 아이크미어 바로 옆에서 길이 틀어지는 거 보이지? 거기 역병 구덩이가 있었거든. 시신을 모아 생석회를 뿌리던 곳 말야. 원래는 그 자리에 조그만 봉분을 쌓고 주변을 돌로 둘러뒀는데, 빅토리아시대에 주도로를 넓히면서 밀어버렸대."

"런던에 역병 구덩이가 한둘이 아닌데." 록우드가 이의를 제기했다. "그래. 역병 구덩이에 생긴 군집들이 있긴 했어. 하지만 이 정도 규모는 절대로 아니었다고."

"알아." 조지가 말했다. "그리고 이게 왜 이렇게까지 파급력이 큰지 설명하라고 하면 난 못 해. 난 너희한테 확인된 사실만 전달할 뿐이거든. 자, 일단 역병이 나왔어. 또 뭐가 있을까?"

"전쟁." 내가 말했다. "전투나 충돌."

"루시한테 1점 더. 루시가 확실히 잔혹 행위에는 선수라니까. 맞아. 공습이야. 1944년에 아이크미어 브라더스는 옆 건물에 폭명탄*이 떨어지는 바람에 반년 동안 문을 닫았어. 측벽이랑 지붕 일부가 무너졌거든. 그때 열 명이 목숨을 잃었지. 건물 지붕에 배치돼 있던 공습 감시원들을 포함해서. 십이 년 전에 매장 관리자가 조사관들을 불러들인 적이 있어. 공습 감시원들이 악을 쓰면서 몇 개 층을 뚫고 떨어

---

* 제이차 세계대전 중에 사용된 로켓 폭탄.

지는 일명 '죽음의 추락'을 재연하는 게 목격된 뒤였대. 신사 용품이랑 인테리어 매장을 뚫고 화장품 코너에 떨어졌다나."

"출처는 발견됐고?" 홀리 먼로가 물었다.

"뼛조각이 나와서 매장 방비를 개선한 모양이야."

록우드가 긴가민가한 듯 목깃을 당겼다. "모르겠다, 조지…. 그렇게까지 특별하게 느껴지는 게 전혀 없는데. 그리고 이 방문자들이 벌써 처리됐다면…."

"지금까진 그냥 몸 좀 풀어본 거야. 너희가 상상도 못 할 큰 놈이 아직 남아 있지."

"처형!" 내가 말했다. "살인, 교수형, 교살형!… 음, 일반적으론 고문! 음…."

"좋아, 좋아, 계속 가봐. 다 맞아. 근데 좀 더 정확하게."

"주술로 의심되는 행위!"

"아냐. 그 전으로 돌아가. 역사적으로 봤을 때, 네가 말한 고약한 행위들이 몽땅 벌어지는 데가 어디겠어?"

"감옥." 홀리 먼로가 말했다. 그녀는 옷단에서 자기 상상 속 보풀을 손가락으로 튕겨냈다.

"빙고." 조지가 우릴 둘러봤다. "감옥이야. 더 정확히는 왕립 감옥. 1213년에 존 왕의 명령으로 건설된 악명 높고 지옥 같은 곳이지. 특별히 신경 써서 런던 밖에다 만들었대. 안에서 나는 끔찍한 소리를 아무도 엿듣지 못하게."

나는 지도를, 아이크미어 백화점을 표시한 밋밋한 사각형을 가리켰다. "그러니까 그게 지금 여기라고?"

"감옥의 정확한 위치는 아무도 몰라. 튜더시대에 헐어버렸거든. 하지만 킹스 로드 서쪽 끝의 어딘가로 추측은 돼. 우린 아이크미어

밖에 역병 구덩이가 있었단 것도 알고. 그러니까….”

“그러니까 이제야 뭐가 좀 제대로 돼가네!”록우드의 눈에 빛이 서려 있었다. 그가 손을 비벼댔다. “오케이, 슬슬 재밌으려고 한다. 만약 아이크미어가 중세 감옥과 대략적으로라도 같은 위치에 있는 거라면….”

“게다가 그게 그리 근사한 중세 감옥도 아니었고 말이지.” 조지가 껴들었다. “중세의 다른 감옥들조차 천대하던 곳이었어. 진짜로 고약했거든. 국왕의 심기를 거스르는 누구든 수감됐고, 그들이 당하게 될 일에 대한 규제는 별로 없는 곳이었다는 거야. 감옥 자체의 역사도 불운의 연속이야. 두 차례 화재를 겪었고, 농민 반란 시기에는 약탈도 당했어. 병사들을 기습해 살해하던 시절 말야. 당시엔 이 지역 전체가 습지였어. 템스강 진흙과 지류가 온갖 유해한 것들을 실어 날랐고, 무시무시한 질병의 온상이기도 했지. 수많은 죄수가 죽었고, 시신은 그냥 강에 던져졌어. 왕립 감옥은 처참할 정도로 많은 이들을 과하게 수용하는 걸로도 유명했어. 끝에 가선 감옥이라기보다 병원에 가까웠고. 죄수 대부분이 나환자랑 다른 끔찍한 질병들로 추방당한 사람들이었거든. 튜더 당국이 그들을 몰아내고 감옥 전체를 철거했어. 왕립 감옥의 최후를 보며 가슴 저민 사람은 아마도 없었겠지만.”

우리는 이 정보를 곰곰이 생각했다. “그래, 휴가 장소로 고르기에 썩 좋은 곳은 아니네.” 내가 말했다. “그건 확실히 알겠어.”

“하지만 아주 좋은 곳이긴 하지.” 록우드가 말했다. “방문자를 만들어내기에. 물론 그렇다면 백화점 자체엔 지금 왜 아무 문제가 없냐는 질문이 남긴 하지만. 훌륭해, 조지. 잘했어. 자, 그럼 가서 확인해 봐야지.”그가 우릴 둘러보며 미소를 지었다. “우리에겐 지원이 필요할 거야. 조지가 생각하는 것보다 훨씬 덜한 곳이래도 우리 셋으론 부족할 게 확실하니까."

나는 록우드를 쳐다봤다. "홀리도 같이 가면 좋겠다는 거야, 혹시?"

"기꺼이 그럴게." 홀리 먼로가 말했다.

록우드는 망설였다. "뭐, 네가 원한다면, 홀리, 안 될 게 뭐야? 훌륭한 아이디어였어, 루스. 하지만 난 사실 더 큰 조직을 생각했어. 팀을 나눠서 조사 속도를 높일 수 있게. 그 말은 곧 DEPRAC에 조사관을 내달라고 요청하겠단 얘기가 되겠지. 열 명, 어쩜 열두 명. 별 문제는 안 될 거야." 그가 의자를 뒤로 밀었다. "홀리, 네가 남아서 장비를 준비해 줄 수 있으면, 우린 지금 바로 가서 반스를 만날게."

"반스가 협조할까?" 조지가 물었다.

"심통이야 부리겠지. 하지만 네가 발견한 걸 보여주면 늦지 않게 처리해 줄 거야. 우리 실력이 얼마나 좋은지 자기도 잘 알거든." 록우드가 우리에게 윙크했다. "걱정 마. 반스와 우리 사이에 안 맞는 게 참 많다는 거 알아. 하지만 상호 존중하는 마음 또한 크지. 경위가 망설이면 내가 잘 구슬려볼게. 그는 우릴 실망시키지 않을 거야."

"진짜 완전 멍청이." 록우드가 으르렁거렸다. "콧수염 난 백치. 무식하고 편협하고 융통성 없는 인간. 광대! 사기꾼! 얼간이! 난 반스가 싫어."

"그 상호 존중 어쩌고는 어디로 가고?" 조지가 물었다.

우리는 슬론 광장의 첼시 노동자 클럽, DEPRAC 작전 본부 밖에 있었다. 록우드는 반스와 얘기하러 간 터였다. 조지와 내가 급식 차량 근처 플라스틱 테이블에 자리를 잡고 앉아 배 속에 차와 핫도그를 막 밀어 넣으려는 찰나, 록우드가 돌아왔다. 어금니를 악물고 뺨은 붉게 달아오른 채 의자에 털썩 앉았다.

"관심이 없어." 록우드가 말했다. "알고 싶지 않대."

조지가 그를 가만히 쳐다봤다. "경위가 아이크미어 브라더스 얘기 듣고 뭐라는데? 내 이론을 어떻게 생각하는데?"

"그런 거 없어. 아예 보지도 않더라."

"내 사랑스러운 점박이 지도들을 안 봤다고?" 조지가 핫도그를 내려놨다. "그러고도 타당한 반박이란 걸 할 수 있었어?"

"반박 안 했어. 나랑 눈도 안 마주치던걸. 내가 주소를 입 밖에 내자마자 말을 잘랐어. 오늘 밤 첼시 중심부에서 또 한 번의 대규모 작전이 있을 거라, 변두리에서 '시간이나 죽이고' 돌아다니게 할 인원이 없다더라. 그 인간 말을 그대로 옮긴 거야."

"놀랍네." 내가 말했다. "반스가 멍청하긴 해도 대체론 양심적인데."

록우드는 바지 주머니에 두 손을 찔러 넣고는 사방에서 바삐 돌아다니는 DEPRAC 조사관들을 심술궂게 노려봤다. "적어도 내 얘기 끝까지 들어주긴 할 줄 알았어. 조지의 이름이라든가, 그 인간 성질을 건드릴 멍청한 말들은 아예 꺼내질 않았는데. 이해가 안 돼. 이 창궐 자체가 재앙이야. 반스라면 우리가 무슨 아이디어를 새로 가져오든 듣고 싶어 죽을 지경이어야 맞는데. 어쨌든 지금으로선 방법이 없어. 아무리 생각해도 우리끼리 아이크미어에 갈…." 그가 흠칫 놀라며 앉은 채 몸을 수그렸다. "오, 안 돼…. 보지 마. 킵스야. 아까 반스랑 얘기하는데 저 인간이 근처를 슬금슬금 돌아다니더라고. 틀림없이 죄다 들었을 거야."

아니나 다를까. 여기, 보석 박힌 레이피어를 번쩍이는 퀼 킵스가 있는 대로 고상을 떨며 광장을 가로질러 우리에게 오고 있었다. 조지와 나는 가까워지는 그를 노려봤다. 록우드는 차라리 고개를 돌렸다.

킵스가 멈춰 섰다. 눈썹이 어딘가 사람을 업신여기듯 움직였다. "음, 거참 멋지네." 그가 말했다. "무덤을 열고 들어가도 이보단 환영 받는 법인데. 자, 토니…, 저 안에서 너랑 반스 사이에 오가던 얘길 어쩌다 듣게 돼서…."

록우드의 뺨에서 근육 하나가 씰룩였다. "그랬나요?"

"경위한테 또 퇴짜를 맞고 있던데."

록우드가 테이블에 놓인 종이컵을 이쪽에서 저쪽으로 치웠다.

"퇴짜의 이유가 궁금할까 봐 얘기하는데," 킵스가 말을 이었다. "지금 반스가 자기 맘대로 할 상황이 아니라 그래. 피츠랑 로트웰의 높으신 분들한테 자문을 받는 중인데, 그 사람들이 자꾸만 그런단 말야. 군집의 중심이 첼시 중앙부에 있다고. 반스는 시키는 대로 할 수밖에 없는 입장이야. 별로 놀라울 것도 없지. DEPRAC란 조직이 원체 그러니까."

내가 킵스를 보며 인상을 썼다. "DEPRAC가 대행사들을 감시하는 거예요. 대행사들이 DEPRAC를 감시하는 게 아니라."

킵스의 길쭉한 얼굴이 우습다는 듯 전율했다. "그렇게 생각해? 귀엽네, 칼라일."

"그래서 그걸 빌미로 또 속이나 뒤집어 놓으러 온 거고요." 록우드가 말했다.

"음, 맞아. 네 조사에 추가 투입할 인력을 원하는지 확인하려고 오기도 했고."

잠시 이어진 정적 속에서 우리 셋은 눈살을 찌푸리고 앉아 킵스의 말에 또 어떤 모욕이 숨어 있는지 해독하려 애썼다. 그런 건 없는 듯했고, 그래서 더더욱 눈살이 찌푸려졌다. 록우드가 아까 치운 컵을 들어 원래 위치로 옮겼다. "우릴 돕겠다는 건가요?"

킵스는 신발 밑창에 붙은 불쾌한 뭔가를 방금 막 찾아낸 사람처럼 움찔거렸다. "딱히 그런 건 아니고. 같이 하겠다고 제안하는 거야. 나랑 캣 고드윈, 보비 버넌이. 내 팀 알지."

록우드가 물끄러미 봤다. "반스 밑에서 일하는 줄 알았는데요."

"더는 아냐. 담당 업무를 바꿔달라고 신청했어."

"이유는…."

"좀 앉아도 될까?" 킵스가 의자를 잡고 상체를 기울여 앉았다. 그러고는 킹스 로드 장벽을 힐끗 돌아봤다. "반스가 뭐라 하든, 저기서 뭔 일이 벌어지는 중인지 짐작조차 하는 사람이 없어. 밤마다 난리가 나. 아수라장이 된다고. 난 벌써 조사관까지 한 명 잃었고, 여기서 더 잃는 일은 안 만들 거야. 그렇다고 조용히 물러나 앉아 손 놓고 있지도 않을 거고. 너희한테 그럴싸한 단서가 있다면 함께 일하고 싶어. 그게 전부야."

조지와 록우드와 나는 말없이 앉아 있었다. 우리 셋이 동시에 말을 잃는 건 흔치 않은 일인데, 그 드문 일이 지금 벌어지고 있었다. 나는 테이블에 쏟아진 커피 웅덩이를 가만히 보다가 킵스를 힐끗거리길 반복했다. 평상시 같으면 커피 쪽에 더 마음이 동했을 터였다. 하지만 이번엔 고개가 자꾸만 우리의 적수에게로 돌아가는 걸 어쩔 수 없었다. 기름을 발라 넘긴 머리칼과 너무 딱 붙는 바지, 티끌 하나 없는 재킷, 날 좀 봐달라 아우성치는 보석들이 박힌 레이피어 손잡이로 자꾸만 눈이 갔다. 누가 봐도 그의 제안은 터무니없었다. 물론이었다. 하지만 그렇대도….

"글쎄, 고맙습니다." 록우드가 말했다. "하지만 됐어요. 안 될 일이에요. 팀은 손발이 맞아야 해요. 조사관 사이의 절대적 신뢰는 기본이고. 끝도 없이 다투고만 있을 순 없는 법예요. 그리고… 왜, 조지?"

눈을 돌리니 조지가 한 손을 들고 있었다. "약간의 다툼도 괜찮지,
때론."

"그럴 리가."

"우리도 다투잖아."

"아니, 진짜론 안 다퉈. 적어도 그리 자주는 아냐. 아님 중대한 순
간들이라든가…. 이봐, 그냥 좀 닥쳐줄래? 무슨 얘길 하던 중인지 까
먹었잖아." 록우드가 심란한 듯 머리칼을 헝클었다. "여기서 정말 중
요한 건, 하나로 뭉치지 못하는 팀에는 나쁜 일들이 생긴다는 거예
요. 저 밖은 위험하다고요."

"나쁜 일은 어느 팀에나 생기지." 잠시 침묵하던 킵스가 말했다.
"저 밖의 위험에 대해선 나 또한 알 만큼 안다고 자신하고."

록우드가 킵스의 눈을 잠시 뚫어져라 봤다. "네, 물론 그러시겠
죠." 그가 말했다. "미안해요. 저기, 친절한 제안이고 고맙게 생각해
요. 하지만 안 될 것 같아요."

"어째선지 난 네가 된다고 할 줄 알았는데." 킵스가 자리에서 일
어났다. "다들 좋은 하루 되길." 그가 성큼성큼 걸음을 옮겼다.

"록우드…." 조지가 입을 열었다.

"잠깐!" 나였다. 의자를 뒤로 밀고 일어나 록우드를 노려보고 있
었다. 내가 왜 그랬을까? 다른 때 같았으면 거기 그냥 조용히 앉아 록
우드의 뜻에 따랐을 텐데. 지금은 아니었다. 지금은, 웬일인지 지난
밤 이후론 아니었다. 속에서 솟구치는 긴장을 표출할 길을 찾아야 했
다. 분출해야 했다. 마음 한구석에선 그저 뭔가를 하고 싶기도 했다.
따분한 일상이 아닌 일에 뛰어들고 싶었다. 알고 있었다. 홀리가 새
로운 사건들을 줄줄이 준비해 놓고 있다는 걸. 우린 또다시 뿔뿔이

흩어져 일하게 되리란 걸. 이 건은 달랐다. 더 크고, 묘하고, 어쩌면 더 위험했다. 그리고 나는 록우드의 자존심 때문에 한번 덤벼보지도 못한 채 물러나고 싶지 않았다.

그게 또 다른 문제였다. 록우드의 자존심. 그건 나를, 남들을, 상식을 차단하는 그의 능력과 환상의 짝꿍이었다. 내가 그의 누나나 과거에는 저항을 못 해도, 자존심에는 저항할 수 있었다.

"난 우리가 킵스의 제안을 받아들여야 한다고 생각해." 내가 말했다. "저 밖에서 사람들이 죽어나가고 있어, 록우드. 우린 가만히 보고만 있을 수 없고. 행동해야 해. 뛰어들어야 한다고. 설령 그게 타협을 의미한대도. 아이크미어는 거대해. 그냥 정찰만 하더라도 제대로 된 팀이 필요할 거야. 그리고 킵스의 팀은 훌륭해. 우리도 알잖아. 조지를 믿는다면, 조지가 쏟아부은 노력을 믿는다면, 우리 이거 해야 돼. 우린 조지에게 그럴 의무가 있어. 조지를 넘어 우리 자신에게 그럴 의무가 있어."

록우드가 나를 가만히 봤다. 나는 문득 얼굴이 무진장 후끈거리며 달아오르는 걸 느꼈다. "우리한테 별다른 선택지가 있는 것 같지도 않고." 말을 마치곤 허둥지둥 자리에 앉았다.

이번엔 조지가 그러고 있었다. 커피 웅덩이와 날 번갈아 보는 것 말이다. 킵스는 약간 떨어진 곳에 서서 자기랑 어울리지도 않는 민감성을 발휘하고 있었다. 근처 천막 보관소에서 거대한 철가루 자루를 꺼내려 애쓰는 조그만 번스 조사관 둘에게 몰두한 척하고 있었다. 사방에서 DEPRAC 직원과 조사관이 바삐 쏘다니며 이런저런 일들을 처리하느라 정신없었다. 광장의 소음이 우릴 감쌌다. 록우드는 나를 가만히 보고만 있었다. 나는 그의 말을 듣게 되길 기다렸다.

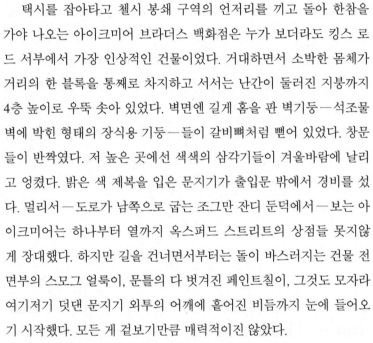

19

택시를 잡아타고 첼시 봉쇄 구역의 언저리를 끼고 돌아 한참을 가야 나오는 아이크미어 브라더스 백화점은 누가 보더라도 킹스 로드 서부에서 가장 인상적인 건물이었다. 거대하면서 소박한 몸체가 거리의 한 블록을 통째로 차지하고 서서는 난간이 둘러진 지붕까지 4층 높이로 우뚝 솟아 있었다. 벽면엔 길게 홈을 판 벽기둥─석조물 벽에 박힌 형태의 장식용 기둥─들이 갈비뼈처럼 뻗어 있었다. 창문들이 반짝였다. 저 높은 곳에선 색색의 삼각기들이 겨울바람에 날리고 엉켰다. 밝은 색 제복을 입은 문지기가 출입문 밖에서 경비를 섰다. 멀리서─도로가 남쪽으로 굽는 조그만 잔디 둔덕에서─보는 아이크미어는 하나부터 열까지 옥스퍼드 스트리트의 상점들 못지않게 장대했다. 하지만 길을 건너면서부터는 돌이 바스러지는 건물 전면부의 스모그 얼룩이, 문틀의 다 벗겨진 페인트칠이, 그것도 모자라 여기저기 덧댄 문지기 외투의 어깨에 흩어진 비듬까지 눈에 들어오기 시작했다. 모든 게 겉보기만큼 매력적이진 않았다.

거기엔 맞은편의 어여쁜 잔디밭도 포함됐는데, 과하게 멋을 부린 상점과 커피숍으로 둘러싸여 있었다. 길을 건너던 조지가 나를 쿡 찌르곤 거길 가리켰다. "역병 구덩이야."

"그럼 감옥은?"

"아이크미어 지하에 있을 공산이 커."

그 길을 따라 50미터쯤 더 올라가면 슬론 광장에 있던 것과 동일한 DEPRAC 장벽들이 첼시 중심부 진입을 막았다. 아이크미어 브라더스는 운이 좋게도 봉쇄 대상에서 빠졌다. 더 나아가 단 한 건의 출몰도 보고되지 않았고.

"5시 통금. 4시 폐점." 툭 불거진 눈을 뒤룩거리고, 벌건 얼굴에다 바다코끼리 이빨 같은 팔자수염을 기른 문지기가 회전문을 줄줄이 통과하는 우리를 곁눈질했다. 여기서 우리란 록우드와 조지, 홀리 먼로와 나를 뜻하고. 도구 가방을 들고 문을 통과하기가 여간 힘든 게 아니었다. 특히 나. 내 배낭엔 항아리 모양의 무거운 짐까지 들어 있었으니까. 우리 레이피어가 회전문의 둥근 나무틀에 닿아 달그락거렸다.

한때 이 장엄한 로비는 팡파르와 함께 아이크미어의 영광을 만천하에 알렸을 터였다. 금 이파리로 장식한 석고 기둥들이 소용돌이치며 솟아 만나는 파란색 천장에선 별과 행성과 신나게 뛰노는 통통한 큐피드들이 보였다. 벽면에는 목양신*과 님프, 이국적인 야생동물 여럿이 그려져 있었다. 우리 바로 앞, 중앙 계단 양옆에는 위층으로 이어지는 에스컬레이터가 두 줄로 서 있었다. 옛 시절의 라이브 음악과 마술사, 불 먹는 사람들이 머릿속에 그려지기도 했다…. 하지만 이제 벽화는 색이 바랬고, DEPRAC 경고문과 다가오는 할인 행사 소식이나 덕지덕지 붙이고 있었으며, 기둥의 금 이파리는 도금이 벗겨져 나

---

* 숲, 사냥, 목축을 관장하는 반인반수의 신.

갔다. 쇼핑객들은 시시한 라벤더 상품 진열대와 몇 되지도 않는 데다 낡아빠진 마네킹 사이를 빈둥빈둥 돌아다녔다. 지직거리는 음향 시스템에서 아주 후진 음악이 아련히 흘러나왔다.

로비에서 그나마 인상적인 걸 무리해서 꼽으라면 에스컬레이터 앞의 거대한 가짜 나무였다. 금속과 널조각으로 나무껍질을 만들고 빨강, 주황, 금색의 휴지 잎을 달았다. 나무는 정신없고 조금만 어째도 망가질 듯 보였다. 우리는 그 앞에 가방을 내려놨다. 록우드가 접수처로 갔다.

"내가 마지막으로 왔을 때보다 더 안 좋아졌네. 아님 그때는 너무 어려서 보고도 몰랐거나."

홀리 먼로가 말하며 외투 단추를 풀고 장갑을 벗었다. 언제나 그렇듯 한껏 꾸며 입은 것이 정원에서 열리는 사교 파티에 가는 사람 같았다. 우리 일은 그게 아닌데. 우린 런던의 음울한 동네에서 유령 사냥을 하는 사람들인데. 아마도 못돼먹은 생각이겠지만, 난 이 밤이 다 가기 전에 홀리 먼로가 뚜껑 열린 관이라든가 카타콤이라든가, 그런 것 안으로 확 떨어져 버렸으면 좋겠다 싶었다. 아주 끔찍한 뭔가일 필요는 없었다. 먼지나 많으면 될 뿐. 기왕이면 뼈도 좀 있고.

조지는 실내를 살피고 있었다. "그래. 매장 꾸밈새가 썩 훌륭하진 않네." 그가 말했다. "이 마네킹은 흉측하고⋯. 오, 당신이었군요, 킵스. 전시해 둔 마네킹인 줄 알았어요."

가짜 나무 그늘에서 퀼 킵스와 캣 고드윈, 보비 버넌이 나타났다. 그들도 무거운 가방을 챙겨 왔다. 보비 버넌은 어깨에 거대한 소금총*까지 메고 있었다.

"이래서," 캣 고드윈이 말했다. "내가 여기 오는 걸 반대했던 거예요. 저런 비아냥거림을 밤새 들어야 할 테니까. 조지 저 자식은 유령보다 나쁘다니까요."

조지가 손을 들었다. "미안. 이제부터 착하게 굴게. 여긴 홀리예요, 여러분."

일반적인 소개말들이 뒤따랐다. 킵스는 그렇게 나긋나긋하고 말랑말랑할 수가 없었다. 내가 맹세하는데, 보비 버넌은 홀리와 악수하면서 픽 웃기까지 했다. 캣 고드윈은 내가 홀리를 처음 만났을 때와 똑같이 뻣뻣했다. 우리 조수는 여자애들을 그렇게 만드는 경향이 있는 듯했다.

록우드가 외투 자락을 휘날리며 돌아왔다. 우리를 보며 싱긋 웃었다. "안녕, 팀원들."

킵스가 콧방귀를 뀌었다. "늦었군."

"난 팀장이에요. 회의도 내가 도착해야 시작하는 거죠. 그러니 원칙적으론 내가 늦은 게 아니라 그쪽이 일찍 온 거고요. 자," 록우드가 우리를 둘러보며 말했다. "책임자를 만나고 싶다고 해뒀어. 일단 승인이 나면 내부를 둘러보기 시작할 거야. 직원들이 있는 동안은 탐문을 진행하고. 이건 혼자 하든 여럿이 하든 상관없어. 하지만 해가 지고 나면 안전이 최우선이야. 그때부턴 2인 1조로 움직인다."

보비 버넌은 어찌나 조그만지 우리 옆에 있는데도 저 멀리 옆방에 있는 사람처럼 보였다. 그가 작대기 같은 팔을 들었다. "그게 어떻게 가능해?"

록우드가 인상을 썼다. "보비?"

"세어보니 모두 일곱인데. 둘씩 세 조로 나누면 불쌍한 떨거지 하나가 생긴다고."

"아, 그래, 그렇지…. 내가 얘기 안 했나? 올 사람이 한 명 더 있어. 그렇잖아도 지금쯤 도착해 주면 좋겠는데."

"누구?" 내가 물었다. 이건 모두가 처음 듣는 얘기였다. 내 눈엔 록우드가 대답을 어물쩍 넘어가려는 듯 보였다.

킵스도 그걸 감지했다. "적절한 자격을 갖춘 조사관이리라 믿어. 머릿수를 맞춰보겠다고, 토니, 네 괴짜 친구나 데려온 게 아니길 바란다고."

"그게…."

"나 왔어, 로키."

우리는 로비 건너편을 돌아봤다. 거기, 회전문에서 막 등장하는 건, 기다란 파란색 푸파 재킷의 째진 곳들이 문손잡이에 자꾸만 걸리고, 웰링턴 부츠가 대리석 바닥에 우아한 녹색 진흙 자국을 남기는 플로 본스였다. 그녀 뒤 유리문으로 문지기의 얼굴이 보였다. 원래 불거진 눈이 더 불거지고 입까지 떡 벌어져선 공포와 당혹감 속에서 플로 본스를 쳐다보고 있었다. 솔직히 말해 킵스와 팀원들도 별반 다르지 않았고, 홀리 먼로의 차분한 잔잔함조차 순간적으로 일렁였다. 플로는 어깨에 축축하고 얼룩덜룩한 마대자루를 걸머지고 있었다. 우리에게 다가오는 길에 라벤더 베개가 쌓인 곳에다 자루를 철퍼덕 놓고 재킷의 지퍼를 내리더니 두 팔을 구부정하니 올려 나른하게 기지개를 폈다. 우린 그녀의 더러운 셔츠와 구멍 난 스웨터, 바지를 잡아주는 너덜너덜한 밧줄 허리띠를 꼼짝없이 감상하게 됐다. 오, 맞다. 조수의 냄새도 함께. 완전 종합 선물 세트였다.

"오오, 한결 낫네." 플로가 말했다. "이놈의 티눈 때문에 오늘은 정말 죽을 맛이야. 그래서 로키, 이 찌질이들이랑 인사 안 시켜줄 거야? 굳이 안 그래도 돼. 사실 너한테 들은 것만으로도 딱 알겠으니까. 어디 보자, 그럼. 그쪽이 킵스? 그쪽이랑 그쪽이 레이피어 손잡이에 붙이고 다니는 근사한 보석 얘기는 귀가 닳도록 들었지. 그런 거 내가 더 구해줄 수 있는데. 울위치 해변에 밀려올 때가 있거든. 화장터 바로 밑에."

킵스는 죽은 물고기로 미간을 공격당하기라도 한 듯 보였다. 미간뿐 아니라 후각도. "어…, 아니. 고맙지만 사양할게. 그러는 그쪽은?"

"플로렌스 보나르. 괜찮으면 강세는 두 번째 음절에 둬주렴. 네가 캣 고드윈이겠구나. 생각보다 말랐지만, 그 턱을 어떻게 못 알아보겠어. 그리고 넌…." 플로가 보비 버넌을 보며 알쏭달쏭하게 웃었다. "만나서 정말 반갑다, 보비. 내 자루는 어디다 쓰는 건지 좀 물어봐줘."

버넌이 옆으로 슬금슬금 비켜났다. "어…. 그 자루는 어디다 쓰는 거야?"

"이건," 플로가 말했다. "내 유물 가방이야. '물건들'을 넣는." 그녀가 버넌 가까이로 몸을 숙였다. "강 진흙의 부드럽고 축축한 어둠 속에서 찾아내는 것들 말야…. 안을 구경할래? 내가 널 퐁당 넣어줄 수도 있는데. 넌 그 정도로 쪼그매서."

버넌은 끽 소리를 내곤 캣 고드윈 뒤로 사라졌다. 이제 플로가 홀리 먼로에게 몸을 돌렸다. 정말이지 내가 기대해 마지않던 순간이건만, 우리 조수가 선수를 쳤다. 성큼 앞으로 나서며 손을 내밀었다. "홀리 먼로라고 해. 앤서니 록우드의 새 조수. 만나서 반가워."

나는 언어폭력을 기다렸다. 아니, 더 낫게는 라벤더 쿠션에 머리부터 메다꽂기라든가. 하지만 플로는 놀란 듯했다. 속눈썹이 파르르 떨렸다. 내가 장담하는데, 꼬질꼬질한 더께 아래 얼굴도 분명 벌겋게 달아올랐을 것이다. "그래, 반가워."

두 사람은 악수만 했다. 어째선지 나는 그것도 짜증이 났다.

"됐군." 록우드가 말했다. "좋아. 이제 모두 아는 사이가 됐으니 시작하자. 책임자가 기다리고 있어."

"굳이 그럴 필요가 있나 모르겠네…." 캣 고드윈이 아직껏 플로를 보면서 말했다. "유령들조차 줄행랑치고 없겠다 싶은데."

아이크미어 브라더스의 새뮤얼 아이크미어 회장은 사 대째 이 백화점을 운영하고 있는 가문을 대표했다. 그는 까탈스럽고 별 특징 없는 자아(중년, 밋밋한 얼굴, 다소 소심하게 벗겨지기 시작한 머리)를 옷으로 극복해 보려 기를 쓰는 남자였다. 이날은 어깨를 부풀리고 강렬한 보라색 줄무늬가 들어간 검은 정장을 입었다. 가슴 주머니에선 빳빳하게 풀을 먹여 접은 보라색 손수건이 관상용 화초처럼 튀어나와 있었다. 셔츠 소맷동은 필요보다 긴 듯 손가락이 간신히 보였다. 넥타이는 충격적일 정도로 분홍색이었다. 나는 그가 손을 흔들 때마다 록우드가 움찔거리는 걸 느꼈다.

아이크미어는 우리 레이피어와 도구 가방에 아무 감흥 없는 시선을 던졌다. 우리가 방문한 이유를 설명하자 입술을 꾹 감쳐물었다. "절대로 안 되겠소. 안타깝지만." 록우드가 말을 마치자, 그가 대답했다. "여긴 명망 있는 상업 시설이요. 댁 같은 사람들을 들일 순 없어."

우리는 그를 쳐다봤다. 아이크미어의 사무실은 딱히 크지 않았다. 그래. 대리석을 얹은 책상, 의자, 쓰레기통, 문서 보관장, 진녹색 유카 화분이 들어갈 정도는 됐다. 애써 욱여넣으면 모자를 벗어 들고 책상 앞에 선 순종적인 직원 한둘도 가능하긴 할 거였다. 하지만 레이피어와 화염탄과 엄숙한 목표로 완전 무장한 불굴의 조사관이 자그마치 여덟이라고? 우리가 거기 서 있는 것만으로도 불안깨나 유발했을 거였다. 하지만 그것도 다 우릴 일일이 뜯어보기 '전' 얘기였다. 참치샌드위치 하나를 막 끝장내고 온 조지는 떨어지는 부스러기를 잡아보겠다고 손을 아래다 받치고 있었다. 보비 버넌은 거대한 소금총을 자랑스레 내보였다. 킵스는 킵스였다. 플로는 역시 플로였고. 아이크미어의 입장이 이해 안 되는 것도 아니었다.

"아이크미어 씨," 록우드가 말했다. "선생님 주변에서 심각한 출몰 사태가 계속되고 있습니다. 엎어지면 코 닿을 거리에서요. 아시다시피 그 원인을 조사할 권리를 위임받은 입장에서 어디든 다 봐야 하지 않겠습니까?"

"여길 본다는 게 말도 안 되는 소리라고! 아이크미어에는 위험한 방문자가 없어요!"

"여기도 첼시인데요? 정말요? 놀라운 주장이군요."

"십이삼 년 전에 작은 문제가 있긴 했지. 하지만 즉시 처리됐소."

"그 공습 감시원들 말인가요?" 조지가 물었다.

"자세히는 기억이 안 나지." 남자는 대수롭지 않다는 듯 한쪽 소매를 흔들었다. "하지만 그 사건 뒤, 우리 건물은 초자연적 안전성을 염두에 두고 재건됐소. 철근을 엮어 토대를 세웠지. 벽들도 마찬가지고. 우리 직원들은 은제 브로치를 달고, 방문자 방어에 필요한 모든 훈련을 이수해요. 매장마다 라벤더 막대기와 로트웰 소금 스프레이가 비치돼 있소. 왜냐? 우리 고객들은 안전한 쇼핑 경험을 기대하고 또 요구하니까. 그리고 그 기대와 요구를 우리가 충족하고 있느냐. 당연히 그렇고말고. 우린 은세공 부서까지 따로 있단 말이오. 젠장할! 그러니 아니, 댁들이 여기서 알짱거릴 필요는 없소."

"아주 조심스럽게 움직일게요." 록우드가 말했다.

아이크미어가 우릴 보며 미소를 지었다. 딱딱하고 매몰찬 미소였다. 바위에 길게 긁어둔 방어선 같았다. "DEPRAC가 어떤지는 내 잘 알지. 정직한 영업장들이 문을 닫게 만들잖소. 퍼트니에선 발더스,

크로이든에선 판스워스. 여기선 어림없을걸."

"문을 닫게 만들려는 게 아녜요." 록우드가 말했다. "그리고 여기서 뭐든 발견되면, 그걸 정리하는 게 아이크미어 씨 입장에서도 좋죠."

"조사관들은 가는 곳마다 초토화라고! 원활한 서비스를 방해하고 무고한 목숨을 위험으로 내몬다니까!"

"조지, 우리가 죽음으로 내몬 의뢰인이 얼마나 되지?"

"거의 없지. 비율이 아주 낮아."

"그거 보세요. 이제 좀 안심이 되길 바랍니다, 아이크미어 씨. 조용히 조사하고 사라질게요."

"안 돼요. 이게 내 최종 결정이오."

록우드가 한숨을 쉬며 주머니를 뒤졌다. "좋습니다. 정 그러시다면, 여기 DEPRAC 영장이 있습니다. 몬타규 반스 경위가 서명한 것으로…."

"잠시만." 킵스가 앞으로 나섰다. "아이크미어 씨, 전 퀼 킵스입니다. 피츠 대행사 팀장으로서 제 책무 중 하나가 공공 안전 불이행 행위를 단속하는 겁니다. 우리는 요원 법령 준수 거부를 매우 심각한 사안으로 간주하며, 해당 상황에 대해 억류 전담팀을 인가해 즉각적인 형사 제재를 실행할 권한을 갖고 있죠." 그는 가늘고 파리한 두 손을 한데 모으고 라이플을 난사라도 하듯 우두둑 관절을 눌렀다. "그같은 조치가 선생님의 경우에도 필요하진 않길 바랍니다만?"

아이크미어가 킵스를 보며 눈을 끔뻑였다. "뭐라 말을 못 하겠는데. 뭔 소린지 모르겠어서."

"그러니까," 킵스가 말했다. "우리가 우리 일을 하게 두시라. 아님 선생님을 연행하겠다. 뭐 그 정도 뜻 되겠습니다."

아이크미어가 의자 등받이에 몸을 기댔다. 주머니에서 보라색 손수건을 꺼내 이마를 닦았다. "해가 지면 유령에, 날뛰는 꼬마들에…. 세상이 어쩌다 이 지경이 됐는지! 아주 좋소. 어디 한번 해보쇼. 아무 것도 못 찾을 테니."

록우드는 아까부터 킵스를 쳐다보고 있었다. "고맙습니다, 선생님…. 감사하게 생각합니다."

"이제 와 예절을 차리기엔 좀 늦은 것 같고…. 글쎄, 한 가지 조건이 있소! 매장 장식들은 뭐가 됐든 건들지 마쇼. 특히 우리 시즌 특별 전시작은."

"특별 전시작요? 아, 뭐더라, 로비에 있는 그 나무 같은 거요?"

"그 '나무 같은' 건 '가을 산보'란 작품이오. 저명한 설치 미술가 구스타프 클램프가 만든. 말린 유목•과 휴지 이파리를 일일이 손으로 붙였단 거 눈치챘소? 완성하기까지 어마어마한 시간이 걸렸고, 그래서 아주, 아주 비싸다오. 그걸 댁들이 망쳐버리는 꼴은 못 봐요."

"조심하도록 노력하겠습니다." 짧은 침묵 뒤 록우드가 말했다.

"이곳 아이크미어 브라더스는 철두철미하게 운영되고 있소." 아이크미어가 말했다. "모든 게 다 제자리에 있지." 그걸 증명이라도 하듯 그는 자기 책상 한가운데 있는 장부 옆 펜 두 자루의 위치를 바로잡았다. "내 직원들의 업무를 방해해서도 안 될 거요."

"안 그럴 겁니다. 매장 안 모든 걸 존중하는 마음으로 대하겠습니다. 그렇죠, 모두들?"

우리는 고개를 끄덕였다. 조지가 내 가까이로 몸을 기울였다. "아래층에 내려갈 때 '가을 산보'에 코 푸는 거 잊지 말라고 얘기 좀 해줘."

• 물에 떠서 흘러가는 나무.

"한 가지만요." 우리가 줄지어 나오는데 록우드가 말했다. "여기 엔 위험한 방문자가 없다고 하셨죠. 그런데도 직원들에게 은 브로치 를 지급하시고요. 그게 혹시…?"

"오, 그렇소. 여긴 귀신이 나오는 곳이거든. 물론이야. 하지만 안 그런 데가 어디 있소, 요즘 세상에?" 아이크미어의 가슴에 꽂힌 손 수건이 앞으로 축 늘어졌다. 우리에게 나가라고 손짓이라도 하듯. "하지만 내 직원들은 꽤 안전해요. 은을 지니고, 바짝 경계하고, 낮 동안에만 들어앉아 있으면, 여기 있는 무엇도 당신을 괴롭힐 수 없 다니까."

하지만 건물 안 다른 곳에서 들리는 얘기들은 회장의 견해와는 좀 차이가 있었다.

"아침엔 괜찮아요." 남성복 매장의 점원이 말했다. "재미있는 건, 늦은 오후에도 괜찮다는 거예요. 창문으로 햇빛이 들어오는 한은. 내 가 싫은 건 정오랍니다. 바깥 거리들은 환한데, 이 안은 온통 그림자 천지거든요. 공기가 텁텁해져요. 딱히 더운 것도 아닌데. 그냥 답답해 요. 지하실에 판지 상자랑 비닐 포장재를 쌓아두거든요. 새 옷을 꺼 내고 남은 거요. 그 냄새가 나요."

"악취를 얘기하는 건가요?" 록우드가 물었다.

"아뇨…. 좀 지나치다, 뭐 그 정도예요."

"바쁠 때는 상관없어요." 화장품 매장의 젊은 여자가 말했다. "저 문으로 들어오는 사람들이 있을 때는요. 손님이 뜸하면 튀어나가게 돼요. 문지기랑 얘기하면서 바람을 쐬죠."

"왜요?" 내가 물었다. "뭣 땜에 밖에 나가는데요?"

"공기가 너무 정체된달까. 숨이 막혀요. 공기조절장치에 문제가 있지 않나 싶어요."

서로 다른 층에서 근무하는 다른 직원 넷도 전반적인 공기와 에어컨 결함 어쩌고 하는 소리들을 했다. 하지만 핸드백, 벨트, 가죽 제품 매장의 데이드레 퍼킨스(55세, 칙칙한 검은 옷을 입은 껑충하고 입술이 얇은 여성)는 다른 뭔가에 더 관심이 있었다.

"방문자가 정말로 있다면," 그녀는 대번에 말했다. "4층에서 찾아봐야 할 거예요."

내가 수첩에서 시선을 들었다. 근처의 직원과 얘기 중이던 홀리먼도 다가왔다. "정말요? 왜요?"

"캐런 돕슨이 거기서 봤어요. 문자 그대로 귀신이라도 본 것 같은 얼굴로 란제리 매장에 내려왔더라고요. 9월 어느 오후, 폐점하기 직전이었나 그래요. 통로 반대편 끝에서 그걸 봤다고 했어요." 퍼킨스가 못마땅한 듯 코를 킁킁거렸다. "거짓말이었을 수도 있긴 해요. 캐런은 말을 좀 부풀려 하는 경향이 있었거든요. 어쨌든 난 뭐든 본 적 없으니까."

"그렇군요. 그래서 그건 진짜 환영이었나요? 일몰 전이었고요?"

"방문자였어요. 네." 퍼킨스 또한 유령과 관련한 전문용어는 가급적이면 피하려는 사람들 중 하나였다. "밤이 내린 건 아니었지만, 비바람이 치던 날이었거든요. 밖이 벌써 컴컴했죠. 우린 램프를 켜고 있었고요."

"캐런이라는 분과 얘기하고 싶은데요. 어느 매장에서 일하시나요?"

"안 해요, 더는. 죽었거든요."

"죽어요?"

"느닷없었죠. 뭐더라, 집에서 그렇게 됐어요." 퍼킨스는 침울하면서도 흡족히 말했다. "캐런은 담배를 피웠거든요. 심장에 문제가 생겼지 싶어요." 그녀는 걸이에 매달린 허리띠들을 매만지고 두 손으로 잡아 매끈히 폈다. "그 여자도 이젠 방문자가 돼 있겠구나. 뭐 그래요."

"일이 그런 식으로 돌아가는 건 아닌데요." 내가 말했다.

"그쪽이 어떻게 알아요?" 퍼킨스가 안면을 싹 바꿨다. 목소리에 대뜸 노기가 서렸다. "당신들이 어떻게 알아요? 우리 친구나 가족이 어떻게, 그리고 왜 돌아오기로 마음먹는지? '귀환자'들한테 동기를 물어보기라도 해요?"

"아뇨. 그렇진 않아요." 홀리 먼로가 말했다. "현명한 일로 생각되지 않아서요."

그러면서 나를 힐끗 봤다. 그럴 줄 알았다. 윈터가든 저택에서 내가 시도했던 게 딱 그거니까. 그래서 퍽이나 좋은 꼴을 봤으니까. 나는 입술을 맞다물었다.

"캐런 돕슨이 봤다는 그 형상 말인데요⋯." 내가 재촉했다. "어떻게 생겼다던가요?"

퍼킨스는 지갑들이 놓인 진열대로 옮겨가 있었다. "네 발로 긴다고 했어요. 복도를 기어 다가왔다고."

"생김새에 대한 설명은 더 없었고요?"

퍼킨스의 뼈만 앙상한 손가락이 진열대를 가로지르며 매만지고, 매만지고, 매만졌다. "꼬마 아가씨, 그걸 알 정도로 캐런이 거기 오래서 있었을 것 같지 않네요."

우리는 백화점 여기저기를 다니며 두어 시간을 보냈다. 나는 대부분을 혼자 움직였다. 직원들을 면담하고, 건물을 찬찬히 살펴보고, 연관성을 찾으려 해보고, 특성을 파악하려고도 해봤다. 그리고 그게 놀라울 정도로 힘들다는 걸 알게 됐다.

매장 배치는 충분히 분명했다. 각 층을 부문별로 나눈 전형적인 옛날식 백화점이었다. 지하실엔 상설 할인 매장이, 1층에는 화장품과 방문자 방비 코너가 있었다. 방문자 방비—감시봉을 흔드는 것보다는 가격이 싸게 먹히는 철제품으로 구성된—가 다소 쓸쓸하다 싶게 옛 아라비아 홀을 차지하고 있었는데, 황금 기둥과 날개 달린 그리핀 아래서 거의 우스울 정도로 하찮게 보였다. 여성복과 주방용품, 아동복은 2층에, 남성복과 신사 용품, 인테리어는 3층에 있었다. 4층은 대부분이 가구 매장이고, 5층에는 사무용품점과 회의실 몇 개가 있었다. 내 눈엔 물건들의 품질이 좀 후져 보였지만, 홀리 먼로의 주장에 따르면 여성복 일부는 봐줄 만했다. 엘리베이터는 총 네 개—고객용으로 중앙에 두 개(1층의 경우엔 에스컬레이터 뒤로 돌아가 타게 돼 있었다.), 건물 북쪽과 남쪽 끝에 직원용으로 두 개가 있었다—에다 계단도 셋 있었다. 사람들 대부분은 커피색 대리석으로 웅장하게 꾸며진 에스컬레이터 옆 중앙 계단을 이용했지만, 북쪽과 남쪽 끝에도 비좁은 계단이 달려 건물 꼭대기까지 쭉 이어졌다.

아이크미어 건물 뒤쪽으로는 각 층마다 길고 소리가 울리는 창고가 있었는데, 직원들만 출입이 가능한 곳으로 진열 준비가 안 된 제품의 상자들이 줄줄이 쌓여 있었다. 조지는 이 창고들, 특히 지하실에 있는 창고를 서성이며 시간을 보냈지만, 나는 심령적으로 별다른 건 못 느꼈다. 사실 백화점 전체에서 느껴지는 감각 자체가 꽤나 약했다. 이는 좀 이상한 일이었다. 여기가 첼시 사태의 중심이라는 우리 이론을 생각하면.

그렇다고 아예 아무것도 없었다는 얘긴 아니다. 그 모두의 밑바탕에서, 방문자 방비 매장 혹은 내부 연결문 옆에 설치된 라벤더 벽걸이들을 지날 때마다 뚜렷해지고 희미해지길 반복하는 건 어렴풋하지만 존재감이 분명한 불안이었다. 살갗이 깔끄럽고 위장이 욱신거리는 기분이었다. 어딘가 익숙한데, 흔히 느끼는 권태나 냉기, 소름 끼치는 공포는 아니었다. 오후에 접어들고 쇼핑객들의 물결이 빠지면서부터는 그 감각이 더욱 강해졌다. 주변에선 조용히 일에 몰두한 파리한 직원들이 금전등록기를 잠그고 진열품을 정리했다. 나는 조용한 구석으로 가 배낭을 열고 유령단지 뚜껑의 레버를 비틀었다.

"아," 놈이 냉큼 말했다. "저리 비켜! 내 어마어마한 재능으로 네 어려움을 해결하게 해줘! 오오, 그래…. 나도 그 소란이 느껴진다. 그래, 아주 이상하구나. 아주 흥미롭고…."

"네 생각엔 뭐 같아?"

"그걸 내가 어떻게 알아? 나라고 뭐, 도깨비방망이 휘두르듯 다 되는 줄 알아? 시간 좀 줘봐. 생각을 해야겠어."

창밖 하늘은 거의 검었다. 버저가 울렸다. 아래층 로비에 직원들이 모여들었다. 외투에 파묻힌 채 어서 떠나기를 열망하며. 그들은 고요히 차례로 회전문을 통과했다. 우리는 로비 언저리에서 그들을 지켜봤다. 록우드와 조지는 가짜 나무 아래 있었다. 홀리와 플로는 화장품 매장 입구에 있었다. 킵스와 팀원들은 2층 발코니, 내 바로 맞은편에 있었다.

아이크미어 회장이 마지막이었다. 그는 록우드와 퉁명스레 몇 마디 나누고는 벽의 버튼을 눌렀다. 에스컬레이터가 우뚝 멈춰 섰다. 스피커가 갑자기 지직거렸다. 죽기 전 마지막 우는 소리였다. 적막했다. 이제 각 매장의 조명이 하나씩 차례로 꺼지고 로비에서 웅웅거리는 침침한 노란색 야간등만 남았다. 아이크미어는 벽에서 물러나 문으로 나갔다. 자물쇠에 열쇠를 넣고 돌리는 소리, 그가 킹스 로드를 따라 서둘러 떠나는 발소리가 들렸다.

"그럼 이제 우리뿐이네." 록우드가 말했다. "좋아! 제대로 된 조사를 시작할 수 있겠어!"

우리 누구도 그의 말을 문제 삼지 않고 조용히 가짜 나무 아래로 모였다. 꼬투리 잡기 딱 좋은 소리였지만, 그래 봐야 아무 의미 없었다. 어차피 우리 모두가 다 아는 얘기였다.

그렇다. 백화점의 '살아 있는' 식구들은 모두 떠났다. 하지만 그렇다고 우리가 혼자는 아니었다.

당연히 아니었다. 해가 지면 우린 늘 그렇다.

20

조사관에게서 최고의 모습을 끌어내는 데 밤의 시작만 한 건 없다. 우리 중 누군가에게는 컴컴할수록 더 좋다. 시각적으로 그렇단 얘기다. 어디다 내놓기 창피한 구석구석이 별안간 그림자에 덮인다. 턱은 더 강인해지고, 허리선은 더 날렵해진다. 안 씻은 얼굴들이 뽀얘지고 흥미로워진다. 볼품없이 자른 머리칼에 매력적인 윤기가 흐른다. 성격의 모난 구석도 둥그레진다. 생각은 생존과 당장 해결해야 할 문제로 옮겨간다. 그날 저녁 록우드가 모은 오합지졸도 마찬가지였다. 아이크미어의 휴지 나무 아래 서 있던 그때만큼은 우리의 같음이 다름을 능가했다. 킵스와 록우드, 캣 고드윈과 나, 우리는 본질적으로 같은 종자들이었다. 레이피어와 무기를 지니고 냉철하고 진지한 목적의식을 공유했다. 플로 본스마저 동종 업계 사람으로 보였다. 그녀의 밀짚모자가 얼굴에 둥근 그림자를 드리우고, 뒤로 젖힌 외투 아래서 크고 굽은 도축용 칼을 비롯해 그녀가 갯벌에서 물건을 뽑아낼 때 즐겨 쓰는 험악한 도구들이 줄줄이 보였다.

조지가 모두에게 초콜릿을 돌렸다. 우리는 수첩을 보며 각자가 알아낸 내용을 비교했다.

"대부분이 실내의 공기질을 문제 삼고 있어." 록우드가 말했다. "분명히 뭔가가 불쾌하긴 한데 그게 뭔지를 모르는 거지." 카운터에 태평스레 몸을 기대는 그의 얼굴에서 가스등 불빛이 깜빡였다. "그리고 기어가는 형상을 본 여자 얘기가 있어. 이게 엄청 튀지. 아주 분명하고 기이한 진술이라서."

"유령이라면 무슨 종류일까?" 홀리 먼로가 물었다.

아무도 몰랐다.

"직원 두어 명이 말하길 자기 이름을 부르는 목소리를 들었대." 보비 버넌이 보고했다. "매번 땅거미가 질 때쯤이었다는데. 그들이 건물을 나설 때 말야. 자기가 아는 누군가가 건물 깊숙한 곳에서 다시 들어오라고 외치는 것 같았다나."

"그 소릴 따라가 본 사람은 있고?" 내가 물었다.

"어, 아니, 칼라일. 없어." 캣 고드윈이 말했다. "왜냐면 그 사람들은 바보가 아니니까. 누구 건지 알지도 못하는 목소리가 시키는 대로 할 사람이 어딨어?"

"오, 그야 모르지. '누군가'는 현혹될지도." 홀리 먼로가 더없이 달콤한, 속눈썹을 퍼덕이고 있을 게 뻔한 투로 말했다. 날 걸고넘어질 때 늘 그러듯이.

플로 본스는 안달이 나는 듯 발을 가만히 못 두고 있었다. "이게 다 뭔지 모르겠어, 로키…. 이렇다 할 만한 게 없는데. 여기가 중심인 거 확실해?"

"지금까진 나온 게 별로 없긴 하지." 록우드가 인정했다. "아까 로비에서 얘기할 때 아이크미어도 눈치를 챈 거 같더라고. 자기가 예상했던 그대로라고 나한테 그러더라. 우리가 아주 몹시 따분한 저녁을 보내게 될 거라던데. 여기에 뭐든 의미를 부여할 만한 건 없다고 아직도 주장하고 있어."

"아니. 그 사람이 틀렸어." 내가 천천히 말했다. "분명 뭔가가 있어. 느껴진다고."

나는 이상하게 깔끄러운 느낌, 몹시 익숙하지만 도무지 읽히지 않는 그 감각에 여전히 시달리고 있었다. 그걸 분석 중인 해골 녀석도 비슷한 문제를 겪고 있는 듯했다. 놈에게선 아직 아무 소식이 없었다.

"난 아무것도 안 들리는데." 캣 고드윈이 말했다. 그녀 역시 '듣는 자'고, 그래서 내 통찰이 의심스러운 거였다. "네 생각엔 그게 뭐 같은데?"

"나도 잘 모르겠어. 왕왕거리는 배경 잡음 같아. 전파 소리 같기도 하고. 강력한데, 그러면서도 나직해. 대부분이 차단되지만 어찌어찌 또 스며드는 것처럼."

"너 귀 좀 파야겠다." 고드윈이 말했다.

록우드가 고개를 가로저었다. "루시가 뭔가가 있다고 하면 새겨들어야 해. 그게 어디서 가장 강해, 루스? 지하실?"

"아니. 사방에서 느껴져."

"그렇다곤 해도," 조지가 말했다. "난 우리가 지하실을 신경 써서 보면 좋겠어. 옛 감옥 위치랑 겹치는 부분이 분명 있고, 그러니 어떤 현상이든 거기서 시작됐을 가능성이 있으니까…. 아이크미어가 또 뭐랬어, 록우드? 무슨 힌트나 다정한 경고라도?"

"전혀. 아, 매장을 어지럽히지 말고—다른 무엇보다도—저 나무를 건드리지 말란 얘길 또 한 것 말곤."

"누가 그걸 망친다고." 킵스가 으르렁거렸다. "그 인간은 오늘 밤 우리가 뭘 한다고 생각하는 거야? 남성복 매장에서 광란의 파티라도 할까 봐? 다들 일하러 온 사람들인데."

록우드가 씩 웃었다. "맞아요. 이제 시작하는 게 좋겠고요. 자, 여러분, 오늘 1단계 작전을 위해 조를 편성할게요."

록우드는 우리를 2인 1조로 나눴다. 그 자신은 킵스와 한 조였다. 캣 고드윈과 보비 버넌이 자연스레 두 번째 조가 됐다. 다음으로 조지(자기 짝 얘길 듣고도 놀랍도록 차분했다.)가 플로 본스를 떠맡았다.

그럼 내 짝으로 남은 사람은 누구게?

놀이터에서 늘 마지막에 선택받는 꼬마가 된 기분이었다. 나는 여봐란듯이 꼼꼼하게 장비들을 확인하기 시작했다.

홀리도 딱히 좋아 죽는 것 같진 않았다. "그래서… 루시, 우린 3층을 보는 거야?"

"맞아…." 나는 록우드를 비롯한 다른 이들과 시계를 맞추고 있었다. 첫 작전은 두 시간 동안만 진행됐다. 그런 뒤에 2층 계단 옆에서 다시 모여 상황을 확인하기로 했다. 나는 벨트 클립에 수첩을 딸깍 끼우고 손에 익은 주머니들을 쭉 훑었다. 무게가 맞았다. 모든 게 제자리에 있었다. 나는 내 짝에게 형식적인 미소를 건넸다. "그럼, 홀리, 가볼까?"

다들 둘씩 짝지어 조용히 흩어졌다. 조지와 플로가 지하실과 1층을, 고드윈과 버넌이 꼭대기 층을 맡았다. 록우드와 킵스는 홀리, 나와 함께 중앙 계단을 올라갔다. 손전등 빛줄기가 반짝이는 대리석 위를 훑었다. 2층에서 록우드네는 여성복 매장으로 사라지고, 우리는 계속 계단을 올랐다.

남성복 매장은 서로 연결되는 세 개의 홀을 차지하고 있었다. 바깥 가로등보다 한참 위에 위치한 층이었기에 내부가 상당히 어두웠다. 어슴푸레한 빛 속에서 칙칙하게 반짝이는 은빛 얼굴의 마네킹들이 달랑거리는 옷가지 사이에 놓인 새하얀 받침대에 앉거나 서 있었다. 정장, 바지, 깔끔하게 접혀 차곡차곡 쌓인 셔츠들…. 좀약과 섬유 유연제와 양모 냄새가 났다. 아까 지나갔을 때보다 더 춥게 느껴졌다.

홀리가 반대쪽 끝으로 가방을 옮겼다. 거기서부터 작업을 시작할 계획이었다. 나는 잠시 뒤로 물러났다.

"그래서?" 내가 말했다.

"내가 고민을 해봤거든." 가방 속 목소리가 대답했다. "그리고 생각이 났어."

"훌륭해." 그 기이한 감각은 도대체 뭘까? 너무나 깊고도 아득한 그것은? 그게 정말이지 내내 날 괴롭혔다. 해골의 통찰이 절실했다. "들어보자, 그럼."

"내 제안은 이거야. 저 여잘 주방용품점으로 유인해서 프라이팬으로 머릴 깨버려."

"뭐?"

"홀리 말야. 이건 절호의 기회야. 거기엔 뾰족한 것들도 많아. 네가 그런 쪽 취향이면. 하지만 밀방망이로 후려치는 정도로도 무리 없긴 할 거야."

나는 분노의 코웃음을 쳤다. "홀리를 죽이는 덴 아무 관심 없다고! 여기서 느끼는 이상한 기운이 문제라니까! 그리고 넌 뭐든 다 폭력으로 해결해?"

유령이 곰곰이 생각했다. "대체적으로, 응."

"정말 역겹네. 그랬다가…."

"오, 넌 안 걸려. 그게 핵심이야. 그냥 조용히 해치우고 나서 여기에 그득그득한 초자연적 세력들 핑계를 대. 그럼 누가 진실을 알겠어?"

나는 살인의 도덕적 함의에 대해 해골과 열띤 논쟁에 돌입하는 문제를 고려했지만, 그래 봐야 헛일이라고 결론 내렸다. 시간이 없기도 했다. 내 짝이 저기서 타닥타닥 걸어오고 있었으니까.

"좋아." 그녀가 가까워지자 내가 큰 소리로 말했다. "일을 계속하는 게 좋겠어, 홀리. 심령 데이터를 기록하는 방법은 알겠지. 그치?"

홀리 먼로는 긴장했다. 숨이 가빴다. 그녀의 재킷이 빠르게 오르내렸다. "응. 알아."

"피츠-로트웰 격자 기법을 써서?"

"응."

"좋아. 그럼 시작하자. 내가 판독할 테니, 네가 기록해." 살인에 응용할 수 있는 예상 밖 주방 도구들을 줄줄이 나열하는 해골의 속삭임을 무시하며 나는 매장의 지도를 그렸다. 우리는 격자의 첫 번째 지점, 단정히 쌓인 스웨터가 가득한 모퉁이로 갔다. 머리 위에선 격자무늬 셔츠와 모직 카디건에다 바지를 입은 마네킹이 명랑하게 어둠을 가리키고 있었다. "그래서 여기 온도는," 내가 말했다. "어디 보자…. 10도. 보이는 거 없고… 들리는 것도 없네. 그러니까 주요 지표는 없고 권태도 냉각도 전혀 없어. 그 말은 곧 거기 네모 칸에다 조그맣게 0을 쓰면 된다는 거야…. 오케이? 이해했어?"

"얘기했잖아. 기록법은 나도 안다고. 그건 그렇고," 홀리가 말했다. "나도 판독은 할 수 있어. 내게도 재능이 있긴 하거든. 어렸을 때 현장 요원으로 훈련을 받았지."

나는 이미 다음 지점으로 걸음을 재촉하고 있었다. "그래? 무슨 일이 있었던 건데? 너무 위험하단 걸 알게 됐어? 네 취향은 아니다, 뭐 그런 거?"

"무섭단 걸 알게 됐지. 맞아. 안 그렇다면 그게 오히려 바보 아닌가."

"맞아. 그렇겠지. 여기도 10도."

홀리 먼로가 받아 적었다. "하지만 그래서 그만둔 건 아냐. '코튼 스트리트 학살' 뒤에 사무직으로 배치됐어. 너도 아마 들어봤을 텐데? 북쪽의 조그만 네 고향에서조차?"

"미안하지만 조그맣지 않거든요. 규모가 상당한 북부 도시였다고. 거긴⋯." 홀리 너머를 응시했다. 정신이 번쩍 들었다. "방금 들었어?"

"뭐? 아니."

"내 생각엔⋯ 목소리⋯."

"뭐랬는데? 어디서 들렸는데? 그것도 적어둘까?"

"입 좀 다물어주면 좋겠어." 내 시선이 통로를 쭉 훑고 어둠으로 향했다. 홀리가 과호흡하는 소리 말곤 아무것도 안 들렸다. 내 이름을 부르던 아득한 목소리가 실제였다 해도, 그게 지금 저기 있진 않았다.

홀리는 나를 유심히 살피고 있었다. "루시, 너 어딘가로 막 가버릴 거 아니지? 목소리를 따라서. 그치?"

나는 그녀를 빤히 쳐다봤다. "아니, 홀리. 당연히 안 그러지."

"좋아. 왜냐면 윈터가든 저택에서 네가 자제력을 잃는 바람에⋯."

"그럴 일 없다고! 이러나저러나 목소리는 사라졌어. 그냥 조사나 계속하는 게 어때?"

"그래." 홀리가 새침하게 말했다. "알았어."

우리는 조사를 계속했다.

"그거 보라고." 해골이 내 귀에다 속닥거렸다. "내가 딱 한 단어로 정리해 주지. '계란 거품기'."

나는 고개를 절레절레 저으며 소리 죽여 말했다. "멍청하긴. 그걸론 저 앨 못 죽여. 그건 그렇고, 계란 거품기는 두 단어거든."

"아니, 아니거든."

"아니, 맞거든. 그리고 쟤가 나한테 해코지할 생각으로 그런 건 아니라고 봐. 쟤는 그저…."

"내가 이 단지 밖에 있었으면," 해골이 말했다. "네 대신 저 여자 목을 졸랐을 텐데. 너한테 인심 한번 쓰는 거지. 이번만이라도 충동이 시키는 대로 하는 기분이 얼마나 근사할지 생각해 봐. 지금 여기서 해볼 수 있어. 외투 걸이를 교수대로 쓰라고."

나는 놈을 무시했다. 지금 생각해야 할 건 그게 아니었다. 온도가 떨어지고 있었고, 이젠 유령안개까지 보이기 시작했다. 가느다란 백녹색 가닥들이 옷걸이 밑을 휘감고 마네킹 받침대에서 철썩였다. 홀리와 나는 어둑어둑한 매장을, 티셔츠와 양말 걸이를, 슬리퍼와 노인용 조끼 선반 사이를 오가며 판독을 계속했다. 휘갈겨 쓴 글씨로 부수적인 현상들, 특히 냉각과 독기의 점진적인 증가를 기록했지만, 또다른 문제에도 주목하게 됐다.

환영들이었다.

놈들은 희미한 잿빛 형체로 시작됐고, 늘 통로 저편 끝에서만 보였다. 어슴푸레한 빛 속에서 크기와 모양이 의상을 걸친 마네킹과 거북할 정도로 비슷했고, 그중 하나가 불현듯 옆으로 움직였을 때에야 나는 놈들이 거기 있단 걸 깨닫고 경악했다. 놈들은 우리에게 접근하려 들지 않았다. 아무 소리도 안 냈다. 공격의 의도는 홀리도 나도 감지하지 못했다. 그럼에도 감시당하는 듯한 느낌과 놈들의 숫자가 사람을 불안하게 만들었는데, 우리가 매장 여기저기를 다니는 동안 그 수는 꾸준히 늘어나는 듯했다. 계단통에 도달해 아래를 내려다보니 놈들이 저 밑에 모여 연한 잿빛 얼굴의 멍하고 검은 눈으로 우릴 올려다보고 있었다. 뒤쪽 남성복 매장을 돌아봤을 땐 그림자 속을 조용히, 조심스레 맴도는 놈들이 눈에 들어왔다.

아니, 아예 조용한 건 아니었다.

"루시…."

또다시 그 목소리였다. 저 멀리서 한 조각 어둠이 내 쪽을 가리키 듯 부풀었다.

"해골?" 나는 위험을 무릅쓰고 배낭에다 속삭였다. 홀리는 몇 걸음 앞에 있었고, 그녀가 눈치챌 것 같진 않았다. "방금 들었어? 맨날 하는 헛소리는 좀 넣어둬. 시간이 없다고."

"목소리? 응, 들었지."

"뭐야? 놈이 날 어떻게 알아?"

"존재 하나가 커지고 있어. 뭔가가 널 노리고 있어."

"날?" 나는 오싹해졌다. "왜 홀리는 아니고? 아니, 캣 고드윈은. 걔 도 나처럼 듣는 잔데."

"넌 특별하니까. 등불처럼 빛을 발해 어두운 모든 것들의 관심을 끌거든." 놈이 키득거렸다. "내가 너랑 수다는 왜 떠는 것 같은데?"

"하지만 그럴 이유가 없…."

"잘 들어." 해골이 말했다. "이 모든 걸 피하고 싶으면 넌 직업을 잘못 골랐어. 가서 빵집에서 일하든가 그래야지. 근무시간도 더 좋고 근사하게 밀가루를 덮어쓴 앞치마에…."

"빌어먹을 밀가루 앞치마 따위 누가 바라기나 한대?" 나는 깊은 숨을 마셨다. "우릴 지켜보는 이것들 말야. 놈들이 뭔지 얘기해."

"많은 영혼들이 여길 떠돌아. 대부분은 그냥 멍해. 아무 의지도 안 느껴지거든. 하지만 다른 놈들도 있어. 더 강하고 의지도 분명한 놈 들이야. 그중 하나가 널 쫓는 거고."

나는 침을 꼴깍 삼키며 어둠을 내다봤다.

"오, 그리고 기쁜 소식이 더 있어." 해골이 덧붙였다. "아까 얘기한 이상한 감각의 답을 드디어 찾았어. 네가 전에 그걸 어디서 느껴봤는지 알아. 뼈 거울 같은 거야. 기억해? 지금 그게 딱 그 느낌이라고."

뼈 거울…. 맞다는 생각이 대번에 들었다. 아이크미어에 도착하고부터 내내 배경 잡음처럼 계속되던 그 메스껍고 깔끄러운 느낌? 어딘가 낯익었다. 전부터 알던 거였다.

육 개월 전, 켄잘 그린 묘지에서 록우드와 조지, 나는 별난 물건을 발견했다. 유리인지 '뼈 거울'인지, 그 물건에는 기묘한 능력들이 있었다. 그중에서도 가장 놀라운 건 그걸로 저승을 건너다볼 수 있을지도 모른단 얘기였다. 그걸 들여다보는 사람은 어김없이 죽었고, 거울은 결국 박살 나 버렸기에 저승 얘기가 진짠지 어쩐지는 알 수 없었다. 하지만 그 물건 근처에 있는 것만으로도 나는 속이 울렁거렸었다. 그리고 이제 알았다. 지금의 이 느낌 또한 사실상 무척 비슷하단 걸.

"물론 여기 있는 게 뼈 거울은 아냐." 해골이 계속했다. "이건 달라. 더 크고 멀어. 하지만 느낌이 비슷해. 사물의 구조에 생긴 균열 같은 거랄까. 내 말 믿어, 루시. 이 주변에서 이상한 일이 벌어지고 있어…."

그 말과 함께 해골의 존재감이 갑자기 약해졌다. 옆에 홀리 먼로가 와 있었다. 그녀가 다가오는 걸 미처 몰랐다.

"왜 혼잣말을 하고 있어, 루시?"

"아닌데. 어, 그냥 말하면서 생각하는 거야."

세 살배기 꼬마도 안 속을 변명이었고, 홀리 먼로한테도 아슬아슬했다. 그녀가 눈살을 찌푸리며 입을 열었다. 하지만 그 순간 익숙한 목소리가 우리 이름을 불렀다. 그리고 거기 록우드가 있었다. 외투 자락을 휙 하고 날리며, 길고 파리한 손에 쥔 손전등을 흔들며 날래게 어둠을 뚫고 왔다.

나는 그를 보고서야 깨달았다. 내가 얼마나 긴장되고 힘든지. 내 곁의 그가 얼마나 애타게 그리운지. 다가오는 그를 보며 기분이 나빠지는 동시에 좋아졌다.

"루시, 홀리, 괜찮아?" 록우드는 미소를 짓고 있었지만 눈에서 불안이 읽혔다. "다들 신경이 곤두서고 있어. 별일 없나 확인하러 다니는 중이야."

"우린 괜찮아." 내가 말했다. "주변에 유령이 끔찍하게 많은 게 전부야."

"맞아. 당장은 별 움직임이 없어 보이지만." 록우드가 싱긋 웃었다. "지금까지 일어난 최악의 사건은, 조지가 로비의 그 바보 같은 나무를 쳐서 이파리 하나가 떨어졌단 거야. 나중에 다시 붙여야지. 아이크미어가 눈치 못 채기만 바랄 수밖에."

"루시가 또다시 목소리를 듣고 있어." 홀리 먼로가 말했다.

나는 그녀를 노려봤다. 그렇잖아도 내가—아마도—말하려던 참이었고, 그게 무슨 말실수로 튀어나온 떳떳치 못한 비밀이라도 되는 양 얘기되는 게 싫었다. 록우드가 날 그처럼 날카롭게 쳐다보는 것도 싫고.

"루시? 정말이야?"

"그래." 나는 씩씩거리며 말했다. "뭔가가 내 이름을 두 번 불렀어. 근데 괜찮아. 멍청한 짓 안 할 거니까. 게다가 여기, 날 돌봐줄 홀리도 있고 하니까."

록우드는 한참 동안 말이 없었다. 의심과 씨름하는 게 보였다. 마침내 그가 조용히 말했다. "우린 삼십 분 뒤에 모일 거야. 그때까지 괜찮겠어?"

"그래, 물론이야." 내 말투가 퉁명스럽게 들렸을지도 모르겠다. 그런 걸 뭐 하러 묻느냐고 성이라도 내듯. 하지만 전혀 아니었다. 난 그저 그때까지 내가 괜찮을지 완전히 확신할 수 없었을 뿐이었다. 해골이 했던 얘기에 덜컥 겁이 났다. 기가 눌리는 것 같았다. 자꾸만 뒤를 돌아보고 싶어졌다. 뭔가가 살금살금 다가올지도 모르니까…. 하지만 나는 이 중 어떤 것도 홀리 앞에서 인정할 마음이 없었다.

"음…. 곧 보자, 그럼." 록우드가 말했다.

그는 소리도 없이 어둠 속으로 사라졌다.

홀리 먼로와 나는 잠시 서서 록우드를 지켜봤다. 어둠이 우릴 휘감았다. 심령 판독이 다시 시작됐다. 가뜩이나 단둘이 있을 때 얘길 많이 하는 편이 아니었던 우리는 이제 판독값을 속삭이는 것 말고는 완전히 침묵했다. 불안했다. 나는 필요 이상으로 자주 어깨 너머를 돌아봤다.

결국 우리 사이의 침묵을 더는 견딜 수 없는 지경이 됐다. 나는 목을 가다듬었다.

"그래서…." 말을 꺼냈지만 딱히 관심이 있어서는 아니었다. 그저 긴장을 풀고 싶었을 뿐이다. "아까 얘기한 코튼 스트리트 학살 말야. 그게 왜? 개인적으로 뭔가 있어?"

홀리가 짧게 고개를 끄덕였다. "그렇다고 할 수 있지. 난 코튼 스트리트 월세방의 소리정령한테 공격당한 4인조 중 유일한 생존자였어. 다락 창문으로 탈출해 지붕으로 굴러 떨어지다 굴뚝에 걸렸지. 거기 밤새 누워 있었어. 산송장이나 다름없는 상태로. 내 감독관과 동료 둘은 그런 운조차 못 누렸고."

기구한 사연이었지만, 그녀가 얘기하는 와중에도 나는 정신이 없었다. 불쾌감이 엄습했다. 가까이에 뭔가가 있는 듯했다. 살살 다가오는 듯했다. 얼른 뒤를 봤다. 아무것도 없었다…. 다시 고개를 돌렸을 때, 홀리가 여전히 날 보고 있었다. 내 반응을 기다리고 있었다.

나는 뜸을 들였다. 그녀의 말에 집중해 보려 했다. "그래. 안타까운 얘기네."

"할 말이 그게 다야?"

뭐야, 뭐 손이라도 잡아달란 거야? 그런 일은 나도 겪었었다. "미안." 내가 말했다. "하지만 조사관이라면… 늘 있는 일이지."

침묵이 흘렀다. 홀리가 나를 가만히 봤다. 잠시 뒤 그녀가 말했다. "그날부로 난 현장에서 빠지게 됐어. 일시적인 조치였지만, 알고 보니 난 사무 일에 소질이 있었고 현장에 돌아가고 싶은 마음도 더는 없었지. 그렇다고 이걸 해낼 능력까지 없다곤 생각하지 않아, 루시. 실력이 녹슬었을지라도 여전히 할 수 있다고."

나는 어깨를 으쓱했다. 그녀의 말은 거의 듣고 있지도 않았다. 매장 분위기에 온 정신을 쏟아붓고 있었다. 희미하고 탁하게 창문을 통과해 들어오는 저 아래 가로등 불빛이 매장 구석구석에 거친 질감을 부여했다. 우리 재능에 방해가 안 될 정도로 어둑한 동시에 길을 찾고자 손전등을 켤 필요는 없게 밝았다. 홀리가 앞서나갔다. 근처 옷걸이로 건너가 그 사이를 걸으면서 단정히 늘어선 셔츠들을 손가락으로 훑었다.

나는 매장 내부를 보며 가만히 서 있었다.

3층에 있는 내내 깊어져만 가던 불안이 대번에, 아무 경고도 없이 끔찍한 공포로 돌변했다. 정신을 차려보니 내 눈길이 매장 저쪽 끝의 어둑한 공간, 계산대와 마지막 옷걸이 너머에 붙박여 있었다. 거기엔 길쭉하고 네모난 아치형 출입구가 서 있고, 그 밖은 엘리베이터와 계단으로 이어지는 십자형 통로였다. 통로가 자세히는 안 보였다. 창문이 없는 데다 가로등 불빛도 안 닿았다. 그곳은 공허 그 자체였다. 작지만 무한한 깊이의 허무였다.

"루시…." 다시 그 목소리였다.

얼굴 옆으로 식은땀이 흘러내렸다. 눈길을 돌릴 수가 없었다.

셔츠를 훑는 홀리의 손가락이 내는 바스락거림이 들렸다. 길 아래서 개가 짖었다. 아마도 주인 없는 녀석일 터였다. 하지만 그게 내가 들은 마지막 소리였다. 이내 차가운 정적이 날 집어삼켰으니까. 느닷없고 격렬하게. 저 끝 통로에서 돌진해 들어오기라도 한 것 같았다. 정적이 주먹처럼 날 때렸다. 뭔가가 관자놀이를 강하게 압박했다. 나는 얼굴을 찡그리고 입을 벌렸지만 아무 소리도 안 나왔다. 팔다리가 돌덩이 같았다. 두 손은 몸통에 딱 붙어 있었다. 나는 저 마네킹들처럼 꼼짝없이 얼어붙었다.

그렇게 아치 속 어둠을 보고 있었다.

뭔가가 그 안으로 들어섰다.

그건 아치형 출입구의 오른쪽에서 나타났다. 바닥을 기는 인간의 형상이었다. 주변 어둠보다 간신히 더 어두운 것이 무릎과 팔꿈치로 바닥을 짚고 천천히 획, 천천히 획 몸을 끌었다. 이따금 사냥 중인 거미나 할 법하게 총총히 전진하기도 했지만, 전반적으로는 어딘가 불쾌하게 나약하고 아픈 듯한 인상을 풍겼다. 뒤에선 가느다란 두 다리가 질질 끌렸다. 머리는 회전하는 어깨뼈 사이에 낮게 걸려 잘 안 보였다.

기는 형상은 매장 끝 공간을 가로질렀다. 네모난 아치의 반대쪽에 도달해 엘리베이터 방향 통로를 타고 사라졌다. 잠시 뒤, 놈이 떠난 자리로 한 줄기 어둠이 개울처럼 흘러들었다. 두껍고 검은 밧줄 같은데 빛이 나고, 가장자리가 떨리는 듯한 느낌도 있었다. 처음에는 그게 뭔지 못 알아봤다. 그러다 조각들이 떨어져 나오고야 알았다. 어마어마한 수의 거미들이었다. 조용하고 열심인 것들이 하나의 생물처럼 움직였다. 놈들 또한 끔찍하게 휙휙거리던 형상과 같은 방향으로 사라졌고, 그와 동시에 온몸을 옴짝달싹 못 하게 만들던 공포가 느슨해지면서 나는 다시 움직일 수 있게 됐다.

짙은 먹구름 같던 정적이 걷혔다. 홀리의 손가락이 옷을 훑는 소리가 다시 들렸고, 저 밖 거리에서 주인 없는 짠한 개가 짖었다.

입안에서 통증이 느껴졌다. 입술이 축축했다. 만져보니 피가 묻어나왔다. 공포로 마비된 채 나도 모르게 혀에 이를 박아 넣은 거였다.

21

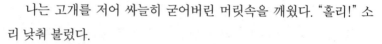

나는 고개를 저어 싸늘히 굳어버린 머릿속을 깨웠다. "홀리!" 소리 낮춰 불렀다.

잘한 건 잘했다고 해주자. 홀리 먼로는 대번에 내 곁에 와 있었다. 그 우아한 운동화로 발소리 한 번을 안 내고. 그래서인지 그녀의 목소리가 이상하게 크게 느껴졌다. "뭐야?"

"저거 봤어?"

"무슨 소리야? 난 아무것도 못 봤는데."

"느끼지도 못했어? 저기 아치 너머에 있었잖아. 뭔가가 지나갔다고."

"아무것도 못 느꼈는데…. 괜찮아, 루시? 떨고 있잖아."

"안 떨거든. 난 괜찮아. 나한테 손 안 올려도 된다고."

"여기 의자가 있어. 좀 앉을래?"

"앉기 싫어. 뭐야, 네가 내 간호사라도 돼?"

"그럼, 가서 다른 사람들을 찾아보자. 어차피 만나기로 한 시간이 다 됐어."

록우드와 킵스가 2층 계단 근처에 먼저 와 기다리고 있었다. 우리는 계단을 비틀비틀 내려갔다.

"불쌍한 루시가 뭔가를 봤대." 그들에게 다가가면서 홀리 먼로가 말했다. "잔뜩 겁먹었어."

"겁 안 먹었거든." 심령 냉각으로 얼어붙었던 핏줄에서 이제 뜨거운 분노가 고동치고 있었다. 나는 목소리를 높이지 않으려고 갖은 애를 썼다. 솔직히 말해 그녀가 내게 빈정거릴 의도로 그랬는지는 분명치 않았지만, 그땐 이미 그런 생각이 불가능했다. "난 괜찮아. 고마워. 뭔가 아주 막강한 놈이었어. 그게 다야."

"얘기해 봐, 루스." 록우드가 말했다.

나는 그들에게 최선을 다해 설명했다.

"놈이 널 봤어?" 록우드가 물었다. "무슨 공격이라도 했어?"

"멈추지도 날 보지도 않았어. 그냥 지나갔을 뿐야. 하지만 그런 유령굴레는 생전 처음이었어…. 냉각도 그렇고. 아직까지도 추위가 느껴진다니까…." 나는 몸을 떨며 계단에 주저앉았다. "그 거미 떼 말야, 록우드. 그런 거 본 적 있어?"

"아니. 하지만 그런 사건들이 있긴 했지. 안 그래요, 킵스?"

"가장 유명하게는 레드 롯지." 킵스가 말했다. "그리고 88년도의 치즐허스트 동굴 사건. 더 있겠지, 아마도. 한둘 정도. 많진 않고."

"대체 뭘 하는 거였을까? 바닥을 기는 걸 보는데 정말… 맙소사…."

"루시는 빠져야 할 것 같아." 홀리 먼로가 불쑥 말했다. "작전을 계속할 상태가 아니라고."

"네가 뭘 안다고 그래!" 내가 외쳤다. "아무것도 감지 못 하면서! 내 바로 옆에 있으면서도 넌 냉각도 소름 끼치는 공포도 전혀 못 느꼈잖아! 유령굴레에 씌지도 않은 주제에!"

"그게 무슨 잘못이라도 된다는 소리처럼 들리네." 홀리가 대꾸했다.

"오, 작작 좀 해라, 정말."

"방금 뭐였지?" 말을 한 건 록우드였지만 우리 모두가 몸을 빙글 돌렸다. 매장 저쪽 옷걸이 하나가 우당탕 소리를 내며 넘어진 터였다. 그림자 하나가 휘청휘청 다가왔다. 캣 고드윈이었다. 레이피어를 빼 들었고, 금발이 온통 헝클어져 있었다. 평소의 냉철한 침착함은 오간 데 없었다.

캣 고드윈이 우리 곁에 서더니 파리한 얼굴로 가쁜 숨을 몰아쉬었다. "보비 봤어?"

우리는 캣 고드윈을 물끄러미 응시했다. "어떻게 녀석을 잃어버릴 수 있어?" 킵스가 말했다. "내가 너흴 확인하고 온 게 고작 오 분 전인데."

"오 분요? 몇 시간은 된 것 같아요. 사방을 다 뒤졌는데…. 못 찾겠어요."

"그러고 보니 지금 몇 시지?" 홀리가 말했다. "우리가 여기 얼마나 오래 있었는지도 잘 모르겠어."

손목시계를 본 나는 다시금 속이 싸한 공포를 느꼈다. "시계가 멈췄어."

킵스가 욕을 뱉었다. "내 건 거꾸로 갔는걸."

"다들 진정하고," 록우드가 말했다. "시간 문제는 잊어. 여기 개체들이 우릴 가지고 노는 거야. 캣, 무슨 일인지 얘기해 봐."

캣 고드윈이 앞머리를 쓸어 올렸다. 그녀의 푸른 눈이, 밝고 성나고 괴로운 눈이 우리 사이를 오가며 깜빡였다. 도무지 한곳에 머물지 못했다. "우린 4층에 도달했어. 가구 매장 말야. 소파랑 그런 게 있는.

주위를 둘러보기 시작했어. 난 다시 목소리를 들었고, 거기에 정신이 팔렸지. 그 소린 뭐랄까. 글쎄, 그 소리가 어땠는진 중요한 게 아니고. 난 소리를 따라 잠깐 걸었어. 다음 순간 보비가 뭘 봤다고 소릴 지르는 거야. 그 애 목소리가… 이상했어. 주위를 둘러봤더니, 녀석이 어둠 속으로 달려가고 있더라고. 얼른 뒤따라갔는데… 없었어. 사라졌다고요, 퀼." 캣 고드윈은 당장이라도 울음을 터트릴 것 같았다.

"못 살아, 정말." 킵스가 말했다. "서로 꼭 붙어 있으라고 얘기한 줄 알았는데."

"붙어 있었다고요! 하지만 그 애가…."

"괜찮아." 록우드가 말했다. "우리가 찾을 거야. 네가 들었던 목소리는 뭐였는데?"

캣 고드윈이 망설이더니 킵스를 슬쩍 봤다. "상관없는 얘기야."

"그렇겐 안 되지." 내가 쏴붙였다. "넌 이제 더 큰 팀의 일원이야. 우리한테 숨기는 게 없어야 한다고."

캣 고드윈이 으르렁거렸다. "나한테 이래라저래라 하지 마, 칼라일. 꼭 알아야겠다면, 네드 쇼의 목소리가 들리는 것 같았어."

킵스가 소스라쳤다. "캣, 네드는 여기서 몇 킬로나 떨어진 데서 죽었어. 그리고 우리… 우린 적절한 절차를 따랐어. 철이랑 뭐, 그런 모든 것들로. 녀석은 절대… 절대 못 돌아와."

"목소리가 얼마나 선명했는데?" 록우드가 물었다.

캣 고드윈이 몸서리가 난다는 듯 고개를 저었다. "누가 봐도 그럴 리 없잖아. 그치? 내가 미쳐가는 거야. 이건 루시 칼라일이 하는 그 말도 안 되는 짓 같은 거라고. 하지만 보비가…."

"그래, 얼른 녀석을 찾아야지. 하지만 그 전에 먼저, 조지!"

어둠에서 형상 두 개가 허둥지둥 나타났다. 조지의 땅딸막한 형상 뒤로 녀석보다 껑충하고 모양새도 더 꼴사나운 형상이 보였다. 거대한 외투를 입은 플로 본스였다. 두 사람은 정말이지 녹아내리는 마시멜로 한 쌍이 따로 없었는데, 둘 다 상기된 얼굴로 거친 숨을 몰아쉬었다.

"이상한 일이 벌어지고 있어, 록우드." 조지가 입을 열었다. "플로가 지하에서 뭔가를 봤어. 평범한 음영자가 아니고 누굴 닮은. 그게 누구였지, 플로?"

캣 고드윈과 달리, 킵스와 달리, 그리고 이 또한 인정할 수밖에 없겠는데 나랑도 달리(내 심장은 여전히 빠르게 쿵쿵거리고 있었다. 섬뜩하게 몸을 끌던 그것이 눈앞에 여전했다.) 플로 본스는 차분하고 신랄한 평상시 모습 그대로인 듯했다. "이름을 말해도 너흰 몰라." 그녀가 딱딱하게 대꾸했다. "하지만 핵심은 짚어줄 수 있지." 그러면서 밀짚모자를 들어 올리고 머리칼 뭉텅이를 긁적였다. "내게 소중한 사람이야. 이 세상엔 없는 사람이고. 난 환영을 따라가고 싶은 마음이 굴뚝같았어…. 하지만 여기 계신 커빈스가 소금탄을 던지고 날 거기서 빼냈지."

"잘했어, 조지…." 록우드가 천천히 말하곤 우릴 둘러봤다. "캣이 경험한 것도 그렇고, 점점 궁금해지기 시작하는걸. 우리가 상대하고 있는 게 혹시…."

"생령*이야." 조지가 말했다. "자길 보는 상대와 심령 유대를 형성하고, 그와 밀접히 연관된 누군가의 탈을 쓰는 유령. 그게 살아 있는 사람이든 이미 죽은 사람이든 상관없어. 둘 중 어느 쪽이든 정말 감쪽같지. 놈은 상대가 가장 소중하게 여기는 걸 양분으로 삼아. 그러니까 뭔가에 마음을 쓰거나 슬퍼하고 있다면 특히나 취약해지는 셈이지."

"내가 본 건 그걸로 설명이 안 돼." 내가 말했다.

"그럴 수도 있긴 하겠지만, 캣은 네드 쇼 목소리를 들었다잖아." 홀리가 말했다. "지금 우리 얘기는, 버넌도 그렇게 이상행동을 하게 만든 뭔가를 봤으리란 거야. 그러고는 사라져 버렸지. 우린 그게 어딘지 모르고."

"그럼 어서 찾아야지." 캣 고드윈이 쏴붙이고는 빽 소리를 질렀다. "지금 뭘 하자는 거야? 이렇게 모여서 수다나 떨자고? 놈이 생령이든 조그만 깜빡이든 무슨 상관이야! 얼른 해치워야지!" 그녀가 불쑥 계단으로 향했다.

홀리가 한 팔을 내밀었다. "잠깐. 혼자선 안 돼."

"손 치워."

댕댕댕 소리가 우릴 방해했다. 록우드가 레이피어로 진열함 유리 상판을 톡톡톡 두드리고 있었다. "니들 좀 봐! 아무것도 아닌 걸로 다 투기나 하고. 우린 지금 출몰 구역 진입의 제1규칙을 무시하고 있어. '평정을 유지하라.' 우리가 상대하는 게 뭐든, 놈이 우리 감정을 양분으로 삼을 위험이 있다고." 그가 레이피어를 벨트에 고정했다. "이런 말을 하게 돼 유감이긴 한데, 여긴 우리가 감당할 수 있는 수준이 아냐. 출처는 어디 숨었는지 모르겠고 너무 강력해. 버넌을 찾는 대로 철수해야겠어."

"그럼 다시 찢어져야 한단 얘긴데." 킵스가 말했다. "수색을 하려면."

"알아요. 나 역시 내키지 않는 일이고요. 하지만 별다른 수가 없는 듯해요."

"동의해. 하지만 캣은 우리랑 가는 걸로 하지."

"그래요. 조지랑 플로, 루시랑 홀리, 너희는 아까랑 똑같이 한 조로 움직여. 누구든 보비를 찾아 조명탄을 쏘면 나머지 팀원들이 곧장 합류할 거야. 그런 다음 여길 나가는 거지. 자기 짝이 단독 행동을 하게 돼선 안 돼. 소리나 형상에 현혹되게 두지도 말고. 이건 명령이야. 자나 깨나 껌딱지처럼 딱 붙어 다니란 말야. 질문?"

홀리와 나는 서로를 쳐다봤지만 아무 말도 하지 않았다.

다들 무리 지어 흩어졌다. 록우드가 뒤로 빠져 나를 기다리고 있었다.

"얼굴이 너무 창백해, 루시." 그가 말했다. "네가 본 그거…."

나는 손을 들었다. "난 도망치지 않을 거야. 우린 버넌을 찾아야 해. 일분일초가 급하다고."

"그렇게 말할 줄 알았어. 네가 얼마나 강한지 난 알거든. 좋아, 그럼. 하지만 조심해."

"문제없어." 내가 말했다. "다만, 너 정말 나랑 홀리가 이번에도 같이 갔으면 해?"

그가 씩 웃었다. "물론이야. 너흰 서로를 보완하잖아."

"절대 아니거든. 우린 서로한테 좋은 말 따위 안 해."

"보완complement이라고, 칭찬compliment 말고! 'i'가 아니라 'e'라고, 루시. 그래, 네가 홀리에 대해 좋은 말 따위 절대로 안 하는 거 알아. 모르려야 모를 수가 없지. 근데 그 반대는 어떨 거 같아? 사실을 알면 깜짝 놀랄걸. 아무튼 넌 누구와 만나도 좋은 팀이 돼. 왠지 모르지만. 네가 좋든 싫든 말야." 그가 옆으로 비켜섰다. "그럼 입 다물고 가봐."

음, 그건 '그럼 안녕'이라는, 뭐 그런 말이었다. 우린 각자의 길을 갔다.

귀신 들린 건물에서 동료 조사관을 찾는 일은 결코 재미있지 않다. 문제가 여러모로 복잡해진다. 심령 경계를 여전히 늦출 수 없는 상황(그래야만 했다. 매장에 넘쳐나는 음영자들이 우리와 보조를 맞추며 떠다녔고, 아주 가까이까지 다가오진 않았지만 그렇다고 흩어지지도 않았다. 그리고 우리가 익히 알다시피 메아리치는 매장을 어슬렁거리는 다른 존재들도 있었다.)에서 일상적인 감각까지 최대로 동원해 보비 버넌이든, 녀석이 내는 소리든 찾아야 했다. 이 두 가지를 한꺼번에 해내는 건 사실상 불가능했다. 한 가지에 집중하면 다른 것엔 소홀해졌고, 그로 인해 우리가 기본적으로 느끼는 불안과 공포 또한 꾸준히 증가했다.

나는 뻥 뚫린 매장과 통로 끝의 휑하고 컴컴한 공간들이 특히나 싫었다. 바닥을 기는 형상이, 저 멀리서 나타나 날 뒤쫓는 형상이 있지는 않은지 자꾸만 살피게 됐다.

이중으로 경계해야 한다는 부담감이 우리 행동에도 영향을 주기 시작했다. 홀리와 나는 뚱하게 침묵하며 몸짓으로만 대화했다. 우리는 1층의 화장품과 방문자 방비 매장을 서둘러 통과한 다음, 건물 북쪽 끝 뒷계단을 올라 곧장 꼭대기 층으로 갔다. 사무용품점에는 방문자도 보비 버넌도 없었고, 아이크미어의 회의실들도 상황은 마찬가지였다. 무언의 합의에 따라 우리는 버넌이 사라진 4층으로 내려갔다. 실제 집들을 뒤죽박죽으로 모방하며 빽빽하게 배치된 소파와 의자, 테이블들이 넓게 펼쳐져 있었다. 이따금 우리는 버넌을 나지막이 불렀다. 정적을 흐트러트린다는 사실에 본능적인 불쾌감을 느끼면서. 대부분의 경우 우리는 그냥 듣고 있는 쪽에 속하니까. 옷장과 서랍장, 창고도 들여다봤다. 저 멀리서 다른 팀원들이 보이거나 그들이 부르는 소리가 들리기도 했지만, 이젠 모든 소리와 형체가 다 의심의 대상이었고, 그래서 멀찍이 거리를 유지했다. 보비 버넌은 어디에도 없었다.

우리는 4층 로비와 중앙 계단에 도달했다. "소득이 없네." 홀리 먼로가 말했다. "아래층을 봐야겠어."

배낭 속 해골은 한동안 잠잠했다. 기는 환영과 그 뒤를 따르는 거미 떼를 보기 전부터 그랬다. 이제 내 등짝에서 다시 들썩이기 시작하는 놈의 존재가 느껴졌다.

"지금 이렇게 가버리면," 해골이 말했다. "그 자식은 죽을 거야."

"하지만 이 층엔 없는걸." 나는 홀리 먼로의 당황스러운 표정을 무시했다. 그녀에겐 내가 텅 빈 허공에 대고 얘기하는 듯 보일 거였다. "안 찾아본 곳이 없다고."

"정말 그럴까?"

나는 로비를 둘러봤다. 계단, 벽…, 크림색 대리석과 마호가니. 우리 뒤로 황동 엘리베이터 문 두 개가 반짝였다. 엘리베이터는 전원이 나가 있었다. 거길 보는 건 아무 의미 없었다. 버넌은 애초에 엘리베이터에 탈 수 없었을 터였다. 아니, 문조차 못 열었을 터였다.

그렇대도…. 나는 문 가까이로 다가가 귀를 댔다. 신음 소리, 숨죽인 흐느낌이 들리는 듯했다.

"보비?" 내가 말했다. "내 목소리 들려?"

"거기 있을 리 없잖아." 홀리 먼로가 가까이 다가섰다. "전기가…."

"조용. 녀석이 답한 것 같아. 목소리를 들었어."

나는 벽면의 버튼을 눌렀다. 먹통에다 무반응이었지만 내 가방에 대안이 들어 있었다.

"쇠지렛대?" 홀리 먼로가 머뭇거렸다. "네 생각엔 아이크미어 씨가 그걸…."

"아이크미어는 무슨! 여기 유령은 없다고 우기던 인간인데! 닥치고 이거나 도와줘."

나는 금속 문짝 사이에 지렛대를 끼우고 힘껏 밀었다. 홀리 역시 험악한 얼굴로 나랑은 눈도 안 마주치며 지렛대를 움켜잡았다. 우리는 온 힘을 퍼부었다. 처음에 문은 정말 꿈쩍도 안 하다가 이윽고 내부의 뭔가가 마지못해 늘어나 뚝 부러지는 듯한 소리가 났다. 문이 미끄러져 열렸다. 조금, 전체 넓이의 4분의 1쯤 되는 공간이 생겨났다. 하지만 그거면 충분했다.

문 너머는 암흑이었다. 저 아래서 아주 약한 신음 소리가 올라왔다.

내 펜형 손전등이 수직 통로의 휑한 내부를 비췄다. 기름때로 얼룩진 벽돌과 고리 모양의 검은 케이블들이 눈에 들어왔지만 엘리베이터 자체는 없었다. 고개를 한껏 빼서 내려다보자 2미터쯤 아래서 엘리베이터 본체 지붕이 보였다. 그리고 그 위에 보비 버넌이 뼈가 툭툭 불거진 무릎을 두 팔로 감싸 안고 의지할 곳 없는 공처럼 웅크려 있었다. 상태가 안 좋은 듯했다.

"무슨 일이 있었던 걸까?" 내가 말했다. "유령접촉이라도 당한 것 같아?"

"아니. 하지만 얼굴에 멍든 거 보이지?"

버넌의 눈이 위를 향했고, 손전등 빛줄기에 눈꺼풀을 깜빡이며 경련했다. 그가 심하게 콜록거렸다. "머릴 다쳤어. 다리가 부러진 것 같고."

"오, 맙소사…." 뭔가에 살갗이 스멀거렸다. 나는 가구 매장의 어둠을 돌아봤다. 그곳의 암흑이 소용돌이라도 치는 것 같았다. "녀석을 어떻게 꺼내지?"

"우리 둘 중 하나가 저 틈으로 들어가야지." 홀리가 말했다. "그건 아마 내가 되겠지만."

"왜? 왜에? 너 내 엉덩이 보고 그러는 거지. 아냐?"

"당연히 아니지. 넌 문을 잡고 있어야 하잖아. 나보다 힘도 세고 건장하니까." 홀리는 문 사이로 꿈틀꿈틀 들어가 날 마주 보더니 몸을 구부려 바닥 끝을 손으로 잡고 놀랍도록 민첩하게 어둠 속으로 뛰어내렸다.

나는 입구 홈에 쇠지렛대를 꽂아 문을 고정하고 틈새 너머에다 빛줄기를 퍼부었다. 홀리 먼로가 버넌 옆에 웅크리고 앉아 다리를 만져보고 있었다.

"어떻게 된 거야, 보비?" 그녀가 물었다.

"네드. 네드를 봤어…."

"네드 쇼?" 나는 홀리를 봤다. "그 죽었다는 동료야."

"네드를 봤어…. 어둠 속에 서 있었어…. 날 보고 웃으면서." 버넌은 다시 심하게 콜록거렸다. 목소리에 힘이 없었다. "네드한테 가야 할 것 같았어…. 모르겠어. 네드는 몸을 돌리지도 않았는데 뭐랄까, 뒤로 떠가듯 멀어졌어. 테이블이랑 의자들을 지나서. 내가 따라갔고…. 그러더니 엘리베이터로 들어가더라고. 그땐 불이 환했어. 맹세해. 문이 열려 있고 조명도 들어와 있었어. 네드가 거기 서서 날 기다렸어. 미소를 띠고. 난 엘리베이터에 탔고…, 그랬는데 불이 나가버리고 엘리베이터는 없었어. 난 떨어졌지. 머릴 다쳤어. 다리가 아프고…."

"괜찮아." 홀리가 말했다. 그의 손을 꼭 쥐었다. "다 괜찮을 거야."

속에서 짜증이 치밀었다. "보비, 넌 멍청이야. 홀리, 녀석이 일어나게 도와줄래? 내가 당겨 올릴 수도 있을 것 같아. 제대로 잡을 수만 있으면."

"한번 해볼게." 홀리의 엄청난 끙끙거림과 낑낑거림이 뒤따랐다.

"서두르는 게 좋아, 루시…." 해골의 속삭임은 태평함 그 자체였다. "뭔가가 오고 있다고."

"알아. 나도 느껴. 보비, 손 내밀어. 내가 잡고 당길 수 있게."

보비 버넌은 이제 서 있었다. 홀리에게 몸을 기댄 채 한쪽 다리를 들고선 허접한 싸구려 해적 장난감처럼 절뚝거리며 눈을 찡그렸다. "못 하겠어…. 힘이 너무 없어."

"팔도 못 들 정도로 없진 않거든." 나는 이제 엎드려 문 사이로 몸을 밀어 넣고 있었다. "얼른… 서두르라고."

보비 버넌이 연약한 손을 들었다. 하인에게 찻잔을 다시 채우라고 부르는 아흔네 살 먹은 미망인도 녀석보단 기운차게 손을 들겠다 싶었다. 나는 그쪽으로 손을 내둘렀지만 그를 잡진 못했다.

"록우드를 데려와야 할지도 모르겠는데." 홀리 먼로가 말했다.

"시간이 없어…." 나는 뒤편 어둠을 돌아봤다. "손 이리 내, 보비 버넌."

두 번째로 내두른 손이 제대로 들어갔다. 녀석의 손목을 잡는 데 성공했다. 나는 몸을 뒤로 젖히며 당겼다. 버넌의 고통스런 비명은 무시했다. 잠시 뒤 녀석의 얼굴이, 멍들고 탈진한 듯한 얼굴이 문틈으로 나타났다. 나는 당겼다. 녀석의 홀쭉한 어깨가, 새가슴이 나오고….

"이런 망할." 내가 말했다. "몸이 꼈어."

홀리가 아래서 빽 소리를 질렀다. "어떻게 그래? 몸통이 나보다도 가는데."

"모르겠어…." 나는 눈이 자꾸만 뒤로 돌아갔다. 저 멀리 거무스름한 가구들 사이에서, 밋밋하고 무의미하게 배치된 안락의자와 기다란 소파들 가운데서 목소리가 들렸다. "루시…."

"도와줘!" 내가 외쳤다. "엉덩이를 밀어! 어떻게 좀 빼내보라고."

"난 저 엉덩이에 손 못 대!"

"방문자가 오고 있다고, 홀리. 이 자식 어디가 걸린 거야?"

"몰라! 오, 알았다! 벨트가 걸렸어."

"그럼, 풀어볼 수 있겠어?"

"몰라. 모르겠어…. 손을 뻗어보긴 하겠는데…."

내 한 손은 여전히 버넌의 손목을 붙들고 있었다. 다른 손으로 레이피어를 꺼냈다. 매장 저 멀리에서 리듬감 있게 긁는 소리가 들렸다…. 뭔가가 뼈만 앙상한 손과 무릎으로 다가오고 있었다.

"홀리…."

"살면서 남의 벨트는 처음 풀어본다고! 지금 이게 얼마나 불편한 기분인지 넌 절대 모를 거야."

나는 아치 너머를 쳐다봤다. 지금 저 바스락대는 소리는 천 개쯤 되는 조그만 다리들이 내는 건가?

"홀리…."

"됐다! 풀었어! 빨리! 당겨! 당겨!"

나는 다시 한번 힘껏 당겼다. 이번엔 보비 버넌도 버터를 뚫는 울퉁불퉁한 칼날 저리가라였다. 어찌나 쏙 하고 단번에 뽑혀 나오는지 내가 뒤로 나동그라졌다.

얼마 뒤 나는 허공을 휘저어 홀리의 손을 찾고 그녀 또한 올라오게 도왔다. 홀리의 옷은 기름투성이에 소매가 찢겨 있었다.

버넌은 바닥에 널브러져 있었다. 상태가 안 좋았다. 눈을 질끈 감고 신음했다. 나는 녀석의 겨드랑이에 손을 넣었다. "홀리, 계단. 어서 가야 해."

아치 너머의 긁는 소리가, 그 뒤를 따르는 부드러운 바스락거림이 점점 소란스러워지고 있었다. 나는 알았다. 지금 당장이라도 혐오스러운 뭔가가 모습을 드러내리란 걸.

홀리가 버넌의 발목을 잡았고, 우린 함께 그를 들어 올렸다. 무게가 많이 나가진 않았지만 그래도 충분히 힘들었다. 그나마 조지가 아니라 다행이었다.

거미 몇 마리가 종종거리며 아치를 통과해 로비로 나갔다. 이윽고 우리는 모퉁이를 돌아 계단을 내려가기 시작했다.

우리는 한 층 아래 남성복 매장에서 멈췄다. 어깨가 아프고 숨이 턱까지 찼다. 버넌은 통로 가운데 바닥, 옷걸이와 계산대 중간쯤에 내려놨다. 공기가 텁텁하고, 춥고, 유령안개가 종아리까지 차올라 소용돌이쳤다. 거기 누운 버넌은 꼭 우유 목욕이라도 하는 사람 같았다. 나는 배낭에서 조그만 등을 꺼냈다. 전원을 켜고 버넌의 창백한 기름투성이 얼굴을 확인했다. 사위가 죽은 듯 고요했다. 저 멀리 통로 사이에 음영자들이 모여 있었지만 전과 마찬가지로 다가오지는 않았다. 홀리와 나, 둘 다 뻐근한 몸으로 서서 눈을 부릅뜨고 공포가 우릴 씻어 내리게 뒀다. 솟구치던 아드레날린이 빠르게 줄면서 피로와 짜증을 남겼다.

"피를 흘리고 있어." 홀리가 말했다. "나한테 구급용품이 있는데, 혹시…?"

"오, 그러는 게 좋겠어. 그래, 넌 전문가잖아."

붕대를 든 홀리는 신속하고 효율적으로 움직였다. 나는 어금니를 악물고 보초를 섰다. 그림자들이 안쪽으로 움직이는 걸 보고 조명 쪽으로 붙었다.

홀리는 능숙하고 조심스러웠으며 자기가 뭘 하는지 정확히 알았다. 그러는 걸 보고 있으니 심통이 났다. 록우드는 우리가 서로를 보완한다고 했다. 하지만 그건 록우드가 아주 몹시 잘못 판단한 또 하나의 사례일 뿐이었다.

버넌이 다시 콜록거리며 뭔가 못 알아들을 소리를 했다.

홀리가 자리에서 일어나며 붕대를 치웠다. "놈이 보여?"

"아니."

"들려?"

"아니! 뭐가 있으면 내가 얘길 할게." 나는 고개를 절레절레 저었다. "맙소사. 네 감각은 정말 잠깐도 못 써먹는 거야? 그러면서 여긴 뭐 하러 온 건데?"

"록우드가 와달라고 한 거잖아. 아냐? 내 재능이 너처럼 날카롭지 못한 걸 나더러 어쩌라고."

"글쎄, 넌 록우드한테 됐다고 얼마든지 말할 수 있었어."

"그러는 넌?" 홀리가 꺄르르 웃었다.

"뭐?" 나는 홀리를 노려봤다. "그건 또 무슨 말이야?"

"그러는 넌 됐단 말 하느냐고." 홀리가 손을 흔들었다. 그걸로 방금 자기가 던진 말이 마법처럼 녹아 없어지기라도 할 것처럼. "됐어. 상관없어. 이제 가야 해."

그 작은 몸짓이 문제였다. 그 손짓 한 번에 내가 너무도 오랫동안 곱씹어 온 분노를 더는 물고 있을 수 없게 됐다. 모조리 뱉어내는 수밖에 없었다. "나한테 록우드에 대해 그렇게 뜬구름 잡는 식으로 얘기하지 마. 넌 그 앨 몰라. 넌 날 모르고. 이제부터라도 네 그 거들먹거리는 지적질은 너한테나 하는 게 어때?" 급발진하는 기분이 정말 너무도 좋았다. 아찔하기까지 했다.

홀리 먼로의 눈이 타오르는 동시에 축축해졌다. 상관없었다. 기분 좋은 장면이었다. "오, 거참 재밌네." 그녀가 말했다. "참 재밌어. 거들먹거린 건 너였잖아. 내가 회사에 들어오고부터 쭉!"

나는 그녀에게 눈을 끔뻑였다. 진심으로 어이가 없었다. "뭐라고? '내'가 '너'한테 거들먹거렸다고?"

"이거 봐. 지금 또 그러잖아!"

"뭐? 이건 거들먹거리는 게 아니지. 이건 그냥 내가 말로 미치고 펄쩍 뛰는 거지. 네가 어마어마하게 터무니없고 멍청한 소릴 하는 통에. 둘은 같지 않답니다. 아시겠어요, 먼로 양."

홀리 먼로가 분노의 콧방귀를 뀌었다. "보라니까? 넌 입만 열면 그런다고! 거들먹, 거들먹, 거들먹. 넌 도대체 뭐가 문제야? 첨부터 나한테 적대적이었잖아!"

"내가? 난 그동안 참을성의 화신이나 다름없었거든요!"

"오, 물론이야. 맨날 피식거리고 쯧쯧대면서 말이지! 내가 뭣만 도우려고 하면 눈을 흡뜨면서 말이지!"

"이봐, 이봐…." 보비 버넌이었다. 녀석이 아래서 우릴 와락 붙들었다. "내가 정신이 오락가락하고 어쩌면 헛것도 좀 보이겠지만 말야. 그리고 한창 금붕어 꿈을 꾸던 중이었지만 말야. 그런 나조차 이러는 게 좋은 생각이 아니란 건 알겠거든."

"오히려 그 반대야." 해골이 말했다. "넌 이 순간을 너무도 오래 기다렸어, 루시. 외투 걸이 교수대를 잊지 마. 괜찮은 옵션이라고."

나는 둘 중 누구의 얘기도 듣고 있지 않았다. 홀리의 얼굴에 대고 웃느라 정신이 없었다. "봤지, 홀리? 이게 네 전형적인 수법이야! 넌 늘 달콤하고 완벽한 사람으로 남지. 상황을 기가 막히게 비틀어 내가 잘못한 걸로 만들어선! 거들먹거리는 건 너야! 난 하다못해 코를 풀 때조차 너한테 지적질을 당한다고."

"오, 내가 어떻게 감히 그럴 수 있겠어!" 홀리가 말했다. "뭐, 그랬다가 또 무슨 더러운 꼴을 보려고?"

"네가 사사건건 트집 잡는 게 정말 넌더리가 나." 내가 외쳤다. "그나마 대놓고 말하는 것도 아니고! 넌 고지식하고 혼자 잘난 학교 선생님 같아. 내가 뭘 하든 다 무시하는!"

홀리 먼로가 발을 쿵쿵 굴렀다. "음, 넌, 넌 뭐랄까…. 멍청한 강아지 같아. 맨날 왈왈거리고 으르렁거리는. 넌 처음부터 있는 대로 티를 냈지. 내가 회사에 들어오는 게 싫다고. 내가 하는 말마다 코웃음치고 눈을 홉뜨면서 빈정대기 시작했어. 잘 지내보려고 내가 얼마나 많은 날들을 힘들게 참았는데. 두어 번은 회사를 관둘 뻔도 했었다고."

그럼 그렇지! 이게 바로 홀리 먼로의 특기다. 상황을 비틀어 상대에게 죄책감을 떠넘기는 것. 하지만 이번엔 통하지 않을 것이다. 비탄에 빠진 내 마음이 분노를 부채질했다. "헛소리! 난 늘 친절하고 포근하게 대하려고 노력했어. 네가 내 방에 들어와 내 옷으로 그 이상한 짓을 하기 시작했을 때조차도!"

"그런 걸 옷을 '갠다'고 하는 거야!" 홀리가 소리를 질렀다. "너도 언젠가 한번 해보지 그래! 내가 오기 전엔 돼지우리에 살았던 주제에! 정말 역겹던데!"

"난 그 돼지우리가 행복했거든! 그 상태 그대로가 행복했다고!"

누군가가 내 팔을 잡아당겼다. "이건 좋지 않아." 보비 버넌이 꺽꺽거렸다. "서로한테 소녀다운 미소나 한 번씩 날리고 일단 여기부터 벗어나면 안 될까?"

나는 녀석의 손을 뿌리쳤다. "닥쳐, 넌."

"그래." 홀리 먼로가 쏴붙였다. "우리가 여기서 이러고 있는 건 다 네 탓이라고."

"이봐, 봤지? 두 사람 생각이 일치하는 부분도 있잖아." 버넌이 말했다. "어서. 그리 어렵지 않…."

"너한테 난 멍청한 조수일 뿐야! 내가 네 목숨을 구했단 사실을 넌 감당 못 하는 거라고!"

"오, 틀렸다네, 친구. 그건 감당할 수 있어. 내가 감당이 안 되는 건 네 그 끝없는 칼질이야. 날 자꾸만 깎아내리는 거. 날 빤히 보면서 그 망할 놈의 눈썹으로 안하… 안하무식한… 짓을 해대는 거!"

홀리 먼로가 나를 멀거니 봤다. "안하무식?"

보비 버넌이 한 손을 들었다. "안하무인."

"고마워." 내가 바보 같은 목소리를 내며 계속했다. "'아냐, 루시. 그렇지 않아. 로트웰에선 이렇게 해. 로트웰에선 저렇게 해.' 로트웰이 그렇게 좋으면 거기로 돌아가든가!"

"난 로트웰 밑에서 일하는 게 싫었어! 역겨운 인간이야. 폭력적이고 야망 덩어리에다 자기 직원들한테 잘해주지도 않아. 하지만 너라고 엄청나게 마음 쓰는 척은 하지 마, 루시 칼라일! 내가 코튼 스트리트에서 당한 일을 듣고도 넌 눈 하나 깜짝 안 했으니까!"

"아니거든! 어찌 감히 그런 소릴!"

"그럼 왜 아무 내색 안 한 건데, 루시?"

"왜냐면… 그 빌어먹을 일을 나도 겪었으니까! 나도 내 팀을 잃었으니까! 그들도 전부 죽었으니까! 됐어? 그 생각을 하면 속상하다고!"

"뭐, 그건 내가 몰랐네!"

"뭐, 난 너한테 알아달라고 한 적 없잖아. 안 그래? 그건 내 일이니까!"

"록우드의 과거도 네 일인 것처럼?" 홀리 먼로가 의기양양하게 눈을 부라렸다. "네가 그 방에 들어간 거 알아. 아래층에서 들었어."

"뭐?" 나는 일단 심호흡했다. 분노로 가슴이 아렸다. 그러고 있는데 통로 아래 계산대에서 조그맣게 질질 끄는 소리가 났다. 우리 모두가 거길 쳐다봤다. 나, 홀리, 바닥의 보비 버넌까지. 처음엔 뭐가 소리를 낸 건지 안 보였다. 이윽고 테이프 디스펜서, 작지만 묵직한, 빛나는 돌로 만들어진 물건이 계산대 표면을 따라 천천히 움직이는 게 눈에 들어왔다. 디스펜서는 자유 의지로 유리 위를 전진하면서 긁고, 전율하고, 몸을 끌었다.

그러다 금전등록기 옆에 도달했고 거기 몸을 부딪혔다. 한 번, 두 번, 그리고 다시. 지나갈 길을 찾기라도 하는 것처럼. 그러더니 우리 눈앞에서 금전등록기를 타고 올라가기 시작했다. 등록기에 들러붙어 몸서리치며 끽끽 소리를 냈다. 꼭대기에 이르러서는 천천히 모로 눕더니 잠시 정지했다. 다음 순간 맹렬히 튀어나가 등록기 가장자리에서 몸을 던지고 격렬한 쩍 소리와 함께 유리 카운터로 떨어졌다.

우리는 거기 서서 가만히 보고 있었다. 침묵 속에서 불현듯 귀를 쑤시는 어마어마한 압력이 느껴졌다. 뜬금없고 거대한 파도가 우릴 덮치려던 찰나 진동하며 아주 순간적으로 얼어붙은 것 같았다. 우리는 그것의 그림자 속에 있고.

"오모나." 해골이었다.

"기어코 사고를 치고 마는구나." 보비 버넌이 말했다.

홀리 먼로와 나는 서로를 쳐다봤다. 보기만 했다. 소녀다운 미소를 날리거나 하진 않았다. 그러기엔 어차피 너무 늦었다.

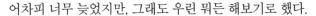

22

어차피 너무 늦었지만, 그래도 우린 뭐든 해보기로 했다.

테이프 디스펜서가 유리를 때리기 무섭게 홀리와 나는 몸을 숨길 만한 가장 가까운 곳으로 다이빙했다. 낮은 진열장 뒤였는데, 상판에 수납공간이 있는 형태로 그 안엔 백 가지 종류는 되는 골프 양말이 가득했다. 홀리와 나는 거기 웅크려 상체를 바짝 숙였다. 둘의 얼굴이 거의 닿다시피 했다. 보비 버넌은 우리 사이에 구겨져 오락가락하는 정신으로 힘겹게 호흡했다.

이제 매장 안은 몹시 조용했다. 맞다. 우리가 벌인 말싸움의 심령 메아리가 벽 사이에서 되튀었다. 계속 계속 계속. 눈에 안 보이는 전선들이 그간 쌓인 전하를 가득 품고 피아노 줄처럼 팽팽해져선 통통 튀는 것도 같았다. 하지만 실제로 들리는 소리는 부드럽고 리듬 있는 바스락거림뿐이었다. 나는 진열장 뒤에서 슬그머니 눈길을 들어 금전등록기를 내다봤다. 들쭉날쭉 금이 간 카운터와 가라앉는 배의 뱃머리마냥 깨진 유리 위로 비죽 솟은 디스펜서가 보였다. 계산대에 조그만 종이 더미—아마도 광고 책자—가 놓여 있었다. 더미의 한쪽 귀퉁이가 존재하지도 않는 바람에 들려 사락거렸다. 종잇장들이 잔

물결 치듯 위로 들렸다가 떨어지고 다시 들리기를 반복했다.

나는 고개를 수그렸다.

"뭐가 좀 보여?" 홀리가 물었다. 그녀의 눈에서 공포가 읽혔다. 목소리는 산산이 부서진 감정적 평온을 되찾으려는 노력으로 떨렸다.

나는 고개를 끄덕였다.

홀리 먼로가 나를 빤히 봤다. 얼굴로 흘러내린 머리칼 끝을 잘근잘근 씹고 있었다. 어슴푸레한 빛 속에서 휘둥그레 뜬 눈이 보였다. "그러니까… 그러니까 『피츠 지침서』에선 가장 먼저 유령의 유형부터 파악하라고 하잖아." 그녀가 말했다.

『피츠 지침서』가 뭐랬는지는 나도 참 잘 알고 있었다. 하지만 뱃속에 남은 분노의 응어리는 이미 축축한 공포로 대체된 뒤였다. 나는 다시 고개만 끄덕였다. "그래."

"우린 놈에게 염력이 있단 걸 알아." 홀리가 나직이 말했다. "주변 사물을 움직이지. 근데 어떤 형태든 환영이 있긴 해?"

나는 양말 너머를 다시 엿봤다. 양모의 라놀린 냄새와 함께 비닐 포장재의 청결한 기운이 느껴졌다. 록우드와 조지 둘 다 양말이 필요하고, 이제 곧 크리스마스란 생각이 스쳤다. 그다음으로 떠오른 (덜 유쾌한) 생각은 내가 이 밤에 살아남아 크리스마스를 맞이할 확률이 아주 낮다는 거였다. 나는 매장 건너편을 확인했다. 아까 거기 모여 있던 어둑한 형상들은 죄다 사라지고 없었다. 밀려났거나, 우리 주변을 맴돌며 진동하는 저 차갑고 팔딱거리는 에너지―우리의 말다툼이 소환해 버린―덩어리에 흡수됐거나, 둘 중 하나였다. 나는 고개를 수그렸다. "없어."

"환영이 없어? 어, 그럼 놈은… 그러니까 아마도 그…."

"소리정령이야, 홀리. 그래, 맞아."

홀리 먼로가 침을 꼴깍 삼켰다. "오케이…."

나는 버넌의 다리를 놓고 손을 뻗어 홀리의 팔을 쥐었다. "하지만 코튼 스트리트 때랑은 다를 거야." 내가 속삭였다. "이번엔 다 괜찮을 거라고. 알아들어? 우린 여기서 나갈 거야, 홀리. 어서. 우린 할 수 있어. 두 층 아래로 가서 로비를 가로지르기만 하면 돼. 별로 안 멀잖아. 그치? 우린 조용히 움직일 거야. 조심히 움직일 거고, 놈의 주의를 끌지도 않을 거야."

저 멀리 계산대에서 종이들이 물결쳤다. 위로 들리고 떨어지고, 들리고 떨어지고. 부드럽고 리드미컬하게 사락거리는 소리가 꼭 거대 고양이의 가르랑거림 같았다.

"하지만 소리정령은…."

"소리정령은 앞을 못 봐, 홀리. 놈들은 감정, 소음, 스트레스에 반응해. 그러니 내 말 잘 들어. 우린 뒷계단을 공략할 거야. 거기가 가장 가까워. 1층으로 내려가서 다른 애들을 찾을 건데, 그 모두를 차근차근, 차례차례, 아주 조용하고 아주 차분하게 해낼 거야. 절대, 절대 허둥거리지 않고. 모든 걸 계획대로, 감정의 동요 없이 하기만 하면 놈은 우릴 다시 눈치조차 못 챌 거야."

나는 그녀를 한결같이 응시했다. 차분하고 든든하게 보이고픈 마음에. 그래 봐야 결국엔 광기로 이글거리는 눈길에 더 가까웠겠지만.

"행운을 빌어…." 보비 버넌이 말했다.

의식이 오락가락했지만 녀석 또한 알고 있었다. 소리정령은, 아닌 게 아니라… 문제는 이거다. 놈들이 고약하단 거. 상대하기 힘들고 짚어내기도 힘들다. 제어가 불가능하다. 다른 2급령들은 늘 겨냥할 뭔가가 있는 반면, 소리정령은 물리적인 현현 자체가 없다. 환영도, 물질도, 그림자도 없다. 조사관 입장에선 굉장히 난감한 노릇이다. 사실 잘 안 보이기로 유명한 허깨비도 막상 잡는 데는 별 무리가 없다. 일단 놈의 빛나는 반투명 형체를 포착하기만 하면 그때부턴 소금을 놓든 철가루를 뿌리든 화염탄을 던지든 마음껏 할 수 있다. 생골령 역시 마주치는 순간 극도의 공포로 간이 쪼그라들지언정 최소한 놈의 위치를 놓고 고민할 필요는 없다. 하지만 이 모든 게 소리정령에겐 해당이 안 된다. 놈들은 어디에나 있고 아무 데도 없으며, 당신을 온통 둘러싸고 있으면서 당신이 발산하는 감정을 다른 어떤 유령보다도 억척스레 먹어치운다. 감정을 양분 삼아 물건들을 움직인다. 약간의 분노 혹은 슬픔도 놈의 힘을 키울 수 있다.

그저 약간만으로도….

맙소사. 우리가 무슨 짓을 한 거지?

더 중요하게는 '내가' 무슨 짓을 한 거지? 속이 메스꺼웠다. 나는 눈을 감았다.

"루시?" 홀리의 손이 내 무릎을 쓸었다. 그녀가 날 보며 불안하게 미소 짓고 있었다. "괜찮을 거랬지. 그랬지? 그럼… 우린 어떡해야 해?"

나는 스치듯 고마움을 느꼈다. 대답 대신 지어 보인 미소 또한 똑같이 불안하고 몹시도 싱거웠을 거였다. 나는 고개를 홱 돌려 통로를 훑고 저 멀리 3층 끝에 있는 뒷계단을 봤다. "자리에서 일어날 거야. 아주 천천히… 한 번에 조금씩 이동해. 저 문들 쪽으로. 그냥 걸어가는 거야. 서두르지 말고. 심박수를 낮게 유지해야 해."

"난 못 해…. 불가능하다고."

"홀리, 우린 그냥 최선을 다하는 거야."

일어나는 게 가장 힘든 부분이었다. 훤히 노출될 걸 알면서 일어나는 게. 앞서 말했듯 소리정령은 소리와 감정에만 반응하기에, 엄밀히 말하면 우리가 보관장 뒤에 숨든, 위가 길쭉한 모자에다 스팽글

드레스 차림으로 신바람 난 고고 댄서처럼 발차기를 하든 다를 게 없었다. 그 모두를 '조용히' 해내기만 하면. 하지만 사람 마음이란 게 그렇지가 않았다. 카운터 옆의 놈에게 졸지에 노출되고 말 거란 생각만으로도 위장에서 거미 다리가 종종거리듯 경련이 일었다. 그럼에도 우리에겐 별다른 수가 없었다.

우리는 보비 버넌에게 조용하라고 속삭이며 그를 적당히 부둥켜 잡고는 입 모양으로 셋을 세고 일어났다. 계산대를, 가르랑거리는 종이 더미를 쳐다봤다. 종잇장들이 위로 들리고 내려앉았다… 들리고 내려앉았다. 차디찬 공기 속에서…. 지금까지는 다 좋았다. 종잇장들의 리듬에 변화가 없었다. 그럼에도 어둠에 심령성이 감돌았다. 우리의 정말 보잘것없는 움직임마저 매장 저편으로 충격파를 보내는 듯했다.

나는 고개를 끄덕였다. 홀리가 계단과 가까운 쪽에 있었고, 그 말은 곧 그녀가 버넌의 겨드랑이에 손을 넣은 채 뒤로 걷고, 나는 그의 다리를 들고 따라가야 한다는 얘기였다. 눈을 반쯤 뜬 버넌은 정작 일이 어떻게 돌아가는지 잘 모르는 듯했다. 나는 녀석이 걱정스러웠다. 돌연히 비명이라도 질러 반갑잖은 주의를 끌지나 않을까 두려웠다.

홀리가 발을 끌며 뒤로 걷고, 나는 그녀를 따라 걸었다. 곁눈으로 보니 카운터의 종이들이 펄럭, 펄럭….

통로를 내려가고 걸려 있는 외투들 사이를 지났다. 한 발 또 한 발 부드럽고 소리 없이 조심스레 내디뎠다. 계단으로 통하는 문이 꾸준히 가까워졌다.

"이야," 귓가에서 목소리가 말했다. "이거 흥미진진한데. 네가 해낼지도 모르겠단 생각이 들다시피 하지 뭐야."

해골! 나는 경악 속에 눈을 홉뜨며 입술 한쪽을 잘끈 물었다. 놈의 존재가 소리정령을 자극하려나? 계산대를, 부드럽게 사락거리는 종이를 쳐다봤다.

"홀리가 발을 헛디뎌 꼬꼬마 보비를 떨어트리고, 놈의 머리가 바닥을 때리면서 어마어마한 쿵 소리를 내지 않는 한은." 유령이 쾌활하게 떠들어댔다. "털북숭이 야자열매가 바위에 깨지듯 말야. 난 솔직히 그리될 거라 보거든. 홀리의 저 조그만 손이 미끄러지는 것 좀 보라고⋯."

사실이었다. 홀리가 멈춰 서서 버넌의 겨드랑이에 넣은 손의 위치를 바꾸는 중이었다. 그녀의 얼굴이 그렇게까지 창백한 건 지금껏 본 적이 없었다. 하지만 문이 멀지 않았다.

"난 이걸 근사하고 신선한 변화라고 부르겠어." 해골이 말했다. "네가 대꾸를 못 하다니! 내 레버를 돌릴 수도 없고. 그 말인 즉, 너에 대한 내 생각을 맘껏 얘기할 수 있다는 거지. 네가 버릇없이 대드는 일 없이."

우리는 계속 전진했다. 나는 눈을 찡그려가며 매장 건너편을 광적으로 살폈다.

괜찮았다. 계산대 위 상황은 모든 게 그대로였다.

"걱정 마." 해골이 말했다. "놈은 내게 관심 없어. 우리 같은 개체들은 대체적으로 자기 일에만 열심이거든. 내가 뭘 하는지 신경 안 쓸 거야."

나는 안도의 숨을 내쉬었다. 그 순간 홀리가 팔꿈치로 외투를 건드려 옷걸이가 가로대를 부드럽게 긁었다.

"저건, 반면에⋯."

나는 눈이 튀어나오는 줄 알았다. 종이 더미를 쳐다봤다.

우뚝 멎어 있었다.

홀리와 내가 눈길을 교환했다. 가만히 기다렸다. 나는 머릿속으로 서른까지 세며 숨을 눌러 평정을 유지했다. 실내는 컴컴하고 고요했다. 아무 일도 일어나지 않았다. 종이들도 움직이지 않았다.

나는 아주, 아주 천천히 숨을 뱉고, 다시 살금살금 걷기 시작했다.

"이봐, 이제 괜찮나 봐!" 해골이 말했다. "놈이 가버린 걸지도."

매장 저편 가로대에 걸려 있던 빈 옷걸이가 빙빙 돌며 떠올라 쌩하니 360도 회전을 하더니 더없이 사소한 우리의 움직임에도 앞뒤로 흔들리다가 다시 잠잠해졌다.

"안 갔어. 알잖아. 농담 한번 해봤어." 해골이 말했다.

우리는 바짝 얼어 매장 내부를 주시했다. 다시 모든 게 잠잠했다. 나는 홀리에게 고개를 끄덕였다. 결연히, 버넌을 더 꽉 붙들고 조금 더 속도를 높여 전진했다.

저 멀리 매장 건너편에서 금속이 댕그랑거렸다. 어둠 속에서 천장 조명 하나가 부드럽게 흔들렸다. 홀리가 속도를 줄이기 시작했으나 내가 고개를 저었고, 우리는 두 배로 빨리 움직여 계단으로 향했다.

이제 서둘러야 했다. 여기서 나가야 했다.

"놈이 저기 있다고 생각하는 실수는 저지르지 마." 귓속에서 해골이 말했다. "외투 걸이 근처도 그렇고…."

나는 이를 악물었다. 해골이 무슨 말을 할지 알았다.

"진실은, 놈이 사방에 있단 거야. 우릴 깔아뭉개고 있어. 뱀처럼 감고 있어. 우린 다 놈의 배 속에 있어. 놈이 이미 우릴 통째로 삼켜버린 거라고."

그 말에 반응이라도 하듯 천장 스피커가 난데없이 끼이익 소리를 내고는 낮게 지직거렸다. 홀리와 나, 둘 다 기겁했다. 홀리의 머리 뒤에서 진열장 가로대에 걸린 파란색 잠옷 한 벌이 홱 움직이더니, 누군가가 입고 있기라도 한 것처럼 다리를 구부리고 팔을 앞으로 내지르며 섬뜩하게 부르르 경련했다.

시작이 순식간이었던 것처럼 끝날 때도 단박에 심령 에너지가 빠져나갔다. 잠옷이 활기를 잃고 축 늘어졌다.

잠시 뒤, 우리는 여닫이문을 밀고 나가 칠흑같이 어두운 뒷계단으로 진입했다.

나는 버넌의 다리를 놓고 내 벨트에서 펜형 손전등을 잡아채 이 사이에 물었다. 빛이 홀리를 비췄다. 그녀는 벽에 쓰러지듯 기대서 있었다. 버넌을 놔버리기 직전이었다.

"오, 맙소사…." 홀리가 말했다. "오, 맙소사."

"여기서 멈추면 안 돼, 홀." 내가 소리를 낮춰 윽박질렀다. "가야 된다고. 녀석을 들어! 얼른!"

"하지만, 루시…."

"그냥 하라고!"

계속 앞으로, 휘청휘청 계단을 내려갔다. 깐닥거리는 손전등이 만드는 빛의 동그라미 안에서 움직였다. 더는 조용하려 애쓰지 않았고, 우리 안에서 치솟아 숨통을 조이는 공포를 누르려고 하지도 않았다. 홀리는 흐느끼고 있었다. 우리가 벽에 붙어 달리는 내내 보비 버넌의 고개가 맥없이 흔들렸다.

계단이 꺾이는 부분에 도달했다. 뒤에서 위층 문이 벌컥 열리며 문짝이 벽을 후려쳤다. 판유리가 박살 나고 파편들이 계단으로 쏟아졌다. 비처럼 우릴 스치고 어둠으로 사라졌다. 우리는 휘몰아치는 돌풍을 못 이기고 층계참에 엎어졌다.

"안으로!" 원래는 계속 내려갈 생각이었다. 1층까지 곧장 가려고 했다. 하지만 이렇게 계단통에 갇히고 싶지 않았다. 나는 다시 매장으로 이어지는 문을 향해 고갯짓했다. 홀리가 어깨로 문을 밀었다. 우리는 2층 끝의 고요하고 컴컴한 주방용품 매장에 들어섰다.

"홀리." 내가 속삭였다. "너 지쳤어. 자리를 바꾸자. 지금부터 내가 앞에 갈게."

"난 괜찮을 거야."

"나란히 가, 그럼." 통로는 우리 둘이 함께 걸을 수 있을 정도로 넓었다. 그리 길진 않았다. 주방용품과 여성복 매장을 통과해 중앙 계단으로 내려가면 1층이었다. 그렇게만 하면 됐다.

멀리서 우릴 부르는 소리가 들렸다. 산 자들의 목소리였다. 록우드, 조지….

"대답하지 마." 내가 말했다. "조용히 있어."

우리는 최대한 신속히 움직였다. 우리 뒤 문이 벌컥 열릴 것 같은 기분이 자꾸만 들었다. 당장이라도 유령이 쫓아올 것처럼. 하지만 소리정령은 그런 식으로 움직이지 않는다.

체 더미 옆을 지나는데 뭔가가 내 뺨을 갈겼다.

내가 비명을 지르며 손전등을 떨어트리고 버넌의 다리를 놔버렸다. 그가 홀리에게 겨드랑이를 붙들린 채로 허우적대며 신음했다.

또다시 찰싹. 뺨이 얼얼했다. 나는 욕을 뱉으며 검을 빼 앞쪽을 쓸 듯 거칠게 벴다. 아무것도 없었다.

옆 통로에서 뭔가가 냄비에 세게 충돌했다.

홀리가 꺅 소리를 질렀다. 광대뼈에 붉은 자국이 꽃처럼 폈다.

이게 소리정령의 유일한 장점이다. 엑토플라즘이 없다는 것. 그래서 놈들에게 마구 두들겨 맞을 때조차 유령접촉을 당하지 않는다는 것. 그 사실 하나만으로도 소파에 맞아 머리가 깨지거나 뾰족 난간에 몸통을 꿸 평균 이상의 가능성을 웬만해선 다 참아줄 만하다. 우리는 버넌을 낚아채듯 들고 비틀비틀 전진했다.

뒤쪽 어딘가에서 달가닥 소리가 났다. 조리 도구 수십 개가 바닥에 우르르 쏟아졌다. 그리고 이제 충격적일 정도로 불쾌한 굉음이 들려왔다. 금속이 고문당하고 내동댕이쳐지는 소리가 꼭 그 한복판에서 거대 짐승이 허우적대고 발버둥 치며 끙끙거리고 으르렁거리는 소리 같았다.

그리고 그 짐승은 우리 앞에도 있었다. 우리가 있는 통로를 쭉 따라가면… 오만 가지 크기와 모양의 식칼들이 걸려 있었다. 고리에 걸린 채 진동하고 흔들렸다.

어허.

내가 그 통로에서 우릴 빼내 나란히 나 있는 다른 통로로 내려가기 무섭게 칼들이 일제히 솟아올랐다. 우리가 사기그릇 진열대 뒤로 몸을 날리며 차곡차곡 더미로 쌓이는 순간, 고기 칼 수십 자루가 굉음을 내며 허공을 가르고 와 우리 주변 바닥에 박히고, 접시들을 쪼개고, 터퍼웨어 냄비에 맞고 튕겨나갔다.

보비 버넌이 한 눈을 떴다. "아야! 조심해! 난 아픈 사람이라고. 알면서 그래."

"조만간 그보다 더한 꼴이 될 줄 알아." 내가 으르렁거렸다. "입 닥치지 않으면. 어서, 홀리! 일어나! 우리 지금 너무 잘하고 있어."

"이게 잘하는 거면 못하는 건 도대체 어느 정도야?"

음향 시스템에서 대답이 대신 차올라 지직거리며 우리 치신경에서 깔쭉깔쭉 진동했다. 건물 안 다른 데서 쿵쿵 소리와 비명이 들렸다. 저 앞 어딘가, 여성복 매장 입구에서 어마어마한 쩌억 소리가 났다. 뭔가 육중하고 큰 걸 잡아 비틀어 바닥에서 통째로 뽑아내는 소리였다.

순간적으로 나는 주저했다. 계속 가야 할지 확신이 없었다.

"해골," 내가 말했다. "모르겠어…."

"해야 돼. 안 그럼 죽어."

"알았어." 버넌을 사실상 밧줄 삼아 홀리를 똑바로 세우고 당기며 나는 우리를 다시 전진시켰다. 휘청휘청 나아갔다. 옆 통로에서 진열장 두 개가 좌우로 흔들리며 서로 쿵쿵 부딪쳤다.

"아이크미어 선생님이 정말 좋아라 하겠네." 해골이 말했다.

"응. 기뻐 죽을걸."

홀리가 날 빤히 쳐다봤다. "방금 누구랑 얘기한 거야?"

"아무도! 너!"

"거짓말."

강화유리그릇 다섯 개가 내 머리를 스치고 가 벽에 맞고 산산조각 났다. 바람이 신발을 채찍질하고 내 두 다리를 잡아채 엎어트리려 위협했다. "이봐, 지금 그게 중요해?"

"우리가 함께 일할 거면, 루시…."

"아, 망할! 그래! 얘기해 주지! 내 배낭에 악령 붙은 해골이 살아! 이제 속이 시원해?"

"음, 그래. 그걸로 많은 게 설명되네." 박쥐처럼 펄럭펄럭 허공을 날아온 앞치마 몇 장이 홀리의 얼굴을 후려쳤다. 그녀가 그것들을 손으로 쳐서 떼어냈다. "봐, 그렇게까지 나쁘지 않잖아. 그치? 그냥 말하면 되는 거야."

우리가 몸을 수그리고 아치형 통로를 통과해 여성복 매장으로 들어서자마자 뒤에서 휘파람 소리가 나면서 견고한 진열장 하나가 통째로 날아와 아치를 때리고 쓰러졌다.

"뭐 하는 짓이야?" 해골이 으르렁댔다. "우리에 대해서 동네방네 떠들고 다니는 거야? 우리 사이에 뭔가 특별한 게 있는 줄 알았는데."

"있어! 닥쳐! 나중에 다시 얘기해."

"그게 말야, 루시." 홀리가 숨을 헐떡였다. "난 네가 정말 이상하다고만 생각했거든. 이제 알겠어. 내가 얼마나 큰 오해를 했는지."

여성복 매장은 조용했다. 적어도 주방용품점에 비해선 그랬다. 찬 공기가 발목을 에며 우리와 보조를 맞췄다. 저 끝에서 2층 로비가, 중앙 계단을 두른 대리석과 1층으로 내려가는 에스컬레이터들이 보였다.

"이 안엔 날카로운 게 없어." 내가 말했다. "그거 하난 좋네."

우리 왼쪽에서—나는 보였지만 거길 등지고 있는 홀리는 못 봤다—마네킹 고개가 천천히 돌아 우리에게 그 눈멀고 건조한 미소를 고정했다.

그러더니 이제 매장이 폭발했다. 옷걸이 하나가 뒷발로 일어났다. 처음엔 천천히, 이윽고 날뛰는 말처럼 발길질하곤 붕 떠올라 공중제비를 돌았다. 홀리가 비명을 질렀다. 우리가 뒤로 몸을 날림과 동시에 옷걸이가 우릴 스쳐가 반대쪽 기둥에 맞고 옆어지면서 쓰러진 나무처럼 통로를 막았다.

다른 옷걸이들이 들썩이고, 높이 솟구치고, 창문을 깨고 날아가고, 벽에 부딪혀 찌그러졌다. 외투들이 걸이를 죄다 박차고 나와 우릴 둘러쌌다. 우리 머리 위에서 소용돌이쳤다. 외투에 달린 모자는 휑한데 소매는 눈에 안 보이는 팔이 들어가 있기라도 한 것처럼 부풀었다. 그 상태로 허공에, 빗자루에 탄 마녀들처럼 떠 있었다. 울부짖는 바람에 빙글빙글 돌았다. 이젠 내려와서 우리 머리를 쿵쿵 때리고, 길게 끌리는 허리띠로 우리를 채찍질하고, 지퍼와 단추로 우리 살갗을 뺐다.

우리는 몸을 굽히고 우리 사이에 보비 버넌을 놓고 끌면서 에스컬레이터로 질주했다. 떨어지는 잔해들을 이리저리 피하고, 발 사이에서 툭툭 불거지다 아예 떨어져 나와선 기둥과 벽에 맞고 산산조각나는 타일들을 피해 춤췄다. 옷들이 우릴 후려갈겼다. 연한 색 나일론 바지가 내 얼굴을 휘감고 딱 달라붙어 어찌나 강하게 조이는지 질식하는 줄 알았다. 나는 몸부림치며 벗어나선 우리 등 뒤에서 소용돌이치는 혼돈을 어깨 너머로 돌아봤다.

저 멀리서, 날뛰는 옷가지와 공중제비를 도는 가구들 너머의 컴컴하고 고요한 공간에서 네 발로 기며 날 따라오는 그림자가 보였다. 그게 막대기처럼 가느다란 팔을 들어 올렸다.

"루시….."

다음 순간 홀리와 나는 대리석을 손으로 짚고 뛰어넘어 두 에스컬레이터 사이의 매끄러운 금속 분리대로 몸을 날렸다. 버넌은 분리대에 어설피 착지하며 고통스레 소리를 질렀다. 홀리가 미끄덩하더니 철퍼덕 주저앉아 쭉 내려갔다. 버넌이 그 뒤를 따랐다. 나는 두 발로 버티다 마지막으로 미끄러졌다. 그러느라 몸을 똑바로 세우고 있었기에 아이크미어의 웅장한 로비에서 무슨 일이 벌어지는지 봤다.

저 아래서 빛이 우릴 반겼다. 이상하게 소용돌이치고 있었다. 가만 보니 대행사에서 쓰는 조명등 네 개가 허공에서 빙빙 돌며 내는 빛이었다.

그렇잖아도 다른 이들은 어디에 있는 건지 궁금했었다. 그중에서도 특히 록우드와 조지가 어디에 있나 싶었다. 멀리서 목소리가 들렸지만 우릴 구하러 오지 않았고, 나는 그 이유를 가늠할 수 없었다.

그리고 이젠 알았다.

소리정령과 놈의 기운은 홀리와 내가 도망 나온 매장들에만 국한

된 게 아니었다. 천만의 말씀이었다. 놈은 로비에서도 활개를 치는 중이었다. 여기저기에 진열장들이 널브러지고, 석고 기둥에는 옷걸이들이 박혀 있었다. 벽화는 망가졌다. 출입문에서 날아온 유리 파편들로 벌집이 됐다. 거대한 가짜 나무, 아이크미어가 그토록 자랑스러워하는 '가을 산보'는 에스컬레이터 아래 받침대에서 공중으로 올라가며 빙글빙글 돌고 있었고, 일일이 손으로 붙인 사랑스러운 휴지 이파리 수천 개는 소용돌이의 원심력에 뜯겨나가고 있었다. 로비 가운데서는 마룻장이 위로 또 밖으로 비틀리는 통에 못이 툭툭 부러지면서 널빤지들이 한 장 한 장 뜯겨 나와 망가진 벽을 난타하고 부서졌다. 마룻장 아래 흙이 공중으로 떠올라 소용돌이치며 빙빙 돌고 도는 조명등과 합류했다.

로비 전체를 통틀어 훼손되지 않은 곳이 딱 한 군데 있었다. 회전문 바로 앞 어설픈 반원 모양 공간이었다. 쇠사슬 방어진을 놓은 자리였는데, 추가적 안전을 위해 쇠사슬을 삼중으로 둘러뒀다. 그 경계선 안쪽 바닥엔 소금과 철가루, 라벤더 가지, 이런저런 사슬 등 보호력을 강화하려 필사적으로 내려놓은 방어구가 가득했다. 우릴 휘감은 심령의 허리케인이 이 피난처의 언저리를 쿵쿵 때리는 통에 경계가 자꾸만 흔들렸다. 하지만 쇠사슬 안쪽은 그저 잠잠하기만 했다.

그리고 거기 내 동료들이 서서 검을 내들고 소리치며 우리에게 손짓했다.

방어진 뒤쪽에서 회전문을 열린 상태로 고정하려 널빤지를 끼우고 있는 건 캣 고드윈과 플로 본스였다. 가운데에선 퀼 킵스가 레이피어로 라벤더 쿠션의 배를 갈라 충전재를 바닥에 뿌렸다. 그 앞, 쇠사슬 바로 앞에서 손짓하고 소리치고 우릴 재촉하는 건 록우드와 조지였다.

그들을 보자 가슴이 벅찼다. 나는 에스컬레이터 중앙분리대 끝까지 내려가 그 밑바닥에 널브러진 홀리와 보비 버넌을 뛰어넘은 뒤, 두 사람을 일으켜 세웠다. 똑바로 서는 데만 온 정신을 집중해야 할 정도로 바람이 거셌다. 종이 클립처럼 맥없이 비틀리고 구부러진 옷걸이가 저 위에서 에스컬레이터로 떨어져 한차례 경련하고 늘어지는 게 꼭 죽은 것 같았다.

"루시!" 조지였다. "제발, 얼른! 건물이 두 동강 나고 있어!"

조지는 이미 다 아는 얘길 또 하는 데 선수였다. 우리는 앞으로 나아가기 시작했다. 버넌이 푸르딩딩해 보였다. 홀리의 얼굴은 피투성이였다. 분리대에서 떨어지다 그랬는지 위층에서 공격당하다 그랬는지 알 수 없었다.

우리 앞 바닥에 생긴 구멍이 커지고 있었다. 바닥이 터지듯 갈라졌다. 흙이 얼굴에 튀었다. 나무토막 하나가 내 팔을 때렸다.

록우드가 레이피어를 내던지고 방어진에서 나왔다. 나는 그가 바람을 맞으며 비틀거리는 걸 봤다. 그의 외투가 위로 또 밖으로 부풀었다. 힘겹게 두 발로 선 그가 구멍 언저리에서 훌쩍 뛰더니, 어느새 우리 곁에 와 있었다. 예의 그 미소를 지으며.

록우드가 우리에게서 보비 버넌을 넘겨받아 부축했다. "잘했어." 그가 외쳤다. "내가 알아서 할게. 너흰 문으로 가. 최대한 빨리."

하지만 그게 말처럼 쉽지가 않았다. 바닥이 뜯겨나간 자리에 구멍이 뻥 뚫려 있었다. 쩍 벌어지는 입처럼 점점 커졌다. 쇠사슬 방어진 언저리를 끼고 뻗어나갔다. 심지어는 그 아래로도 밀고 들어갔다. 마룻널이 떨어져 나갔다. 이제 방어진 쇠사슬 일부가 그 구멍 위로 늘어져 있는 지경이 됐다.

록우드가 버넌의 팔을 잡고 몸을 힘껏 돌려 구멍 반대편으로 넘겼다. 쇠사슬 너머에서 킵스와 조지가 그를 낚아채 안전히 끌어당겼다. 다음은 홀리였다. 그녀는 제대로 서 있지도 못했다. 다시 록우드가 그녀를 훌쩍 넘겼다. 홀리는 반대편에 닿아 허우적거리다 하마터면 구멍에 빠질 뻔했다. 조지가 그녀를 붙잡았다. 그 너머에서는 킵스가 버넌을 회전문으로 밀어 넣고 있었다.

록우드가 날 돌아봤다. 바람의 분노가 배가됐다. 나무, 흙, 휴지 이파리, 천 조각. 우리는 소용돌이치는 잔해들의 폭풍우에 함께 삼켜졌다. "너뿐이야, 루스." 그가 외쳤다. 록우드의 눈이 반짝였다. 그가 손을 내밀었다….

그때 바닥이 파열했다. 보이지 않는 주먹이 내려치기라도 한 것처럼 마룻장들이 솟아올랐다. 나는 몸의 균형을 잃고 뒷걸음질했고, 내 아래서 바닥이 비스듬히 기울었다. 바람이 나를 붙들어 위로 또 멀리로 실어갔다…. 아니, 그리 멀리는 아니었다. 순간적으로 뭔가가 날 뒤로 당겨 세우는 것 같았다. 어깨에 멘 배낭이 부러진 마룻장에 걸린 거였다. 일순간 나는 바람 부는 돛대에 묶인 깃발처럼 속수무책으로 허공에 걸려 나부꼈다.

록우드가 소리를 지르며 내게 손을 뻗었다. 그의 파리한 얼굴이 보였다. 그의 손이 내 손을 찾았다.

다음 순간 록우드가 위로 붕 들리더니 내게서 뜯겨나갔다. 소리도 없이 날아가고 있었다. 나는 비명을 질렀지만 바람에 묻혀 안 들렸다. 뒤에서 뭔가가 찢기고 뜯기는가 싶더니 배낭끈이 떨어지고 나 역시 날아올랐다. 버려진 인형처럼 마구 내둘리다 뭔가 단단한 것과 강하게 충돌했다. 눈앞에서 빛이 번쩍였다. 목소리들이 내 이름을 불렀다. 삶에서, 사랑하는 모든 것들로부터 날 떼어났다. 다음 순간 나는 어둠 속으로 곤두박질쳤다. 정신과 육신 모두를 잃었다.

6

어둠 속 얼굴

23

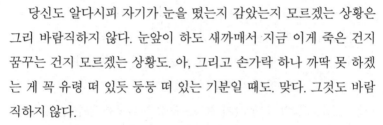

당신도 알다시피 자기가 눈을 떴는지 감았는지 모르겠는 상황은 그리 바람직하지 않다. 눈앞이 하도 새까매서 지금 이게 죽은 건지 꿈꾸는 건지 모르겠는 상황도. 아, 그리고 손가락 하나 까딱 못 하겠는 게 꼭 유령 떠 있듯 둥둥 떠 있는 기분일 때도. 맞다. 그것도 바람직하지 않다.

완전한 정적 또한 크게 도움이 안 되긴 마찬가지다.

나는 거기 누워 있었다. 한동안 모든 게 잠잠했다. 머릿속으론 여전히 과거에서 발버둥 치고 있었다. 유리 파편과 나뭇조각과 빙빙 도는 옷가지가 난장을 치는 폭풍우 속을 아직껏 달리는 중이었다…. 그러다 무슨 스위치가 젖혀지기라도 한 듯 갑자기 후각이 발동했다. 곰팡이와 흙, 비릿하게 톡 쏘는 피 냄새가 났다. 누군가가 그 모두를 콧속에 쑤셔 박기라도 한 것 같았다. 그 통에 재채기가 났고 재채기와 함께 통증이 작렬하며 어둠 속 이정표 노릇을 했다. 나는 대번에 내 육신이 어디 있는지 알게 됐다. 민망한 몰골로 뒤둥그러져선 거친 땅바닥에 퍼져 있었다. 모로 누운 자세였는데, 한 팔은 몸에 깔리고 다른 팔은 옛 그리스 냄비에 그려진 원반던지기 선수처럼 내뻗은 채였다. 머리는 몸보다 낮은 위치에 있는 듯했고 부드럽고 차가운 진흙에 처박힌 것도 같았다. 숨을 쉴 때마다 얼굴에서 움직이는 머리칼이 느껴졌다.

몸을 움직여 보려 했을 땐 다소 놀랍게도 팔다리가 크게 후끈거리는 통증 없이 반응했다. 온 삭신이 쑤셨으나—내 자체가 하나의 커다란 멍 덩어리 같았다—부러진 곳은 없는 듯했다. 나는 몸을 반은 굴리고 반은 미끄러트리며 돌아눕다가 정체 모를 물체에 부딪혀 움찔거렸다. 그리고 드디어 똑바로 누울 수 있게 됐다. 다리를 웅크려 안고 몸을 밀어 올려 어둠 속에 일어나 앉았다.

나는 머뭇거리는 손가락을 이마에 댔다. 머리칼 한 움큼이 떡 지고 끈적였는데 피 때문이지 싶었다. 머리에 심한 타격을 입은 터였다. 의식 없는 상태로 얼마나 오래 있었는지 알 수 없었다.

다음으로 나는 옆의 바닥을 더듬었다. 레이피어, 없다. 배낭, 없다. 해골, 그리고 놈의 오만 가지 불필요하고 부적절한 훈수들, 없다. 멍청하게도 난 뭐랄까, 놈이 그리웠다. 놈의 목소리가 있어야 할 머릿속 공간이 텅 비어버린 느낌이었다.

마음 한구석은 다시 몸을 웅크리고 잠으로 돌아가고 싶어 했다. 나는 멍하고 둔했으며, 내가 처한 곤경이 이상하게도 피부에 와닿질 않았다. 하지만 조사관 생활로 몸에 익은 것들이 이내 발동하기 시작했다. 천천히, 조심히 벨트로 손을 가져갔다.

벨트는 그대로 있었고 주머니들도 멀쩡히 차 있었다. 그러니까 아예 답 없는 지경은 아닌 셈이었다. 나는 뻣뻣한 몸을 움직여 책상다리를 했다. 그런 다음 산탄통과 끈 사이를 쭉 훑어 레이피어 고정줄 옆 조그만 방수 주머니를 쥐었다. 성냥 주머니였다. '늘 성냥을 소지하라.' 규칙 목록의 꽤 상위에 위치하는 원칙이다. 아마 7번 규칙인가 그럴 거다. 나라면 비스킷 규칙만큼 높이 치진 않겠지만, 그래도 확실히 10위 안에는 든다.

규칙 7의 2항은 두말할 것도 없이 성냥갑을 잘 채워두는 거다. 옛날에는 종종 까먹기도 했지만, 홀리가 디테일의 대가답게 늘 책임지고 꼭꼭 채워뒀다. 성냥갑을 꺼내는데, 안이 얼마나 빵빵한지 느껴졌고, 고마운 마음이 스쳤고, 그 마음은 곧장 죄책감으로 바뀌었다.

홀리….

우리의 말다툼이 떠올랐다. 내가 홀리를 얼마나 몰아세웠는지, 내 분노와 어리석음이 소리정령을 어떻게 깨우고 말았는지 생각했다. 그러자 무지근하고 메스꺼운 느낌이 들었다. 그녀가 구멍을 건너뛰던, 이윽고 록우드가 내게 손 내밀던 장면이 떠올랐다. 배 속 구토증이 해저의 해구처럼 깊어졌다.

소리정령이 그를 잡아 던졌었다.

록우드는 괜찮을까? 살아 있기는 할까?

나는 자기 연민이 서린 흐느낌을 뱉었다가 얼른 다시 삼켰다. 그 허허로운 울림이 마음에 안 들었다. 그 소리에 살갗이 깔끄러운 것도 싫었다. 감정을 더는 드러내지 마라! 내가 가 닿는 곳이 어디든, 한 가지 사실은 변하지 않았다. 나는 혼자가 아니라는 것.

존재들이 지켜봤다. 아이크미어에서 감지한 것과 같은 존재들이었다. 하지만 이젠 더 가까웠다. 더 가깝고 강했다. 그리고 또한 그 속 사납고 왕왕거리는 감각이 —느낌상 아주 근처의 어딘가에— 있었다. 퀸잘 그린에서 파냈던 그 혐오스런 뼈 거울을 떠올리게 만들었던 그것이….

나는 눈을 비볐다. 정말 한 치 앞도 알기 힘들었다. 머리가 빙빙 돌았다.

첫 번째 성냥을 켰다. 어둠 속에서 눈물방울 같은 빛이 위로 부풀며 내 흙투성이 손의 윤곽을 비췄다. 나는 성냥 주머니에서 조그만 양초 두 개를 꺼냈다. 둘 다 짜리몽땅하고 하얬다. 하나를 바닥에 조심스레 내려놓고 다른 하나에 불을 붙였다. 비스듬히 쥐고 기다리자 불꽃이 일고 주변이 점점 밝아지며 앞을 볼 수 있게 됐다.

나는 단단히 다져진 검은 흙 위에 앉아 있었다. 바닥은 돌 조각 천지였다. 내 옆과 뒤, 그러니까 내가 누워 있던 자리엔 돌과 흙이 더미로 쌓여 있고 여기저기서 삐죽한 나뭇조각들이 보였다. 가짜 나무에서 떨어져 나온 휴지 이파리가 사방에 흩어져 피처럼 붉게 반짝이고, 속이 터진 라벤더 쿠션과 처량히 찢긴 옷가지들─셔츠와 원피스, 배배 꼬인 속옷들까지─이 나와 함께 구멍으로 빨려 들어와 있었다.

저 위는 들쭉날쭉하게 째진 암흑이었다. 땅이 지그재그로 갈라지다 솟아 백화점을 뚫고 나간 건지, 아님 백화점 측면이 꺼지며 날 산 채로 묻은 건지 알 수 없었다. 촛불이 거기까진 못 보여줬다.

촛불이 보여주는 건 깎아 만든 잿빛 돌들의 벽이었다. 그 벽들이 앞으로 쭉 뻗어나가고, 머리 위에선 허접한 아치 모양을 그리는 걸 나는 봤다기보다는 느꼈다. 내가 있는 곳은 사람의 손으로 만든 방, 오래되고 규모를 알 수 없는 공간이었다. 나는 그곳의 정체를 대번에 알았다.

감옥이었다. 악명 높았던 왕립 감옥. 조지가 옳았다. 언제나처럼. 감옥의 일부가 땅속에 그대로 남아 있었고, 맹렬히 날뛰던 소리정령이 감옥으로 통하는 길을 뚫어준 셈이었다.

어찌 보면 내가 놈에게 신세를 진 것이기도 했다. 여기가 첼시 사태의 중심이니까. 출처니까. 소리정령과 바닥을 기는 형상, 그 모두의.

말이 나와서 말인데, 내가 앉은 자리에서 1미터도 안 되는 곳에 뼈만 남은 두 팔을 길게 뻗고 두개골은 흙더미에서 보일 듯 말 듯 튀어나온 인간의 유해가 놓여 있었다. 순간적으로 내가 아까 떨어지면서 죽였나 보다 했다가, 그게 얼마나 터무니없는 생각인지 깨달았다.

나는 유골을 쳐다봤다. "안녕. 미안."

유골은 말이 없었다.

무례하고 싶어서 무례한 것도 아닐 테지. 나는 후들거리는 다리로 자리에서 일어났다. 양초에서 나는 연기에 코를 씰룩거리며 앞으로 몇 걸음 나아갔다.

사방이 돌이었다. 거칠거칠하고 눅눅한 표면이 흰 곰팡으로 반짝였다. 벽이 안으로 조여들었다. 나는 어떤 중심으로 끌려가는 듯한, 피할 수 없는 운명에 한 걸음 한 걸음 다가가는 듯한 느낌을 받았다. 그게 그리 기분 좋진 않았다. 특히 눈앞이 여전히 빙빙 도는 상태로는. 나는 벽에 몸을 기대고 숨을 돌렸다.

움푹 팬 돌에 머리를 댔다. 그와 동시에 과거로부터의 감각들이 튀어나왔다. 목소리들이 외치고 울고 도움을 간청했다. 통로는 몸들로 가득했다. 나를 밀고 지나가고, 뚫고 지나가고, 밀치고, 저주했다. 나를 둘러싼 사방에서 절망과 공포의 악취가 진동했다. 나는 시달리고, 꼬집히고, 이리저리 휘둘려 통로 가운데로 밀려갔다….

침묵 속에 홀로 서 있는 곳. 손에 쥔 초가 낮게 타올랐다. 내 민감성은 시시각각 강해졌다. 잠시 쉬는 것조차 불가능했다.

나는 벽을 응시했다. 바닥부터 천장까지 희미하게 긁힌 자국들이 빼곡했다. 문자와 머리글자, 그리고 로마 숫자들. 여기서 살다 죽어간 죄수들의 흔적….

"루시…."

어둠 속에서, 저 앞 어딘가에서 들리는 저 목소리는!

나는 소리 죽여 욕을 뱉었다. 놈이 눈치를 챘다. 뭐, 기왕 이렇게 된 거 놈까지 한번에 끝장을 보는 게 차라리 나을 수도. "좋아." 내가 말했다. "안달 말고 있으라고. 내가 갈 테니."

나는 병자처럼 발을 끌며 촛불을 들어 위를 확인하고 다시 아래로 내려 울퉁불퉁한 땅을 살피며 통로를 따라 걸었다. 벽은 다시 건드리지 않게 조심했다. 돌 틈에서 흰 뿌리들이 튀어나오고, 벽면이 습기로 반짝였다. 발밑에 물웅덩이가 나타났다. 얕게 고인 물을 튀기며 몇 걸음 가니 바닥이 높아졌고, 나는 다시 단단한 바위 위를 걷게 됐다.

교차로가 나왔다. 내가 선 통로에서 다른 통로 두 개가 좌우로 뻗어나갔다. 내 왼쪽 통로는 녹슬고 뒤틀리고 세월에 거뭇해진 철창에 곧장 가로막혔다. 내 오른쪽에선 계단이 촛불을 반사하며 시꺼멓고 악취가 진동하는 수면 아래로 사라졌다. 나는 두 갓길을 모두 무시한 채 곧장 걸었고, 더미로 쌓인 나뭇조각들을 넘어 이내 더 넓은 공간으로 들어섰다.

앞에서 누군가가 속삭이고 있었다. 초를 들어 올리자 속삭임이 뚝 끊겼다.

"수줍어하지 마." 내가 말했다. "얘기해."

나는 웃었다. 놈들은 수줍었다. 무척 조용했다. 눈앞에서 바닥이 다시 기울었다. 머리가 아프고, 잠시 시야가 흐려졌다. 이윽고 다시 맑아졌고, 나는 지금껏 내내 속삭이던 게 누구였는지 제대로 보게 됐다. 그들은 내 바로 앞에 있었다. 방 언저리에 무더기로 쌓여 있었다. 통로에서 철벅대고 온 뒤라 머리에 물이 찬 건지 몰라도 내 눈엔 그들이 홍수와 폭풍우 철이 지나간 강둑에 쌓인 유목과 다르지 않아 보였다. 나무들이 벌거벗겨져 있었다. 삐죽삐죽하고 흰 잔가지와 굵은 가지들이 부러지고 뒤엉켜 모로 누워 있었다.

다만 진짜 나무가 아닐 뿐이었다. 당연한 얘기지만 그건 해골들이었다.

아직 천 조각이 들러붙어 있는 것도 있었으나 대부분은 둥글고 뾰족한 뼈들뿐이었다. 어느 거인의 수첩에서 뼈 모양 아포스트로피와 쉼표, 느낌표를 왕창 털어내 문법 따위 무시한 채 엉망으로 쌓아 놓은 것도 같았다. 두개골이 보였다. 치아가 번뜩이는 하악골이, 조그만 뼈 대부분이 이미 사라졌거나 덜렁덜렁 붙어 있는 손과 발의 험한 잔해들이 보였다. 갈비뼈들은 해안의 풀 무더기 혹은 인적 없는 역 밖의 망가진 자전거 보관대처럼 뾰족뾰족 솟아 있었다. 뼈가 허벅지 높이로 쌓인 곳들도 있었다. 방은 커다란 직사각형이었고, 뼈들은 벽 가까이에 모여 있었다. 반대쪽 벽 한 곳만 예외였는데, 단조로운 잿빛 면이 또 다른 출구를 암시했다.

나는 방 가운데로 천천히 걸었다. 한 손을 둥글게 말아 양초의 밝은 빛을 가렸다. 다른 무엇보다도 예의를 지킨다는 의미가 컸다. 뼈가 정말 많았다….

그리고 뼈의 주인들 모두가 거기 있었다.

어마어마한 수의 흰 형체들이 뼈들의 유목 위를 맴돌고 있었다. 그들 자체가 촛불과 아주 닮았다. 무척 잠잠하고 희미한, 눈물방울을 거꾸로 뒤집은 모양에다 자기 특유의 빛으로 반짝이는 그들은 원래 눈이 있어야 할 자리에 검고 둥근 구멍뿐이란 사실을 빼면 딱히 정의할 말이 없었다. 그들이 거기 둥둥 떠서 나를 가만히 봤다. 내가 그들의 방 가운데에 서면서는 나를 살피는 눈길들이 정통으로 느껴졌고, 그와 함께 수백 년 묵은 고통과 증오가 전해졌다.

"괜찮아." 나는 그들에게 말했다. "이해해."

조지에게 들은 이 감옥의 역사가 어땠던가? 그 끝은 감옥이라기보다 병원에 가까웠다고 했다. 이곳 최후의 거주자는 나환자와 다른 끔찍한 질병에 시달리는 이들이었다. 아무도 여길 찾지 않았고 모두가 경멸했다. 결국 튜더왕조가 그들을 몰아내고 감옥을 헐었다.

그들을 몰아냈다….

나는 방을 빙 두른 유골들을 봤다.

실은 그런 수고조차 안 했던 거다. 안 그런가? 애초에 그들을 몰아낸 적이 없었던 거다. 그냥 땅속에 가두고 봉인해 버린 거다. 감옥 담장들로 덮어버린 거다. 그들이 어둠 속에서 죽어가게 버려둔 거다.

그러는 편이 더 간단했다. 깔끔했다. 몇몇 문제가 대번에 해결됐다. 그들은 범죄자고 감염자였다. 그런 그들을 누가 신경이나 쓰겠는가?

이 작은 방이 그처럼 엄청난 에너지와 분노의 출처라는 사실이 이상할 게 있나?

"이해해." 나는 다시 말했다.

형체들이 깜빡이고, 그들의 검은 눈구멍은 내게 붙박인 채 깜빡일 줄 몰랐다. 나는 내가 느끼는 연민의 기운을 최대한 발산했다. 그들이 그 감정을 이해할지, 혹 이해한다 해도 그처럼 오랜 세월 묻히고 잊힌 마당에 흔쾌히 받아들일 수나 있을지 알 수 없었다. 정말 수백 년의 시간 동안 아무도 그들의 존재를 알아주지 않았는데….

뭐, 그들이 어떤 입장을 취하든 나는 비난하지 않을 테니까. 그렇게 생각하며 고개를 숙이고 죽어가는 촛불 너머를 보는데 바닥의 뭔가가 눈길을 끌었다. 웅크리고 앉았다가 역시나 한번 비틀거리고(바닥이 빙글빙글 도는 것만 좀 멈춰도 좋을 텐데!) 가만히 노려봤다. 그게 뭔지 깨닫기까지 잠시 시간이 걸렸다. 그리고 알게 됐다. 이 방의 가장 큰 미스터리는 유골이 아니란 걸.

조금 전 지나온 통로와 달리 내가 웅크린 널돌엔 먼지가 없었다. 벽면 부근의 유골과 그 주위엔 저토록 두텁게 내려앉아 있는데. 내 왼쪽 신발에서 그리 멀지 않은 널돌에 뭔가가 놓여 있었다. 원통 모양 조각에다 허연 동시에 누렇다. 처음엔 뼛조각인 줄 알았다. 하지만 초를 가까이 가져가고서야 진실을 알게 됐다. 담배꽁초였다.

현대식 담배꽁초….

나는 눈살을 찌푸리며 가만히 봤다. 머리가 욱신거렸다. 이게 다 뭔지 이해하려 해봤다.

주변에서 움직임이 느껴졌다. 고개를 드니 둥근 고리처럼 나를 에워싼 새하얀 형상들이 안으로 좁혀 들어오고 있었다. 조급한 마음에 내가 손을 들었다.

"알았어, 알았다고. 잠시만 시간을 줘. 방금 뭘 발견해서 그래."

나는 자리에서 일어났다. 아닌 게 아니라, 방의 중심부가 눈에 띄게 깨끗했다. 뼈도 먼지도 모종의 잔해도 전혀 없었다. 모든 걸 벽 쪽으로 쓰레질이라도 해놓은 것처럼. 살림에 진심인 누군가가 있나 봐. 홀리 먼로가 했다고 해도 믿겠네.

그 생각에 나는 키득거렸고, 그 키득거림에 정신이 번쩍 들었다. 계속 죄어드는 형체들을 향해 인상을 썼다. "내게 공간을 좀 달라고. 집중을 못 하겠잖아. 조금만 뒤로 가. 부탁이야." 나는 방 가운데로 돌아갔다. 잠시 몸을 추스른 뒤—눈앞의 모든 게 흔들거렸다—상체를 굽히고 널돌들을 쏘아봤다. 긁힌 자국들이 있고, 촛농이 튄 것 같은 흔적들도 여기저기 있었다. 그중 하나를 만져보려 손가락을 내밀다가 엎어질 뻔했다.

"이제 슬슬 짜증이 나려는 참이거든." 빛나는 형체들이 더 가까이 흘러와 있었고 뼈 무더기 위를 더는 맴돌고 있지도 않았다. 이젠 청소된 구역의 언저리를 빙 두르고 있는 형국이었다. 그들의 관심에 깃든 위력이, 내게 향하는 분노가 느껴졌다. "원래 난 너희랑 얘기하면 안 돼." 내가 말했다. "그리고 정말로 얘기 안 할 거야. 당장 물러나지 않으면. 어서!" 형체들이 물러섰다. "좀 낫네. 여기서 뭘 하고 있었던 거야? 밀랍이랑 이런 걸 가지고? 이 둥글게 긁힌 자국은 뭔데? 여기 이 검게 탄 흔적은 또 뭐고? 바로 가운데에. 장난이라도 친 거야? 어디다 불이라도 낳어?"

형체들은 말이 없었지만, 거기서 벌어진 참극의 메아리가 그들 뒤에서 검게 솟아올랐다. 우리 위로 차오르고 사막 마을을 완전히 끝장내려는 모래 폭풍처럼 무시무시하게 소용돌이쳤다.

"다들 내가 제대로 묻어줄게." 내가 말했다. "관이랑 의식이랑 다 갖춰서. 소각장으로 가는 일은 없을 거야. 걱정 마. 내가 록우드한테 잘 얘기할 테니까. 너희 같은 부류의 문제에 있어선 걔가 좀 까칠하지만, 내가 바꿀 수 있어. 걱정 마. 록우드가 다 해결해 줄 거야…."

적어도 그가 무사히 살아 있기만 하면.

아닐 거란 생각이 엄습했다. 단순한 생각이 아닌 확신이었다. 나는 뭘 하고 있나? 지금 이게 다 뭔가. 유령이랑 대화? 록우드가 폭풍우 속으로 사라진 마당에? 고통이 덮쳐왔다. 머리가 쿵쿵거렸다. 다리가 후들거렸다.

아까 거기 있는 걸까? 돌무더기 아래? 어쩜 그럴 수도! 그게 아님 이미 오래전에 날 찾으러 왔을 텐데. 내 공포가 엄청나게 거대한 물결로 부풀어 방 언저리에 부딪치고 철썩였다. 형체들이 한꺼번에 다시 속삭이기 시작했다.

"큰 소리로 얘기해야 할 거야." 내가 신경질적으로 말했다. "안락의자 노인한테도 얘기했듯, 이건 너희한테 좋은 기회라고! 나 같은 사람이 그렇게 자주 오는 게 아냐. 큰 목소리로 똑똑히 말해…."

나는 그제야 초가 거의 다 타버렸다는 걸 알았다.

괜찮다. 주머니에 한 개 더 있었다. … 그게, 실은 아니었다. 어딘가에서, 아마도 아까 추락하면서 잃어버렸나 보다. 아니다. 바닥에 얌전히 내려놨었지. 나는 내 멍청함에 눈을 흡떴다.

괜찮다. 돌아가서 되찾으면 된다.

몸을 돌리니 형체들이 길을 막고 있었다.

"지금은," 내가 말했다. "날 그냥 좀, 아오!" 촛농이 손가락을 태웠다. 양초가 너무 작아서 기름 녹은 게 넘치고 있었다. 나는 발 사이 바닥에 초를 놓고 성냥갑에 손을 뻗었다. 성냥을 하나 더 켜면서 불붙일 뭔가가 있나 주변을 둘러봤다. 유령들한테 초가 있을지도 몰랐다. 최근에도 쓰고 있었던 게 분명하니.

"뒤로 좀 가볼래, 다들? 볼 수가 없잖아. 너희가, 이봐!" 형체 하나가 앞으로 스윽 나왔다. 전보다 결연히. 반짝이는 몸속 파리한 갈비뼈와 내뻗은 팔이 언뜻 보였다. 눈에선 검은 불꽃이 타올랐다. 다음 순간 나는 벨트에서 통을 뽑아 뚜껑을 뜯고는 소금으로 바닥에 호를 그렸고, 그게 에메랄드빛으로 활활 타오르며 형체의 접근을 막았다. 어찌나 쏜살같고 반사적으로 저질러버렸는지. 대행사에 있으면서 몸에 익은 습관이 발동한 결과였다.

"미안! 난 너희들 편이야. 너흰 그냥 뒤로 물러나 주기만 하면 돼. 그게 다야."

형체들 사이에서 한차례 불안의 물결이 일었다. 그들의 빛이 어두워지고, 윤곽이 점차 커지면서 각지고 삐죽빼죽해지는 듯했다. 나는 욕을 중얼거리며 성냥을 내던지고 벌벌 떨리는 손으로 다른 성냥을 켰다. 발치의 초는 거의 꺼졌다. 방의 빛이 어둑해지고 있었다. 나는 낮춰 든 성냥의 둥근 빛 너머로 날 에워싼 유령들을 노려봤다.

"도대체 뭐가 문제야?" 내가 으르렁거렸다. "돕고 싶어서 그러는 건데, 왜 너흰 매번 날 죽이려 드는 거냐고…."

소금이 다시 튀었다. 연녹색 불꽃의 호가 타올랐다. 형체들이 한 번 더 물러섰고 자기들끼리 슬프게 속삭였다. 내 안의 공포가 커져갔다. 상황이 안 좋았다. 유령들을 제어할 수 없었다. 개별적으로는 약한 놈들이고 내 의지대로 움직여 볼 수도 있었다. 하지만 집단으로는 불가능했다. 그들의 분노가 너무도 강력했다.

내 수중에 뭐가 남았지? 소금 약간, 철은 거의 없다. 아이크미어에서 다 써버렸다. 그리고 마그네슘 화염 한 개. 나는 벨트를 더듬거렸고, 그러다 성냥을 떨어트렸다. 양초가 내는 최후의 빛에 의지해 성냥갑으로 손을 뻗었으나 손가락이 너무 떨렸다. 성냥갑에서 성냥들이 속절없이 쏟아졌다. 나는 소리를 지르며 다시 집으려 몸을 숙였다. 그리고 유령들이 우 하고 몰려오는 걸 봤다.

바로 그 순간, 촛불이 드디어 마음을 먹은 듯 꺼졌다.

24

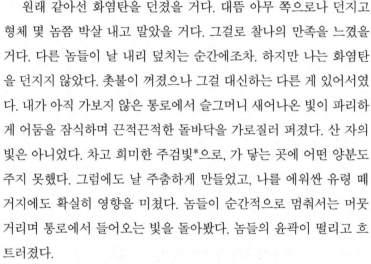

원래 같아선 화염탄을 던졌을 거다. 대뜸 아무 쪽으로나 던지고
형체 몇 놈쯤 박살 내고 말았을 거다. 그걸로 찰나의 만족을 느꼈을
거다. 다른 놈들이 날 내리 덮치는 순간에조차. 하지만 나는 화염탄
을 던지지 않았다. 촛불이 꺼졌으나 그걸 대신하는 다른 게 있어서였
다. 내가 아직 가보지 않은 통로에서 슬그머니 새어나온 빛이 파리하
게 어둠을 잠식하며 끈적끈적한 돌바닥을 가로질러 퍼졌다. 산 자의
빛은 아니었다. 차고 희미한 주검빛*으로, 가 닿는 곳에 어떤 양분도
주지 못했다. 그럼에도 날 주춤하게 만들었고, 나를 에워싼 유령 떼
거지에도 확실히 영향을 미쳤다. 놈들이 순간적으로 멈춰서는 머뭇
거리며 통로에서 들어오는 빛을 돌아봤다. 놈들의 윤곽이 떨리고 흐
트러졌다.

빛이 방 안에 퍼졌다. 무더기로 뒤엉킨 뼈 사이로 우유처럼 쏟아
졌다. 내 귀에 피가 몰리고 고동쳤다. 공기 질이 변해 있었다. 유령들
이 움츠러들며 벽으로 물러나기 시작했다.

통로가 일그러지는 듯했다. 벽이 휘고 펄럭이는 듯했다. 찬바람이
내게로 불며 아이크미어에서 들었던 나직하고 건조한 목소리를 실어

왔다.

그게 내 이름을 불렀다.

유령들이 가라앉았다. 뒤엉킨 뼈 무더기로 흘러내려 사라졌다.

나는 기다렸다. 화염탄을 부둥켜 잡고.

어둠으로부터, 거길 지나는 다른빛에도 전혀 훼손되지 않는 어둠의 한복판에서 형상이 나오고 통로를 기어 내게 향했다.

저 위 백화점 같았으면 도망쳤을 텐데, 이젠 도망칠 데도 없었다.

화염탄을 쥔 손에서 힘이 빠졌다. 그걸 쥐고 있다 한들 아무 희망도 기대도 없었다. 나는 이 환영이 첼시 창궐의 진짜 중심에서 나왔단 걸 알고 있었다. 놈의 앞에서 그 무시무시한 기운의 소리정령조차 별거 아니고, 해골에 매여 지껄이는 죄수 유령들은 정말 아무것도 아니었다. 내 손의 화염탄도 나름 강하다지만, 내 앞의 저건 더 센 놈일 가능성이 있었다.

찬바람이 잦아들었다. 나는 침묵의 구 한가운데 서 있었다. 형상이 방에 들어섰고 놈과 나 사이엔 아무것도 없었다.

엘리베이터 근처에서 봤을 때처럼 놈은 어색하게 바닥을 기었다. 몸을 흔들흔들 튕기고 꺾었다. 관절이 기형이거나, 혹은 거꾸로 끼워지기라도 한 것처럼. 고개는 숙인 채였다. 긴 머리칼—머리칼이 틀림없겠다고 생각은 했다. 정말 기묘하게 출렁이고 말리긴 했지만—이 앞으로 온통 흘러내려 얼굴을 가리고 있었다. 하지만 그 얼굴이 얼마나 보기 괴로울 정도로 홀쭉한지, 시커먼 살가죽이 얼마나 바싹 오그라붙었는지는 볼 수 있었다. DEPRAC가 박물관을 죄다 폐쇄하기 전 그곳에 있었던 미라들처럼. 살가죽은 질기고 건조하고 생기 없어 보였다. 널돌에서 손톱이 타닥거리고, 팔을 저을 때마다 거죽이 찢어질 듯 늘어났다가 너무도 깊이 주름지는 모양새가 꼭 반으로 쪼개지는 것 같았다.

놈의 앞엔 거미 선발대가 있었다. 번들번들하게 검은 것들이 종종 거렸다.

형상이 가까이 다가왔고, 단 한 번의 불가사의하고 부드러운 움직임으로 몸을 일으켰다. 이제 놈은 뒷다리를 질질 끌며 전진했고 두 팔을 비틀고 꺾었다. 아직도 땅을 밀고 있는 양. 얼굴은 안 보였으나 소용돌이치는 머리털 아래서 이빨이 번쩍였다. 놈의 윤곽은 흐릿하고, 섬유질 같은 가닥들이 미완성 깔개나 카펫의 가장자리처럼 보풀보풀했다. 내가 지켜보는 사이, 이 섬유질들이 가라앉았다. 형상이 더 탄탄해지고, 윤곽이 보다 선명해졌다. 놈이 부풀고 변하면서 나는 정확히 그 반대의 감각을 느꼈다. 풀무를 내게 대고 손잡이를 당기는, 혹은 내 아래 해치를 돌려 연 것만 같았다. 온몸의 힘이 쫙 빨려나가는 게 느껴졌다. 콸콸 흘러나가는 게 느껴졌다.

머리가 빙빙 돌았다. 모든 게 검어졌다. 나는 눈을 감았다.

"루시."

눈을 다시 떴다.

나는 여전히 두 발로 서 있었다. 모두에게서 잊힌 그 공간에 그대로. 다른빛은 오간 데 없고 내 앞 어둠에 다른 형상이 서 있었다. 나는 눈을 찡그리고 가만히 봤다.

"루시."

그 순간 기쁨으로 다리가 후들거렸다. 나는 알았으니까! 그 목소리를 알았으니까. 가장 간절히 듣고 싶었던 바로 그 목소리였다. 안도감으로 녹아내릴 것만 같았다. 속에서 심장이 폴짝폴짝 뛰었다. 나는 아직껏 화염탄을 부여잡고 있었다. 손을 내리고 비틀비틀 앞으로 걸었다.

"록우드, 정말 다행이다!"

내가 어쩜 이렇게 멍청할 수가 있지? 그를 바로 알아보지도 못하고? 처음엔 형상이 너무 검고 이상하게 비현실적이었다. 하지만 이제 보였다. 호리호리하고 높이 올라붙은 어깨가, 목덜미의 곡선이, 눈에 익게 부한 머리칼이….

"날 어떻게 찾았어?" 내가 외쳤다. "그럴 줄 알았어! 네가 올 줄 알았어…."

"아, 루시…. 나야 무슨 일이 있어도 네게 가지."

얼굴 윤곽으로 봐선 미소를 짓고 있는 게 분명한데, 목소리가 너무도 슬퍼서 나는 우뚝 멈춰 섰다.

그를 골똘히 봤다. 어둠을 뚫으려 안간힘을 쓰며. "록우드? 왜 그래? 무슨 일이야?"

"무슨 일이 있어도 널 버려두지 않아. 살아서도, 죽어서도…."

뱃속에 차디찬 통로가 뻥 뚫렸다. 우물이었다. 끝도 없고 검은.

"뭐…? 무슨 소릴 하는 거야? 그게 무슨 말인데?"

"겁내지 마. 난 널 못 해쳐."

"이제 진짜로 겁나기 시작했거든. 닥쳐." 이해할 수 없었다. 그러는 와중에도 억장이 무너졌다. 말이 안 나왔다. 혀가 입천장에 완전히 들러붙은 것 같았다. "닥쳐…."

형상은 그림자 속에 서 있었다. 더는 아무 말 없이.

"가까이 와봐." 내가 말했다. "밝은 데로 나와봐."

"안 그러는 게 좋아, 루시."

그제야 그의 몸체가 얼마나 약하고 흐릿한지가 눈에 들어왔다. 머리와 몸통은 견고해 보였으나, 다리는 투명한 천처럼 희미하고 아래로 갈수록 가늘어지다 결국 사라졌다. 그는 바닥에 깔린 널돌 위에 붕 떠 있었다.

다리에서 힘이 빠졌다. 나는 털썩 무릎을 꿇었다. 화염탄이 바닥을 때렸다.

"오, 안 돼." 내가 속삭였다. "록우드, 안 돼….."

목소리가 침착하고 차분하게 말했다. "미안해할 것 없어."

나는 두 손을 철썩 얼굴에 붙였다. 차마 떼지 못하고 두 눈을 가렸다.

"네 잘못이 아냐." 목소리가 말했다.

하지만 그랬다. 나는 알고 있었다. 손가락을 오므리고 손톱을 살갗에 꽂아 갈퀴질했다. 이상하고 끔찍한 울음소리를 들었다. 절박하고 상처 입은 짐승이 우는 듯한. 정신을 차려보니 그건 나였다.

아무 생각이 안 들었다. 이미지들뿐이었다. 덤벼드는 엑토플라즘 촉수를 피해 다락 저편에서 사슬망을 던지던 록우드가 떠올랐다. 나와 창문 속 베일 쓴 여자 사이에 뛰어들던 그가, 축제 차량 위를 달리고 괴한의 총알을 피하던 그가, 윈터가든 저택에서는 계단통으로 몸을 날려 사악한 유령을 제압하고 내 목숨을 구하던 그가 떠올랐다.

내 목숨을 '또다시' 구하던 그가….

나는 또한 록우드의 누나 방에서 봤던 사진을 떠올렸다. 조급함에 흐릿하게 찍혔던 그 아이를 떠올렸다.

나는 앞뒤로 몸을 흔들었다. 손에 눈물이 고였다. 쓰러지듯 몸을 옹송그렸다. 말이 안 됐다. 그럴 리 없었다. 이 중 어떤 것도 사실이 아니었다.

"루시." 나는 손을 내렸다. 형상이 안 보였다. 눈에서 눈물이 쏟아져서. 하지만 들을 순 있었다. 그는 말하고 있고. 언제나처럼 명확하고 차분하게. "널 괴롭히려고 온 게 아냐. 작별 인사를 하러 왔어."

나는 고개를 가로저었다. 얼굴이 축축했다. "아냐! 어떻게 된 일인지 말해."

"떨어졌어. 죽었어. 그걸론 부족해?"

"오, 맙소사…. 날 구하려다…."

"어차피 언젠가는 벌어질 일이었어." 형상이 말했다. "너도 마음속으론 알고 있었잖아. 내 운도 영원히 계속되진 않으리란 거. 하지만 난 내 선택에 만족해, 루시. 넌 죄책감 가질 필요 전혀 없어. 그리고 네가 무사해서 기뻐. 무사해서." 목소리가 건조하게 덧붙였다. "거의 멀쩡히."

나는 그 말에 통곡했다. "제발. 차라리 네가 무사할 수 있다면 난 뭐든 했을 거야…."

"알아. 그랬으리란 거." 난 다시 알 수 있었다. 저 어둠 속 어딘가에서 그가 슬프고도 슬픈 미소를 짓고 있단 걸. "알아. 그럼…." 형상이 뒷걸음하는 듯했다. "너무 오래 있었어."

"아냐! 널 봐야겠어…." 내가 말했다. "제발. 어둠 속에서 말고. 이런 식으로 말고."

"못 해. 널 괴롭게 할 거야."

"제발, 보게 해줘."

"그래, 그럼." 형상 주변에서 연파랑 불꽃이 폭발했다. 액체 유리만큼이나 은은한 불꽃이 천장에 웅덩이지듯 반사됐다. 그리고 그가 보였다.

가슴 가운데 크게 벌어진 피투성이 상처가 보였다. 가슴을 뚫고 들어간 뭔가의 힘으로 셔츠가 찢어발겨져 있었다. 양옆에서 외투의 너덜너덜한 잔해가 덜렁거렸는데, 외투 밑부분은 환영의 나머지와 마찬가지로 희미해지다 없어졌다.

나는 록우드의 갸름하고 파리한 얼굴을 봤다. 뒤틀리고 끔찍했다. 멍한 눈에서 체념이 읽혔다. 그러면서도 내게 미소를 지었다. 그 미소에 깃든 다정함과 슬픔이 눈앞의 장면을 상상조차 못 할 만큼 끔찍한 것으로 만들었다.

시야 언저리에서 암흑이 폭발했다. 나는 기절할 것 같았다. 그 대신 휘청휘청 자리에서 일어나 비틀거리며 록우드에게 다가갔다. 두 손을 뻗은 채. 그러는데 그가 통로 저쪽을 돌아보느라 불쑥 피투성이 고개를 돌렸고, 그 순간 나는 봤다. 그건 단단한 머리가 아니라 속이 완전히 빈 가면일 뿐이란 걸. 윤곽 속 휑한 자리엔 가닥가닥 일렁이는 그림자가 가득하단 걸.

얼굴이 날 봤다. "루시, 나 이제 가야 해. 날 기억해 줘."

정면에서 보면 완벽했다. 피부의 모공, 매번 눈에 띄던 목 옆 작은 점. 머리칼, 턱, 셔츠와 외투의 구겨진 부분까지. 모든 게 똑같았다. 하지만 옆과 뒤에선…. 내 눈에 그건 단순히 머리가 아니라 속을 몽땅 파내버린 육신 그 자체, 껍데기뿐인 종이 반죽 같았다.

"잠깐, 록우드…. 이해가 안 돼. 네 머리가…."

"가야 해." 형상이 한 번 더 뒤를 봤다. 뭔가에 정신이 흐트러진 양. 그리고 나는 틀리지 않았다. 비어 있었다. 가면 바깥쪽엔 두껍고 검은 섬유질이 주렁주렁 달려 있었다. 미완의 양탄자 가장자리처럼. 그 안은 얽히고설킨 가닥들의 망이었다. 복잡하고도 혼란스레 직조돼 있었다. 바깥의 막에 맞춰 단단히 쳐둔 거대한 잿빛 거미줄 같았다. 나는 록우드의 얼굴을 아래서부터 위로 뜯어봤다. 광대뼈의 곡선, 콧등의 움푹한 부분.

입과 눈이 있어야 할 곳에 휑한 구멍이 있었다.

이제 그것이 나를 다시 마주 봤다. 입이 슬프게 웃었다. 눈은 지혜와 아득한 곳의 지식으로 반짝였다. "루시…."

저 가닥들…. 나는 몸을 꺾고 기던 그것을 떠올렸다.

머리가 맑아졌다. 나는 비틀거리며 물러났다. 혐오와 안도로 가득 찼다.

"네가 뭔지 알아!" 내가 외쳤다. "넌 록우드가 아냐!"

"난 다가올 미래야."

"넌 생령이야! 사기꾼이라고! 내 생각을 흡수한!" 화염탄! 어디 갔지? 컴컴해서 안 보였다.

"난 네게 미래를 보여주는 거야. 너 때문에 결국 현실이 될 미래."

"아냐! 아냐, 안 믿어."

"네가 보는 게 반드시 과거의 것만은 아냐. 때론 앞으로 벌어질 일이기도 해."

파리하고 파리한 얼굴에서 파리한 미소가 반짝였다. 놈이 날 다정하고 사랑스럽게 쳐다봤다.

다음 순간 검 끝이 놈을 뚫고 나왔다.

머리 가죽과 머리칼을 거쳐 코의 한가운데를 지나고 입과 턱을 갈랐다. 가슴 중앙으로 내려갔다. 모든 게 순식간이었다. 놈의 몸뚱이는 한낱 공기주머니처럼 검날에 아무 저항도 하지 않았다.

록우드의 머리와 몸이 양옆으로 갈라지며 반짝이는 은제 검 끝에 두 동강 났다. 껍데기뿐인 얼굴의 윤곽 뒤 빈 공간에서 검은 가닥들이 빠져나와 부유했다. 배배 꼬이는 검은 주스가 물속에서 공중제비라도 도는 것 같았다. 몸뚱이가 서서히 사라졌다. 실 같은 플라스마로 분해돼 소용돌이치며 증기로 변하더니 자취를 감췄다.

그 뒤에, 형상이 서 있던 바로 그 자리에 있는 건, 머리칼이 헝클어지고 얼굴은 피투성이에다 외투는 찢긴 채로 조금 전 타격의 반동을 상쇄하려 한 손을 뒤로 내뻗고 있는 건 록우드였다.

가슴에 벌어진 상처 같은 건 없었다. 셔츠는 하얬다. 먼지와 진흙으로 좀 지저분하긴 했으나 위에서 두 번째 단추까지 단정히 채운 것마저 여전했다. 그가 내게 싱긋 웃었다. "안녕, 루시."

나는 대답하지 않았다. 비명을 지르느라 정신없었다.

잠시 뒤 우리는 방 한쪽 구석의 돌덩이에 나란히 앉아 있었다. 록우드가 해골 몇 개를 발로 차서 치우고 근처 공간을 정리했다. 더 이상의 소란을 막으려 뼈 무더기에 철과 소금을 좀 뿌려뒀고, 그의 벨트 주머니에서 나온 양초 두 개가 방 가운데서 밝게 타오르고 있었다. 어디선가 그는 껌까지 몇 개 찾아냈다. 몹시도 아늑했다. 정말 그랬다.

"그래서, 괜찮아?" 록우드가 열 번째로 물었다.

"그런 것 같아. 모르겠어." 나는 무릎을 응시했다.

록우드가 내 팔을 다정하게 꼭 쥐었다. 그는 얼굴 옆에 찰과상을 입었고, 입술 한쪽이 부어 있었다. 그럼에도 아까 저기 서서 내게 말하던 그 살갗 허연 놈보다 백만 배는 나아 보였다. "있지," 그가 말했다. "다시 올라갈 방법을 찾아야 해. 조지가 위에서 엄청 마음 졸이고 있을 거야."

"조지! 녀석은 괜찮아? 다른 사람들은…."

"괜찮아. 조지도 괜찮고."

"그리고… 그리고 홀리는?"

"좋아. 좋아…. 좀 다치긴 했어. 우리 모두가 그렇지. 다들 보비 버넌을 봐줄 의료진을 찾으러 갔었어. 킵스는 반스한테 연락하려는 중이었고. 난 조지한테 다 맡기고 네 뒤를 따라 구멍을 내려왔지."

"그러면 안 됐어. 위험을 자초하지 말았어야 했어."

"그런 소리 마." 록우드가 말했다. "널 위해서라면 내가 죽을 수도 있단 거 알잖아." 그가 빙그레 웃었다. "하늘은 알지. 내가 한두 번 그럴 뻔한 게 아니란 거. 땅에 난 구멍으로 내려가는 것쯤 아무것도 아냐…. 이런, 너 좀 봐. 떨고 있잖아. 내 외투를 걸쳐. 얼른. 사양 말고."

나는 따지지 않았다. 따지는 건 할 만큼 했다. 그리고 그의 외투가 정말 따뜻하기도 했고. "난 전혀 기억이 안 나." 내가 둔하게 말했다. "내가 여기 어떻게 내려왔는지 같은 거. 떨어질 때 머릴 부딪힌 건 확실히 알겠어. 그 뒤로 머리가 잘 안 돌아가고 있거든." 나는 해골을, 우리의 일방통행 대화를 생각했다. 그리고 속이 텅 빈 소년을 생각했다.

록우드가 고개를 끄덕였다. "그럴 만도 하지. 진짜 정신없는 상황이었으니까. 음, 네가 구멍으로 빨려 들어간 뒤에 소리정령이 소멸했어. 네가 놈의 중심이었던 듯해, 루스. 돌풍이 뚝 그치더라고. 시간이 멈춘 것처럼. 물건들이 바닥에 떨어지는 소리가 온 건물에 진동했어. 난 운이 상당히 좋았지. 돌풍이 멎던 순간에 허공에 떠 있었거든. 그것도 꽤 높이. 하지만 하필 에스컬레이터 위여서 정작 추락한 거리는 얼마 안 됐어. 에스컬레이터 분리대에 착지해서 부드럽게 미끄러져 내려갔지. 그러고는 바닥에 엎드려 있었어. 휴지 이파리들이 하늘하늘 로비에 내려앉는 걸 보면서. 눈이 오는 것 같더라. 물론 빨갛다는 것만 빼면. 꽤 예뻤지. 아이크미어도 함께 보면 얼마나 좋을까 싶었어. 그러려면 지금 백화점이 그렇게까지 매력적인 모습은 아니란 걸 인정해야겠지만."

내가 눈을 비볐다. "불쌍한 백화점…."

"오, 우리 덕분에 백화점이 누리게 될 공짜 홍보 효과를 생각하라고." 록우드가 말했다. "일이 아주 잘 풀릴걸." 그가 콧등을 긁었다. "그러든가, 아님 사업을 접든가. 둘 중 어느 쪽일지 누가 알겠어? 한 가지 확실한 건 바닥 구멍을 어떻게든 해야 한다는 거야. 상당히 깊은 데다 지반이 무척 불안정해. 나도 여기까지 온전한 상태로 내려오기가 여간 힘들었던 게 아냐. 바닥에 닿았다가 잡석층이 무너지는 바람에 옛 감방에 떨어졌어. 거기서 네 초를 찾았고, 네가 살아 있단 걸 알았지. 통로를 따라 올라갔다가 길을 잃었어. 물이 반쯤 찬 통로를 찾아내긴 했지만. 넌 그쪽 길로 안 가봤을 듯한데."

"응."

"하지만 헛수고는 아니었어. 널 찾기 전에 길고 곧은 터널로 나가는 출구를 발견했거든. 물에 잠겨 있고 템스강의 악취가 났어. 장담하는데 터널 끝에선 템스강이 찰랑거리는 소릴 들을 수 있을걸. 그게 밖으로 나가는 또 다른 길이라 해도 놀랍지 않을 테고. 아무래도 우리도 거길 시도해 볼까 봐. 저 구멍으로 다시 기어 올라가는 수고를 안 해도 되게."

나는 바닥을 봤다. 몹시도 꼼꼼히 치워져 있었다. "거기로 나가면 될 것 같네." 내가 나직하게 말했다. "록우드, 아까 나랑 있던 유령 말야…."

"맞다. 그놈의 건 도대체 뭐였어? 네가 놈과 얘기하는 소릴 들었어. 하지만 내 눈에 놈은 섬뜩하게 뭉친 검은 가닥들일 뿐이던데. 무슨 형상인지 전혀 모르겠더라고. 레이피어를 들고 몰래 접근했을 때조차도."

"그럼 넌 얼굴을 못 봤단 거야?"

"내가 봤어야 해?"

"아, 아니. 상관없어."

정적이 흘렀다. 사실 그에게 생령 얘길 하려니 좀처럼 입이 안 떨어졌다. 직접적인 질문들을 사전에 차단하는 차원에서 나는 거기서 누군가가 뭔가를 했던 흔적들을 가리켰다. 비질을 한 바닥, 담배꽁초, 가운데의 불탄 자국, 여기저기 흩어진 밀랍 얼룩. 갑자기 정신이 번쩍 든 록우드가 눈살을 찌푸린 채 이곳저곳 다니며 살폈다.

"네 말이 맞아." 록우드가 말했다. "확실히 수상쩍어. 누군가가 여기 있었어. 아주 최근에. 자국들을 봐. 백랍을 사용했어." 그는 그걸 손가락으로 긁어 코에 갖다 댔다. "호호바 오일 향이 가미된 걸로. 멀릿네에서 파는 거야. 최고급 제품이지. 담배로 말할 것 같으면…. 어디 제품인지 추적해 뭔가를 알아낼 수도 있겠지…." 그는 담배꽁초를 집어 조사했다. 손가락 사이에 넣어 돌리고 촛불 가까이에 갖다 대며 눈을 가늘게 떴다. "으음…, 아하. 그래…."

"그래서 어디 건데?"

"전혀 모르겠어. 내 눈엔 그저 하얗고 담배스러울 뿐. 하지만 더 많이 아는 누군가를 찾을 수 있겠지." 록우드가 해골들을 둘러봤다. "도대체 뭘 하고 있었을까? 그게 말야, 루스, 조지가 그랬잖아. 지난 몇 주 사이에 이처럼 급속도로 유령들을 깨운 재미난 뭔가가 현재 진행 중일 수 있다고. 녀석이 옳았어. 녀석한테 이걸 보여주고 싶은데. 녀석의 살짝 까탈스럽고 강박적인 정신이 이런 데서 뭔가를 잡아내기에 딱이거든. 하려면 빨리 해야 해. 반스가 오기 전에. 그 인간이 나타나는 동시에 DEPRAC가 우릴 쫓아내고 여길 독차지할 게 뻔하잖아."

내가 고개를 끄덕였다. 대개가 다 그런 식이었다. "첼시 대출몰은…, 네 생각엔 우리가 사태를 멈춘 것 같아?"

록우드는 다시 기운이 넘쳤다. 손을 내밀어 나를 일으켜 세웠다.

"곧 알게 되겠지." 그가 소금과 철을 뒤집어쓴 해골들을 쳐다봤다. "만약 이 방이 출처가 아닌 걸로 밝혀지면, 해골이 한가득인 데다 정체불명의 누군가가 괴상한 짓까지 하고 있는 여기가 출처가 아니라면, 내가 그냥 번처치 조사관 할게. 저 뼈들을 봐! 이들 전부가 여기에 산 채로 갇힌 게 사실이면, 이곳에 깃든 심령성으로 동네 하나는 거뜬히 밝힐 수 있을걸." 그가 내 팔을 토닥였다. "네가 찾은 거야, 루스. 정말 잘했어."

나는 그럴 기분이 아니었다. "록우드," 내가 천천히 말했다. "그 소리정령 말야…. 아까 네가 한 말이 맞아. 내가 중심이었어. 백화점에서 내가… 내가 홀리랑 다퉜거든. 내가 싸움을 건 거야. 우리가 소리정령을 깨웠어. 정말 미안해, 록우드. 다 내 잘못이야. 스스로를 제어하지 못했어. 내가 문제야. 내가 모두를 죽일 뻔했어."

"너랑 홀리가 보비 버넌을 구했어. 그걸 잊지 마." 록우드가 말했지만 내 말을 굳이 부인하진 않았다.

"홀리가 너한테 얘기했을 거야. 그치?" 내가 말했다. "아님 그럴 시간이 없었나."

"아니, 그럴 시간이 있었지만 아무 말도 안 했어. 홀리는 네 걱정을 하는 것 같았어, 루시. 우리 모두가 그랬고."

록우드가 펜형 손전등을 꺼내고 앞장서서는 뼈들의 방을 나가고 좁은 통로를 내려갔다. 우리는 한동안 말없이 걸었다.

"록우드," 내가 말했다. "사과할게. 최근 일들 말야. 내가 좀 이상했어."

비좁은 통로였다. 우리는 딱 붙어 걷다시피 하며 손전등 빛줄기를 따라갔다. 어둠 속 록우드의 목소리가 차분하고 조용했다. "뭐, 나도 마찬가지였지." 그가 말했다. "윈터가든 저택에서 일이 있고 나서 너한테 썩 잘해주지 못했던 것 같아. 내가 냉담해 보였으리란 거 알아. 그건 그저," 그가 깊은숨을 쉬었다. "내가 너랑 있어도 될까 자신이 없었어. 무슨 일이 벌어질지 너무 조마조마했거든."

나는 바닥에 떨어진 돌 너머로 조심스레 발을 디뎠다. 발치에 물이 고이고 있었다. "음, 무슨 일이 벌어진다는 게 정확히 무슨 뜻이야?"

"작전 상황에서 우리 목숨이 다시 위험에 처하는 거. 네 재능은 정말 몹시도 특별해, 루스. 잠깐, 맞아. 여기서 왼쪽이야. 오물처럼 보이는 거 아는데, 대개는 해조류야. 그러니까 내 말은, 좀 전에 네가 놈과 얘기하는 소릴 들었어. 너 그게 점점 쉬워지는 거지. 그치? 더는 단지 속 해골에 국한되는 얘기가 아닌 거야. 네 재능은 독보적이야. 하지만 그게 널 너무도 취약하게 만들어. 그리고 난 널 지켜야 하고."

가슴속에서 뭔가가 딱딱하게 뭉쳤다. 머릿속 어둠에서 파리하게 웃는 그 얼굴이 다시 보였다. "아냐, 록우드. 정말 안 그래도 돼. 그래선 안 돼. 그건 네 책임이 아니…."

"내 책임이야, 루스. 들어봐. 내가 그 얘길 잘 안 하긴 하는데, 난이미 겪었어. 내게 소중한 사람을 잃는 거. 그런 일이 다시 벌어지게 두지 않아."

나는 멈춰 섰다. 물이 무릎까지 차올랐고, 빈약한 손전등 불빛이벽의 부서진 부분을 잡아냈으며 그 너머, 무너져 내린 돌덩이들 너머에서 흙으로 된 통로가 보였다. 록우드가 거기로 나가야 한다고 손전등으로 신호했지만, 나는 움직이지 않았다. 더는 갈 수 없었다. 그 얘길 하지 않고는….

"록우드, 고백할 게 있어. 이제부터 얘길 할 건데, 원한다면 그길로 손전등을 끄고 날 여기다 두고 가도 돼. 터널을 막아버려. 상관없어. 난 그래도 싼 인간이니까."

잠시 정적이 이어졌다. 벽 틈새로 물이 빨려나가고 밀려들어 왔다. "맙소사." 록우드가 말했다. "내 책상 서랍에 숨겨둔 초코 비스킷을 슬쩍하는 게 넌 아니겠지. 그치? 난 언제나 그게 조지일 거라 생각했는데."

"아냐. 그건 나 아냐."

"그럼 조지가 맞네…. 사악한 자식. 아님 혹시나 홀리가 그랬을 가능성…."

"록우드."

"응."

나는 심호흡했다. "네 누나 방에 들어가었어. 사진을 봤어. 너랑 네 누나 사진. 정말 미안해. 내가 주제넘었어. 게다가 진짜 최악은 지금부터야, 록우드. 방에서 나오다 넘어지면서 침대를 건드렸고, 결국 들고 말았어…. 의도한 건 아냐. 맹세해. 하지만 메아리를 들었어, 록우드. 그날 있었던 일의 메아리를. 알아. 용서받지 못할 짓인 거. 모든 건 네 처분에 맡길게. 나는 당해도 싼 인간이지만, 그날 이후로 정말 너무 괴로워…. 여기까지야." 내가 마무리했다. "할 말은 다했고 이제 닥칠게."

더 많은 물이 빨려나가고 흘러들어 왔다.

"심호흡 한번 더 해." 록우드가 말했다. "나라면 그러겠어."

"그래."

"너한테 화를 내야겠지. 엄청 열 받아야 할 거야…" 록우드가 손전등을 내리더니 우리 옆 벽을 비췄다. 그 덕분에 우리 둘 다 은근한 그림자 속에 있게 됐다. 격렬하게 스포트라이트를 받는 것도 아니고, 그렇다고 가장 잘생긴 사람조차 어기적거리는 2급령으로 보이게 만들 만큼 소름 끼치게 조명이 부족한 것도 아니었다. 그 당시에는 서로의 얼굴이 잘 안 보이는 게 오히려 도움이 됐다. 적어도 내 경우엔 그랬다. 어쩜 록우드도 같은 생각이었을 테고.

"함께 나누기 싫어서 그러는 게 아냐, 루시." 록우드가 마침내 입을 열었다. "그저… 내겐 너무 고통스러운 얘기라 그래."

"오, 알아! 당연히 알지. 내가…."

"잠깐 좀 닥쳐줄래? 누난 딱 너 같았어. 여러모로. 이따금 성급하고 고집스럽지만 진심으로 믿을 수 있는 사람이었어. 날 보살펴 주는 누나가 난 참 좋았지. 하지만 난 어린애였어, 루시. 게으르고 고집 세고, 뭐 그랬단 말야. 뭐든 내 맘대로 하고 싶어서 누나 말을 안 듣기 일쑤였어. 그 일이 있던 밤에 누난 부모님이 남긴 상자를 정리할 거라고 했어. 그 안에 뭐가 있을지는 아무도 모르는 거였고. 누나가 내게 도와줄 건지 물었어. 아니, 난 안 한다고 했지. 사과나무를 오르느라 정신없었거든. 놀이방에서 노느라고도 그랬고. 지금 사무실 자리가 원래 놀이방이었거든. 지하에 내려가서 정원으로 가는 문 옆에 있다가 누나의 비명을 들었어. 달려 올라갔지만 너무 늦었지…. 그 뒤에 벌어진 일은 나도 기억이 잘 안 나. 어쩜 이제 네가 나보다 더 잘 알겠네."

이때가 유일했다. 신중을 기해 감정을 배제한 그의 말투가 흔들린 건. 그리고 난 그의 눈을 볼 수 없는 게 그처럼 기쁠 수가 없었다.

"일을 벌인 유령은 내가 없앴어." 록우드가 말했다. "하지만 그게 무슨 소용이 있어? 이미 너무 늦었는데. 그리고 난…." 그가 적절한 말을 찾는 게 느껴졌다. "너무 화가 나고 슬퍼서 루시, 그냥 텅 비어버린 느낌이었어. 내가 그 방에 있었어야 했는데. 거기 누나를 위해 있었어야 했는데 못 그랬으니까. 그리고 내게 그런 일은 두 번 다시 없을 거야. 어떤 대가를 치르더라도 늘, 네가 내 회사에 있는 한은 네 곁에 내가 있으리란 거 잊지 마." 그는 손전등을 움직여 벽의 틈을 비췄다. "하지만 맹세하는데, 내 허락 없이 그 방에 다시 들어간다면—혹은 내 초코 비스킷을 슬쩍한다면—절대로 용서하지 않을 거야. 그리고 이제 너부터 저 틈으로 좀 뛰어들면 어떨까 하는데. 이번엔 해조류일 수도 아닐 수도 있어. 그걸 알아내는 사람이 너였으면 좋겠고."

뛰어들고 보니 대부분이 물이었다. 우리는 천천히 터널을 올라갔다.

"고마워." 내가 침묵 뒤에 말했다. "털어놔 줘서 고마워."

"고맙긴. 그럼 이제 너도 내 시작이 어땠는지 약간은 알게 됐네. 그 사건 뒤에 내가 조사관이 되는 거 말고 다른 뭘 할 수 있었겠어? 그래서 사이크스라는 이름의 남자 밑으로 들어갔지."

내가 휘파람을 불었다. "그래. '장묘사' 사이크스…. 정말 멋진 이름이야."

"으음…, 그건 성이고, 이름은 나이절이었어."

잠시 침묵이 흘렀다. "그 얘길 왜 해? 웬일인지 신비감이 싹 사라졌잖아."

"이름은 그래도 보통 배짱이 아니었지. 살아생전에 피츠와 로트웰의 골칫거리였어. 내가 그… 유령을 어떻게 했는지 전해 들었던 거야. 그래서 내게 일을 줬고. 이제 너도 다 알았네."

"그래. 다만…."

"내 부모님? 오, 그건 또 완전히 다른 얘기야. '아주' 오래전 일이지."

나는 고개를 끄덕였다. "네가 기억을 못 할 수도 있겠구나. 너무 어려서."

"오, 기억은 하지. 아주 잘." 록우드가 내게 미소를 지었다. "그분들이 내 첫 유령이었거든. 봐. 이제 터널 출구가 보이는 것 같다."

록우드가 가리켰다. 저 멀리 강물 위에 걸려 반짝이는 연파랑 동전을. 우리가 서서히 물을 헤치며 다가가는 사이, 새벽 첫 빛이 밝았다.

25

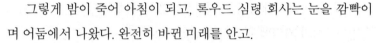

그렇게 밤이 죽어 아침이 되고, 록우드 심령 회사는 눈을 깜빡이며 어둠에서 나왔다. 완전히 바뀐 미래를 안고.

터널은 템스강 북쪽 해안의 버려진 부두, 아이크미어에서 두어 블록 떨어진 곳에서 끝났다. 누군가가 터널 입구를 신중히 감춰뒀음을 보여주는 증거가 있었다. 썩은 기둥 여럿이 진흙투성이 둑을 떠받치고 있었는데, 그중 일부를 잘라 합판에 교묘히 붙인 뒤 구멍 앞에 가로질러 세워 밖에서는 안 보이게 해둔 거였다. 합판이 열어젖혀진 모양새로 봐서 누군가가 황급히 거길 빠져나갔고, 진창에 남은 장화 자국이 이를 뒷받침했다. 하지만 록우드와 내가 보고 있는 사이 조수가 밀려와 발자국에 고이고 이내 그 흔적들을 지웠다.

아이크미어 백화점, 아니 아이크미어 백화점의 잔해에선 많은 일이 벌어지고 있었다. DEPRAC 구급차가 보비 버넌부터 실어 갔다. 녀석의 증세는 양호했다. 기껏해야 발목 인대 손상과 뇌진탕 의심 소견이 전부였다. 캣 고드윈도 그와 함께 병원으로 갔다. 다른 이들은 박살 난 유리 회전문 밖에 앉아 어슴푸레한 빛 속에서 바들바들 떨며 첼시 전역에서 찔끔찔끔 도착하는 조사관들과 낮은 소리로 대화했다. 때때로 사람들은 회전문 앞으로 가 폐허가 된 로비를 들여다보며 기막혀했다. 멀리서 보면 로비는 성난 아기가 집어 들어 마구 흔들어 놓은 인형의 집 같았다. 똑바로 서 있는 게 거의 없었다. 모든 게 형체를 잃은 채 나뒹굴고 수북이 쌓여 있었다. 바닥 가운데에는 소스라칠 정도로 엄청난 크기의 틈이 쩍 벌어져 지하에 묻힌 방들로 이어졌다. 조지와 킵스는 엄숙한 얼굴로 로비 기둥에다 하강용 로프를 고정하는 중이었다. 록우드와 나를 찾아 내려갈 작정이었다.

우리가 도착하자 분위기가 대번에 바뀌었다. 다들 모여들어 우릴 에워싸고 질문을 퍼부었다. 사람들은 내 등을 토닥이고, 싱긋 웃어 보이고, 고칼로리 에너지음료를 건네고, 축하하고, 혼을 내고, 계속 움직이랬다가 자리에 앉으랬다가 한꺼번에 난리였다. 조지가 도넛을 권했다. 플로 본스는 온화한 경멸 비슷한 뭔가를 담아 고개를 끄덕였다. 내 등장에 킵스조차 안도하는 듯했지만, 이내 다음 조치를 두고 록우드와 언쟁을 벌였다. 킵스는 반스를 기다렸다가 DEPRAC를 이끌고 의기양양하게 지하 감옥으로 내려가고 싶어 했다. 록우드에겐 다른 계획이 있었다.

두 사람이 그 문제를 놓고 토론하는 동안 나는 군중들 밖으로 물러났고, 그러다 홀리 먼로를 봤다.

그녀는 평소의 광채 나는 자아는 확실히 아니었다. 그녀의 기준으로 보면 후줄근하기 그지없었다. 하지만 사실 나랑 비교하면 옷은 세련되게 찢어지고 얼굴은 우아하게 멍든 거였다. 홀리 먼로는 얻어터진 몰골마저 멋으로 승화시키기 직전이었다.

우리 눈이 만났다. "안녕." 내가 말했다.

"안녕."

"좀 어때?"

"괜찮아…. 넌?"

"여기저기 좀 부딪히긴 했지만, 좋아…. 네가 괜찮아서 다행이야."

홀리가 고개를 끄덕였다. "그러니까 넌 돌아올 길을 끝내 찾아냈구나. 잘됐어."

"그래."

"내가 뭘 좀 챙겨뒀는데." 홀리가 말했다. "저기 못에 걸려 있었어. 네 걸지도 모르겠다 싶어서…." 홀리의 손에 들린 건 내 배낭이었다. 너덜거리는 데다 벽돌먼지로 범벅이었다. 윗덮개 아래로 슬쩍 삐져나온 유령단지 뚜껑이 보였다. 홀리 먼로가 그걸 본 기색은 전혀 없었다. 하지만 봤을 수도 있었다. 모를 일이었다.

내가 배낭을 받아 들었다. "고마워."

"고맙긴."

인정할 건 인정하자. 세상 둘도 없이 짜릿한 대화는 확실히 아니었다. 묘지에 비문으로 새기거나 조명을 달아 현관문에 걸어둘 만한 것도 딱히 아니었다. 하지만 내겐 충분히 좋았다. 이번만큼은 그 어떤 저의도 없어서였다. 숨은 목적도 없어서였다. 따분하고 신중하고 조심스레 덮어두는 대화였다. 기본적으로 겉과 속이 같았고, 그게 시작이었다.

록우드는 킵스와의 논쟁에서 승리했다. 그 즉시 조지를 부두로 보내 숨겨진 입구를 찾은 다음, 뼈가 가득한 비밀의 방을 찾아 조사하도록 했다. 조지는 지체 없이 출발했다. 플로 본스 역시 강둑과 관련된 건 뭐든 자기 일 같아서인지 조지와 함께 갔다.

그리고 얼마 지나지 않아 반스 경위가 도착했다.

경찰차에 탄 그는 DEPRAC 승합차 네 대를 달고 왔다. 앞의 세 대에서 내린 조사관들은 그림블과 탬워스, 앳킨스와 암스트롱 대행사에서 뽑아 온 우중충한 아이들인데, 첼시에서 밤새 방문자와 싸우고 왔다지만 그렇게 대단히 눈이 가는 애들은 아니었다. 자기들끼리는 관망자나 그림자 시늉을 상대하기도 벅찼을 터였다. 하지만 네 번째 차량에서 말쑥한 정장 차림으로 등장한 냉랭한 표정의 남녀는 차원이 달랐다. 그들은 DEPRAC 제복을 입지 않았고 특정 대행사의 상징을 부착하고 있지도 않았다. 눈을 가늘게 뜨고도 죄다 보고 있는 듯했다. 나는 그들이 킵스가 얘기했던 전문가들, 그러니까 반스에게 이래라저래라 한다는 사람들인지 궁금했다. 새벽 빛 속에서 반스의 콧수염은 확실히 남루해 보였다. 그는 궁지에 몰린 야생동물의 분위기를 풍겼다. 상당히 오래 자지도 씻지도 않은 사람 같았다. 그는 정장 입은 동료들을 뒤에다 세워두고 벌컥 화를 내며, 우리가 경찰의 시간을 낭비했네, DEPRAC 공무를 수행하는 척 거짓말을 했네, 공공 부지를 고의로 파괴했네 하며 비난을 퍼부었다.

특히 저 마지막 말은 백화점 안을 보기 전에 한 얘기였다. 그때껏 반스가 본 건 보도에 흩뿌려진 유리가 전부였다. 그가 비난을 멈추고 숨을 고르는 사이, 킵스가 엄지손가락으로 로비를 가리켰다. "아직 반도 못 보신 건데요. 저길 보세요."

반스는 그렇게 했다. 그의 턱이 축 늘어졌다. 그가 회전문을 부여잡고 몸을 지탱했다. 그 와중에 문 일부가 떨어져 그의 발에 내려앉았다.

"뭔 짓을 한 거야?" 반스가 숨넘어가는 소리로 말했다. "여긴 내가 양말을 사는 곳이라고!"

"우리가 첼시 사태의 중심을 찾았단 걸 알게 되실 거예요." 록우드가 명랑하게 말했다. "인력을 몇 명만 더 붙여주셨어도 일이 쉬웠을 텐데요, 반스 경위님. 하지만 이 말씀은 드려야겠어요. 퀼 킵스와 그의 팀이 아주 훌륭히 해줬습니다. 우리와 합류하게 해주신 건 정말 잘한 일예요." 이 부분에서 록우드는 검은 정장을 입고 주시하는 남녀를 힐끗 쳐다봤다. "얘기의 요점은, 우리가 지금껏 본 중 가장 강력한 소리정령과 싸웠고, 그 와중에 아주 오래전 지하에 묻히고 잊힌 왕립 감옥의 잔해를 발견했다는 겁니다. 루시 칼라일이 거기 들어갔다가 방치된 유골 다수를 발견했어요. 이게 첼시 사태의 원래 출처란 걸 경위님도 차차 알게 되리라 봅니다. 어쨌든 출몰 확산의 자세한 내막은 조지 커빈스가 알아요. 머지않아 직접 설명드릴 겁니다."

곧이어 보기에 좀 그런 장면이 펼쳐졌다. 반스가 좀 전에 퍼부은 비난에서 슬쩍 발을 빼며 우리 조사와 본인이 실은 어느 정도 관련이 있는 척 체면치레를 시도하는 동시에 실제로 무슨 일이 벌어진 건지 공격적으로 파고들었다. 그의 푸석한 눈에 당혹과 불신이 타오르고 있었다.

정장을 입은 여자 하나가 드디어 입을 열었다. "그 해골들 말인데, 거긴 어떻게 가지?"

"안타깝게도 쉽진 않아요." 록우드가 로비 바닥의 구멍을 가리켰다. "내려가는 길이 상당히 좁아서 고생스럽거든요. 적절한 장비를 갖춘 팀을 꾸려 나중에 다시 오는 게 좋겠어요."

"그건 내가 판단할 일이고." 여자가 말했다.

"그러시겠죠." 록우드가 그녀에게 더없이 환한 미소를 지어 보였다. "근데 정말 누구세요? 청소부는 아니시면 좋겠는데. 그런가요? 혹 청소부가 맞으면 엄청 큰 빗자루가 필요할 테고요."

뒤이은 반응으로 봐서 여자가 청소부는 아니었다. 큰소리가 계속되는 동안에도 우리는 부두 아래 터널의 존재를 입에 올리지 않았다. 목표는 조지와 플로에게 시간을 더 벌어주는 거였다.

그러는 와중에 기사 딸린 차량이 등장했다. 아이크미어 회장이 몸소 행차한 거였는데, 브라일크림으로 힘을 준 머리칼에다 휘황찬란한 차림으로 나타나 우리의 야간 업무가 끝나고도 자신의 그 소중한 매장 장식들이 멀쩡한지 확인하러 갔다. 그는 출입문 옆에 박살 나 있는 유리를 보자마자 반스에게 쫓아가 날카롭고 격분한 목소리로 꽥꽥거렸다. 아이크미어에게 기습당한 경위는 로비에 접근하는 그를 막아서지 못했고, 따라서 그 안의 참상을 목격하는 것도 못 막았다. 아이크미어의 반응은 격렬한 데다 폭력적이기까지 해서 검은 정장의 남녀가 서둘러 나서서 반스를 구조해야 했다. 록우드와 킵스, 홀리와 나는 얼른 눈길을 교환했다. 우리는 이때가 슬쩍 내빼기에 좋은 때라고 판단했다.

그날 남은 시간 동안 여러 가지가 차츰차츰 정리되기 시작했다. 적어도 우리 대부분의 경우엔 그랬다.

록우드와 킵스는 함께 신문기자들을 만나러 갔다. 홀리와 나는 포틀랜드 로로 돌아갔다. 우리는 일을 마친 사람들이 다들 한다는 개인 정비와 샤워 어쩌고 하는 것들을 했고, 나는 홀리에게 조지의 수건을 빌려주기까지 했다. 주전자에 물을 올리고 부엌에 앉아 있는 사이, 조지가 휘파람을 불며 나타났다. 그날 아침에 그를 제대로 보는 건 그때가 처음이었는데, 전보다도 더 부스스하고 악천후를 정통으로 맞은 몰골이었다. 그가 지쳤지만 경쾌한 기운을 뿜으며 맞은편 의자에 풀썩 앉았다.

"어떻게 된 거야?" 내가 말했다. "눈에 든 멍은 못 본 거 같은데."

조지가 가방을 바닥에 던졌다. "아닌 게 아니라 좀 전에 그런 거야. 네가 얘기한 뼈의 방을 플로랑 내가 찾았거든, 루스. 그리고 맙소사, 어쩌나 황홀하던지. 난 온갖 것들을 측정하고 기록했어. 사실 어쩌면 아직도 하고 있었을지 모르지. 근데 한 시간도 안 돼 터널에서 로트웰 조사관 무리가 나타나선 아무것도 못 하게 하더라고. 당장 꺼지라면서. 물론 난 그쪽에다 뒈지라고 했고. 서로 감동적인 말들을 좀 주고받는 중에 그들의 행동거지를 몇 가지 짚어줬지. 패션 감각이랑 안면 비대칭, 혈통에 대해서도." 그가 킬킬거렸다. "사실 내가 꽤나 유창했거든. 어쩌나 유창했는지 그중 한 놈이 뼈 무더기에서 대퇴골을 집어 들곤 내 머릴 까려고 하는 거야. 그래서 난 놈한테 허리뼈를 던졌고. 다음으론 플로가 속치마 아래 차고 다니는 진흙 후비개를 들고 나섰고, 한동안 일이 아주 재밌게 돌아가다가 결국 우리가 부지 밖으로 쫓겨나며 끝났지. 하지만 상관없어. 나오기 전에 방 내부를 조그맣게 그려둘 시간이 있었거든. 나중에 보여줄게. 지금은 내 노동의 흔적을 좀 씻어내야겠어." 그가 안경 너머로 가만히 봤다. "그래서 말인데, 그거 내 수건 아닌가, 홀리? 네 머리에 두르고 있는 거…?"

나중에 알게 된 바에 따르면, 공식적으로 DEPRAC 밑에서 일하는 로트웰 요원들이 최신식 소금총―등에 멘 압축 스프레이 통과 연결해 소금물을 분사하는 장비―으로 무장한 정예팀을 구성했다. 그들이 왕립 감옥의 내부를 씻어내고 해골 더미를 치우기까지 꼬박 사흘이 걸렸다. 나는 유해들이 정중히 대우받고 적절히 매장되기 바랐지만, DEPRAC는 그런 식으로 일하지 않았다. 뼈들은 클러켄윌 소각장으로 운반된 뒤 특별한 의식 없이 태워졌다. 예측 가능한 결과였지만 그래도 좀 슬펐다.

그 뒤 몇 주 동안 아이크미어 브라더스를 주의 깊게 관찰했으나 거기서 방문자가 다시 목격되는 일은 없었다.

첼시 전체로 말할 것 같으면, 우리가 사태를 종식시켰다는 록우드의 주장이 이튿날 밤 바로 시험대에 올랐다. 어둠이 내리고 조사관으로 구성된 팀들이 평소와 다름없이 머뭇머뭇 봉쇄 구역에 진입했다. 퍼넬로프 피츠와 스티브 로트웰, DEPRAC 최고의 심령술사 무리가 슬론 광장의 감시탑에서 지켜보고 있었다. 가랑비가 부슬거렸다. 조사관들은 킹스 로드를 따라 걸으며 주변 동네로 속속 흩어졌다. 시간이 흘렀다. 그사이 고위 관료들은 우산 아래서 차를 마시며 록우드가 복사해 나눠준 조지의 지도를 봤다. 때가 되자 조사관들이 돌아와 보고했다. 유령의 움직임이 멈춘 건 아니나 그 강도가 현저히 줄었다는 얘기였다. 전에 목격된 방문자 몇몇은 더 이상 거기 없었다. 다른 놈들도 이전 자신의 옅은 그림자 정도로만 보였다. 더 느리고 덜 위협적이었으며, 철과 소금탄을 이용한 제압도 훨씬 수월했다. 한마디로 이는 수개월 전 첼시에서 사태가 시작된 뒤 최초의 주목할 만한 진전이었으며, 조사관들은 그게 전세 역전의 시작이 되리란 희망을 품었다.

록우드는 꾸물꾸물 시간을 끌면서 퍼넬로프 피츠의 축하를 받고, 스티브 로트웰에게 다정히 고개를 끄덕이고, 반스 경위에게 윙크했다. 그런 뒤 자리를 떴다. 록우드는 아직 완전히 멀어지기 전 반스가 다시 한번 끝없는 질문의 중심이 되는 소리를 들었다.

록우드 심령 회사를 둘러싼 모든 상황들이 좋아 보였다. 나 역시 그 피곤한 행복을 함께 나눴을 거다. 그러니까 쉴 새 없이 울리는 전화와 현관문을 두드리는 기자들의 물결이 더없이 흡족했을 거란 얘기다. 아직껏 귀신에 쫓기고 있지만 않았더라면. 문제는 진짜 유령이 아니라 기억 속 유령이었다. 그것의 얼굴이 눈에 선했다. 그것의 말이 귀에서 메아리쳤다. 다른 애들과 함께 앉아 있을 때도, 조용한 방에 홀로 누워 있을 때는 더더욱. 그때 봤던 또 다른 록우드의 모습에서 벗어날 수 없었다. 그 텅 빈 소년을 떨쳐버릴 수 없었다.

26

첼시 사태 종식!
유명 백화점 지하에서 대규모 무덤 발견
대행사 연합팀이 이룬 쾌거
A. J. 록우드와 Q. F. 킵스 최초 인터뷰 공개

킹스 로드에 위치한 유명 백화점 아이크미어 브라더스 지하에서 거대한 무덤이 새롭게 발견됨에 따라, 이제 런던 시민들도 마음 편히 밤잠을 청할 수 있게 됐다. 이 전례 없는 군집의 출처가 봉인과 운반을 거쳐 파괴되면서 기존의 DEPRAC 팀이 오랫동안 진압에 어려움을 겪었던 일명 첼시 사태가 마침내 종식됐다. 출처 파괴의 효과는 즉각적이었다. 지난 며칠 밤사이 해당 지역에서 보고된 심령 소란이 46% 감소했으며, 이러한 경향은 앞으로도 계속될 것으로 기대되고 있다.

오늘 〈런던 타임스〉는 삼 개월에 걸친 공포와 수고 끝에 피츠와 록우드 대행사 요원들로 구성된 특수 전담팀이 아이크미어 브라더스 건물 아래 묻힌 중세 왕립 감옥의 잔해를 발견한 과정을 전면 공개한다. 본지와의 특별 인터뷰에서 전담팀장 앤서니 록우드 대표와 그의 측근인 퀼 킵스 피츠 대행사 팀장은 고대 묘지 탐사를 지휘한 방법과 더불어 지하 세계로의 입구를 지키던 흉포한 소리정령과의 전투에 활용한 기법을 논한다.

"위험은 이미 알고 있었습니다." 킵스 팀장의 얘기다. "하지만 정확한 준비와 팀원들의 헌신적인 협력으로 결국 무덤 진입에 성공했죠." 록우드 대표는 첼시 아래 터널에서 조우한 방문자가 소리정령 외에도 더 있었다고 설명한다. "가운데 방에서만 서른 구가 넘는 유골이 발견됐습니다. 수십 개는 족히 되는 영혼들이 우릴 에워싸고 있었어요. 하지만, 우리가 겁먹었느냐고요? 전혀요! 우린 용기와 투지만 있으면 더없이 무시무시한 방문자조차 맞서 이길 수 있음을 증명했습니다."

업계 최고위층에서도 이번 전담팀에 찬사를 보냈다. 피츠 대행사의 퍼넬로프 피츠 대표는 이례적으로 성명을 발표하고 다음과 같이 말했다. "우리 직원들이 몹시 자랑스럽습니다. 과거에는 대행사 간 경쟁이 심령 조사의 발목을 잡는 일이 너무도 많았습니다. 난 이번 작전이 다가올 미래의 상징이 되길 바랍니다. 비범한 회사들이 공조할 때 비범한 결과들이 나올 수 있습니다."

록우드 & 킵스 인터뷰 전문: 2~3쪽
왕립 감옥 '뼈의 방' 접이식 3D 종이 모델: 38~39쪽
아이크미어 브라더스 폭탄 세일! 10파운드 상당 무료 쿠폰: 40쪽

그리고 그 모든 게 끝난 뒤, 우리가 옛날의 우리로 돌아갔을까? 전과 똑같았을까? 우리끼리, 그러니까 록우드와 조지, 나 셋이서 임무를—다락에서 엑토플라즘 촉수를 피하는 것처럼 간단한 임무

를—함께 수행하고 집으로 돌아가 차를 마셨을까?

챌시 사건이 결말을 맺고 며칠이 지난 오후, 포틀랜드 로에 푸짐하고 맛있는 식사가 마련되긴 했다. 홀리가 대부분을 준비한 터라 올리브와 샐러드, 통밀 치아바타, 흥미롭게 흐물거리는 샤퀴테리*가 눈에 띄었다. 다행히도 마지막 순간에 조지가 긴급히 상점들을 돌며 싸구려 소시지 롤과 탄산음료, 훈제 베이컨 맛 감자칩을 구해 돌아왔다. 기절초풍할 크기의 초코퍼지케이크도 가져다 식탁 가운데에 자랑스레 올렸다.

식탁을 둘러싼 홀리와 조지의 논쟁이 계속됐다. 홀리는 우리의 생각하는 식탁보와 거기 그려진 낙서, 메모, 기괴한 만화만 보면 공중화장실 벽면이 떠올라서 후무스 소스의 맛이 뚝 떨어질 거라고 주장했다. 그녀는 임시로라도 생각하는 식탁보를 걷고 바싹 풀을 먹인 새하얀 식탁보를 깔고 싶어 했다. 조지는 거절했다. 아침 식사 때부터 식탁보 구석에다 그림을 그리는 중이었고, 그게 그 자리에 그대로 있기를 바랐다. 결국 안경잡이 조지의 옹고집으로 그의 생각대로 됐다.

오후 중반쯤 부엌은 준비가 끝났다. 어디든 평평한 곳마다 온갖 별미들이 들어차 신음했고, 주전자가 불에 올라갔다. 홀리는 음식에 씌워둔 덮개를 모두 걷었다. 단지 속 해골은 그녀가 자기 쪽으로 몸을 돌릴 때마다 눈을 부라리며 극악무도한 표정을 지었고, 그 통에 캐슈너트 두 그릇과 타라마살라타** 한 그릇을 쏟게 만들었고, 결국 위층으로 쫓겨 가는 수모를 겪었다. 사무실에 빗발치는 전화에서 막 해방된 록우드가 부엌에 들어왔고, 우리는 자리에 앉아 식사를 시작했다.

---

* 가공한 돼지고기를 치즈, 견과류 등과 같이 내는 요리.
** 생선알이 주재료인 전채 요리.

그날 록우드는 컨디션이 좋았다. 긍정적이고 활기 넘쳤다. 나는 그가 식탁 상석에 앉아 소시지 롤과 훈제 베이컨 감자칩을 쌓아 키다리 샌드위치를 만들었던 걸 기억한다.(그걸 본 홀리가 기겁했고, 그녀를 달래는 차원에서 록우드는 샌드위치 위에 작디작은 겨잣잎을 올렸다.) 그러면서 그는 회사가 새로 확보한 잠재 고객 얘길 했다. 나머지 우리가 그렇듯 그도 최근에 생긴 부상들이 여전히 눈에 띄었다. 이마의 베인 상처, 뺨의 찰과상, 멍 자국, 푹 꺼진 눈. 하지만 어째선지 그 모두는 그의 활력과 생기만 더욱 돋보이게 할 뿐이었다.

조지 역시 행복했다. 자기 앞 생각하는 식탁보에 그린 복잡한 도해를 마지막으로 수정하는 동시에 접시 한가득 담긴 꼬마 스카치 에그*를 끝장냈다. 그는 초코퍼지케이크도 맛보기 위해 일찍부터 혼신의 힘이 담긴 연기를 했으나, 록우드가 마지막까지 남겨두라고 명령했다.

홀리로 말할 것 같으면, 부드럽고 흠잡을 데 없는 원래의 리듬으로 돌아와 눈앞의 일에 상냥한 미소를 지으면서도 그 모두로부터 약간의 거리를 지켰다. 조지의 간청에 따라 조그만 스카치 에그 하나를 맛볼 정도까지는 양보했으나, 그걸 빼면 탄산수와 호두, 건포도, 염소 치즈 샐러드를 고수했다. 어찌 보면 좀 괴상한 노릇이었지만, 나는 그녀가 자신의 원칙들을 계속 유지해 기뻤다. 웬일인지 안심이 됐다.

나? 그래, 나도 거기 있었다. 먹고 마시고 다른 애들과 어울렸지만 마음은 딴 데 가 있었다. 잠시 뒤 우리는 (다시) 그날 신문을 봤다. 홀리가 고이 접어 록우드의 접시 옆에 둔 거였다.

"이 기사를 볼 때마다," 록우드가 말했다. "우리가 얼마나 운이 좋

● 삶은 달걀을 다진 고기로 감아 빵가루를 입혀 튀긴 음식.

은지 믿기질 않아. 이거랑 축제 때 사건을 합치면 우리 회사 얘기가 신문을 일주일 넘게 도배한 셈이야."

홀리가 고개를 끄덕였다. "전화가 쉬지 않고 울려. 모두가 록우드 심령 회사를 원해. 사업을 확장할지 여부를 결정해야 할 거야."

"그 문제에 대해선 조언을 좀 구해야겠어." 록우드가 길게 자른 오이를 집어서는 뭔가를 생각하며 소스에 찍었다. "사실 다음 주에 퍼넬로프 피츠를 만나기로 했어. 비공식 아침 만찬을 같이했으면 하더라고. 아마도 축제 때 일이 고마운 게 가장 크겠지. 하지만 그렇대도…. 확장 건은 피츠한테 물어보면 되겠네." 그가 싱긋 웃었다. "퍼넬로프 피츠가 우릴 '최고 대행사'라고 부른 부분 읽어봤어?"

"반스 경위 말을 인용한 건 또 어떻고?" 조지가 덧붙였다. "뭐랬더라? '이 재능 넘치는 어린 조사관들을 감독한다는 게 자랑스럽다.' 이 뻔뻔함이 믿겨져?"

록우드가 오이를 아삭아삭 씹었다. "언제나처럼 자기 입맛대로 행동하는 거지."

"그 인간만 그런 게 아냐." 조지가 신문을 쿡 쑤셨다. "여기서 킵스가 너랑 동등한 위치로 얘기되는 게 맞는지 모르겠어."

"오, 그야 그 인간을 계속 구워삶아 보려고 그러는 거지. 그리고 솔직히 우리가 킵스한테 신세를 진 건 맞잖아. 킵스 입장에서도 그게 결실을 맺은 거고. 킵스가 승진했단 얘기 들었어? 분단장인지 뭔지로. 그치, 루스? 네가 해준 얘기잖아."

"맞아. 피츠 분단장." 내가 말했다.

"그렇지. 퍼넬로프 피츠가 직접 조치했대. 하지만 그게 마지막에 뼈의 방을 처리한 방식을 두고 킵스랑 내가 대판 싸우는 것까지 막아주진 못했지. 그 인간은 자기 대행사가 아니라 로트웰네 팀이 거기 먼저 왔다는 데 완전 열 받았어."

"글쎄, 네가 그러라고 한 건 아니지. 그치?" 조지가 물었다.

"아니. 누가 그랬는지 모르겠어, 사실. 아무래도 반스가 아닐까 싶은데…." 록우드가 갑자기 내게 검은 눈동자를 고정했다. "괜찮은 거야, 루시?"

"웅! 웅…." 나는 그의 말에 소스라쳤다. 깜빡 정신을 놨다. 아주 잠시, 살아 있는 록우드가, 식탁 앞에 앉아 홀리의 최신 유행 델리카트슨 치즈를 자르는 그가 사라졌었다. 지하 감방에서 본 파리한 얼굴의 피투성이 환영에 먹혀버렸다….

나는 눈을 깜빡여 헛것을 떨쳐냈다. 가짜다! 그렇단 걸 잘 알았다. 거짓이란 걸 알았다. 나는 록우드가 그 생령을 깔끔하게, 지금 저 치즈를 가르듯 제대로 두 동강 내는 걸 눈으로 똑똑히 봤다.

하지만 아무리 애를 써도 머릿속이 맑아지지 않았다.

'난 네게 미래를 보여주는 거야. 너 때문에 결국 현실이 될 미래.'

"파르마 햄 한번 먹어봐, 루시." 홀리가 말했다. "록우드가 마음에 든대. 먹으면 뺨에 다시 피가 도는 기분이 들 거라니까."

"어, 그래. 알았어. 고마워."

홀리랑 나? 우리는 서로를 조심스럽게 견뎌내는 방법을 선택했다. 지난 며칠 동안 혼란을 겪은 결과 그보다 나은 대안은 없었다. 오해는 마시라. 우리는 여전히 서로가 짜증스러웠다. 가령 내가 아직 먹고 있는데 접시 주변에 떨어진 부스러기를 치우는 그녀의 새로운 습관이 또다시 내 화를 돋웠다. 그러는 그녀는 자기가 특별히 깐깐하게 굴거나, 점잔을 빼거나, 이래라저래라 할 때마다 눈을 흡뜨고 씩씩거리는 내 (정당한) 습관이 여전히 못마땅했다. 하지만 그런 것들이 전처럼 당장이라도 폭발할 듯 불안하진 않았다. 그건 아마도 우리가 서로에게 할 말을 이미 다, 아이크미어에서의 그 끔찍한 밤에 다 해버렸기 때문일 터였다. 아니면 더는 화낼 기운이 없다는 단순한 이유였을지도 모르고.

"뼈의 방과 관련해서," 조지가 치아바타 껍질을 쌓아둔 접시를 옆으로 밀며 말했다. "너희한테 보여줄 게 있어. 고귀하신 우리 생각하는 식탁보의 도움을 받아." 그의 앞에 도해가 있었다. 여러 가지 색깔로 꼼꼼하게 그려져 있었다. 머릿속에 사각형을 하나 그려보라. 그 안에 원이 하나 있고, 그 원 안에 점 아홉 개가 일정한 간격으로 배치돼 있는 거다. 조지의 도해에선 도형 한가운데에 조그맣게 원이 하나 더 있는데 검은색으로 칠해져 있고, 거기서 가늘고 거미 다리 같은 선 몇 개가 마치 자전거의 망가진 바퀴살처럼 뻗어 나왔다. 원의 한쪽 면에 길고 붉은 얼룩이 있었다.

조지가 식탁보의 주름을 폈다. "내가 파악한 그 방의 배치도야. 저번에 플로랑 가서 기록한 수치를 바탕으로 만들었어. 루시와 록우드 말이 절대적으로 맞아. 다른 누군가가 여기 있었어. 아주 구체적인 뭔가를 하던 중이었고. 유골들을 어떻게 밀어놨나 봐. 방 가장자리를 빙 둘러 완벽한 원형을 이루게 해뒀어. 유골들이 처음부터 그렇게 놓여 있었던 건 아냐. 방 가운데서도 뼛조각들이 나왔거든. 누군가가 일부러, 신중하게 배치한 거야. 그런 다음에 양초 아홉 개를 둥글게 놨어. 밀랍 얼룩이 각 초의 위치를 보여주지. 그런 뒤 방 가운데서 일이 벌어졌어. 바로 여기서." 그가 검게 칠한 원을 가리켰다. "엑토플라즘이 탄 자국이야. 내가 특히 주의 깊게 살펴본 부분이지. 그 부근의 돌들이 그때까지도 무척 차갑더라고. 우리가 지금껏 봤던 자국들이 생각났지. 저승의 뭔가가 통과해 나온 자리 말야."

그는 언급하지 않았지만—우리 모두가 그랬지만—그런 자국의 일레가 우리 집에도 있었다. 아무도 쓰지 않는 충계참 방의 매트리스에.

"흥미로운데." 록우드가 참았던 숨을 내쉬며 말했다. "그럼 이 불길한 붉은 자국은 뭐야?"

"아까 아침 먹다 흘린 잼." 조지가 코에 걸린 안경을 밀어 올렸다. "근데 이걸 좀 봐." 그가 가운데서 퍼져 나오는 연필 자국들을 가리켰다. "이 선들은 바닥에 있던 긁힌 자국이랑 홈집을 표시한 건데, 이게 아주 이상해."

"뼈들이 끌려간 자리일까?" 록우드가 의견을 냈다.

"가능하지. 하지만 내 눈엔 금속이 만든 자국에 더 가까워 보인단 말야." 조지가 빙긋 웃었다. "내가 사무실에서 쇠사슬을 끌고 다니다가, 록우드, 마룻널을 긁었던 때 기억나지?"

록우드가 인상을 썼다. "그래…. 너 아직도 거기에 칠을 안 했더라."

"난 이걸 보고 뭐가 떠올랐는지 알아?" 내가 천천히 말했다. 몸이 축축 처졌다. 무게가 날 짓눌렀다. 말하는 것조차 힘에 부쳤다. "이 그림 전체가, 내 말은."

"네가 무슨 말을 하려는지 알 것 같아." 조지가 말했다. "그리고 맞아. 나도 동의해."

"켄잘 그린에서 나온 뼈 거울. 물론 크기 차이가 있긴 하지. 하지만 그 거울의 가장자리도 뼈로 돼 있었잖아. 일종의 원 모양으로 배치돼 있었어. 뼈의 방에 거울이나 렌즈 같은 게 없긴 해. 맞아. 하지만…."

"누군가가 밖에서 가지고 들어오는 게 아니라면 말이지." 록우드가 말했다.

"백화점에 갔을 때," 내가 말을 이었다. "뭐랄까…, 초자연적인 왕왕거림—소란, 그리 볼 수도 있겠지—을 느꼈어. 뼈 거울을 연상시키는. 내내 계속되다가 뼈의 방에 들어가고 나서야 사라졌지."

"궁금한데…." 조지가 말했다. "우리가 백화점에 도착했을 때, 그들도 지하에서 일하고 있던 게 아닐까. 어쩌면 루시, 네가 그들을 간발의 차로 놓친 걸지도."

"상당히 소름 끼치는 생각인걸." 록우드가 말했다. 그리고 이상하게도, 죽은 자가 아니라 산 자와 마주칠 수도 있었다고 생각하니 그의 말이 꽤 일리 있게 느껴졌다. "아무튼, 네가 전에 세웠던 이론이 맞는 것 같아, 조지." 록우드가 덧붙였다. "감옥의 영혼들이 이 이상한 행위로 들썩였고, 첼시 전역에 파급 효과를 미친 거야. 플로가 장담하길 몇 개월 전까지만 해도 거기 터널 입구 같은 건 없었다고 하니까. 아주 최근에 생긴 거겠지. 그들이 뭘 하고 있었는지 궁금해. 그걸로 뭘 얻었는지…. 그리고 그들이 누군지도."

"우리한테 네가 찾은 담배가 있잖아." 조지가 말했다. "내가 아는 담배 가게 점원한테 가져갔거든. 그 친구 말이 그게 페르시안 라이트래. 꽤 고급 브랜드라던데. 하지만 그걸로 뭘 알아낼 수 있는지 모르겠어. 다른 단서들을 찾아낼 시간도 더는 없었고. 로트웰 조사관들이 모든 걸 그렇게 빨리 정리해 버리다니 안타까운 노릇이야."

록우드가 고개를 끄덕였다. "맞아. 그치? 네 생각은 어때, 홀리?"

"난 아직도 그 식탁보가 흉물스럽다고 생각해." 홀리가 말했다. "네가 왜 종이를 쓰지 않는 건지 모르겠어. 그럼 내가 근사하게 정리해 줄 수 있을 텐데. 네 그림이 온통 잼 범벅인 것 좀 봐, 조지." 그녀가 접시를 집어 들었다. "좋아. 후무스 샌드위치 더 먹을 사람?"

"나 딱 두 개만 더 줘." 조지가 말했다. "마지막에 먹을 초대형 초코케이크를 위해 배를 좀 비워두는 중이거든."

록우드가 샌드위치를 집었다. "무슨 생각 하는데, 루시. 오늘 너
정말 말이 없다."

사실이었다. 지난 며칠 동안 새로운 앎이 내 안에 자리를 잡았다.
천천히, 부드럽게, 담요 혹은 깃털 이불처럼. 그 힘은 온화했지만 거
기 숨은 의미에 난 결국 굴복했다. 하지만 그때까지도 말이 그리 쉽
게 안 나왔다.

"그냥 궁금해서 그러는데…." 내가 조그만 목소리로 말했다. "유
령이 미래를 보여줄 수 있다고 봐? 내 말은, 유령은 대개가 과거를 보
여주잖아. 놈들은 과거로 만들어진 존재니까. 하지만 생령이—혹은
다른 유형의 방문자가—사람의 마음을 파고들어서 그들의 생각을
파악할 수 있다면, 실제로도 그런 것 같고, 그럼 놈들이 다른 일도 할
수 있는 거 아닐까? 앞으로 일어날 일을 예측한다든가?"

그들이 나를 물끄러미 봤다. "제기랄." 조지가 말했다. "너 알고 있
었구나. 오늘 오후에 내가 했던 고민 중에 가장 심오한 게 내 배 속에
감자칩을 몇 봉지나 밀어 넣을 수 있을까, 였던 거."

"아니." 록우드가 단호하게 말했다. "네 질문에 대한 대답이야, 루
시. 자…."

"오, 글쎄, 유령과 시간에 대한 '이론'들은 많지." 조지가 껴들었
다. "어떤 사람들은 놈들이 시간의 규칙에 전혀 얽매이지 않는다고
봐. 그래서 반복적으로 귀환할 수 있는 거라고. 특정한 '장소'에 매여
있긴 해도 시간적으로 오랜 세월에 걸쳐 왔다 갔다 하는 게 가능하단
거지. 그 주장을 따른다면, 놈들이 앞날을 예측 못 할 게 뭐야? 우리
가 못 보는 것들을 내다보지 못할 이유가 뭐냐고."

록우드가 고개를 가로저었다. "난 그 주장의 한 마디도 안 믿어.

자, 루스, 네가 만난 그 생령 말야. 놈도 네드 쇼의 형상을 하고 있었어? 다른 애들이 말했던 것처럼? 너 우리한테 그 얘기 별로 안 했어."

'네가 보는 게 반드시 과거의 것만은 아냐. 때론 앞으로 벌어질 일이기도 해….'

나는 몸을 뒤로 젖히고 그를 쳐다봤다. 진짜 록우드였다. 현재의, 살아 있는 록우드. "오, 아냐, 아냐. 어두워서 누구였는지 알아본 것 같지가 않아. 있지," 내가 의자를 뒤로 밀며 말했다. "나 잠깐 방에 좀 갔다 올게. 주전자에 물 좀 올려주라. 금방 올 거야."

다락방으로 가는 길에 나는 록우드 누나의 방을 지나쳤다. 그러면서 느낀 고통은 전에 느꼈던 것과 달랐다. 호기심의 욱신거림이 아니었다. 단순한 후회에 더 가까웠다. 내가 거기서 저질렀던 일, 그 행위로 인해 드러난 사실들에 대한 후회였다.

나는 록우드가 그 방을 그렇게 두는 이유, 안 쓰고 비워두는 이유를 이제 이해했다. 그 방은 누나의 상실이 그간의 세월 동안 그에게 미쳤던 영향을 상기시켰다. 그 역시 내면에 허전함—황폐한 공간—이 있었다. 몸을 아무리 움직여도 채울 수 없는 공허함이 있었다. 그(진짜 그)는 감옥 터널에서 내게 얘기할 때 그렇게 인정했었다. 그게 그의 원동력일 터였다. 그는 절대로 멈추지 않을 터였다. 계속 위험을 감수하고, 혐오스러운 적과 싸우고, 함께 일하는 사람들을, 그가 아끼는 이들을 지켜낼 것이다.

그리고 내가 그중 하나라면….

나는 다락 화장실에 들어가 문을 잠갔다. 거기 서 있을 때였다. 수돗물을 틀고, 뜨거운 물이 내 손에 튀고 개수대 아래 관을 따라 콸콸 쏟아지던 때였다. 파리하고 얼룩덜룩한 얼굴을 들고 김 서린 거울 속

나를 들여다보던 그때, 비로소 나는 내가 마음을 정했음을 알았다.

'난 네게 미래를 보여주는 거야. 너 때문에 결국 현실이 될 미래.'

그렇겐 안 될 거다. 내가 손을 쓰기만 하면.

나는 세수를 하고 방으로 들어갔다. 창가에 서서 어두워지는 하늘과 겨울비를 내다봤다.

"그냥 혼자 뚱해 있는 거야, 아님 누가 같이 뚱해도 되는 거야?"

"오, 네가 여기 있는 걸 깜박했네." 나는 놈을 부엌에서 가지고 나온 뒤 유령단지로 문짝을 괴어둔 터였다. 유령 얼굴은 거의 안 보였다. 슥슥 그은 듯한 선 몇 개가 번뜩이는 두개골 위에 겹쳐져 있을 뿐이었다. 하지만 두개골의 눈구멍이 검은 별들처럼 반짝였다.

"파티는 어찌 돼가고 있어? 홀리 먼로가 신바람 나서 춤이라도 춰?"

"흥에 겨워 호두 샐러드를 분별없이 먹고 있어. 그러니 맞아."

"그럼 그렇지. 그러니까 확실히 짚고 넘어가자. 그 여자가 아직도 여기 있단 거지?"

"너도 지금쯤은 그 사실에 익숙해진 줄 알았는데."

"오, 맞아. 하지만 그건 아침에 일어나서 네 코의 거대 사마귀가 아직도 있다는 걸 확인하는 것에 가까워. 맞아. 익숙하긴 하지. 하지만 그렇다고 좋아서 방 안을 폴짝폴짝 뛰어다닐 일도 아니란 거야."

나는 음울하게 웃었다. "알아. 그래도 그 애가 너한테 은혜를 베풀었단 거 잊지 마. 아이크미어의 잔해에서 널 끄집어냈잖아."

"그걸 내가 고마워해야 해? 너랑 따분한 시간을 더 보내야 한다는 뜻인데!" 단지 속 얼굴이 역겹게 도리질했다. "여긴 별 볼일 없어질 거야. 네 남자 친구를 봐. 록우드 말야. 칭찬을 과하게 받고 있어. 딴 데 눈이 돌아가고 있다고. 두고 봐. 피츠 대행사에 더 딱 들러붙을 테니까. 하, 표정 봐라! 내 말이 맞지. 안 봐도 다 알아."

"거기 대표랑 아침을 먹기로 했대. 어쩌다 보니. 하지만 그렇다고 꼭…. 그건 그렇고…."

"아침? 다 그렇게 시작하는 거지. 훈제 청어랑 오렌지주스 너머로 주고받는 수줍은 미소. 그러다 너희가 거기 부서로 전락하는 날이 멀지 않을 거야. 이름만 다를 뿐, 실제론 먹히고 말 거라고."

"헛소리. 록우드는 그보다 강한 사람이거든."

"오, 물론이지. 록우드는 허영과 자아가 없기로 유명하신 분 아니겠어. 그 자식 머리에 생기는 까치집 있지? 그걸 손보겠다고 거울 앞에 몇 시간씩이나 서 있는 인간이라니까."

"아니, 아니거든. 진짜야? 네가 그걸 어떻게 알아? 꾸며내는 말이잖아."

"내가? 네 회사 이름이 뭐야? 얘기 좀 해줘봐. '포틀랜드 로 대행사'인가 혹시? '마릴본 유령 사냥꾼들'…? 아니! '록우드' 심령 회사라고. 맙소사. 어쩌나 겸손이 철철 넘치는지. 너희 공식 로고가 이빨에서 가식적인 빛이나 번뜩이며 싱긋거리는 그 자식 얼굴이 아닌 게 더 이상하다."

"얘기 끝났어?"

"응. 지금은, 그래."

"그래. 좋아. 나 내려간다."

늘 그렇듯 빈정거림을 제거하고 악의를 걸러내면 해골의 말은 놀라울 정도로 이치에 맞았지만 그렇다고 고마워하긴 좀 그랬다. 놈은 유령이었다. 나는 놈과 얘기했다. 그러니까 놈은 내 문제의 상징적 존재기도 했다.

부엌에선 차를 내려 컵을 새로 채웠다. 이제 거대한 초코케이크가 식탁의 중앙 무대를 차지하고 있었다. 조지가 칼을 흔들어대며 그 주변을 맴돌았다. 칼 쥔 손으로 나를 불렀다. "딱 맞춰 왔어, 루스. 난 온종일 이 케이크를 아껴뒀어. 우리의 마지막 건배를 위해서 말야. 지금껏 난 록우드의 자랑질, 생각하는 식탁보에 쏟아지던 홀리의 매몰찬 발언, 그리고 방으로 튀어버린 너까지 온갖 좌절을 경험했어. 하지만 이제⋯."

"네 끝없는 이론들도 만만치 않았지." 록우드가 지적했다. "뭐니 뭐니 해도 그 부분이 최악이었어."

"맞아. 어쨌든, 이제 네가 왔으니까, 루시, 우릴 막을 건 아무것도 없어. 이 아름다운 녀석이 누려 마땅한 관심을 퍼부어 줘야 할 때야." 조지가 손가락을 한번 쫙 폈다 오므린 뒤, 케이크 당의에 비스듬히 칼을 댔다.

"잠깐만." 내가 말했다. "그 전에 할 얘기가 있어."

칼이 멈췄다. 자르기 직전에 멈춘 조지가 침통한 표정으로 날 봤다. 다른 애들은 컵을 내려놨다. 내 말투에서 느껴지는 떨림에 경계심을 느껴서였을 거다. 나는 자리에 다시 앉는 대신 의자 뒤에 서서 등받이를 움켜잡았다.

"발표라고 해야 할 것 같기도 한데. 내가 최근에 생각을 많이 해봤거든. 내 입장에선 잘 해소되지 않는 부분이 있는 것 같아."

록우드가 나를 물끄러미 봤다. "그렇다니 놀랍네. 난 너랑 홀리가⋯."

홀리가 자리에서 엉거주춤 일어났다. "아무래도 난 밖에 나가 있⋯."

"홀리랑은 아무 상관없는 일이야." 나는 최선을 다해 그들에게 웃어 보였다. "정말 아냐. 부탁이야, 홀리. 자리에 앉아. 고마워…. 그게, 다 내가 문제야. 너희도 알지. 아이크미어에서 실제로 무슨 일이 있었는지. 우리가 언론에 흘린 얘기랑은 완전히 다르단 거. 모든 걸 망쳤던 소리정령 말야. 놈은 그 힘을 내게서 얻었어."

"그리고 내게서도." 홀리가 말했다. "너도 알다시피 말다툼은 우리 둘이 한 거잖아."

"그야 나도 알지. 하지만 내가 먼저 시작했어. 놈의 힘 대부분이 내 분노에서 온 거고. 아니, 미안, 조지." 녀석이 껴들려고 했다. "꽤나 확신하기에 하는 얘기야. 모든 게 다 내 재능 때문에 벌어진 일이라고. 재능이 점점 강해지는 만큼 그걸 감당하기도 힘들어져. 소리정령을 깨웠을 땐 재능이 완전히 부정적으로 작용했지. 하지만 내가 자제력을 발휘하고 있을 때조차―유령과 대화하거나 녀석들의 얘길 들을 때조차―내 재능은 통제가 안 돼. 그리고 그게 점점 위험해지고 있어. 윈터가든 저택에서 무슨 일이 있었는지 다들 알지. 얼마 전 땅속 감옥에서 방문자들이랑 얘기했을 때도 주도권은 놈들에게 있었어. 내가 아니라. 그땐 너희가 현장에 없었다지만, 그런 통제력 상실이 다시 일어나지 말란 법이 없어. 사실 난 다시 일어나리라 확신해. 그리고 심령 조사관으로서 이건 용납할 수 없는 문제잖아. 그치?"

"그걸 너무 크게 생각해선 안 돼." 조지가 말했다. "우리 누구에게든 일어날 수 있는 일이야. 네가 발전할 수 있게 우리 모두가 지원할 거고…."

"그러리란 거 알아. 물론이야. 하지만 그건 불공평해. 너희들한테."

홀리는 얼굴을 찡그린 채 무릎을 내려다보고 있었다. 조지는 안경으로 뭔가를 했다. 나는 의자의 나무를 손으로 꾹 누르며 그 부드러움과 결을 느꼈다.

"그게 다야?" 록우드가 조용히 물었다. "지금 얘기한 그게 문제의 전부야?"

나는 그를, 내 옆에 앉은 록우드를 봤다.

"이쯤 했으면 됐어." 내가 말했다. "난 너희들의 목숨을 위험에 빠트렸어. 한 번이 아니라 여러 번. 이런저런 모양으로 회사의 부담이 되고 있고, 그런 일이 다시 벌어지게 손 놓고 있기엔 내가 너희 모두를 너무 아껴." 이때 미소를 짓기는 정말 너무도 어려웠고, 뭘 어떻게 해도 쉬워지지 않을 거였다. 그래서 나는 그냥 계속했다. "그런 이유로 난 이렇게 결정했어. 지금 이 시간부로 록우드 심령 회사를 그만둘게."

부엌에 정적이 흘렀다.

"이 망할 놈의 케이크는 이걸로 끝이네." 조지가 말했다.

*는 1급령
**는 2급령

(흐르는) 물

유령이 흐르는 물을 건너기를 꺼리는 현상은 고대부터 관찰돼 왔다. 현대 영국에서는 이를 유령 방비에 활용한다. 런던 중심부에서는 인공 수로들의 망인 일명 '도랑'이 주요 쇼핑 지구를 보호한다. 보다 작은 규모로는 각 가정에서 현관 밖에 만들어 빗물을 순환시키는 개방형 수로가 있다.

1급령

가장 약하고, 가장 흔하고, 위험은 가장 덜한 유령들의 등급. 1급령은 주변을 거의 인식하지 못하고 반복적인 하나의 행동 양상에 갇혀 있는 경우가 많다. 주로 목격되는 사례는 다음과 같다. 음영자, 잿빛 아지랑이, 관망자. 다음 항목을 함께 참고하라. 차가운 아낙, 재잘거리는 안개, 깜빡이, 광산의 똑똑이, 그림자 시늉, 괴화.

2급령

가장 위험하면서도 빈번히 등장하는 유령들의 등급. 2급령은 1급령보다 강하고 모종의 잔류 지능을 가진다. 산 자를 인식하고 해를 가하고자 시도할 수 있다. 가장 흔한 2급령을 출현 빈도에 따라 정리하면 다음과 같다. 요괴, 허깨비, 망령. 다음 항목을 함께 참고하라. 변형자, 생령, 덩어리, 소리정령, 생골령, 울부짖는 혼, 고독자.

3급령

아주 희귀한 유령들의 등급. 마리사 피츠의 최초 보고 이후 상당한 논란의 중심에 서 있다. 산 자와 완전한 소통이 가능한 것으로 추정된다.

DEPRAC

심령현상조사예방국.
난제의 수습에 주력하는 정부 기관. 유령의 본질을 조사하고 가장 위험한 존재들은 파괴하며, 서로 경쟁하는 여러 대행사의 활동을 감시한다.

고독자**

보기 드문 2급령으로 외지고 위험한 장소, 대개는 야외에서 출몰한다. 시각적으로는 호리호리한 어린이의 모습을 하는 경우가 많고, 계곡이나 호수 저편의 원거리에서 목격된다. 산 자에게 절대 접근하지 않으나, 근처의 누구든 압도할 수 있는 극단적 형태의 유령굴레를 야기한다. 고독자의 희생자들은 속박을 끝낼 생각으로 절벽에서 뛰어내리거나 깊은 물로 뛰어들고는 한다.

관망자*

1급령의 일종. 그림자 속에서 주저하며 좀처럼 움직이지 않고, 산 자에게 접근하는 일도 없으나 강한 불안감과 소름 끼치는 공포를 퍼트린다.

광산의 똑똑이*

절망적으로 따분한 1급령. 두드리는 것 말고는 할 줄 아는 게 거의 없다.

광신도 집단

이승으로 되돌아오는 죽은 자들에게 여러 가지 이유에서 비정상적으로 집착하는 사람들의 무리.

괴화*

약하고 대개는 위협적이지 않은 1급령. 파리하고 깜빡거리는 불꽃으로 현현한다. 학자에 따라서는 모든 유령이 괴화와 깜빡이 순으로 퇴화해 결국에는 완전히 사라지는 것으로 추정하기도 한다.

군집

좁은 지역을 장악한 유령의 무리.

권태

유령이 접근하는 중일 때 흔히 경험하는 허탈감과 무기력증. 극단적인 경우 위험한 유령굴레로 악화되기도 한다.

그리스의 불

마그네슘 화염의 다른 이름. 이 부류의 초기 무기들은 천 년 전에 비잔틴(혹은 그리스) 제국에서 유령을 상대로 사용된 것으로 보인다.

그림자 시늉*

문간과 아치형 출입구, 골목길에서 어슬렁거리는 관망자 혹은 음영자의 런던식 이름. 일상적이고 도시적인 유령이다.

깜빡이*

가장 희미하게 보이는 1급령. 허공을 날아다니는 다른빛의 반점으로만 현현한다. 접촉하거나 그 사이를 걸어도 무탈하다.

난제

현재 영국을 괴롭히는 출몰 사태의 대유행.

냉각

유령이 가까이에 있을 때 발생하는 급격한 온도 저하. 현현의 임박을 보여주는 4대 지표의 하나다. 나머지는 권태와 독기, 소름 끼치는 공포다. 냉각은 넓은 지역에 걸쳐 나타나거나 특정한 '냉점'에 집중될 수 있다.

다른빛

일부 환영이 방출하는 으스스하고 비정상적인 빛.

대행사, 또는 심령 조사 대행사

유령의 억제와 파괴를 전문으로 하는 업체. 런던에만 여남은 개가 넘는 대행사가 있다. 규모가 가장 큰 대행사(피츠와 로트웰) 두 곳의 경우 직원이 수백 명에 달한다. 가장 소규모(록우드 심령 회사) 대행사는 3인 체제다. 대행사 대부분은 성인 감독관이 운영하나, 이들 모두가 강력한 심령 재능을 가진 아이들에게 크게 의존한다.

덩어리**

부풀고 기형적인 2급령의 변종. 인간의 머리와 상반신을 가졌으나 눈에 띄는 팔다리는 없는 게 일반적이다. 망령 및 생골령과 더불어 가장 불쾌한 환영으로 손꼽힌다. 강력한 독기와 소름 끼치는 공포를 동반하는 경우가 많다.

독기

불쾌한 기운. 종종 고약한 맛과 냄새를 포함하며 현현의 사전 단계로 경험된다. 소름 끼치는 공포, 권태, 냉각을 자주 동반한다.

라벤더

라벤더의 강력한 단내가 악령을 억제하는 것으로 알려져 있다. 이에 따라 많은 이들이 라벤더의 잔가지를 건조해 옷 등에 꽂거나 불에 태워 자극적인 연기를 낸다. 조사관들은 때로 약한 1급령에 사용할 목적으로 라벤더물이 든 병을 소지하기도 한다.

레이피어

모든 조사관의 공식 무기. 16~17세기 유럽에서 사용된 결투용 양날검으로 가늘고 긴 날이 특징이다. 철제 검날의 끝에 은을 입히기도 한다.

마그네슘 화염

금속제 산탄통에 마그네슘과 철, 소금, 화약, 점화장치를 넣고 쉽게 깨지는 유리로 봉한 화염탄. 대행사들이 공격적인 유령에 맞서 사용하는 주요 무기.

망령**

위험한 2급령. 위력과 행동 양상의 측면에서 요괴와 비슷하나 겉모습은 훨씬 끔찍하다. 이들의 환영은 망자가 죽어 있는 상태를 반영한다. 말라비틀어지고 끔찍하도록 야위고, 때로는 부패해 벌레가 바글거린다. 종종 해골의 형태를 띠기도 한다. 강력한 유령굴레를 생성한다. 다음 항목을 함께 참고하라. 생골령.

민감성, 민감한 (자)

비범하고 훌륭한 심령 재능. 그런 재능을 가지고 태어난 사람. 민감한 자 대부분은 대행사 또는 야경대에 합류한다. 방문자와 직접 맞서는 일 없이 심령 서비스만 제공하는 이들도 있다.

방문자

유령.

방어구

3대 기본 방어구를 효과 순으로 나열하면 은, 철, 소금이다. 라벤더 또한 밝은 빛과 흐르는 물처럼 일정 정도의 보호 기능을 한다.

변형자**

희귀하고 위험한 2급령으로 현현 중에 겉모습을 바꿀 만큼 강력하다.

봉인구

대개 은 또는 철로 만들어지며, 출처를 넣거나 덮어 유령의 탈출을 막도록 설계된다.

사슬망

정교하게 엮은 은제 사슬로 만든 망. 다용도로 사용이 가능한 봉인구.

생골령**

희귀하고 불쾌한 종류의 유령. 살갗을 벗겨낸 피투성이 시체가 눈을 희번덕거리고 입을 쫙 찢으며 웃는 모습으로 현현한다. 조사관 사이에서 인기가 없다. 다수의 권위자가 생골령을 망령의 변종으로 간주한다.

생령**

살아 있는 사람, 대개는 목격자가 아는 이의 형체로 나타나는 드물고 무시무시한 유령. 생령 자체가 공격적인 경우는 거의 없으나, 이들이 촉발하는 공포와 혼란이 몹시 강력해 전문가 대다수는 이들을 각별한 주의가 필요한 2급령으로 분류한다.

소금

1급령의 방어구로 널리 사용된다. 철이나 은보다는 효과가 떨어지지만 가격이 저렴하고, 가정 내 다양한 억제책에 활용된다.

소금총

넓은 지역에 소금물을 분사하는 장치. 1급령에게 효과적이다. 대형 대행사들의 채택률이 늘고 있다.

소금탄

비닐에 소금을 채운 투척용 소형 구체. 외부 충격에 폭발하며 소금을 사방에 뿌린다. 보다 약한 유령들의 격퇴에 사용된다. 강력한 개체들을 상대로는 효과가 떨어진다.

소름 끼치는 공포

유령이 출현하기 전 종종 경험하는 이해할 수 없는 공포감. 대개 냉각과 독기, 권태를 동반한다.

소리정령**

강력하고 파괴적인 2급령. 소리정령은 육중한 사물도 번쩍 들어 올릴 정도로 강력한 초자연적 에너지를 폭발적으로 방출한다. 환영을 형성하지 않는다.

시각

환영이나 절명광 등 유령과 관련한 현상을 볼 수 있는 심령 능력. 3대 심령 재능의 하나다.

아우라

여러 환영 주위에 나타나는 광휘. 아우라는 대개가 상당히 희미하며, 곁눈으로 볼 때 가장 잘 관찰된다. 강하고 선명한 아우라는 다른빛으로 불린다.

야경대

대기업과 지방 정부 기관에 소속된 아이들의 무리. 일몰 후 공장과 사무실, 공공장소를 지킨다. 레이피어의 사용은 허락되지 않으나 환영의 접근을 막을 수 있게 끝에 철을 덧댄 긴 창을 소지한다.

엑토플라즘

유령이 형성돼 나오는 이상하고 변덕스러운 물질. 농축된 상태에서는 산 자에게 무척 해롭다.

요괴**

가장 흔히 조우하는 2급령. 항상 분명하고 세세한 환영을 만들어내며, 경우에 따라서는 고형에 가까워 보일 수 있다. 요괴의 대부분은 망자의 생전 또는 죽음 직후 모습을 시각적으로 정확히 반영한다. 허깨비보다 덜 모호하고 망령보다 덜 흉악하지만 그들과 마찬가지로 행동의 양상이 다양하다. 다수는 산 자와의 관계에서 중립적이거나 온순하다. 또한 비밀을 밝히거나 오랜 잘못을 바로잡고자 귀환하는 사례가 많은 것으로 보인다. 그러나 일부는 적극적으로 적대적이며 인간과의 접촉을 갈망한다. 이 유령들은 무슨 일이 있어도 피해야 한다.

요원

심령 조사관을 부르는 다른 이름.

울부짖는 혼**

공포의 대상인 2급령. 시각적인 환영을 드러내 보일 수도, 그러지 않을 수도 있다. 울부짖는 혼들은 무시무시한 심령의 비명을 지르는데, 이 소리는 때로 듣는 사람을 공포로 마비시켜 유령굴레를 씌우기에 충분하다.

유령

죽은 사람의 영혼. 인류의 역사에서 유령은 늘 존재했지만―불분명한 이유들로―이제 출몰의 빈도가 나날이 늘고 있다. 유령의 종류는 다양하나 개략적으로는 세 유형으로 분류된다.(1급령, 2급령, 3급령 항목 참고) 유령은 늘 출처 곁에 머무는데, 이들의 사망 지점에 해당하는 경우가 많다. 일몰 후, 그중에서도 특히 자정부터 새벽 2시 사이에 가장 강력하다. 대부분은 산 자에 대해 무지하고 무심하다. 소수만이 적극적인 적개심을 보인다.

유령굴레

2급령이 과시하는 위험한 힘. 권태의 연장일 가능성이 있다. 유령굴레의 희생자는 의지력을 상실하고 끔찍한 절망감에 압도된다. 근육이 납덩이처럼 무겁게 느껴지고 생각이나 움직임도 더는 자유롭지 않다. 대부분의 경우 굶주린 유령이 가까이, 더 가까이 다가오는 모습을 꼼짝 못 하는 상태로 무기력하게 지켜볼 수밖에 없게 된다.

유령단지
활성 상태의 출처를 속박하는 데 사용하는 은유리 용기.

유령안개
유령의 현현 중에 가느다랗고 녹색을 띤 흰색 안개로 생성된다. 엑토플라즘으로 만들어지는 것일 가능성이 있으며, 차갑고 불쾌하나 접촉 자체가 위험을 초래하지는 않는다.

유령접촉
환영과 신체적으로 접촉한 결과이자 공격적인 유령이 가진 가장 치명적인 힘. 찌르듯 압도하는 한기로 시작해 동상에 걸린 듯 온몸의 감각이 순식간에 저하된다. 주요 장기들이 차례로 손상된다. 이내 몸이 푸르스름해지며 부풀기 시작한다. 아드레날린을 주사해 심장을 자극하는 방식의 신속한 의학적 도움이 없는 한 대개가 치명적인 결말을 맞는다.

유령표시
출몰이 벌어진 건물의 문에 그리는 가위표로, 행인들의 접근을 막는 역할을 한다.

유령탄
유령을 은유리에 가둬 만드는 형태의 무기. 유리가 깨지면 혼령이 나타나 산 자들 사이에 공포와 유령접촉을 퍼트린다.

유물 사냥꾼
출처와 영물들을 추적해 암시장에 판매한다.

은
유령에 맞서는 중요하고 강력한 방어구. 장신구 형태의 항마구로 몸에 지니는 사람이 많다. 조사관들은 레이피어 코팅과 봉인구 제작에 은을 사용한다.

은유리

출처의 보관에 사용되는 '유령 저항성' 특수 유리.

음영자*

1급령의 표준이자 아마도 가장 일반적인 형태의 방문자일 것이다. 음영자는 요괴와 유사하게 상당히 구체적인 형태로 나타날 수 있고, 허깨비처럼 실체가 없고 희미하게 보일 수도 있다. 그러나 두 경우 모두 위험을 야기할 만한 지능은 전혀 가지고 있지 않다. 음영자는 산 자의 존재를 인지하지 못하는 듯하며, 대개 특정한 행동 양식에 매여 있다. 슬픔과 상실감을 내비치지만, 분노를 비롯한 강력한 감정을 보이는 일은 좀처럼 없다. 거의 모든 경우에 인간의 형상을 띤다.

장송종

교회에서 장례를 알리며 울리는 은은한 소리의 종.

재능

유령을 보거나 듣거나 기타 여러 방식으로 감지하는 능력. 모두는 아니지만 다수의 아이들이 어느 정도의 심령 재능을 지니고 태어난다. 이 기술은 성인기에 근접할수록 퇴화하는 경향이 있지만, 일부 성인에게서는 미약하게나마 지속되기도 한다. 평균 이상의 재능을 가진 아이들은 야경대에 합류한다. 비범한 재능을 가진 아이들은 대개가 대행사에 합류한다. 3대 재능은 시각, 청각, 촉각이다.

재잘거리는 안개*

약하고 실체가 없는 1급령. 실성한 듯 반복적인 키득거림으로 유명하며, 언제나 등 뒤에서 소리를 내는 듯한 느낌을 준다.

잿빛 아지랑이*

무력하고 다소 따분한 유령으로 1급령의 흔한 형태다. 일관된 환영을 형성할 힘이 부족한 것으로 보이며, 형체가 없이 희미하게 반짝이는 안개의 덩어리로 현현한다. 엑토플라즘의 응집력이 현저히 떨어지는 탓인지, 그 사이를 산 자가 활보해도 유령접촉을 유발하지 않는다. 잿빛 아지랑이의 주요 효과는 냉각과 독기, 불안감의 확산이다.

절명광

망자의 목숨이 끊어진 바로 그 위치에 남은 에너지 흔적. 잔혹한 죽음일수록 더 밝은 빛을 낸다. 강한 빛은 수년간 지속되기도 한다.

주검빛

파리하고 역겨운 심령 광휘. 다른빛과 동의어다.

차가운 아낙*

잿빛에 안개를 닮은 여성의 형태. 구식 드레스를 입은 모습으로 멀리서 어렴풋이 보이는 경우가 많다. 차가운 아낙은 강력한 우울감과 권태감을 발산한다. 원칙상 산 자의 가까이에 접근하는 일은 거의 없지만, 예외가 보고되기도 한다.

철

모든 유형의 유령으로부터 보호해 주는 유구하고 중요한 방어구. 일반인은 철제 장식으로 주거지의 방비를 강화하고, 항마구 형태로 만들어 몸에 지닌다. 조사관들은 철제 레이피어와 쇠사슬을 소지하므로 공격과 방어 모두 철에 의존하는 셈이다.

청각

심령 재능의 세 범주 중 하나. 민감한 청각의 소유자는 죽은 자의 목소리, 과거 사건의 메아리, 출몰과 관련된 예외적인 소리들을 들을 수 있다.

촉각

죽음이나 출몰과 밀접히 관련된 사물에서 심령의 메아리를 감지하는 능력. 이 같은 메아리는 시각적 이미지와 소리 등 감각 자극의 형태를 띤다. 재능의 3대 범주의 하나다.

출몰

현현 항목 참고.

출처

유령이 이승으로 들어오는 관문이 돼주는 사물이나 장소.

콧불

대행사에서 사용하는 작은 양초의 일종으로, 심령의 존재를 보여준다. 유령이 가까워지면 깜빡이고 흔들리다 결국엔 꺼진다.

통행금지

난제에 대응해 영국 정부는 인구 주거지역 다수에서 야간 통행금지를 시행 중이다. 해가 저문 직후에 시작해 새벽에 끝나는 통행금지 시간 동안 일반인은 실내에, 각 주거지의 안전한 방비 안에 머물기를 권장하고 있다. 많은 도시에서 야간 통행금지의 시작과 끝은 경종을 울려 고지한다.

플라스마

엑토플라즘 항목 참고.

피츠 지침서

유령 사냥꾼을 위한 유명 지침서. 저자인 마리사 피츠는 영국 최초의 심령 조사 대행사를 설립한 인물이다.

항마구

대개 철이나 은으로 제작돼 유령을 쫓는 데 사용되는 사물. 소형 항마구는 장신구의 형태로 소지가 가능하다. 대형 항마구는 집 안 곳곳에 걸어두는데, 장식적인 효과도 있다.

항마등

전기로 작동하는 가로등으로 강력한 백색광을 방출해 유령을 억제한다. 대부분의 항마등은 유리 렌즈 위에 덮개가 달려 있다. 이 덮개들이 밤새 일정한 간격을 두고 열리고 닫히기를 반복한다.

허깨비**

하늘하늘하고 은은하며 속이 훤히 비치는 형태를 유지하는 2급령의 총칭. 희미한 윤곽, 그리고 얼굴과 이목구비의 미약한 특징 일부를 제외하면 거의 보이지 않을 가능성이 있다. 실체가 없는 외양에도 불구하고 보다 구체적인 형태를 갖춘 듯 보이는 요괴 못지않게 공격적이며, 눈에 잘 띄지 않는다는 점에서 더욱 위험하다.

현현

유령 같은 현상의 발생. 소리와 냄새, 이상한 감각, 움직이는 물체, 온도 급강하, 환영의 목격 등 각종 초자연적 현상을 동반할 수 있다.

혼령

유령의 또 다른 호칭.

환영

유령이 현현 과정에서 취하는 형체. 환영은 대개가 죽은 자의 형상을 모방하나 동물과 사물의 형태도 관찰된다. 경우에 따라 상당히 이색적일 수 있다. 최근 라임하우스 부두 사건의 요괴는 초록색으로 빛나는 킹코브라로 현현한 반면, 악명 높은 벨 스트리트 귀신은 천 조각을 짜깁기한 봉제 인형의 탈을 쓴 바 있다. 위력에 관계없이 유령 대부분은 겉모습을 바꾸지 않는다.(혹은 바꿀 수 없다.) 변형자와 생령은 이 원칙의 예외에 해당한다.

로지와 프란체스카에게,
　　사랑을 담아

록우드 심령 회사 3
: 텅 빈 소년

초판 1쇄 발행 2024년 3월 30일

지은이 | 조나단 스트라우드
옮긴이 | 강아름

펴낸이 | 조미현
책임편집 | 황정원
디자인 | 엄윤영

펴낸곳 | (주)현암사
등록 | 1951년 12월 24일 제 10-126호
주소 | 04029 서울시 마포구 동교로12안길 35
전화 | 02-365-5051
팩스 | 02-313-2729
전자우편 | dalda@hyeonamsa.com
홈페이지 | www.hyeonamsa.com
블로그 | blog.naver.com/hyeonamsa

ISBN 978-89-323-2326-8 04840
ISBN 978-89-323-2323-7 (세트)